I0831919

Carry Brachvogel

Das Glück der Erde

Salzwasser

Carry Brachvogel

Das Glück der Erde

1. Auflage | ISBN: 978-3-84607-732-0

Erscheinungsort: Paderborn, Deutschland

Erscheinungsjahr: 2015

Salzwasser Verlag GmbH, Paderborn.

Nachdruck des Originals.

Das Glück der Erde

Roman von

Carry Brachvogel

Erster Teil

I

Im Gutshause zu Weyarn sollte ein Kind geboren werden. Nicht das erste war es und vielleicht noch nicht das letzte, denn in einer langen Ehe hatte Frau von Fünfkirchen mehr als ein Dutzend Kinder zur Welt gebracht. Wenn man dem Pfarrer meldete, daß auf Weyarn wieder eine Taufe in Aussicht stand, pflegte er lächelnd zu sagen: „Die Frau Baronin ist wie die Erde, wie die liebe Erde, die der Herr unermüdlich segnet!", und weil er schon oft so gesprochen hatte, merkte er nicht, wie Martha von Fünfkirchens Gesicht starr und ihr Blick dunkel wurde, wenn sie solche Worte hörte. Er bedachte nicht mehr, daß es ein Schicksal war, Joseph von Fünfkirchens Weib zu sein und der Erde zu gleichen ... Wären all die Kinder dieser reichgesegneten Ehe herangewachsen, so hätte eine stattliche Nachkommenschaft die Eltern umgeben; seit langem aber schon stand neben jeder Wiege eine dunkle Gestalt, besprengte die Stirn des Neugeborenen mit einem unheimlichen Zeichen, daß es dahinschwand, noch ehe es zum bewußten Leben kam, einer späten, bleichen Blüte gleichend, der keine Kraft zur Entfaltung mitgegeben war.

Das Gutshaus von Weyarn (die Bauern rundum nannten es in ehrfürchtiger Großsprecherei „Schloß Weyarn") lag in jenem Winkel der bayrischen Voralpen, dessen besonderer Reiz in dem Gegensatz von Moor- und Berglandschaft liegt. Es gab hier kleine, schwarze Seen, auf denen gelbe und weiße Wasserrosen schwammen, während unter dem dunkeln Spiegel zottiges Algengezücht die Arme nach dem unvorsichtigen Schwimmer ausstreckte. Neben wohlgepflegten Distriktsstraßen schimmerten bläulich-opalisierende Moorlachen, überblüht von rosenfarbenem und gelbem Sumpfdost. Weiße Schmetterlinge flatterten darüber hin, und wenn das Jahr sich langsam neigte, war der Boden rosig von Heidekraut, und wollige Flocken stäubten von den braunroten Kolben des Schilfes. In der Ferne stand die Bergkette sommerlich aufgelöst in Glast und Duft, daß sie mehr einer phantastischen Spiegelung denn einer steinernen Wirklichkeit glich, bis sie im Herbst Schleier und Dunst abwarf, sich mit Schnee bedeckter Stirn und nackten Flanken zeigte, wie ein Menschenleib, der sich seiner hüllenlosen Schönheit bewußt ist. Zwischen Moor und Berg aber breitete sich dunkel, unabsehbar der große Reichtum Bayerns; der schlagbare Wald lieh jedem der weit herum verstreuten Dörfer und Flecken einen Hintergrund tiefer Wohlhabenheit, wenngleich die weißen Häuschen mit den roten Schindeldächern so putzig und klein dastanden, als wären sie aus der Spielzeugschachtel genommen.

Das Leben floß hier ohne große Erinnerungen und Begierden. Es gab keinen alten, stolzen Feudaladel, wie in Franken, der seinen Ursprung weit über die Jahrhunderte zurückführt und seinen Namen eng mit der Geschichte des Landes verknüpft hat. Es gab auch keine neuen, ungestümen Majoratsherrn, wie drüben im Chiemgau, die den Landmann, der nicht gutwillig an sie verkaufen wollte, einforsteten, bis sein Hof so entwertet war, daß er gerne dahingab, woran er früher gehangen hatte. Es gab hier auch kaum Sommerfrischler oder Villenbesitzer, denn von der nächsten Bahnstation mußte man ein gutes Stück mit der gelben Schneckenpost fahren oder zu Fuße laufen; außerdem gebrach es ja der Gegend an den pittoresken Reizen, die dem Hochgebirg zu eigen sind. Hier saß behäbiger, kleiner Landadel, der keine Sorgen, aber auch keinen großen Reichtum kannte, oder auch bürgerliche Gutsherren, denen Bauernblut vom Großvater oder der Urgroßmutter her vererbt war. Unternehmungsgeist und Industrie konnten sich hier nur langsam regen, denn es fehlten große Wasserläufe und schnelle Verbindungen mit den hämmernden, surrenden Arbeitsstätten des Landes. Nur die Wendelstadts stellten zu gleicher Zeit Industrie und Sommergäste dar. Vor Jahren schon hatte sich der alte Wendelstadt, der in München ein mächtiges Holzgeschäft betrieb, hier angekauft und reichen Waldbestand erworben, daneben aber für seine Familie ein schönes Haus gebaut, in dem sie zunächst nur die

Schulferien, später aber, als die Kinder dem Lernen entwachsen waren, lange Monate, vom ersten Frühling bis tief in den Herbst hinein, verbrachten. Im Winter zogen sie nach der Stadt, führten ihre Töchter auf Bälle, hatten ihre Söhne bei kostspieligen Korps und Regimentern, verheirateten ihre Kinder an Offiziere oder wohlhabende Mädchen, so daß jetzt im Hause nur noch eine junge Tochter und ein Sohn waren, der eben sein Jahr abdiente.

Das Gutshaus von Weyarn glich vielleicht auf den ersten Blick wirklich einem kleinen Schloß, obgleich es nie eines gewesen war. Ein weißer, weitläufiger Bau mit hohen Fenstern und einem grämlichen, grauen Haubendach, mochte es um die Mitte des achtzehnten Jahrhunderts erstanden sein, war, wie so vieles rundum, früher Klostergut gewesen, bis die Säkularisation zu Anfang des neunzehnten Jahrhunderts es der Welt zurückgab. Es ging dann, wie die meisten seinesgleichen, eine Reihe von Jahren zwischen Schachererhänden hin und her, bis in den fünfziger Jahren des vorigen Jahrhunderts der alte Professor von Fünfkirchen, der berühmte Philosoph und Hochschullehrer, es erwarb. Damals wurde um Haus und Grund der hohe, inzwischen oft erneuerte Plankenzaun aufgeführt, der jedem neugierigen Blick wehrte und die Leute rundum sehr in Erstaunen setzte, weil sie nicht begriffen, warum in dieser ebenso einsamen wie harmlosen Gegend ein Mensch sich so völlig und furchtsam abschließen wollte. Später erst begriffen sie, daß nicht Hochmut diesen Zaun aufgeführt hatte, sondern Angst und Scham ... Im Lauf der Jahre achteten sie nicht mehr darauf und hatten sich an den undurchdringlichen Plankenzaun gewöhnt, wie an manches andere, was im Gutshaus zu Weyarn war ...

Wenn sich der Plankenzaun auftat, führte ein sorgfältig gehaltener Kiesweg zu der schweren, braunen Haustüre hin, neben der rechts und links in grünen Kübeln große Oleanderbäume standen. In feuchten Sommern trugen sie keine Blüte, aber in diesem heißen Sommer, der das Ende des vorigen Jahrhunderts durchsonnte, glühten sie in südlicher rosenfarbener Glut, daß die vier Blumenbeete, die gleich

Teppichen vor das Haus gebreitet lagen, mit ihren Geranien, Heliotropen, und Gloxinien ganz nüchtern-nördlich und beinahe ärmlich wirkten. Jedes von ihnen stellte den Anfangsbuchstaben eines Frauennamens dar, eine gutgemeinte Huldigung, die der Gärtner jedes Jahr für Frau von Fünfkirchen und die drei Töchter des Hauses wiederholte. Sie alle fanden diese blühenden, schnörkeligen Buchstaben geschmacklos, aber weil der Gärtner seit Jahrzehnten im Dienst stand und sehr stolz auf diese gärtnerische Leistung war, hatte niemand das Herz, sie zu bemängeln oder gar zu verbieten. Neben dem Oleander links sah man weiße Korbmöbel mit bunten Kissen um einen runden, weißen Tisch gestellt. Ein paar Schritte davon erhob sich schlan und rauschend ein Lindenbaum über einem schmalen Pfad, der zu einer Geißblattlaube führte. Sie war so dicht bewachsen, daß sie einen gleich einer dämmerigen Zelle umfing und abschloß. Der kleine Pfad bog auch gleich, wie erschrocken über die grüne Klausur, von ihr ab, lief zu einer Gruppe stattlicher Ahorne und Buchen hin, die nicht mit klösterlicher Zucht prunkten, sondern als freie, luftige Bäume Sonne und Wind liebten. Deswegen gaben sie aber kaum weniger Kühle und Schatten als die Geißblattlaube und wunderten sich vielleicht ein wenig, daß die Liegestühle, die an ihre Stämme gelehnt standen, heute zugeklappt blieben. Denn unter diesen Bäumen tat sich ein schöner, weiter Blick über den ruhevollen Reichtum des Landes auf, und an andern Tagen saßen die Töchter des Hauses wohl gerne hier, blickten im Abenddämmer über Wiesen und Felder dem kleinen Pfad nach, dem der Atem erst da ausging, wo der Wald begann.

Ein andrer kleiner, sorgfältig gehaltener und bekiester Weg führte entgegengesetzt zur Hinterseite des Hauses an einen Weiher hin, auf dem vier oder fünf weiße und zwei schwarze Schwäne schwammen. Am Rande des Weihers stand Joseph von Fünfkirchen, groß und fast jünglingshaft schlank, aber die Schultern schon ein wenig gekrümmt und den Kopf mit den halblangen, grauen Haaren vorgeneigt. Die eine Hand steckte in der Tasche seines dunkelblauen

Sommerjaketts und zerkrümelte dort Brot, das die andre, flachausgestreckte den Schwänen darbot, die ihn in einem anmutigen Knäuel umdrängten. Seine Lippen bewegten sich leise, nannten jeden der Schwäne bei seinem Namen und wenn einer der schönen Vögel sich allzugierig vordrängte, gab ihm die flachausgestreckte Hand wohl einen kleinen Klaps auf den Schnabel oder schob ihm den gebogenen Hals ein wenig zurück. Stundenlang konnte Joseph von Fünfkirchen so bei seinen Schwänen stehen und ihre Fütterung wie ein emsiges Tagewerk vollführen. Stundenlang stand er auch heute schon da, hatte wohl völlig vergessen, daß droben, im Haus sein Weib in Schmerzen lag und ihm aufs neue ein Kind gebären sollte — —

An den Stamm der Linde gelehnt, die Hände im Rücken verschränkt, stand Edith, die jüngste Tochter des Hauses, und sah mit seltsam-starrem Blick hinaus in eine unabsehbare Ferne. Sie war erst halbwüchsig, wirkte mit ihrer aufgeschossenen, mageren Gestalt noch wie ein Kind, und das einfache, ausgeschnittene Kattunkleid mit dem weißen Hemdchen und der großen Schürze, das sie gleich all den jungen Mädchen der Gegend trug, hing faltig um ihren unentwickelten Körper und stand ihr nicht. Ihre Haut war ganz zart und blaß wie bei einer Städterin und ihr Gesicht mit den regelmäßigen, klaren Zügen und den blonden, lockigen Haaren konnte später einmal, wenn seine Wangen Rundung und seine Züge Vertiefung gewonnen hatten, sehr schön werden. Jetzt sah es merkwürdig verschlossen aus, und die blauen Augen hatten einen schreckhaften Ausdruck, als hätten sie einmal etwas erblickt, was sie nie wieder vergessen konnten. Ganz regungslos stand sie und sah ins Weite, hörte gar nicht hin, wenn Dora, die ältere Schwester, einen abgerissenen Satz der Frage oder der Angst zu ihr hinsprach.

Dora von Fünfkirchen, die zweitälteste, saß auf der weißen Korbbank, hatte die Arme auf den Tisch gestützt, das Kinn in die aneinandergepreßten Hände gelegt, und ihrem Blick sah man an, daß sie nicht nur mit dem Ohr, sondern mit jeder Fiber ihres Herzens in das Haus hinein lauschte, hinauf in das große Zimmer des oberen Stockwerks, wo Frau von Fünfkirchen lag.

„O Gott, Edith, wenn es doch endlich zu Ende wäre! Ich habe solche Angst ..."

Edith regte sich nicht. Sie gab keine Antwort und starrte immer in die unabsehbare Weite. Nur ihr Kinn begann leicht zu zittern, wie von verhaltenem Weinen.

In diesem Augenblick drang ein Schrei vom oberen Stockwerk zu den Mädchen herunter. Nicht der sehnlich erwartete Schrei eines Neugeborenen, sondern der Schmerzensschrei einer gequälten Frau. Dora fuhr zusammen, preßte die Hände an die Ohrmuscheln, als könne sie den Laut nicht ertragen und ihr junges, blühendes Gesicht sah ganz zerwühlt aus vor Schrecken und Angst.

„Edith, hast du es gehört? Es ist schrecklich ... schrecklich ... wenn es noch lange dauert, wird man verrückt ..."

Wieder entgegnete Edith nichts. Langsam löste sie die verschränkten Arme vom Rücken, legte die Hände vors Gesicht und weinte. Sie weinte still, tief in sich hinein, ohne einen Laut von sich zu geben, bog ihre zarte Gestalt mit dem weinenden Gesicht immer tiefer zusammen, daß sie wie erdrückt von Schmerz dastand.

„Edith, weine doch nicht, weine doch nicht so! Das macht einen ja ganz verzweifelt! Man weiß doch ohnehin nicht, was man tun soll, und kommt sich vor, wie aufgehängt zwischen Himmel und Erde. Hörst du, du sollst nicht so weinen!"

Dora stand auf, schüttelte die Schwester fast zornig am Arm, aber die Halbwüchsige weinte das unaufhaltsame, störrische Weinen, das sie jedesmal weinte, wenn die Mutter so lag. Dora kehrte entmutigt auf die Bank zurück, warf die Arme auf den Tisch, legte ihr Gesicht darauf, weil sie nichts mehr sehen und hören wollte und wartete mit Herzklopfen auf irgend eine Botschaft, die aus dem Haus herauskäme.

Regine, die älteste Tochter, trat jetzt zu ihr. Geschäftig und ernst kam sie, denn sie war es gewohnt, die Mutter in allen häuslichen und wirtschaftlichen Dingen zu unterstützen und sie, wenn es nötig war, zu vertreten. Auf ihrem brünetten, kühn geschnittenen Gesicht lag ein Schimmer heller Freude.

„Es geht gut droben, sehr gut! Der Arzt ist zufrieden. Er meint, daß es höchstens noch bis Abend dauert —"

Dora wollte im ersten Augenblick sagen: „Gott sei Dank!", atmete auch tief auf, meinte aber doch kläglich fragend: „Bis Abend? Mein Gott, jetzt ist es kaum Mittag. Kann man das aushalten, noch stundenlang in dieser Unruhe zu sein und zu wissen, wie sie leidet und sich quält!"

„Man muß noch viel mehr aushalten können! Die Hauptsache ist doch, daß der Arzt zufrieden ist —"

Auch Dora schien allmählich diese Überzeugung zu gewinnen. Sie wies aber mit dem Kopf nach Edith, die immer noch zusammengehaucht in krampfhaftem Weinen an den Baum gelehnt stand.

„Ist sie nicht schrecklich? Ich sage dir, wenn sie so dasteht und kein Wort redet und auf nichts hört, was man zu ihr spricht, bringt sie einen zur Verzweiflung. Sie macht einen ganz wirr ... Man bekommt eine Angst, man weiß nicht wovor. Es ist, als ob unsichtbare Gespenster um einen her wären ..."

„Laß sie doch und gib nicht auf sie acht! Du weißt doch, wie sie jetzt immer ist! Das geht vorüber, wenn sie ein wenig älter wird!" Regine sah nach der Halbwüchsigen hin mit einem Blick voll Mitleid und leisem, ganz leisem Bangen. Ein scheues Kind war Edith immer gewesen, allmählich aber hatte sich diese Scheu zu einer merkwürdigen Besonderheit verdichtet. Seit einiger Zeit zog sich Edith von den Altersgenossinnen mit denen sie früher befreundet gewesen, zurück, warf einen oft drollig wirkenden Haß auf alles Männliche, vergrübelte sich offensichtlich in Gedankengänge, die sie keinem offenbarte, in denen sie sich aber schmerzlich verirrte, und wäre am liebsten vom Hause fort, auf irgend ein Mädchengymnasium gezogen, um später Mathematik zu studieren, für die sie eine große Vorliebe und vermutlich auch Begabung hatte. Frau von Fünfkirchen hätte nichts dagegen gehabt, das scheue Mädchen unter gleichaltrige Lerngenossinnen zu bringen, und auch das Frauenstudium flößte ihr nicht den Abscheu ein, dem es rundum begegnete. Aber Edith war zart, sehr zart, und es schien fraglich. ob sie den Anforderungen eines strengen Lehrgangs und späteren Studiums körperlich gewachsen war, ganz abgesehen von den großen Kosten, die ein obendrein völlig aussichtsloses Studium bedeutete. So war Ediths heißer Wunsch bis jetzt weder endgültig abgeschlagen noch erfüllt worden und man wartete ab, ob sich ihre Gesundheit festigen und der Drang nach Gymnasium und Hochschule sich nicht verflüchtigen würde, sobald aus dem verschrobenen Backfisch ein erblühtes Mädchen geworden war.

Regine ging zu Edith hin, sprach auf sie ein, wollte ihr sanft die Hände, die ganz naß von Tränen waren, vom Gesicht ziehen, aber Edith verkrampfte ihre Finger, daß die Schwester von ihnen abließ, um ihr nicht wehe zu tun. So wandte sich Regine wieder zu Dora, sprach noch ein wenig mit ihr und schickte sich an, wieder ins Haus zurückzukehren.

„Es ist Zeit zum Mittagessen. Kommt herein, damit wir bald fertig sind!"

„Ach Gott, wer denkt heute ans Mittagessen?!"

Regine lächelte ein wenig.

„Das ganze Haus denkt ans Mittagessen. Und wenn du hier herumsitzest und fastest und stöhnst, änderst du auch nichts! Holt Papa, er ist gewiß schon hungrig!"

Sie ging voran ins Haus, während Dora nach dem kleinen Weiher lief und ihren Arm in den des Vaters schlang.

„Komm, Papa, die Suppe wartet schon."

Er sah sie einen Augenblick an, wie einer, der vom Schlaf erwacht, gab seinen Schwänen schnell noch ein paar Krumen Brot, nickte ihnen zu und ging, ohne ein Wort zu sagen, mit seiner Tochter dahin. Als er am Tisch saß, an dem nur Edith noch fehlte, fragte er leise: „Wo bleibt denn die Mama? Wir müssen doch auf die Mama warten!"

Regine, die heute auf dem Platz der Mutter saß, entgegnete gleichmäßig, als hätte ein Kind eine berechtigte Frage getan: „Aber nein, die Mama kommt heute nicht, sie liegt zu

Bett! Du weißt ja, Papa, daß wir wieder ein Kind bekommen!"

„Ach ja, ja . . ."

Er wurde ein wenig rot, nickte, lächelte verlegen. Sein armes Gedächtnis reichte nicht über ein paar Stunden zurück. —

Inzwischen war auch Edith gekommen, noch verweint und erhitzt, aber doch ruhig und ohne irgend etwas Auffälliges im Wesen zu haben. Sie reichte die Suppenteller weiter, die Regine füllte, aß zögernd so wenig und so ohne Appetit, daß Regine sich nicht enthalten konnte eine Bemerkung darüber zu machen. Aber Edith schüttelte den Kopf.

„Das macht nichts, ein andres Mal esse ich mehr! Wenn es so warm ist wie heute, bring' ich kaum einen Bissen hinunter."

Regine legte dem Vater vor, suchte ihm die besten Stücke heraus, goß ihm Bier ein, rückte ihm alles bequem zurecht. Er sprach während der ganzen Mahlzeit kaum ein Wort, antwortete kärglich, wenn sich eine der beiden älteren Töchter mit einer Frage an ihn wandte, aß erstaunlich viel und mit der hastigen Gier des Menschen, der nur seinen primitiven Gelüsten lebt. Unmittelbar nach der Mahlzeit ging er mit leise vorgeneigtem Kopf in das Wohnzimmer, das an das Speisezimmer stieß, legte sich auf die Ottomane und blieb stundenlang in festem Schlaf. Da auch Edith heute noch schweigsamer als sonst dasaß und sowohl Regine wie Dora mit ihren Gedanken bei der Mutter waren, verlief die Essensstunde still und schnell und jeder war froh, als er wieder sich selber gehörte.

Der Junitag war trotz seiner strahlenden Schönheit nicht so heiß, wie Edith behaupten wollte, und so schickte sich Dora gegen vier Uhr nachmittags an, den Kaffeetisch vor dem Hause zu decken. Diese nachmittägliche Kaffeestunde war ihnen allen die liebste vom Tage, und heute mehr noch als sonst, weil sie auf den ersehnten Abend zuschritt. Beinahe vergnügt legte Dora die hübsche, buntgestickte Decke auf, die sie selber gefertigt hatte, lief ins Haus, um die Glasschalen mit

Butter und Honig und das weiße Gebäck zu holen, das die alte Köchin selber herstellte, und die Tassen mit dem bunten, gemütlichen Bauernmuster. Edith brachte die große Kaffeekanne mit dem kleineren Milchtopf, brachte sie ängstlich und ungeschickt, so daß mit ihr jeder, der sie sah, fürchtete, daß im nächsten Augenblick Kaffee und Rahm ihre Vermählung auf dem Fußboden feiern würden. Es ging aber doch alles ganz glatt und Dora holte den Vater herbei, der rot und verschlafen aussah, aber willig kam und wieder hastig die vielen Butter- und Honigbrote verschlang, die ihm seine Töchter zu beiden Seiten seiner Tasse schichteten. Er sprach nichts, fragte nichts, aß und trank und steckte dazwischen große Stücke Brot in die Tasche seines Sommerjacketts. Als er endlich völlig gesättigt schien, stand er auf und begab sich wieder zu seinen Schwänen.

Die drei Mädchen blieben noch sitzen, Regine und Dora sprachen dies und jenes, Edith nahm ein Buch vor, das sie unter ihren Stuhl gelegt hatte, und begann zu lesen.

Es war ein Tag voll Sonnenhelle und süßem Blätterrauschen, ein Tag, an dem Jugend die eigene Fülle und Lebenslust stark empfinden mußte. Doras Gesicht sah jetzt auch aus, als spürte sie in jeder Sonnenwelle die eigene Kraft, da aber ertönte von Ferne, ganz von Ferne der leichte Hufschlag eines Pferdes. Nun schwand der schöne Ausdruck aus ihrem Gesicht, sie zog ein paar Falten auf der Stirn und sagte ärgerlich: „Ich wette, das sind Wendelstadts!"

„Wohl möglich, sie kommen ja meistens um diese Zeit am Sonntag!" entgegnete Regine.

„Heute ist aber nicht einmal Sonntag, sondern nur ein halber Feiertag!"

„Trotzdem! Für Liebe ist jeder Tag Sonntag!" sagte Regine mit lächelndem Spott.

„Jawohl, diese Taktlosigkeit sieht dem Peter ganz ähnlich! Einem heute ins Haus zu platzen ..."

„Er kann doch nicht wissen, was heute bei uns ist!"

„Ach was, ein Mensch, der Takt hat, weiß so etwas, fühlt so etwas! Aber der Peter weiß nie, wann er zu kommen und wann er zu gehen hat. Der ist hoffnungslos. Hauptsächlich begreift er nie, daß er meintwegen überhaupt nicht zu kommen braucht!"

„Bist du denn sicher, daß er es ist und nicht Emmy?"

„Die Emmy kommt natürlich auch, die ist doch vergafft in den Ferdinand!"

„Aber der Ferdinand ist ja gar nicht hier."

„Das macht nichts, sie will doch immerfort durch uns etwas von ihm hören! Sie ist nicht ganz so dickhäutig wie ihr Bruder, aber annähernd doch. Sonst wüßte sie längst, daß der Ferdinand sich gar nichts aus ihr macht. Er sagt immer, sie hätte ein Gesicht wie ein Katzel und sie könnte keinem Mann gefallen, weil es so klein ist, daß man gar nicht weiß, wo man einen Kuß hingeben soll. Nein, der Ferdinand hat einen ganz andern Geschmack!"

„Das weiß Gott!" sagte Regine mit trockenem Humor.

Ferdinand, der Erstgeborene der Fünfkirchschen Ehe, hatte in München Landwirtschaft und ein wenig Jus studiert und saß jetzt als Volontär auf einem fürstlichen Gut in Norddeutschland. In München hatte er zu seinem Entzücken auch ein wenig in die Künstlerboheme hineingeguckt und sich dort den Geschmack fürs Dämonische angewöhnt. Er schwärmte für schlampig frisierte Mädchen mit Cléoscheiteln und hurtig bestickten Eigenkleidern, die nicht immer peinlich sauber zu sein brauchten. Wenn er in Ferien nach Hause kam, betrachtete er seine Schwestern und ihre Freundinnen rundum mit gütiger Nachsicht als „Landganserln" und erzählte gerne, daß seine künftige Frau nicht so eine Frau sein dürfe, wie sich die Spießbürger dächten, sondern seine königliche Geliebte, die er sich jeden Tag aufs neue erobern wolle und müsse, und was dergleichen harmloser Blödsinn mehr war.

Während Dora eben wieder einen boshaften Ausfall auf ihren getreuen Verehrer machen wollte, hielt der Kutschierwagen der Wendelstadts vor dem Tor des Plankenzauns. Peter Wendelstadt, in der blauen Uniform des Leibregiments, sprang ab, half seiner Schwester herunter und sah sich nach einem Knecht um, dem er den Wagen anvertrauen konnte.

Da war aber schon Regine zur Stelle, hinter der Dora langsam und mit etwas süffisantem Ausdruck herkam, als wollte sie sagen: „Mein Gott, wenn es auch eine Stunde dauert, der Peter wartet geduldig auf mich!“ Regine bewillkommte die Geschwister, rief schnell einen Gärtnerburschen herbei, der einstweilen bei den Pferden bleiben sollte, denn als die Wendelstadts hörten, wie es hier stand, dachten sie natürlich nicht daran, ausspannen zu lassen, wollten vielmehr gleich wieder umkehren und zu andrem Besuch weiterfahren. Aber Regine wehrte ihnen und sagte, sie müßten wenigstens eine Tasse Kaffee trinken.

„Wir können ja doch alle nichts tun, als warten. Und Gott sei Dank, geht es gut und ihr haltet uns wirklich nicht auf, sondern macht uns eine Freude, wenn ihr bleibt!“

Dora schnitt hinter dem Rücken der Geschwister eine kleine Grimasse, so daß sogar die ernsthafte Edith das Lachen verbiß. Nun saßen sie zu fünfen um den Tisch, tranken nochmals Kaffee und redeten, was junge Leute eben reden, die sich von Kindheit an kennen und darum befreundet scheinen, ohne daß ein stärkeres, inneres Band sie miteinander verbindet.

Peter hatte es, unterstützt von Regine, fertig gebracht, den Platz neben Dora zu erobern, und es war drollig zu sehen, wie er, der mit seiner hohen, mächtigen Gestalt und seinem regelmäßigen, etwas ausdruckslosen Gesicht einem jungen Griechengott glich, sich mit allerlei kleinen Diensten um das Mädchen bemühte, jedem Wort, das sie sprach, zustimmte und nicht merkte, wie diese stete Nachgiebigkeit und Anbetung sie ungeduldig machte und zum Lachen reizte. Auf der andern Seite neben ihm saß Edith, die er ganz wie ein Kind behandelte und die ihm gegenüber abweisend und unfreundlich war, wie sie es neuerdings allem Männlichen gegenüber zu sein pflegte. Es gab aber niemand acht auf sie, denn in der Hauptsache führte Emmy Wendelstadt das Wort, die sehr gewandt war, sich gerne reden hörte und sich für ungewöhnlich klug hielt. Kein Fremder hätte sie für die Schwester Peters halten können, denn sie war äußerlich wie innerlich von ganz andrer Art als er. Sie reichte ihm kaum bis an die Schulter, erinnerte mit ihrer fest geschnürten rundlichen Gestalt an eine kleine Rokokoschäferin, und zu dieser Gestalt paßte das volle Gesicht mit den kleinen Zügen und den graublauen Augen, die sie immer ein wenig zudrückte, so daß Ferdinand von Fünfkirchen wohl recht hatte, wenn er sie mit einer kleinen Katze verglich. Das schönste an ihr war ihr rötliches Haar, das in krausen Flocken in die Stirne fiel und hübsch zu ihrer zarten Haut stand, die mit einer feinen Puderschicht bedeckt war, angeblich um dem Einfluß der Luft und der Hitze zu wehren. Am linken Augenwinkel klebte stets ein kleines Schönheitspflästerchen aus schwarzem Taft und es störte Emmy nicht, daß diese Pikanterie hierzulande gar kein Verständnis fand, und daß die Leute sie immer wieder mitleidig fragten, ob sie da etwas Wehes habe. Sie war ganz weiß gekleidet, trug einen großen, weißen Hut mit schönen Blumen und wirkte mit ihrem tadellosen Kleid, ihrem sorgfältig gekämmten Haar, der Puderschicht und dem Schönheitspflästerchen so gepflegt und verwöhnt, daß sie natürlich keine Gnade vor Augen finden konnte, die an das „Dämonische" glaubten und darein verliebt waren. Freilich fehlte ihrer Erscheinung jeder große oder auch nur persönliche Zug und vielleicht hätte niemand sie hübsch gefunden, wenn ihrem Persönchen nicht der Apparat des Reichtums zu Hilfe gekommen wäre. Sie verstand es aber vorteilhaft, ihn ohne Aufdringlichkeit zum Schmuck ihrer Erscheinung auszunutzen, und es war also kein Wunder, daß sie in München auf den Bällen sehr gefiel und schon mehr als einen Heiratsantrag bekommen hatte. Ihre Eltern aber, froh, die letzte Tochter noch ein wenig zu behalten, redeten ihr zu keinem Freier zu und Emmy war tatsächlich seit einiger Zeit in Ferdinand von Fünfkirchen verliebt, obgleich sie ihn selten genug sah. Sie fragte jetzt wie zufällig, scheinbar nebenhin: „Was hört ihr denn eigentlich von Ferdinand? Schreibt er oft?" Regine entgegnete, daß er nicht allzuoft schriebe und sich scheinbar sehr nach Hause sehne. Da Dora bemerkte, daß bei diesen Worten Emmy einen Ausdruck der Freude nicht unterdrücken konnte, beeilte sie sich einen Dämpfer aufzusetzen und sagte: „Nach Hause hat er natürlich keine Sehnsucht. Nur nach München! Nach dem lustigen Leben dort und nach seinen verdrehten Flammen, von denen er immer die Photographien mit herum schleppt und wo eine greulicher aussieht als die andre!"

Peter sagte in etwas langweiligem und lehrhaftem Ton, daß er, Peter Wendelstadt, nie begriffen habe, wie und wieso Ferdinand sich in dieser Kunstzigeunerei wohlbefunden habe, und Dora, die ihm grundsätzlich und gerne widersprach, nahm den Bruder in Schutz, meinte, es sei sehr vernünftig, wenn ein junger Mensch alle möglichen Kreise kennen lerne —

„Dir könnt' es auch nicht schaden, wenn du einmal nicht immerfort mit den Regimentskameraden und den Millionärsjünglingen herumhocken tätest und ein bissel Schmiß bekämest und überhaupt wüßtest, wie es in der Welt zugeht!"

Sie sprach gönnerhaft, als wäre sie mindestens zehn Jahre älter als er. Emmy, die es stets verdroß, daß Dora sich von Peters Huldigung nicht geschmeichelt fühlte, würgte jetzt auch noch an den „Dämonischen". Sie kniff die Augen noch ein wenig mehr ein, legte sich mit einer großartigen Bewegung, die komisch aussah, in ihren Stuhl zurück: „Mein Gott, Dora, Peter lernt das Leben von ganz andern Seiten kennen. Das macht eben jeder auf seine besondere Weise und es frägt sich erst noch, welche die richtige ist!"

Peter aber, der sich nicht von seiner Schwester rechtfertigen und bevormunden lassen und außerdem Dora gefallen wollte, meinte: „Geh, Emmy, rede nicht von Sachen, die du nicht verstehst! Was weißt du denn davon, wie ich das Leben kennen lerne?! Schließlich ist der Ferdinand gar nicht so dumm, wenn er sich überall umschaut, und was die dämonischen Weiber betrifft, wenn sie ihn erst eine Zeitlang zum Narren gehalten und ausgenützt haben, dann wird er schon merken, wie er mit ihnen daran ist!"

Dora lachte, weil sie es amüsant fand, daß Peter innerhalb zwei Minuten zwei Meinungen vertrat. Emmy entgegnete nichts, leckte nur ein paarmal mit der Zungenspitze die Lippen, wie sie es immer tat, wenn etwas sie verdroß. Sie rückte ein wenig an dem schwarzen Samtbändchen, das sie um den Hals trug, und sagte mit einer Kopfbewegung zu ihrem Bruder hin: „Es ist Zeit, daß wir aufbrechen. Es ist eigentlich schon unverantwortlich, daß wir uns häuslich niedergelassen haben, aber auch noch sitzen bleiben dürfen wir heute nicht!"

So leid es ihm auch tat, sah Peter ein, daß sie recht hatte, und sie verabschiedeten sich von den drei Schwestern, ohne daß man sie zu längerem Bleiben genötigt hätte, was ja in Anbetracht der besonderen Umstände dieses Tages nicht unfreundlich, sondern nur selbstverständlich erschien.

Die drei Mädchen begleiteten die Geschwister bis an den Wagen. Peter hob geschickt die Schwester hinauf, schwang sich auf den Kutschierbock, nahm die Zügel aus der Hand des Gärtnerjungen, grüßte noch mit der Peitsche und sie fuhren davon. Langsam schlenderten Regine und Dora in den Garten zurück; Edith hatte sich verflüchtigt, ohne daß jemand es bemerkt hätte. Dora machte eine ungeduldige Bewegung mit den Armen.

„Herrgott, kannst du dir etwas Langweiligeres denken als diesen Menschen?! Du kannst das dümmste sagen, was dir einfällt, er wird dir immer recht geben! Und wenn du sagst, der Himmel ist grün und der Mond ist blau, dann ist's ihm auch recht!"

„Es ist ihm nur recht, wenn du es sagst! Er ist in dich verliebt —"

„Ach was, läppisch ist er. Gar kein Mann ist er. Wenn er auch sieben Schuh hoch ist! Nein, wenn ich so einen Mann haben müßte, da ginge ich lieber heute noch ins Wasser!"

Regine lächelte: „Und wie muß dein Mann sein?"

„Anders als der Peter, ganz anders ... Wie, das weiß ich noch nicht, ich weiß nur, daß er so nicht sein darf!"

Dann schwiegen sie, denn die große Sorge dieses Tages war nur für Augenblicke von ihnen gewichen, kehrte jetzt zurück und verlöschte das Gedenken an die zwei jungen Menschen, die eben von ihnen weggefahren waren.

Stunden vergingen noch in rastloser Angst. Sie fuhren zusammen, wenn im ersten Stockwerk immer wieder ein

Schrei ertönte und sie saßen mit untätigen Händen und lauschenden Sinnen, wenn droben sich Ruhe lagerte, die ihnen unheimlicher schien, als jeder Schmerzenslaut. Endlich aber kam Regine im Laufschritt die Treppe herabgeeilt, rief in den Garten hinein: „Ein Bub ist da, ein gesunder Bub!"

Da atmeten alle befreit von einer schweren Last und es war ihnen, als gehörte ihnen erst jetzt der Tag und die lichte Abendsonne. Später durften sie dann für einen Augenblick in das Schlafzimmer, um die Mutter zu beglückwünschen und das Jüngste zu sehen. Der Arzt war schon wieder fort, das Kleine gebadet und gebettet, und die roten Ripsvorhänge des großen Himmelbettes warfen einen rosigen Schein auf das Gesicht der Wöchnerin, daß es jünger und weniger schmerzhaft aussah. Als die Töchter eintraten, wandte sie aber doch wie beschämt den ergrauenden Kopf zur Seite. Die Mädchen küßten die Hände der Mutter, flüsterten frohe Zärtlichkeitsworte und Martha von Fünfkirchen erwiderte mit leichtem Fingerdruck die Liebe ihrer Kinder. Sie versuchte Reginens Kopf an sich zu ziehen und zu küssen, denn von ihren Kindern stand ihr diese Tochter am nächsten, begriff immerfort, was in der Mutter vorging, ohne daß es der Worte bedurft hätte, nur aus der Gleichartigkeit und Stärke der Empfindung heraus, die in den beiden Frauen lebte. Dann standen die Mädchen neben dem Bettchen des Neugeborenen, das ihnen die Wärterin als ein Prachtkind pries und in den Arm legte. Dora in ihrer unbedachten Harmlosigkeit meinte, daß es nicht nur bildhübsch, sondern auch kerngesund sei, aber Regine merkte, daß sein Stimmchen schwach und sein Gewicht gering, ach! überaus gering war. Edith hielt sich hinter den Schwestern, damit nicht die Wärterin auch ihr das Bündelchen in den Arm legen sollte. Sie konnte kleine Kinder nicht leiden — —

Joseph von Fünfkirchen kam, küßte seine Frau, sagte leise: „Gute Martha!", küßte sie wieder und noch einmal: „Gute Martha!", besah verwundert und etwas unbeholfen den neugeborenen Sohn, küßte und tätschelte ihn, beklopfte ihn ein wenig, wie er vorhin seine Schwäne beklopft hatte. Nickte mit seinem freundlichen, leeren Lächeln allen zu und ging wieder, um die letzte Dämmerung bei seinen Schwänen zu verbringen — —

In dieser Nacht schliefen alle fest und froh und wenn sie für Augenblicke durch das Schreien des Neugeborenen aufgeweckt wurden, so klang es ihnen wie eine Botschaft, daß das Unheil, das sie gefürchtet hatten, auch dieses Mal ihrem Hause ferne blieb.

2

Es war lange her, seit Professor Alexander von Fünfkirchen Schloß Weyarn von einem Güterschlächter erworben hatte, aber es gab in der Gegend doch noch einzelne alte Leute, die sich des Tages entsannen, da der Professor zuerst allein, dann mit der jungen Frau gekommen war, um alle Einzelheiten des Hauses zu besehen und zu bestimmen, wie der etwas verwahrloste Bau wieder in Stand gesetzt werden sollte. Dann kam die Frau Professor mit ihrem Kind, einem etwa zehn- oder zwölfjährigen Buben, blieb mit ihm fast das ganze Jahr über hier, während der Professor zu seinen Vorlesungen und Arbeiten in die Stadt zurückkehrte und nur alle paar Wochen einen oder den andern Tag für seine Familie übrig hatte.

Das schien den Leuten rundum ein seltsames Eheleben, aber seltsam genug war ja auch das Ehepaar anzusehen und tragisch-seltsam das Geschick, das ihm auferlegt war. Der Professor, der damals schon gut in den Sechzigern stand, war wohl niemals eigentlich jung gewesen, hatte sein ganzes Leben nur seinen Büchern, seinen philosophischen Ideen geschenkt, war so sehr Geist geworden, daß er die irdischen Anforderungen des Tages beinahe vergaß und jeder sich scheute, in Gegenwart dieses Mannes ein gewöhnliches oder auch nur materielles Wort zu sprechen. Er ging dahin, wie einst begnadete Mystiker dahingegangen waren, unangefochten vom Treiben der Welt, ihm nur so weit tributpflichtig, als es nötig war, um den Körper für die Geistesarbeit zu erhalten. So war er hoch in die Fünfzig gekommen, schien vorbestimmt, als der richtige Stubengelehrte zu sterben, dem Erkenntnisse und Nachruhm ersetzen, was er vom Leben verschmäht hatte. Da aber, als er schon unfern des Greisenalters stand, führte ihm der Zufall eine Achtzehnjährige über den Weg, und das Unbegreifliche geschah. Die unberührte Frische des Mädchens entzündete die Einbildungskraft des Alternden, der nie geliebt hatte, daß er wie von einem jähen Rausch umfangen war, und er, der einst willig jedes junge Weib für einen alten Philosophen eingetauscht hätte, freite um ein Kind, das beinahe seine Enkelin hätte sein können. Sein Antrag wurde ohne langes Zögern angenommen, denn die Erkorene war eine Lehrerstochter vom Lande und ihre Eltern waren geblendet von der Aussicht, daß ein berühmter und begüterter Mann die Hand der Tochter begehrte. Auch das Mädchen besann sich nicht, denn sie kannte keine Romantik oder Sentimentalität und war froh, aus der Hungerleiderei des elterlichen Hauses an einen Tisch zu treten, an dem man sich täglich satt essen konnte und auch sonst keine Sorgen zu haben brauchte. Die Hochzeit wurde gefeiert und der alte Professor war ein so verliebter junger Ehemann, daß die ganze Hochschule, die sich schon zuvor nicht genug über ihn und seine Wahl hatte wundern können, aus dem Kopfschütteln nicht heraus kam und sich bangend fragte, ob er überhaupt noch bei Sinnen sei. Er vernachlässigte seine Studien, seine Kollegien und philosophischen Systeme, dachte nichts mehr, als das junge Ding, das ihn erwartete, wenn er von der Universität nach Hause kam, und willig hätte er für sie vergeudet, was seine Bedürfnislosigkeit im Lauf der Jahrzehnte aufgehäuft hatte. Die junge Frau forderte aber solches nicht. Der Professor stammte zwar aus keiner reichen, immerhin aber einer begüterten Familie, und die Zinsen seines Vermögens verbunden mit seinem Berufseinkommen stellten für die kleine Lehrerstochter unerschöpflichen Reichtum vor. Sie liebte den alten Mann natürlich nicht, aber sie war ihm dankbar für das, was er ihr bot, hegte ihn, weil er ihr wie ein Großvater vorkam, ehrte ihn, weil er ein berühmter Mann war, aber von seiner geistigen Bedeutung verstand sie nichts, zweifelte vielleicht ganz im stillen ein wenig daran, weil er sich mit ihr gar so kindisch benahm. Ihm war das gerade recht. Er suchte bei seiner Frau nicht Eigenschaften und Vorzüge, die er selber besaß, sondern das, was ihm fehlte, und dies junge Ding mit seiner Frische, seiner Naivität und seinem geraden Lebensverstand bestrickte ihn jeden Tag aufs neue. Ein Sohn wurde geboren; das Glück, der Vaterstolz des Professors überstieg alle Grenzen. Zuerst freilich gab es einen großen Schrecken, denn da das Kind zur Welt kam, schrie es nicht, schlug auch nicht die Augen auf, sondern lag ein Weilchen regungslos, daß man fürchten mußte, es wäre tot geboren. Bald aber zeigte sich's, daß es lebte und war wie andre Kinder, nur zart, sehr zart, so daß man alle Tage auf ein anderes Mittel verfiel, um es zu nähren und ihm Kraft zu geben. Unter der sorgsamen Pflege seiner Mutter, die nicht eine Stunde von ihm ging, entwickelte es sich nach Monaten besser, als man je gehofft hatte, wurde ein kräftiges, schönes Kind, dessen Züge dem Vater glichen, während es die frischen Farben von der Mutter bekommen hatte. Sah man aber dies Kindergesicht schärfer an, so fiel einem der ausdruckslose Blick der Augen auf und der halboffene Mund, der sich kaum je schloß und dem Antlitz einen blöden Zug verlieh.

Der Kleine war, da er etliche Jahre zählte, ein artiges, aber träges und merkwürdig-phantasieloses Kind. Stundenlang saß er ruhig zu Füßen seiner Mutter, ließ bunte Glaskugeln von einer Hand in die andre fallen und wiederholte, wenn er sein Bilderbuch besah, hundertmal für ein Bild das gleiche Wort. Nie stellte er eine jener drolligen Fragen, die verraten, wie ein Kind äußere Eindrücke empfängt und verarbeitet und nie ersann er eines jener Spiele, in denen sich Kinder eine eigene Welt schaffen, Personen und Dinge nach ihrem Schöpferwillen darin verteilen. Wenn er seiner Glaskugel oder seines Bilderbuchs müde geworden, spielte er wohl irgend ein sinnloses, lärmendes Spiel, das keiner verstand und bei dem offenbar der Lärm die Hauptsache war. Als er größer wurde, versuchte er zum Schrecken seiner Mutter zu streunen, entwischte, wenn sie den Rücken wandte, vom Hause, lief planlos in den Straßen umher, mitunter sogar in Vorstädte hinaus, daß ihn Fremde ihr wieder zuführen mußten.

In der Schule erwies er sich als ein hoffnungsloser Schüler. Es fehlte ihm nicht an gutem Willen, aber er war völlig unfähig, sich zu sammeln, den kleinen Lernstoff zu behalten und zu meistern. Er vergaß von einem Tag zum andern, was man ihm gesagt oder eingeprägt hatte, nur schrieb er mit einer schönen, kalligraphischen Schrift, und seine Rechenaufgaben löste er leichter als alle andern. Trotzdem war es für ihn unmöglich, in der Schule weiterzukommen, und nun sollte ein Hauslehrer versuchen, diesen schwachen und trägen Geist auszubilden. Aber weiter als bis zur ersten Kommunion und an die Schwelle des Gymnasiums war der Knabe trotz aller Mühe nicht zu bringen, und als grimmiger Hohn offenbarte sich, daß der Sohn des berühmten und vergeistigten Vaters unfähig zu jedem höheren Beruf sein würde.

Verwundert, als stünde er vor einem unbegreiflichen Rätsel, sah der Professor auf dies ärmliche, unbegabte Kind, begriff nicht, daß es derlei überhaupt gab, wußte nicht, wie es zu ihm kam und was er mit ihm beginnen sollte. Der jähe, arglistige Rausch, mit dem ihn die rächende Erde für eine Weile umfangen hatte, war nun im Schwinden und er stand dem Sohn ohne besondere Empfindung gegenüber. Er liebte ihn nicht, hätte aber auch nicht sagen können, daß er ihn haßte oder verachtete, er wunderte sich nur und wandte sich von ihm, wie von etwas, was nicht des Nachdenkens lohnt. Er rief wohl einen Arzt nach dem andern herbei, schickte die Mutter mit dem Knaben von einer auswärtigen Kapazität zur andern, aber er wußte schon, daß keiner helfen konnte, und wartete mit leiser Ungeduld, daß auch seine Frau sich mit dem Unvermeidlichen abfinden würde. Da die Ärzte fast einstimmig meinten, daß das Landleben für den Knaben vorteilhaft sein würde, kaufte der

Professor Schloß Weyarn, richtete es für Frau und Kind ein und kehrte wieder, die letzten zehn Jahre gleichsam aus seinem Leben streichend, zu seinen Studien und Kollegien zurück, wie einer, der sich für kurze Zeit verirrt und dann zur Heimat zurückgefunden hat.

Die junge Frau Professor saß nun mit ihrem Kind allein auf Weyarn und sie war darüber nicht unglücklich. Sie konnte sich nun ganz dem Sohn widmen, ihn nach ihrer einfachen und gesunden Art leiten und außerdem sagte ihr das Landleben besser zu, als die Stadt, insbesonders als die Kreise ihres Mannes, in denen sie sich stets beengt gefühlt hatte. Sie war nun, um die Dreißig herum, schon reichlich in die Breite gegangen und jugendliche Gelüste fochten ihr ruhiges Temperament kaum mehr an. Dafür aber regte sich in ihr Freude am Befehlen, am Herrschen und die Gier nach Bodenbesitz, die allen innewohnt, die vom Lande kommen oder zu ihm gehören. Sie hatte es durch Jahre mitangesehen, wie ihr Vater, der arme Schullehrer, mit hungrigem Magen und sehnsüchtigen Augen nach den Feldern der Bauern gespäht hatte und es war ihr eine Genugtuung, daß sie, die Tochter dieses armen, sehnsüchtigen Mannes, nun auf eigenem Grund und Boden saß. Freilich umfing dieser Grund nicht mehr als das Haus und einen wilden Garten, aber wenn man arbeitete, rechnete und sparte, konnte es mehr werden. Sie hatte zu Hause oft reichen Bauern bei der Feldarbeit geholfen und genug von ihnen gelernt, um sich den Kauf einer Wiese oder eines Ackers zuzutrauen. Der Boden in dieser Gegend war spottbillig und der Professor gab ihr gern die kleinen Summen, die sie in gemessenen Abständen brauchte, um bald hier, bald dort einen Zuwachs an Grund zu erwerben. In der Stadt hatte sie die Frau Professor spielen und sich immerfort wie eine feine Städterin benehmen müssen, hier aber wachte das Landkind in ihr wieder auf und mit Lust streifte die stattliche Frau die Ärmel zurück, band sich die Röcke hoch und stapfte in groben Stiefeln einher, um selber überall nachzusehen und den Stall, in dem vorerst freilich nur zwei Kühe standen, Jahr um Jahr mit schönem

Vieh anzufüllen. Es war nur eine kleine Landwirtschaft, die da entstand, aber sie konnte ausgebaut und ertragfähig werden, wenn eine feste Hand arbeitete und alles zusammenhielt. Und die Frau Professor war noch jung und tüchtig, dachte natürlich nicht ans Sterben, wohl aber nach bedächtiger Bauern Art an die Zukunft des Besitzes, den sie schuf und dessen Erhaltung ihr am Herzen lag, wie ein Kind. Sie sah den Sohn an und wußte wohl, daß auf ihn kein Verlaß war, wenngleich ihm das Landleben wirklich gut bekam. Er war ein großer, baumstarker Junge geworden, der wohl verstand, wie man ein Feld schneidet oder ein Pferd striegelt, aber sonst auch nichts. Er war arm im Geiste, unfähig Gedankengänge zu denken, Konsequenzen seiner Handlungen zu ziehen oder sich über wenige Tage hinaus an etwas zu erinnern. Die Ähnlichkeit mit seinem Vater hatte sich stärker herausgearbeitet: Im Profil glich er dem kühnen Denkergesicht mit der starkgeschwungenen Nase und den tief gebuchteten Schläfen so auffallend, daß es erschreckend war. Erschreckend besonders, wenn er dann den Kopf wandte und die steile Stirn, der ausdruckslose Blick und der willenlose Mund verrieten, wie es um den jungen Menschen stand. Weil dieser Kopf aber nicht auf einem schwächlichen, sondern auf einem großen, stämmigen Leib saß, wirkte Joseph von Fünfkirchen weder häßlich, noch mitleiderregend, sondern schien auf den ersten Blick einer jener törichten Schlagetote zu sein, wie man sie bei Bauernbevölkerungen häufig trifft. Er aß und trank und schlief unmäßig, und die Knechte sahen ihm ärgerlich und mißgünstig nach, wenn er über die Felder oder durch das Dorf ging. Wenn er mit ihnen arbeitete, leistete er mehr als der stärkste unter ihnen, konnte freilich auch mitten in der Arbeit die Sense wegwerfen und sich, wo er ging und stand, zum Schlaf niederlegen. Als die Mutter zuerst mit ihm hierher kam, reizten ihn die weiten, menschenleeren Wege besonders zum Streunen, und da er einmal eine ganze Nacht vom Hause weggeblieben war, ließ die Frau Professor den Plankenzaun aufführen, der stets verschlossen blieb, so daß der Junge keinen Ausweg fand und auch nicht jeder, der am Haus vorüberging, ihn bei seinem oft täppischen Tun beobachten konnte. Mit den Knabenjahren verlor sich dann auch der Hang zum Streunen, an seine Stelle trat der ruhmlose Mut der Unbedachten, die einer Gefahr keck entgegengehen, weil sie ihr Wesen nicht erfassen. Da ritt der junge Joseph wilde Pferde in tollem Galopp oder trieb sie vor den Wagen gespannt so rasend an, daß er lachend mit zerrissenen Zügeln weiterkutschieren mußte, schwamm ohne begleitendes Boot über große Seen der Umgegend, ließ sich im Winter das Eis im Weiher aufhacken, um ein kaltes Bad zu nehmen. Die Mutter wehrte ihm sein Tun nicht. Sie wußte nun schon, daß man ihm mit Vernunftgründen nicht beikommen konnte, daß alles darauf ankam, ihn zeitlebens zu gängeln und zu halten wie ein großes, zurückgebliebenes Kind, das er war. Sie sagte zu ihrem Mann: „Wir müssen ihn bald verheiraten!"

„Verheiraten? Wen?"

Die Frau Professor lachte.

„Wen? Joseph natürlich. Er muß eine Frau haben, die für ihn sorgt und denkt, wenn wir beide einmal tot sind."

Der Professor schrak vor dem Gedanken seiner Frau zurück. Es kam ihm vermessen vor, durch diesen Sohn ein neues Geschlecht begründen zu wollen, aber weil er nun schon recht alt geworden war und Wirkliches ihn kaum mehr anfocht, widersprach er seiner Frau nicht und hatte, als er wieder in seinem Studierzimmer saß, ihre Worte völlig vergessen.

Nach seinem Tode hatte die Frau ganz freie Hand und nun ging sie unverzüglich daran, die Schwiegertochter zu suchen. Fand sie auch in einer kinderreichen, feinen, aber gänzlich verarmten Familie, deren älteste Tochter eben einen trübseligen und zerreibenden Herzensroman begraben, dem sie ihre besten Mädchenjahre geopfert hatte. Martha Lukas war nicht hübsch, aber auf ihrer hohen, für eine Frau vielleicht allzuhohen Stirn lag Verstand, aus ihren grauen Augen blickte Güte, und wenn sie mit ihrer klaren, süßen Stimme sang, merkte man, daß das Mädchen, das ruhig schien, tief und leidenschaftlich empfinden konnte. Als sie den

Traum ihrer Jugendliebe begraben hatte, war es ihr sehnlicher Wunsch, ihre Stimme ausbilden und zur Bühne gehen zu dürfen, aber die Eltern hoben entsetzt die Hände, und Martha spürte, daß sie hier abermals einen harten und aussichtslosen Kampf kämpfen müßte. Ermüdet von Enttäuschung und Verneinung meinte sie im Überschwang ihrer Jahre, daß ihr nie mehr ein freundlicher Stern leuchten könne, und es überkam sie eine fanatische Opferfreudigkeit, wie sie, einem Wundfieber der Seele gleichend, leidenschaftliche Naturen nach Schicksalsschlägen zuweilen befällt. Sie dachte daran, Krankenschwester zu werden, um späterhin in verseuchte Länder ferner Erdteile zu gehen, da führte sie ein Zufall mit Frau von Fünfkirchen zusammen, die alsbald in ihr das Wesen erkannte, das sie für den Sohn suchte. Das verlassene und hart behandelte Mädchen schmiegte sich gern und wohlig in die zärtliche Aufmerksamkeit ein, die ihr die ältere Frau entgegenbrachte, bebte aber zurück, als sie merkte, was jene sann. Doch schon bedrängten die Eltern, auf denen die Sorge um viele Kinder immer schwerer lag, die älteste Tochter mit Vorstellungen und Bitten, daß sie die Werbung der Fünfkirchens nicht zurückweisen sollte. War es denn nicht eine schöne Pflicht, sich den Eltern und den Geschwistern zuliebe zu überwinden und den wohlhabenden, wenn auch ein wenig beschränkten Mann zu heiraten?! War es nun, da das große Glück, von dem Martha geträumt hatte, zerschellt lag, nicht gut und klug, zu nehmen, was sich bot und obendrein einer armen Seele Stütze und Trost fürs Leben zu sein?! War es nicht richtiger, sein Dasein einem Einzelnen zu widmen und dafür Sorglosigkeit für sich und die Eltern einzutauschen, statt in fremden Ländern tausend Unbekannte zu pflegen und die eigene Gesundheit dabei zu verwüsten, daß schon mit dreißig Jahren alle Kräfte erschöpft und verbraucht waren?! Nein, Martha, glaube den Eltern! Du tust an dir, an uns, an Joseph von Fünfkirchen ein gutes Werk, wenn du ihn nimmst! Mach' ein Ende mit den Träumen von dem großen Glück und der großen Opfertat! Jeder von uns hat einmal geträumt, hat gemeint, er müsse den Himmel stürmen und hat sich schließlich doch zur Wirklichkeit zurückfinden müssen. Entsagen und sich bescheiden ist Menschenlos!

Lange redeten sie so auf Martha ein, bis ihr Sträuben schwächer wurde und sie sich müde und voll Trostlosigkeit beschied. Voll Bitterkeit wollte sie sich einreden, daß die Eltern recht hätten, daß es klug und gut sei, jedem Traum zu entsagen, um nur der Wirklichkeit zu leben. So wurde sie Joseph von Fünfkirchens Frau.

Er heiratete sie, wie er jede Frau geheiratet hätte, die ihm seine Mutter zuführte, denn er war gewohnt, ihr zu gehorchen, wie er ihr als kleines Kind gehorcht hatte, zudem mit den Jahren ihr Wille immer starrer, ihre Hand immer härter geworden war. Aber es dauerte nicht lange, da hing er an Martha mit einer unbegrenzten, rührenden Hingebung, wie ein treuer Hund seinem Herrn ergeben ist. Er wich ihr kaum von der Seite, umgab sie mit Zärtlichkeit und Aufmerksamkeit, wie sie seiner Armseligkeit einfielen, und wenn sie sang, saß er mit glänzenden Augen, und in sein Gesicht kam ein vertiefter Ausdruck, den man sonst nie an ihm sah. Musik war die einzige höhere Macht, die zu ihm sprach; wenn er sie vernahm, war es immer, als erwache etwas in ihm, das ihn bewegte und dem er nur keinen Ausdruck zu geben verstand. Seine Mutter hatte ihn mit Festigkeit, nicht selten auch mit Schroffheit gelenkt, die junge Frau aber führte ihn mit Güte und Feinfühligkeit, so daß es Fernerstehenden vorkommen wollte, als ob Joseph von Fünfkirchen in seiner Ehe geistig wachse und reife.

Seine grenzenlose Hingebung und das Bewußtsein, einem Enterbten Glück zu geben, mußten Martha für vieles andere entschädigen, denn ihre Ehe war noch schwerer, als sie gedacht hatte. Die ständige Gegenwart des geistesarmen Mannes lastete oft auf ihr nicht weniger als seine Zärtlichkeit; die Schwiegermutter, gewohnt den Sohn völlig zu beherrschen, war eifersüchtig auf die Macht der jungen Frau, und ehe das erste Kind geboren wurde, plagte sich Martha mit Ängsten, daß es am Ende irgendwie seinem Vater gleichen möchte. Auch beim zweiten kam die gleiche Angst wieder über sie, aber als erst drei, vier gesunde Kinder um sie spielten, vergaß sie ihre Furcht, vergaß auch den Überschwang, in dem sie einst an sich und ihrem Glück verzweifelt war, wollte heiteren Sinnes in ein tätig-schaffendes Leben hineinschreiten, um den Kindern eine Zukunft zu bauen. Aber es blieb nicht bei den vieren, es kam ein fünftes und sechstes, ein siebentes und achtes, bis über das Dutzend hinaus, und jedes nahm ihr ein Stück Kraft, ohne sie nützen zu dürfen, denn sie alle schwanden nach wenigen Tagen oder Wochen oder, wenn es hoch kam, Monaten dahin.

Grauen wollte Martha anfallen über ihr Mutterschicksal und immer heißer stieg der verzweifelte Wunsch in ihr empor, daß ihre Kinder entweder am Leben bleiben oder gar nicht geboren werden sollten. Doch immer aufs neue lag ihr ein Säugling an der Brust, und unverrückbar bestimmte ihr das Los, der Erde zu gleichen, die nicht fragen und nicht bedenken darf, ob ihre Ernten für das Leben oder für den Tod reifen. Da kam wieder die müde Resignation über sie, aus der heraus sie einst ihre Ehe geschlossen hatte. Zuweilen nur grübelte sie in sich hinein, ob die erste, große Verfehlung nicht an dem Tag begonnen hatte, da die junge Martha, am eigenen Glück verzweifelt, sich selber und aller himmlischen Sehnsucht untreu geworden war — —

Sie alterte vor der Zeit. Ihre Haare, die einst üppig und dunkel gewesen, wurden schnell spärlich und grau, ihre Stimme wurde brüchig und verlosch bald gänzlich; oft meinte sie nicht mehr leisten zu können, was jeder Tag von ihr forderte. Denn auf ihr lag ja alles, was Mann und Frau sonst miteinander teilen: sie sollte für den Mann denken und handeln, die Kinder erziehen, das Hauswesen besorgen, sich um die Verwaltung des Vermögens kümmern, den Grundbesitz verwalten und wenn möglich vermehren. Alles lag in ihrer Hand, sah auf ihren Mund, hing von ihr ab, und sie spürte doch, wie sie allmählich zu schwach wurde, um alles zu bewältigen, und wäre doch so gerne nicht nur Erhalterin, sondern auch Mehrerin jeglichen Bestandes gewesen, so wie ihre längst verstorbene Schwiegermutter es hatte sein dürfen.

Denn da sie auf eigenem Grund und Boden stand, war auch in ihr die Freude am Besitz erwacht, wenngleich nicht so gierig wie einst in der alten Frau. Aber wie sollte eine Frau, die immer wieder schonungsbedürftig war, lag und Heilbäder aufsuchen mußte, den Grundbesitz ertragfähiger machen oder gar vergrößern, wie sollte sie Erspartes zu Erspartem legen, da Wochenbetten, Ärzte, Kuren und die kleinen Särge, die sich nacheinander in das Erbbegräbnis auf dem Dorffriedhof stahlen, alles verschlangen?! Man mußte froh sein, wenn man alles erhalten konnte, wie es war; das Vorwärtskommen mußte der Kraft der Kinder überlassen bleiben. —

Mit den Jahren verfiel auch Joseph von Fünfkirchen immer mehr. Seine Frau hatte ja niemals etwas mit ihm bedenken oder besprechen können, aber er hatte wenigstens geredet, hatte da und dort bei schwerer Arbeit selbst Hand angelegt, war auf die Felder geritten, zu Müllern und Händlern gefahren, hatte immerhin geleistet, was ein Bursche hätte leisten können, dem man alles aufschrieb, was er ausführen sollte. Langsam aber war er anders geworden. Die unrühmliche Tollkühnheit seiner Jugend war geschwunden, er ritt und fuhr nicht mehr, schwamm nicht mehr, war nicht einmal mehr zu einem kalten Bad zu bringen. Er wurde immer stiller, immer teilnahmloser, vertrödelte schließlich den ganzen Tag bei seinen Schwänen, deren Namen er immerfort verwechselte. Aber immer noch aß und trank und schlief er unmäßig und tätschelte mit täppischer Zärtlichkeit seine Frau ...

Die vier Kinder, die heranwuchsen, waren Marthas Trost in aller Trostlosigkeit. Sie waren gesund und wohlgeraten und niemand hätte gedacht, daß sie von einem geistesarmen Vater waren. Sie hingen an der Mutter, ehrten und pflegten den Vater und keines von ihnen hatte je Kummer über das Haus gebracht, obgleich sie weder Musterkinder noch Duckmäuser waren. Der Sohn genoß seine Jugend, ohne deswegen ein Faulenzer oder ein Verschwender zu sein, die Töchter waren hübsch und tüchtig, halfen der Mutter, wo sie konnten und hatten so alles Anrecht darauf, brave Männer zu finden. Nur Ediths Absonderlichkeiten machten zuweilen Sorge, und auch über ihren heißen Wunsch, der nach der Hochschule ging, dachte die Mutter viel nach. Frauenstudium war so kostspielig, schien so aussichtslos und dennoch hätte Martha, die selber mehr als einmal hatte entsagen müssen, dem lerngierigen Kinde gerne gewährt, was es verlangte. Aber vielleicht war auch dieser Wunsch nur eine Verstiegenheit der Übergangsjahre...

Am liebsten dachte Martha an ihre Tochter Regine und an deren künftiges Glück. Regine war ja nicht von so zarter Schönheit, wie Edith später wohl sein würde und nicht so prangend wie Dora, die mit ihrer blühenden Gestalt, ihren frischen Farben, ihren großen, glänzenden Augen und dem reichen lichtbraunen Haar wie eine Schönheit wirkte, ohne in Wahrheit eine zu sein. Eine gewisse Familienähnlichkeit war all den Geschwistern eigen, trat zuweilen sogar auffallend stark hervor, aber ein echtes, richtiges Fünfkirchensches Gesicht hatte doch nur Regine. Vom berühmten Großvater war ihr der brünette Typ mit dem kühn geschnittenen Gesicht vererbt worden, aus dem freilich die Nase etwas allzu mächtig ragte. Vom berühmten Großvater hatte sie auch die schmalen, braunen mit blauen Adern durchzogenen Hände und die hohe, schmalschulterige Gestalt, deren Überschlankheit er bis in sein spätestes Alter gewahrt hatte. Diese braunen, geäderten Mädchenhände waren kleiner als die der Schwestern und zugleich tüchtiger, und die Seele Reginens besaß größere Schwungkraft als Doras oder Ediths. Immer begriff Regine, was in der Mutter vorging und was sie verschwiegen trug, konnte sich deren früheres Leben mit all seinen Entschlüssen denken, ohne daß die Mutter je mit ihr darüber gesprochen hätte. Die beiden Frauen kannten und errieten einander, wie sonst nur Freunde einander kennen und erraten, aber wie Frau von Fünfkirchen jetzt Regine an sich zog, lag doch auf der einen Seite eine schöne Zurückhaltung und auf der anderen eine nicht minder schöne Ehrfurcht. In diesem Augenblick dachte Martha weder an sich, noch an das Neugeborene, noch an die vielen andern, die ihm voran, hinüber zum Friedhof gegangen waren. Sie dachte nur an die Tochter, die sie im Arme hielt, und die ganze Kraft ihres Herzens strömte in dem Wunsch zusammen, daß Regine erreichen sollte, was der Mutter versagt geblieben war.

3

Auf Weyarn herrschte Bestürzung, wie dies Haus sie seit Jahrzehnten nicht gekannt hatte. Frau von Fünfkirchen war plötzlich verschieden. Niemand hatte an eine solche Wendung gedacht, denn eine ganze Weile hatte sie sich wohl gefühlt und schon den Tag ausgerechnet, an dem sie zum erstenmal wieder aufstehen sollte. Da war aber eine plötzliche Herzschwäche eingetreten, die allen Einspritzungen von Kampfer und Äther widerstand, und nach kaum acht Tagen folgte so die Mutter dem Neugeborenen, das eben noch die Nottaufe hatte empfangen können. Ohne Schmerz und Kampf ging sie hinüber, konnte nicht einmal mehr den Töchtern Lebewohl sagen und ihnen eine letzte, aus bitterster Erfahrung geschöpfte Mahnung mit auf den Lebensweg geben — —

Alle im Hause waren fassungslos; fassungslos im Schmerz und obendrein verstört von der Plötzlichkeit, mit der das Ereignis hereingebrochen war. Sie begriffen sich selber nicht, daß sie, da sie doch immer wieder für die Mutter zittern mußten, nie mit der Möglichkeit ihres Abscheidens gerechnet hatten, aber keines von ihnen hatte je geglaubt, daß der Vater die Frau überleben würde. Warum sie es nicht geglaubt hatten, blieb ihnen in diesen Stunden ganz unklar, aber was da geschehen war, schien ihnen gegen jeden Sinn, gegen jedes Gesetz, an das sie geglaubt hatten, zu verstoßen. Da der Vater sich in den letzten Jahren immer ungünstiger verändert hatte, war ihnen wohl zuweilen der Gedanke gekommen, daß es mit ihm nicht gar zu lange mehr dauern könnte. Aber daß die Mutte sterben sollte, die trotz aller Mühsal sich immer wieder erhoben und tatkräftig mit ihnen dahingeschritten war, nein, daran hatten sie nie gedacht und nun, da es geschehen war, begriffen sie es immer noch nicht. Und noch weniger begriffen sie, daß sie inmitten der Betäubung und des Schmerzes an die hundert Alltäglichkeiten denken sollten, die ein Trauerfall immer mit sich bringt: an den Arzt und die Leichenfrau, an die Trauerkleider und die Partezettel, an den Grabschmuck und die Trauerrede ...

Dora hob ihr heißgeweintes Gesicht von den Händen und sagte mit einer Heftigkeit, die nicht ganz verständlich war, zu Regine: „Wenn der Pfarrer an ihrem Grab wieder seine alberne Redensart von der Erde macht, dann springe ich ihm ins Gesicht!"

Regine blieb eine Minute still, sagte dann müde: „Laß ihn doch, er meint es ja gut!" und nach einer kleinen Weile setzte sie hinzu: „Und vielleicht hat er nach seiner Art auch recht!"

Dora wollte etwas erwidern, aber Regine hatte keine Zeit zu Erörterungen oder Wortgefechten. An ihr, die ja immer der Mutter zur Seite gestanden hatte, hing nun alles, auf ihr lag alles, zu ihr kam jeder mit Fragen, auf die sie selber oft nicht die richtige Antwort fand. Auf gut Glück hin mußte sie Anordnungen treffen, von denen sie wenig verstand, und vieles dem Zufall überlassen. An Dora hatte sie wenig Hilfe, denn diese jüngere Schwester war ungestüm in ihrem Schmerz wie in ihrem Tun, und jetzt war ja vor allem Ruhe und Umsicht vonnöten, damit das Haus seine Tote würdig bestattete und nicht gleich überall sichtbar wurde, daß die leitende Hand, der denkende Kopf fehlten. Auf Edith war gar nicht zu zählen, nicht nur weil sie zu jung war, sondern auch weil sie wieder mit dem verschreckten Ausdruck in den Augen dastand und die Zähne in die Unterlippe biß, daß ihr Kinn zitterte. Dann kam ein leichtes Fieber über sie, so daß sie sich zu Bett legen mußte, und in den wirren Träumen, die sie umfingen, nahmen die Grübeleien, mit denen sie sich lange schon beschäftigt und gequält hatte, greifbare Gestalt an, so daß sie, ohne es zu wissen, immer wieder laut aufschrie und erst nach vielen Stunden in einen schweren Schlaf verfiel. Regine sah ein paarmal nach ihr, aber nicht so oft, wie sie sonst wohl getan hätte. Es gab ja nicht nur im Hause so viel zu tun, sondern auch die Sorge um den Vater war nun ganz ihr und den Schwestern übergeben.

Sie hatten zuerst gebangt, ihm den Tod der Frau zu sagen oder ihn zu der Leiche zu führen, aber er blieb ziemlich teilnahmlos, wie er es allem gegenüber seit geraumer Zeit war. Die Worte seiner Töchter verstand er wohl kaum und als er an das Totenbett trat, sah sein Gesicht mehr erschrocken denn erschüttert aus. Das große Mysterium, das sich ihm da offenbarte, wirkte auf ihn unheimlich; nach wenigen Augenblicken verließ er mit furchtsamem Gesicht das Sterbezimmer und ging hinunter in den Garten. Begab sich aber dieses Mal nicht zu seinen Schwänen, sondern lief nach der dichtverwachsenen Geißblattlaube, die ihn von allem abschloß, fuhr zusammen, wenn er meinte, daß Schritte sich ihm näherten und eine Hand ihn wieder zurückführen wollte zu der dunklen Unheimlichkeit, vor der er geflohen war ...

Die ersten, die angefahren kamen, um ihr Beileid auszudrücken und ihren Beistand anzubieten, waren die Wendelstadts. Mit Emmy und Peter kam auch Frau Wendelstadt, umarmte und küßte die Schwestern, weinte ein wenig über „meine gute Fünfkirchen", an deren Tod sie so wenig gedacht hatte wie alle andern, fragte, ob nicht die eine oder andre der Schwestern bis über das Begräbnis hinüber in die Wendelstadtsche Villa kommen wollte —

„Oder auch alle drei! Platz für euch alle ist da und ihr könnt euch denken, daß wir froh sind, euch irgendeinen Dienst zu erweisen!"

Aber Regine lehnte gleich dankend ab.

„Das wäre unmöglich. Es gibt hier zu viel zu tun und wir könnten ja auch den Papa nicht allein lassen."

„Ach so, der Papa!" Frau Wendelstadt hatte ihn in ihrer gutmütigen Gedankenlosigkeit völlig vergessen.

„Nun ja, das seh' ich schon ein. Aber wenn du hier bist und Dora, dann könnte doch wenigstens Edith zu uns kommen! Ein Trauerhaus ist wirklich nichts für so ein halbwüchsiges, nervöses Geschöpf ..."

„Edith ist krank. Und bis sie sich wieder erholt hat, sind die größten Aufregungen schon vorüber. Ich glaube, es hat auch keinen rechten Sinn, jetzt vor dem davonzulaufen, was wir eben tragen müssen. Die Mutter kommt doch nicht wieder, daneben ist das übrige gar nicht der Rede wert!"

Die Stimme brach ihr und sie wandte den Kopf, denn sie wollte nicht vor einer Fremden weinen. Frau Wendelstadt, die als reiche und verwöhnte Dame dem Grundsatz huldigte, daß man nicht nur vor jedem Schmerz, sondern auch vor jeder Unannehmlichkeit so schnell und so weit wie möglich davonlaufen müsse, begriff Reginens Weigerung nicht recht und meinte: „Liebes Kind, mache das, wie du willst! Ich wiederhole dir, daß ihr bei uns immer zu Hause seid! Und wenn ihr schon nicht kommen wollt, dann sollen wenigstens Emmy und Peter heute hier bleiben und euch helfen. Dir besonders, denn du mußt nun wohl bis auf weiteres deine Mutter vertreten!"

Daß Peter und Emmy blieben, war Regine recht und ebenso, daß Frau Wendelstadt, die trotz aller guten Absicht wenig in ein Trauerhaus paßte, nun wieder wegfuhr, war ihr angenehm. Die Geschwister Wendelstadt paßten sich der ganzen Lage hier weit besser an, als ihre Mutter, die es gewohnt war, jede Peinlichkeit des Lebens auf ihren Gatten abzuwälzen. Peter übernahm alle Laufereien, die ein Trauerfall notwendig macht, Emmy schrieb die Adressen für die Partezettel und bestellte aus der Stadt Kataloge für Trauerkleider. Sie war schwarz gekleidet, mit kleinen weißen Streifen um Hals und Handgelenk, weil es sich für sie, die immerhin eine Fremde war, nicht geziemt hätte, in wirklicher Trauer zu erscheinen. Sie war wie immer wunderschön frisiert, sanft gepudert und auch das Schönheitspflästerchen fehlte nicht. Ihr rötliches Haar bildete einen reizvollen Gegensatz zu dem schwarzen Kleid; eine gewisse Würde der

Haltung und des Gesichtsausdrucks stand ihr nicht übel, gerade weil man es gewohnt war, sie immer heiter und nur mit sich beschäftigt zu sehen. Sie sprach auch nicht so viel wie sonst, dämpfte taktvoll ihre etwas flache, allzuhelle Stimme und weil sie in allen Äußerlichkeiten gewandt und umsichtig war, kam sie sich und den andern in dieser Stunde nützlich vor. In ihrem großen, städtischen Bekanntenkreis mußte sie das Jahr über natürlich manchen Kondolenzbesuch abstatten und wenn solche Beileidsbezeigung dort auch rein oberflächlich blieb, so wußte sie doch mehr von den äußeren Erfordernissen, die ein Trauerfall bedingt, als die drei Schwestern, die ihm betäubt und hilflos gegenüberstanden. Sie war sehr zufrieden mit sich (sie war übrigens meistens sehr zufrieden mit sich) und begriff heute weniger denn je, daß Ferdinand von Fünfkirchen für sie immer nur burschikose Freundschaftlichkeit und nicht Verehrung oder Bewunderung an den Tag legte.

Peter war zu Rad nach der Bahn gefahren, um ein Telegramm an Ferdinand aufzugeben. Man rechnete aus, daß er gerade noch rechtzeitig zur Beerdigung eintreffen konnte.

Emmy fragte: „Wer von euch holt ihn denn ab?"

Regine und Dora sahen sich überrascht an. Keine von ihnen hatte daran gedacht, den Bruder an der Bahn zu erwarten.

Emmy sagte überlegen: „Aber irgend jemand von euch muß doch dort sein, wenn er ankommt! Er wird doch gleich wissen wollen, wie alles gegangen ist."

Ja, da hatte Emmy wieder recht und aufs neue begriffen sie nicht, daß sie nicht von selbst gedacht hatten, was doch der Fremden einfiel.

„Wenn ihr meint, kann Peter hinfahren und ihn abholen; aber ich fände es schon richtiger, wenn eine von der Familie da wäre, um ihn zu empfangen. Vielleicht fährst du mit Peter, Dora?"

Aber Dora wollte nicht recht. Sie fand zwar, daß Peter sich in diesen Tagen sehr rührend und fürsorglich benahm, aber zu einer langen Wagenfahrt mit ihm hatte sie keine Lust.

Auch verursachte ihr der Gedanke an dies traurige Wiedersehen mit dem Bruder schon jetzt solche Erregung, daß sie laut zu schluchzen begann und nicht wußte, wie sie ihm berichten sollte, was geschehen war. Auch Regine lehnte die Fahrt zum Bahnhof ab. Sie wollte nicht mit ihrem Schmerz an einem Bahnsteig stehen, begafft von Leuten, die neugierig auf sie starrten, wollte nicht auf einer Wagenfahrt von dem sprechen, was so schrecklich und heilig war, daß man kaum mit Worten daran rühren mochte.

Und Emmy entschied: „Ich glaube, es ist vielleicht am besten, Peter holt ihn allein ab. Er weiß ja alles, nimmt Anteil an allem, was euch betrifft, und ist doch so ruhig, daß Ferdinand von ihm alles genau erfahren kann. Erwartet ihr ihn nur hier, das ist vielleicht am besten!"

So fuhr denn Peter Wendelstadt allein in seinem Kutschierwagen zur Bahn, um seinen alten Spielgenossen und Freund zu erwarten. Ehe er wegfuhr, sagte er zu Emmy: „Mache dich ganz fertig, damit du gleich aufsteigst, wenn ich den Ferdinand hier abgesetzt habe. Der muß dann mit seinen Schwestern allein bleiben und wir beide sind da überflüssig!"

„Selbstverständlich!"

Sie sagte es, als ob es ihr eigener Gedanke wäre, aber eigentlich hatte sie doch gehofft, sich ein bißchen verzögern und mit Ferdinand sprechen zu können. Aber Peter hatte doch wohl recht. Sie war hier eine Fremde und es ging nicht an, daß sie sich in das Wiedersehen der Geschwister drängte ...

Die Sonne stand im Westen, als Peter zur Bahn fuhr. Die Felder, auf denen tagsüber die heiße Hand des Sommers gelegen hatte, atmeten jetzt in einer immer köstlicher werdenden Kühle und die Grillen schlugen, als gäbe es kein Sommersende und kein Vergehen. Kein schlimmer Westwind schlug raschelnd die Wipfel der Bäume gegeneinander, von den Heliotropbeeten her schwamm ein süßer Vanilleduft durch die klare Luft. Emmy ging im Garten hin und her, horchte immer wieder zu dem Plankenzaun hin, ob nicht Hufschlag die Ankunft der beiden jungen Männer verkünde, dachte an

Ferdinand und begriff wieder einmal nicht, daß er nicht ebenso an sie dachte, wenngleich sie ihm natürlich in diesen Trauertagen alles nachsah und verzieh. In ihrem planlosen Hin- und Herstreifen kam sie auch an der Geißblattlaube vorbei, in der furchtsam und versteckt Joseph von Fünfkirchen saß. Er bemerkte sie nicht und so blieb sie ein paar Augenblicke stehen, unschlüssig, ob sie ihm guten Tag sagen sollte oder nicht. Sie war immer zutraulich und freundlich zu ihm gewesen, war an ihn gewöhnt, wie sie alle, die ihn seit ihrer Kindheit sahen und kannten. Heute aber fand sie ihn mit einem Male widerwärtig, ohne daß sie hätte sagen können, warum ihr diese Empfindung kam.

Sie ging vorüber, ohne daß er sie gesehen hatte, und dann hielt auch schon der Wagen vor dem Tor, und Ferdinand eilte seinen Schwestern entgegen, die aus dem Haus gelaufen kamen, um ihn zu umarmen. Durch den sinkenden Abend fuhren Peter und Emmy nach Hause. Peter sagte: „Den Ferdinand hat's ordentlich gepackt. Geweint hat er wie ein Kind. Er ist doch ein seelensguter Mensch. Er hat mehr Gefühl, als ich ihm zugetraut hätte."

Emmy fragte etwas spitz: „Warum hast du ihm eigentlich weniger Gefühl zugetraut?"

Er zauderte einen Augenblick, ehe er entgegnete: „Ach so, im allgemeinen! Weißt du, wenn einer sich so eine Gesellschaft aussucht, wie der Ferdinand sie sich in München ausgesucht hat —"

Aber das war es nicht, was Emmy hören wollte. Sie zuckte die Achseln und sagte ungeduldig: „Was du immer mit der Gesellschaft vom Ferdinand hast! Das macht doch jeder, wie er will, und es hat auch mit dem Gefühl eines Menschen gar nichts zu tun."

Peter begriff wohl, daß sie recht hatte, aber er war ebenso eigensinnig wie lang, und darum kam er immer wieder, auch bei ganz unpassenden Gelegenheiten, darauf zurück, daß die Boheme Münchens, in der Ferdinand gerne verkehrt hatte, unmöglich, ganz unmöglich sei und daß —

Emmy unterbrach ihn: „Fange nicht immer wieder die

alten Geschichten an. Du siehst ja selbst, daß der Ferdinand trotzdem ein guter Mensch ist!"

„Ja, ich meine immer, er hat's von der Dora!"

„Oder die Dora hat's von ihm!"

Sie sprachen nichts weiter mehr, fuhren, jedes in seine Gedanken versunken, durch den verblassenden Tag hin ...

Es war am Abend nach dem Begräbnis. Die Kinder der Toten saßen an dem großen Tisch im Wohnzimmer, im Schein der Lampe, bei der Martha von Fünfkirchen so oft ihre Wirtschaftsbücher gerechnet, oder ein wenig gelesen oder die Wäsche des großen Haushalts ausgebessert hatte. In ihren stumpfen, schmucklosen Trauerkleidern sahen die Mädchen blaß aus und alle waren schweigsam und müde. Aber trotz dieser Müdigkeit wollte niemand von ihnen schlafen gehen, zögerte jedes aufzustehen und Gute Nacht zu sagen. Eben ihre Müdigkeit hielt sie zusammen und die Angst vor der großen Leere des kommenden Tages, und vor der Nacht, die ihm voranging. Der heutige Tag hatte noch der Toten gehört, war noch ganz von ihr erfüllt gewesen, fast als ob sie lebte; die Sonne des morgigen aber gehörte ihr nicht mehr, beschien ein Leben, das ohne sie weitergehen mußte, in dem nicht mehr sie selber Platz hatte, sondern nur noch die Erinnerung an sie.

Still, wie es seit langem seine Art war, und ohne daß seine Kinder es recht bemerkten, hatte sich Joseph von Fünfkirchen entfernt und war in sein Zimmer gegangen. Die Kinder starrten in das Licht der Lampe, sprachen hier und da ein abgerissenes Wort, schlugen müde mit den Augendeckeln und verzögerten doch immer noch den Aufbruch, der sie zum morgigen Tag hinführen sollte. Eine beklemmende Stille lag um den großen Tisch; wirkungslos verhallte an der trübseligen Versonnenheit der vier jungen Menschen das heitere Gezirpe der Grillen, das unermüdlich durch das geöffnete Fenster hereindrang.

Mit einem Male hob Regine lauschend den Kopf nach dem oberen Stockwerk hin, wo das Zimmer ihrer Mutter lag.

Und ehe sie noch ein Wort gesagt hatte, lauschten mit ihr die andern, sahen sich erschrocken an, sprangen auf, um hinaufzueilen und zu sehen, was dort geschah. Sie hatten zuerst Schritte gehört, dann Laute wie von einem Menschen, der schmerzvoll stöhnt, und nun wuchs dies Stöhnen zu einem schrecklichen Aufschrei der Qual und rasenden Verzweiflung. Sie liefen hinauf, so schnell ihre Füße sie trugen, standen erschrocken und erschüttert auf der Schwelle des Zimmers, das noch vom letzten Abendschimmer durchhellt war. Vor dem großen Himmelbett der Toten kniete der Vater, hatte seinen Kopf tief in die Kissen gewühlt und weinte, wie seine Kinder ihn niemals hatten weinen sehen. Kein stilles und schmerzliches Weinen war es, sondern ein Brüllen wie von einem Tier, das den Todesstreich empfangen hat und sich mit letzter Kraft hilflos gegen das Unabänderliche wehrt. Sein graues Haar hing ihm verwirrt um den Kopf, sein Körper schien gebrochen und er hatte die Hände so fest vors Gesicht gekrampft, daß seine Kinder sich nicht getrauten, sie mit zärtlicher Gewalt wegzuziehen, weil sie fürchteten, seine Finger zu zerbrechen. So lag er in atemlosem, fürchterlichem Schluchzen und es war, als ob er nicht nur um die Tote weinte, sondern auch um sich selber und über die schreckliche Mauer, die zwischen ihm und allen andern Menschen aufgerichtet war. Das Mysterium des Todes hatte er nicht begriffen, war ihm mit instinktiver Furcht aus dem Wege gegangen, aber die Leere dieses Gemachs begriff er und es überfiel seine arme Seele wie eine ungeheure Platzangst, daß er nun allein über diese Leere hinweggehen sollte. Voll tiefer Bewegung sahen seine Kinder auf ihn. Erst jetzt begriffen sie ganz, was die Mutter für ihn gewesen, da ihr Scheiden für einen Augenblick seine Armseligkeit von ihm genommen, ihn für Augenblicke einem wirklichen, fühlenden Menschen gleich gemacht hatte ...

In dieser Nacht saß Ferdinand von Fünfkirchen noch eine Weile auf seinem Bett und überlegte, was an den kommenden Tagen geschehen und wie er den Schwestern sagen sollte, was gesagt werden mußte. Es mußte einmal gesagt werden, darüber konnte kein Zweifel bestehen, aber es war sicher keine Kleinigkeit, es diesen jungen Dingern, die er für sehr unverständig hielt, klar zu machen. Er sah vor sich auf den Boden und war unzufrieden mit sich. Das kam von dem ewigen Herumziehen, von dem Hinausschieben alles Unangenehmen, statt frisch drauf los den Stier bei den Hörnern zu packen und zu entwirren, was doch nicht ewig unentwirrbar bleiben konnte! Aber war das allein seine und nur seine Schuld? War er nicht fest entschlossen gewesen, bei seinem Herbsturlaub mit der Mutter zu sprechen, sich ihr ganz zu offenbaren, fest überzeugt davon, daß sie, der er in manchem glich, ihn bis zuletzt verstehen und ihm ihre Einwilligung geben würde?! Da aber war ihr jäher Tod dazwischen gekommen, hatte alles verändert, alles verschoben, legte ihm von heute zu morgen Pflichten auf, an die er früher nie gedacht oder geglaubt hätte. Auch ihm war es ja nie in den Sinn gekommen, daß sein Vater die Mutter überleben könne, und nun, da es doch so gekommen war, stand er bestürzt und ein wenig ratlos und suchte, wie er die Pflichten gegen sich und die Pflichten gegen die Schwestern miteinander vereinen könnte. Denn er hatte Pflichten gegen sich, jawohl, sehr große Pflichten gegen sich und er mußte entschlossen sein, sie rückhaltlos zu vertreten, wenn etwa die unvernünftigen Mädchen sie nicht achten wollten. Er hatte nur eine Scheu vor Auseinandersetzungen, vor tränenvollen Szenen, und ohne die würde es vermutlich nicht gehen. Vermutlich, vielleicht aber waren die Mädchen vernünftiger, als man meinte, begriffen ihn und fügten sich. Die Betrachtung solcher Möglichkeit erheiterte ihn ein wenig, aber dann sah er wieder den Vater vor sich, wie er ihn vorhin im Zimmer der Mutter gesehen hatte, und das keimende Zutrauen schwand.

Er stand auf, reckte die Arme in die Höhe wie ein todmüder Mann und wollte aus seinem Koffer noch ein weniges auspacken, denn er war bis jetzt nicht dazu gekommen, hatte nur gerade herausgenommen, was er für den ersten Tag brauchte. Er schlug den Deckel zurück, kramte ein wenig zwischen Wäsche- und Kleidungsstücken, zog eine Photographie heraus, ein tiefgescheiteltes Mädchen mit gewollt düsterem Gesichtsausdruck, das, in einem als Kleid gesteckten, bunten Schal in seltsam verrenkter Stellung auf einer Ottomane lag. Mit zwei Zentimeter hohen Buchstaben stand quer über den Rand des Bildes geschrieben: „Meinem kleinen, immer noch spießbürgerlichen Ferdinand seine ihn heute liebende Tamara." Er betrachtete das Bild, das ihn, gleich dem Geist, der aus der Widmung sprach, so oft entzückt hatte, sah sich im Zimmer um, ob er es nicht irgendwo aufstellen könnte, legte es aber doch wieder in den Koffer zurück. Er war zu müde, um an Tamara zu denken, auch zu benommen von allem, was die letzten vierundzwanzig Stunden über ihn gebracht hatten. Morgen war ja auch noch ein Tag, morgen konnte er an Tamara denken und schreiben und außerdem sich den Schwestern eröffnen. Morgen oder übermorgen oder noch ein paar Tage später ...

Er schloß den Koffer, legte sich zu Bett und schlief bald ein.

4

Frau von Fünfkirchen hatte letztwillige Verfügungen hinterlassen, die nicht aus der jüngsten Zeit stammten, sondern schon vor mehreren Jahren geschrieben worden waren. Sie hatte sich wohl schon damals dem Abstieg näher gefühlt, als ihre Umgebung es wußte oder erkannte. Rechtskraft konnte vielleicht diesen Aufzeichnungen bestritten werden, da ja alles Eingebrachte in dieser Ehe von dem noch lebenden Manne herrührte, aber für die Kinder war dies Testament unumstößlich, weil es nicht knechtisch an den Willen einer Toten band, vielmehr klar und einsichtig mehr denn einen Weg bedachte, den die Hinterbliebenen gehen konnten.

Selbstverständlich mußte der weitaus größte Teil des Vermögens, der in Weyarn festgelegt war, ihm auch verbleiben, sofern der Sohn den Grundbesitz übernehmen würde. In diesem Fall war für jede der Schwestern ein

Kapital von etwa 50000 Mark ausgesetzt, das auf dem Hause stehen bleiben und vom Bruder verzinst werden mußte. In außergewöhnlichen Fällen, wenn das Kapital etwa dringend zu einer Eheschließung oder einer Berufswahl nötig war, sollte es, wenn irgend möglich, an die Erbin ausgezahlt werden. „Denn Grund und Boden zu besitzen, ist wohl schön, aber keine meiner Töchter soll ihm das, was sie als ihr Lebensglück erwartet, zum Opfer bringen müssen." Einigten sich dagegen die Geschwister, Weyarn zu verkaufen, so teilen sie sich in den Erlös zu vier gleichen Teilen „und jeder von euch muß es als seine erste Pflicht betrachten, für euren Vater zu sorgen, nicht nur finanziell, sondern in jeder Hinsicht, so daß ihm nichts fehlt, was er bei meinen Lebzeiten gehabt hat". An das Vorhandensein weiterer Erben schien Frau von Fünfkirchen nicht gedacht zu haben, obgleich zwischen der Abfassung dieser Verfügungen und ihrem Tode noch drei Kinder — ein Zwillingspaar und das letztverstorbene — zur Welt gekommen waren. Sie hatte wohl gewußt, daß keines mehr zur Erbteilung heranwachsen durfte — —

Als sie diese Verfügungen gelesen hatten, fand Ferdinand, daß es nun an der Zeit wäre, seinen Entschluß den Schwestern mitzuteilen und ihn, sofern es nötig sein sollte, eingehend zu besprechen. Am nächsten Morgen, als sie eben das Frühstück beendeten, gab er sich einen Ruck. Blickte im Kreis umher, ob wohl auch alle in der rechten Verfassung waren, ihn zu hören, wartete, bis der Vater genügend Weißbrot zerkrümelt hatte und zu seinen Schwänen ging, blickte mißbilligend auf Edith, die morgens immer müde und verdrossen war und widerwillig kleine Stücke von ihrem Butterbrot aß, beinahe so, als wäre es eine Medizin.

„Na, Edith, du brauchst heute wieder einmal zu deiner Tasse Kakao so lange, wie ein anderer Mensch zu einer ganzen Mahlzeit. Sechs Gänge hätte ich in der Zeit gegessen!"

Regine wehrte ab. „Laß sie doch, man muß ja froh sein, wenn sie überhaupt etwas ißt."

Er brummte: „Schöner Zustand! Froh sein, wenn jemand

überhaupt etwas ißt! Bei mir ist nie jemand froh gewesen, wenn ich etwas gegessen habe —"

Dora sagte: „Es hat dir ja auch ohnehin immer gut geschmeckt und es hätte dich auch nicht gestört, wenn wir alle über deinen Appetit gejammert hätten!"

Er entgegnete behaglich: „Nein, in meinem Appetit hätte mich wirklich nichts gestört. Das Leben ist ohnehin schwer genug, und wenn man nicht einmal das bißchen Freude am täglichen Futter hätte, dann wäre es schon gar nichts! Er sprach ganz gedankenlos, wie Menschen sprechen, die Worte machen, um noch Zeit zu gewinnen für das, was sie sagen müssen. Er merkte darum auch gar nicht, in welch drolligem Widerspruch seine resignierte Philosophie zu ihm und seinem Wesen stand, denn mit seinem glänzend gebürsteten, blonden Scheitel, den Durchziehern über Wange und Nase in dem frischen Gesicht und dem kecken, fröhlichen Mund, dem man ansah, daß er auch in dieser Zeit ein dröhnendes Hoho-Lachen nur mühsam unterdrückte, bot er das typische Bild des ewigen Korpsstudenten. Und doch war er nur ganz kurze Zeit bei dem Korps geblieben, das schon den Professor Alexander von Fünfkirchen zu seinen alten Herren gezählt hatte. Ferdinand war in dies Korps getreten, weil man ihm gesagt hatte, daß das Leben im Korps herrlich und eine stützende Grundlage für das ganze, fernere Leben sein würde, aber er war schnell wieder ausgetreten, weil ihm, der an eine gewisse persönliche Freiheit gewöhnt war, der studentische Komment sinnlos und beengend vorkam. Er hatte ein wenig in die Schwabinger Boheme hineingeguckt und wenn es ihm auch nicht einfiel, in ihr zu versinken und zu verlottern, so betrachtete er sie doch in seiner ländlichen Unerfahrenheit als eine schöne Welt, ganz angefüllt von Freiheit und hohen Begabungen, und dachte, daß jeder glücklich sein müsse, den diese Welt zu ihren Festen lud. Auch in Norddeutschland verließ ihn diese Neigung nicht und da er auf einer Spritzfahrt nach Berlin Tamara als Stern vierter oder fünfter Güte eines Überbrettels sah und kennen lernte, erschien sie ihm wie eine Sendbotin aus jener Welt, die im Norden wohl zur handgreiflichen Liederlichkeit, niemals aber zu der selbstverständlichen, holden Verrücktheit des Südens aufblühen kann ...

Er stäubte die Asche von seiner Zigarette ab, stupfte sie aufmerksam mehrmals in den Aschenbecher, bis sie verlöschte, sah wieder zu Edith hin: „Es wäre mir wirklich angenehm, wenn du endlich einmal fertig wärst. Ich habe mit Regine und Dora Wichtiges zu besprechen, wobei du ganz überflüssig bist. Du bist ja noch so entsetzlich minorenn!" Edith, froh auf diese Weise jeder weiteren Verpflichtung gegen ihr Butterbrot enthoben zu sein, stand auf und verschwand, ehe Regine sie zurückhalten konnte.

Dora sagte: „Du bist so feierlich! Hätte es nicht Zeit gehabt, bis das Kind mit seinem Frühstück zu Ende war?"

Er aber mit wilder Entschlossenheit, die jede Verzögerung abschneidet: „Ich bin durchaus nicht feierlich, aber wir müssen uns jetzt endlich einmal klar auseinandersetzen, selbst auf die Gefahr hin, daß das Kind nicht von Morgen bis Mittag vor seiner Tasse sitzt." Er gab sich einen Ruck, zog die graue Lodenjoppe mit den grünen Aufschlägen und den Hirschhornknöpfen stramm an, als wäre sie ein Leibrock, mühte sich, auf sein Studentengesicht einen Ausdruck väterlichen Ernstes zu legen. Regine und Dora sahen ihn gespannt an und warteten.

„Also, Kinder, hört mir mal ruhig und vernünftig zu, so weit euch das möglich ist! Also: ich beabsichtige nicht, Weyarn zu übernehmen. Ich ... ich ..." er zögerte wieder ein wenig, sprengte dann jäh voran. „Ich habe mich in Berlin prüfen lassen, ich habe eine glänzende Stimme, eine erste Kapazität hat mir gesagt, daß ich in ein paar Jahren an jeder großen Oper singen und Geld wie Heu verdienen kann. Ich habe eben die Stimme von der Mama geerbt und es wäre Sünde und Schande, solch ein Erbe brachliegen zu lassen, um hier als kleiner Gutsherr herumzustochern und von einem Jahr zum andern auszurechnen, ob man auch drauskommt. Nun, was sagt ihr dazu?!"

Sie konnten zunächst gar nichts sagen. Was er da gesprochen hatte, war so plötzlich, so überraschend gekommen, daß sie es zunächst gar nicht recht begriffen. Erst nach geraumer Zeit stammelte Regine: „Aber das ist... das ist doch unmöglich!"

Er nickte mit etwas spöttischem Lächeln. „Ja, gutes Mädchen, so ungefähr habe ich mir deine Auffassung von der Sache gedacht. Ihr sollt es ja auch nicht schon heute oder morgen begreifen, könnt in aller Ruhe einige Tage daran wenden, ehe ihr meinen Entschluß begreift und die Konsequenzen überlegt, die daraus gezogen werden müssen. Wenn ihr so weit seid, sprechen wir wieder darüber!"

Er war jetzt ganz so gönnerhaft, wie Dora zu sein pflegte, wenn sie Peter Wendelstadt belehrte. Er verließ seine Schwestern wie ein Präzeptor, der seine Schüler vor eine schwierige Fleißaufgabe gesetzt hat.

Regine fragte fassungslos: „Dora, verstehst du das?"

„O ja, so ungefähr verstehe ich Ferdinand schon ..."

„Du kannst dir wirklich vorstellen, daß er zur Bühne geht?! Daß unser Bruder sich schminkt und einen falschen Bart anklebt und Maskenkleider anzieht und sich verneigt, wenn Menschen ihn beklatschen?!"

Dora lachte ein wenig.

„Mein Gott, Regine, das sind ja nur Äußerlichkeiten. Daran denkt er jetzt auch nicht. Er denkt nur an die Kunst, und ein Künstler zu sein — ach du, das muß über alle Begriffe schön sein! Das muß sein, als wäre man ein halber Gott! Denke doch, was das heißt, wenn da Tausende sitzen und ein einziger kommt und singt und all die Tausende denken nichts mehr, hören nichts mehr, wollen nichts mehr, als nur den einen. Erinnere dich doch, wie herrlich es war, wenn wir in München bei einer Wagneraufführung waren —"

„Wohl, aber dennoch —"

Regine konnte sich in den Gedanken, daß ihr Bruder zum Theater wollte, nicht hineinfinden. Da sie wieder mit Ferdinand über diese Angelegenheiten sprachen, sagte sie: „Was würde die Mama zu deinem Vorhaben sagen!"

Er entgegnete siegessicher: Die Mama wäre sicher auf meiner Seite, denn sie wollte ja selber einmal zur Bühne gehen!"

„Aber sie hat es nicht getan!"

„Jawohl, weil pedantische Eltern mit aufgehobenen Händen ‚wehe' und ‚Fluch!' schrien. Aber, Gott sei Dank, unsere Mutter war anders und überdies ist auch die Zeit anders geworden. Als die Mama noch jung war, wäre es Schmach und Schande gewesen, wenn ein Sohn aus guter Familie zum Theater gegangen wäre, heute drängen sie sich dazu. Heute singen und spielen auf der Bühne Reserveleutnants und Geheimratssöhne und Generalstöchter ... Also bemüht euch, eure Kleinbürgerei ein wenig zu vergessen und begreift, daß es ein hohes Ding und für jede Familie eine Ehre ist, wenn sie einen Künstler, einen wirklichen Künstler hervorbringen kann!"

Er erzählte nun ausführlich, wie sie ihn schon in München immer gedrängt hatten, seine Stimme prüfen zu lassen, wie er dann in Berlin zu einem hochberühmten Gesangsmeister gegangen war, der ihm nach kurzem Probesingen mitteilte, daß er einen Bariton von großem Umfang und seltener Schönheit in der Kehle trüge. In zwei oder drei Jahren sollte die Ausbildung vollendet sein und dann würde sich ihm eine große Zukunft eröffnen. Ruhm, Gold, Amerikafahrten und nochmal Gold und dreimal Gold, daß er bis an die Ellbogen darin wühlen und sich alle Schönheiten der Erde kaufen konnte ... Aber das Gold war gar nicht die unwiderstehliche Lockung für diesen jungen Menschen, der aus bürgerlicher Wohlhabenheit stammte und keine exzentrischen Wünsche in sich trug. Was ihn lockte, was aus Doras lauschenden Augen glänzte und auch auf Reginens Gesicht Verträumtheit legte, war etwas ganz anders. Sie alle hatten trotz ihrer fröhlichen Kinderzeit und ihrer sorglosen Jugend immer die Armseligkeit des Vaters und die Dumpfheit der elterlichen Ehe vor sich gesehen und in ihnen allen war, ohne daß sie es recht wußten, eine große Sehnsucht nach Buntem, Leuchtendem, nach etwas, das sie hinaustragen sollte über die Erde, gleichviel ob es ein Glück oder ein Schicksal war. Und wie Ferdinand sich immer mehr in Begeisterung hineinredete, überkam es sie alle wie ein leichter Rausch und es war ihnen, als lüfte er ein wenig einen Vorhang, hinter dem sich die Welt der großen Geschehnisse, des funkelnden Glückes erhob. Wie hätten sie versuchen dürfen, dem Bruder mit engherzigen Worten von dem Weg nach dieser Welt abzuraten? Wie hätten sie nicht wünschen sollen, daß sie selber aus der Enge des umfriedeten Lebens, die ihnen jetzt erst zum Bewußtsein kam, hinausschreiten dürften zu Seligkeiten, von denen man auf Weyarn nie gewußt hatte?!

Ferdinand war sehr zufrieden mit seinen Schwestern.

„Wahrhaftig, ich hätte nicht gedacht, daß ihr so gescheite Mädchen seid! Da wir uns nun in der Hauptsache einig sind, kommen die Nebensachen, die aber auch notwendig sind. Wir müssen Weyarn verkaufen." Weyarn verkaufen — das Wort verlöschte den Glanz in Doras Augen, nahm die Verträumtheit von Reginens Gesicht, daß es wieder wachsam und fragend wurde. Weyarn verkaufen — war das auszudenken?! Es gab doch keine Stunde ihres Lebens, in der es nicht zu ihnen gehört hatte, und nun sollten sie es abtun, wie ein altes Kleid, sollten es verschachern, wie Joseph von seinen Brüdern verschachert worden, und sich in den Erlös teilen! Ferdinand hatte es wohl schon genau bedacht, nahm es auch nicht so schwer, weil er ein Mann und überdies immer wieder vom Hause abwesend war. Die Mädchen aber vermochten den Gedanken nicht zu fassen, denn er traf sie unvorbereitet, wie der Tod der Mutter sie getroffen hatte. Ach, jener Tag hatte sie verwaist und dieser hier sollte sie arm machen ...

Regine fragte stockend, nur mühsam ihre Tränen unterdrückend: „Und der Papa? Was soll denn aus dem Papa werden, wenn wir verkaufen?" Ferdinand hatte in seinem Kopf schon alles aufs beste eingerichtet.

„Sehr einfach. Ihr zieht mit dem Papa nach München. Ihr nehmt euch eine hübsche Wohnung, ein oder zwei Dienstmädchen, lebt behaglich und lernt endlich einmal etwas andres kennen, als was ihr nun von Kindesbeinen an kennt. In der Stadt habt ihr auch ganz andre Chancen zu heiraten, und wenn Edith bei ihrer unbegreiflichen Schwärmerei für

Mathematik beharrt, kann sie ja in Gottes Namen dort für das Gymnasium vorbereitet werden. Jedenfalls eröffnen sich für euch ganz andre Perspektiven in der Stadt, als hier. Das müßt ihr doch einsehen!"

Und weil er den naiven Egoismus, mit dem er die Sorge für den Vater ganz auf die Schwestern lud, mildern wollte, fügte er hinzu: „Selbstverständlich könnt' ihr in allem auf mich zählen. Jetzt und später erst recht. Aber jedenfalls ist es für uns alle besser, wenn wir von hier fortkommen!"

Regine war blaß geworden und sagte kein Wort. Dora aber begann zu schluchzen und Ferdinand, der mit dem vorläufigen Ergebnis dieser Unterredung sehr zufrieden war, meinte begütigend: „Aber, kleines Schaf, wozu willst du denn heute schon heulen? Glaubst du vielleicht, die Käufer sitzen schon scharenweise da und warten nur, daß wir uns gütigst entschließen wollen? Es wird gar nicht so leicht sein, die Geschichte los zu werden. Heute und morgen und in vier oder sechs Wochen geht es sicher nicht, darauf kannst du dich verlassen! Vorerst muß ich mich einmal genau über alles orientieren, wozu ich jetzt noch keine Zeit gehabt habe. Denn verschleudern werde ich's nicht, Gott verhüte! Etliche Monate sehen wir jetzt einmal ruhig zu und schieben die Karre weiter. Bis zum Herbst bleib' ich hier, denn im Sommer gibt einem doch kein Mensch Unterricht und dann werden wir weiter sehen. Sela!"

Erleichtert, daß die Aussprache, deren sanftes Ende er nicht vorausgesehen hatte, vorüber war, ging Ferdinand von Fünfkirchen nun an eine genaue Inspektion des vorhandenen Besitzes. Er fand alles in guter Ordnung und finanziell gesicherter, als er es sich zuerst vorgestellt hatte. Außer dem Bankgeld mit dem sich von selber abzahlenden Annuitätenkapital war nur eine unbedeutende Hypothek da, die aus den letzten Jahren stammte und von der Mutter wohl mehr aus nervöser Angst, denn aus unbedingtem Bedürfnis aufgenommen worden war. Haus und Wirtschaft waren in Ordnung, kleine Vernachlässigungen, die sein kritisches Auge da und dort entdeckte, waren wohl ebenfalls erst in den letzten Jahren gekommen, da die Mutter ihre Kraft schon schwinden fühlte und nicht mehr recht imstande war, überall den Mann zu ersetzen. So war Weyarn ein bescheidener Besitz, aber er konnte sich doch neben andern, größeren aus der Gegend sehen lassen; wer ihn kaufte, war nicht hinters Licht geführt ... Vorläufig freilich fand sich kein richtiger Käufer, denn Ferdinand wollte den Lebensplan für seine Zukunft nicht gleich in alle Winde hinausschreien. Nur unter der Hand ließ er sachte wissen, daß er zu verkaufen gedächte, und alsbald schlichen auch Güterschlächter ums Haus, die dessen Wert mit mäkelnden Worten herunterdrücken, feilschend und achselzuckend einen falschen Abgang nehmen wollten. Aber Ferdinand ließ sich mit ihnen auf keine Verhandlungen ein. Nein, um es so einem hinzuwerfen, dazu war ihm das Haus seiner Eltern und Großeltern doch zu gut! Ebensowenig wie man einen treuen Hund einem harten Herrn verkauft, gab er dies Haus samt seinem Besitz in Hände, die seinen Bestand zertrümmern und es lieblos, wie billig erworbenes Gerümpel, weitergeben würden, bis nichts mehr von dem blieb, was es einst gewesen war. Nun, es eilte ja auch nicht so sehr mit dem Verkauf. Bis zum Herbst hatte er sich selber Zeit gegeben und wenn es bis dahin nicht gelungen war, konnte man es vielleicht verpachten, bis sich der richtige Käufer fand. Nur keine kleinliche Übereilung, die einen früher oder später reuen mußte! Ruhiges Blut behalten und sich sagen, daß morgen schon sein kann, was heute noch in weiter Ferne zu liegen scheint ...

Er ging dahin in der grauen Lodenjoppe, den kurzen Hosen und den festgenagelten Schuhen. An seinen weißen Knien merkte man, daß sie sich schon lange nicht in ihrer Nacktheit gezeigt hatten, aber deswegen sah er doch nicht mehr wie ein echter Stadtherr aus. Die Bauern und kleinen Handwerker rundum grüßten ihn ehrerbietig, nannten ihn „Herr Baron", wie sie auch von seiner Mutter nie anders als „die Baronin" gesprochen hatten, und die Anrede gefiel ihm, nicht etwa weil sie ihm ein Adelsprädikat gab, sondern weil sie so wohltuend von dem „junger Mann" abstach, mit dem ihn sowohl der Inspektor des norddeutschen Gutes wie der große Gesangsmeister, der seine Stimme ausbilden wollte, begönnernd angeredet hatten. Es war überhaupt hübsch, daheim zu sein, respektiert und zu gleicher Zeit ein wenig verwöhnt zu werden, wenngleich weder Regine noch Dora es verstanden, ihn so mit kleinen Beweisen der Sorgfalt und Zärtlichkeit zu umgeben, wie seine Mutter es getan hatte, wenn er in Ferien nach Hause kam. Er hätte sich übrigens solche Verwöhnung von den Schwestern auch gar nicht gefallen lassen, denn er fühlte sich jetzt als Herr der Situation und Oberhaupt der Familie und wollte also in keiner Hinsicht mehr behandelt werden wie ein kleiner Ferienstudent, dem man zu Hause für ein paar Wochen alles geben muß, was ihm die Fremde versagt. Aber auch ohne die sorgenden Hände der Mutter war es wunderhübsch, in seinem früheren Knabenzimmer mit den alten Buchsbaummöbeln, der bunten Florentiner Decke über dem Bett und den verblaßten Lithographien an der Wand und er schüttelte sich ein wenig, wenn er an die Mietzimmer dachte, die er da und dort jahrelang bewohnt hatte, oder an die nüchterne Volontärstube auf dem norddeutschen Gut. Und wenn in Münchner Ateliers auch ein eingeborener künstlerischer Geschmack es verstand, aus Kisten, bunten Fetzen und geschickt aufgespürten Raritäten von der Auer Dult einen Raum phantastisch auszustaffieren, so verblaßten doch in der Erinnerung solche Einrichtungskünste neben dem großen Wohnzimmer auf Weyarn, in dem noch die schönen, eingelegten Möbel aus der Klosterzeit standen und an der Wand das große Porträt des Großvaters Alexander von Fünfkirchen hing, von einem Münchner Meister im braunen Ton der fünfziger Jahre gemalt, dem Professor nicht allzuähnlich, aber so sehr in diesen Raum passend, daß kein Meisterwerk neuer Richtung es hätte ersetzen können. Am schönsten war es aber doch, über den eigenen Grund und Boden zu gehen, nachzuschauen, wie die Felder standen und was die Kartoffeln versprachen oder mit dem Bürgermeister ein langes, wichtiges

Gespräch über den neuen Körstier zu führen. Und mit leisem Lächeln dachte er dann manches Mal an die Landschwärmerei der Schwabinger Literaten, die wohl gelegentlich in prachtvoll flutenden Versen „die Scholle", „den Erdgeruch", „die schwielige Faust" oder auch „den Schweiß des Landmanns" besungen hatten. Neben der Wirklichkeit erschien dies alles zwar immer noch schön, rührend durch die naive Unkenntnis des Sängers, aber ganz ebenso unwirklich wie die Insel Bimini oder wie das Land Orplid. Vor einem geodelten Feld hätten sie sich alle die Nase zugehalten, von der nützlichen Schönheit eines großen Misthaufens mit dem schwarzblau schillernden Gerinnsel darum her verstanden sie nichts und von einer Kuh kannten und lobten sie nur „das strotzende Euter", bedachten jedoch nicht, daß sie beim Melken störrisch versagen oder auch verkalben konnte ... Ach nein, mit ästhetischer Poesie war hier nichts anzufangen! Hier mußte man geboren und daheim sein, um alles zu verstehen, und wenn man es verstand, ging einem das Herz auf und schnürte sich doch gleich wieder zu, wenn man bedachte, wie klein und ärmlich Weyarn war, verglichen mit dem mächtigen Besitz, von dem er eben herkam. Freilich, dort war eben Geld, viel Geld, und der Boden, der Gold tragen sollte, mußte auch mit Gold gedüngt werden, — gegen diese Einsicht war nicht aufzukommen. Und er, Ferdinand von Fünfkirchen, besaß zurzeit blutwenig Gold, es wäre denn, daß er den Schatz mit einrechnete, den er, wie sie sagten, in seiner Kehle trug. Aber bis dieser Schatz in bare Münze umgesetzt werden konnte, würde es noch Jahre dauern und bis dahin war Weyarn längst verkauft! Wenn die Mutter nur noch vier oder fünf Jahre am Leben geblieben wäre, konnte alles anders sein. Dann hätte er es vielleicht dem berühmten Wagnersänger Heinrich Vogel in München gleichtun können, der am Abend den „Lohengrin" so vergeistigt sang, daß man meinte, einen wirklichen Gralsritter zu sehen, und der am nächsten Morgen in Deichselfurt selber den Pflug über seinen Acker führte. Aber auch er hatte seinen Freunden lachend gestanden, daß ihn ein Glas

Milch aus dem eigenen Stall ebenso teuer käme wie ein Glas Sekt, und nicht als junger Anfänger hatte er Deichselfurt erworben, sondern erst da sein Ruhm und mit ihm die Goldflut schon zu steigen begann. Nein, Ferdinand von Fünfkirchen durfte an keine Doppelexistenz von Gutsherr und Sänger denken, mußte trachten, Weyarn zu verkaufen und im Spätherbst seine Gesangsstudien zu beginnen ...

Er pfiff vergnügt vor sich hin, sprang wohl auch einmal übermütig, als wäre er noch ein Schulbub, über einen Graben oder einen Bach, erschrak ein wenig, daß er so die Trauerzeit vergaß. Dann fiel ihm aber ein, daß seine Mutter mehr denn einmal gesagt hatte, niemals könne ein fröhliches Herz einen Toten kränken, und nun pfiff und sang und sprang er aufs neue, meinte, es geschähe aus Lust über die Zukunft, die in der Ferne goldig zu ihm herüberwinkte, und merkte nicht, daß er etwas in seinem Inneren niedersingen und von etwas wegspringen wollte ...

In jeder müßigen Stunde übte er fleißig Tonleitern und Solfeggien, schrieb dazwischen Briefe an Tamara, unter denen sich natürlich auch Wertbriefe befanden, und erwartete mit Ungeduld die Zweizentimeterbuchstaben, die sie ihm schickte und die erzählten, daß sie mit ihrem Überbrettl gegenwärtig auf Reisen sei. Einmal, da sie in Dresden auftrat, fuhr er wirklich unter einer durchsichtigen Ausrede nach München und dann gleich weiter, um Tamara endlich wieder zu sehen, aber öfters konnte er solche Liebesfahrten nicht unternehmen, denn schon war die Ernte in vollem Gang. Die Mühsal der großen Feldarbeit hub an, die so feierlich und erhaben ist, daß an jedem Feldrand ein Priester im Ornat die Messe lesen sollte. Glühende Garben warf die Sonne auf die Menschen herab und die Menschen wiederum luden glühende Garben auf Wagen, die unter der Fracht schwankten wie Schiffe. Schwere Pferde waren ihnen vorgespannt oder mächtige Ochsen mit breitgewundenen Hörnern und dem Eisenband über der dumpfen Stirn. Dann rann tagelang ein einförmiges melancholisches Surren durch alle

Gassen und Winkel — „der Dampf", die große Dreschmaschine, zog von Hof zu Hof, von Haus zu Haus, und über ihr Lied, das Sommersende verkündigte, stieg ein angenehmer Duft von Geselchtem und Schmalznudeln über die ganze Gegend hin. Denn „der Dampf" erspart zwar Menschenkraft, keineswegs aber den Appetit und darum betrachtet es in dieser wichtigen Zeit jede gewissenhafte Henne als Ehrenpflicht, ordentlich zu legen, und jede Bäuerin sagt, daß sie kein Gramm Schmalz verkaufen könne, wenn sie gleich Pfund auf Pfund in die Pfanne wirft. Nach der Felderernte kam das Grummet, das in diesem Jahr so reich war, daß die Städter, wenn sie's gewußt hätten, schon jetzt für die Fleischpreise des Winters gezittert hätten, denn jeder Landmann konnte sein Vieh den ganzen Winter über bis an den Hals in Futter stecken und brauchte nicht zu verkaufen, wenn ihm der Preis des Unterhändlers zu niedrig schien. Und als der Herbst kam, troffen die Obstbäume von Frucht, trugen Äpfel so dicht aneinander geschart, daß sie gar nicht mehr wie Äpfel, sondern wie riesige, rotgelbe Trauben aussahen, an den Birnbäumen sah man vor lauter Birnen kaum mehr ein Blatt und die Zwetschgen verfaulten zentnerweise auf der Erde, weil niemand sich mehr die Mühe gab, sie aufzulesen. Unerschöpflich quoll es in diesem Jahr aus der Erde hervor, als wollte sie zeigen, daß ihre Urkraft noch ungebrochen war wie am ersten Schöpfungstage und ein mitleidiges Grauen befiel jeden, der an die Stadt dachte, die Steine hervorbringen muß statt Brot und Frucht ... In diesen reichen Tagen war Ferdinand von Fünfkirchen nicht mehr so harmlos heiter, daß er über Graben und Bäche gesprungen wäre, aber sein Herz weitete sich in einer seltsamen Gier. Das Blut seiner Großmutter wurde wach in ihm, raunte ihm zu, wie köstlich es sei, immer neuen Besitz zu erreichen, hier einen Acker, da eine Wiese, dort ein Stück Wald zu erwerben, bedächtig, aber unaufhaltsam zu arrondieren, daß Weyarn über sich selber hinauswuchs. Die Zeiten waren ja jetzt auch ungleich günstiger als damals, da die arme Lehrerstochter hier eingezogen war. Grund

und Boden war mächtig im Preise gestiegen, der alte Wendelstadt drängte unablässig, daß die Bahnstrecke näher an Weyarn gelegt und es so direkt mit dem großen Verkehr verbunden werden sollte; in einem der nahegelegenen Gebirgsseen wurde ein neues Elektrizitätswerk mit starkem Strom errichtet, das Aussicht für Industrieanlagen bot, und Torfstiche, die jetzt noch für billiges Geld zu haben waren, konnten, sobald die Bahn kam, ebenso wie die Wendelstadtschen Wälder, zu wirklichen Goldgruben werden. Mit einem ausreichenden Kapital, das gar nicht einmal übermäßig groß zu sein brauchte, konnte der Enkel der armen Lehrerstochter im Lauf der Jahre Kauf an Kauf, Land an Land reihen, bis er schließlich, als erster in der Gegend, ein Fideikommiß verlangte und erhielt ... Doch dies alles waren und blieben Träume, über die Ferdinand selbst erstaunt war und von denen er nicht recht begriff, wie sie ihm plötzlich in den Sinn kamen. Sie würden ja auch nie ausgeführt werden können, denn erstens besaß er kein solches Kapital und zweitens meldete sich im Spätherbst endlich ein richtiger Käufer. Kein Güterschlächter war es, sondern ein wohlhabender Bürger aus der Stadt, der für seine kränkliche Frau und seine Kinder einen schönen und langen Sommeraufenthalt erwerben wollte und nur ein wenig, wohl nur der Form halber, um den Preis handelte. Schließlich kam er mit Ferdinand dahin überein, daß sie beide sich acht Tage Bedenkzeit lassen wollten, aber Ferdinand merkte gleich, daß sein Käufer keine Bedenkzeit brauchte und auch nach acht Tagen den Kaufvertrag ebensogern unterzeichnen würde wie heute.

In diesen Tagen, die nun dahinrollten, war es für die Schwestern wie ein endloses Abschiednehmen, wie ein letztes Lebewohl auf Nimmerwiedersehen. Sie gingen durch Haus und Garten, Stall und Milchkammer, glitten mit zärtlichen Blicken und Händen über Mauern und Gegenstände, die ihnen seit ihrer Kindheit vertraut waren. Regine sagte immer wieder leise: „Es ist furchtbar schwer. Nie hätte ich geglaubt, daß es so schwer sein könnte!"

Dora nickte und biß die Zähne zusammen, weil sie nicht

gleich antworten konnte. Doch hob sie mutig den Kopf und ihre Augen glänzten wieder, da sie entgegnete: „Es muß doch sein. Es hilft alles nichts. Es ist doch ein großes Glück für uns alle, wenn Ferdinand ein Künstler wird. Für die Kunst muß eine Familie alles tun können; weißt du, ich muß jetzt oft an das Bild „himmlische und irdische Liebe" denken. Die himmlische ist die Kunst und die irdische, unser Haus, muß ihr weichen. Es wäre unnatürlich, wenn wir es anders wollten."

„Wir wollen es ja auch nicht anders."

Sie sagte nichts weiter mehr. Sie gab wohl im stillen Dora recht, daß die himmlische Liebe über die irdische triumphieren müsse, aber war es wirklich himmlische Liebe, wenn Ferdinand zum Theater ging?! Das Wort „Kunst" wirkte auf sie nicht so faszinierend wie auf die jüngere Schwester; sie kam nicht los von einem leisen Widerwillen gegen Schminke und falsche Bärte und gesungene Worte, die einem andern nachempfunden sind. Ihr Begriff von himmlischer Liebe war anders, hatte nichts mit einem Lohengrin in silberner Rüstung zu tun ...

Auch Ferdinand war in diesen Tagen ernster als sonst. Sein frisches Studentengesicht sah blasser und nachdenklicher aus; er sang und pfiff nicht, und die Mahlzeiten, bei denen er sonst gern und lustig schwatzte, verliefen schweigsam. Wenn einer zu reden begann, brach er schnell wieder ab, weil ihm der Ton der eigenen Stimme fremd vorkam und die andern ihn erstaunt anguckten, als hätte er etwas Ungehöriges getan.

Zwei Tage waren noch von der Bedenkzeit übrig, da gab sich Ferdinand wieder einen Ruck wie damals, als er zuerst von seinem Zukunftsplan gesprochen hatte. Nach dem Mittagessen war es und der Vater schlief schon fest, da räusperte sich der Sohn und sagte zu seinen Schwestern: „Kinder, ich habe nun fünf Tage lang daran herumgewürgt und jetzt sage ich euch: es geht nicht. Ich kann nicht. Ich kann ... einfach ... nicht ..."

Er warf mit einer jähen Bewegung den Kopf zurück

und schaute angelegentlich zur Decke empor, so daß Regine ein wenig erschrocken seinem Blick folgte und meinte, er hätte da oben ein Spinngewebe entdeckt. Es war aber keine Spinne da, sondern nur ein Blinken in Ferdinands Augen, das er um keinen Preis vor den Schwestern sehen lassen wollte. Er wiederholte: „Ich kann nicht. Ich komme nicht los von dem Haus und von dem Boden hier. Man ist da geboren und die Mutter saß hier und die Großmutter, — es ist ja lächerlich, es ist blödsinnig, aber das hält einen fest. Wenn ich mir denke, daß der Krämer aus München sich hier breit machen will, wo wir hingehören, — nein, ich tue es nicht. Und wenn es zehnmal Unsinn wäre."

Regine und Dora sahen zuerst sich und dann ihn ein paar Augenblicke sprachlos an, getrauten sich noch nicht recht zu glauben, daß sie ihn recht verstanden hatten. Ungläubig und auch ein wenig, ein klein wenig enttäuscht fragte Dora: „Und deine Karriere? Das Theater? Willst du das alles aufgeben?!"

Er fuhr sie bärbeißig an: „Frage nicht so alberne Sachen! Natürlich muß ich sie aufgeben, oder glaubst du vielleicht, daß ich hier auftreten kann?!"

Regine fragte mit einem leisen Zittern in der Stimme: „Also behältst du Weyarn? Gehst nicht fort und wir müssen auch nicht fort?"

„Herrgott, fragt doch nicht so viel und begreift, was ich euch sage! Wir verkaufen nicht und es bleibt alles beim alten. Sela."

Und da die Mädchen nun beide aufjubeln und gerührt werden wollten, schüttelte er, der selber weich geworden war, alle Tränenseligkeit mit einer Handbewegung und burschikosen Worten ab: „Jawohl, wir bleiben hier, aber wenn ihr meint, daß ihr nun nichts zu tun habt auf der Welt, als hier zu sitzen und dumme Sachen zu fragen, irrt ihr euch bedeutend!"

Sie wollten beteuern, daß es ihre Absicht sei, von früh bis spät zu arbeiten und ihn in jeder Weise zu unterstützen, aber da lachte er und meinte: „Jawohl, auf eure Arbeit kommt's gerade an! Nein, Mädels, jetzt geht's aus einer andern Tonart, und was ich von euch erwarte, ist viel einfacher und angenehmer, als eure Arbeit. Heiraten sollt ihr, bald und gut heiraten, damit ich euch nichts herauszuzahlen brauche! Denn wenn schon kein Kapital hereinkommt, dann darf wenigstens keines hinausgehen. Wenn ich anfangen muß auszuzahlen, bin ich pleite. Also überlegt es euch und schaut, daß ihr so bald wie möglich Männer bekommt, und zwar Männer, die nicht auf euere fünfzigtausend Mark anstehen."

Sie waren etwas verblüfft und Regine sagte hilflos: „Aber das ist doch nicht so einfach! Zuerst muß uns doch überhaupt einer wollen, ehe wir ans Heiraten denken."

Und Dora, die zu wissen meinte, worauf der Bruder hinzielen wollte, entgegnete kampflustig: „Und außerdem müßten wir den Mann, der um uns freit, doch auch lieben. Wir nehmen doch nicht den Nächstbesten, nur damit du nichts herauszuzahlen brauchst. Wir wollen ja unser Geld gar nicht ausbezahlt haben, nicht wahr, Regine? Aber den Mann, den wir heiraten, wollen wir auch lieben."

„Na und ob!" entgegnete Ferdinand mit gutmütigem Spott. Er dachte bei sich: „Was versteht so ein Mädel, so ein weißgewaschenes Schaf von Liebe?! Die liebt am Ende doch jeden, mit dem sie verheiratet ist, selbst wenn sie sich zu Anfang gegen ihn gesträubt hat!" Laut sagte er: „Ich habe natürlich nichts dagegen einzuwenden, daß ihr euch in gute Partien verliebt. Aber so viel steht fest, wenn wir Weyarn halten wollen, müssen wir alle, ich leider nicht ausgenommen, nach Kräften heiraten. Wie und wen ist noch unbestimmt, aber daß steht unerschütterlich fest. Also, Kinder, überlegt euch die Sache, aber nehmt sie nicht gleich so schwer, denn jetzt wollen wir uns freuen, daß wir unser altes Haus behalten und da bleiben. Die letzten fünf Tage waren ohnehin scheußlich. Einfach scheußlich! Ich habe zum erstenmal in meinem Leben erfahren, was eine schlaflose Nacht ist. Und wie Gedanken einen quälen können ... Ich möchte es nicht wieder durchmachen und ihr wahrscheinlich auch nicht.

Also genießen wir einmal für eine Weile unsern Frieden, und das übrige wird sich finden! Nur — herauszahlen kann ich nicht, wahrhaftiger Gott nicht!"

„Aber wir wollen ja nichts!" riefen die Schwestern lachend zu gleicher Zeit. „Du tust ja gerade, als ob draußen schon drei Freier stünden, die dich durchaus bankrott machen wollen!"

„Das fehlte gerade!"

Er sah nach der Uhr, sprang erschrocken auf.

„Was man mit euch Zeit vertrödelt! Warum muß man euch eigentlich alles zweimal sagen, ehe ihr es kapiert?! Schreckliche Zucht mit euch, aber ich gebe es auf, euch zu bessern. Auf Wiedersehen!"

Draußen war er. Die Mädchen blieben noch ein paar Minuten wortlos sitzen. Regine verbarg das Gesicht in den Händen, als scheute sie sich das Glücksgefühl zu zeigen, das über ihr lag. Dora begriff noch immer nicht recht, wieso der Bruder der himmlischen Liebe Valet sagen konnte, und Edith fragte mit einer kleinen, besorgten Stimme: „Und mein Studium? Was wird daraus, wenn wir hier sitzen bleiben? Ich hatte mich schon so auf das Gymnasium gefreut ..."

Die beiden andern sahen sie verständnislos an. Gymnasium — wie nüchtern klang das Wort in ihre Erregung hinein. Was bedeuteten die Schulstunden eines Kindes, wenn es sich um Preisgabe eines Ideals oder festen Besitzes handelte?! Edith sah, daß niemand ihre Angelegenheit würdigte, stand beleidigt auf und verließ das Zimmer.

Ferdinand schrieb wieder einmal an Tamara. Der Briefwechsel zwischen ihnen war immer noch sehr rege, obgleich Tamara von ihrem Beruf sehr in Anspruch genommen wurde, denn das Überbrettl gastierte bald hier, bald dort, war auch zu Ferdinands Freude vorübergehend in die bayrische Provinz gekommen, so daß er seine dämonische Herzliebste immer wieder hatte sehen können. Nun schrieb er ihr einen langen, ausführlichen Brief, wie er sich für sie beide die Zukunft dachte, denn wenn er nun auch ein richtiger Landjunker werden wollte, so beabsichtigte er doch nicht, seine persönlichen Beziehungen zu den mehr oder minder schönen Künsten aufzugeben. Den Plan einer Heirat für seine eigene Person hatte er zunächst wieder in den Hintergrund geschoben, denn eine Frau wie Tamara fand er unter den Töchtern des Landes doch nicht und an eine andre, an solch ein weißgewaschenes Schaf, wie seine Schwestern waren, mochte er nicht denken. Die Dämonie hatte es ihm nun einmal angetan und wenn man auch nach außen wie ein Spießbürger lebte, so brauchte man doch deswegen in seinen Gefühlen keiner zu sein ... Einen Augenblick lang hatte er überlegt, ob er nicht Tamara heiraten sollte, aber der Gedanke war schnell wieder verflogen. Es ging wirklich nicht, ging wenigstens nicht, solange der Vater und die Schwestern im Hause waren und überhaupt — — Da war es nun ein glücklicher Zufall, daß Tamara von einem kleinen Münchner Überbrettl einen Antrag erhielt, und in dem Brief, den Ferdinand eben schrieb, redete er ihr eifrig zu, daß sie annehmen sollte. Er würde ihr in München eine hübsche, kleine Wohnung mieten und jeden Samstag abend über den Sonntag zu ihr hineinkommen. Er dachte sich's wunderschön, die ganze Woche über fest zu arbeiten und dann am Sonntag wieder den Duft und die Anregung dieser bunten, lustigen Welt zu genießen, die er mit dem Ärmel gestreift hatte und die er in seinem Leben nicht missen wollte. Es verdroß ihn zwar, daß Tamara, als sie von seiner endgültigen Rückkehr zur Heimat erfuhr, ihm geschrieben hatte, sie verstünde nichts, gar nichts mehr von ihm und daß sie ihn seitdem in jedem Brief „mein lieber Spießbürger", oder „mein alter Agrarier" anredete, aber gerade darum mußte er ihr und sich beweisen, daß er durchaus kein Spießbürger war, sondern ein Mann, der es wohl versteht, Gegensätze des Lebens miteinander zu vereinen. Auf diesen Brief, in dem er die hübsche kleine Wohnung und das häufige Beisammensein in München fröhlich vorschlug, kam zunächst gar keine Antwort und dann eine sehr merkwürdige. Fräulein Tamara teilte nämlich mit, daß sie sich mit einem Strumpfwirker aus Chemnitz verlobt habe. „Wie Du, hat auch er sich in mein unbeständiges, treuloses Herz verliebt und wenn er auch natürlich nicht imstande sein wird, die Tiefen und Untiefen meiner Seele auszuschöpfen, so wäre es, scheint mir, doch sehr töricht von mir, wenn ich diese Gelegenheit mich zu rangieren, vorübergehen ließe. Rangieren müssen wir uns alle einmal, sonst kommen wir unter den Schlitten, was ich mir sehr unangenehm denke. Er ist übrigens ein sehr lieber, guter Mensch und es scheint mir nicht ausgeschlossen, daß ich ihn mit der Zeit zu meiner freieren und höheren Lebensauffassung bekehre. Also, mein lieber, alter Agrarier, lasse ich Dich in Deiner Spießbürgerei allein, würde mich aber sehr freuen, wenn Du nicht ganz vergäßest und auch gelegentlich einmal, sofern Du durch Chemnitz fährst, besuchen wolltest, die sich einst nannte Deine Tamara."

Ferdinand war niedergedonnert und wütend. Auf die Treue Tamaras hatte er ja natürlich nicht rechnen können, aber der Strumpfwirker als Nachfolger war bitter und verletzte seine Eitelkeit tief. Er überlas die früheren Briefe Tamaras und fand mit einem Male, daß sie voll geschwollener und irgendwo aufgefischter Redensarten waren. Er ging einige Tage lang mit der Miene eines zürnenden Gottes einher; wenn seine Schwestern oder die Dienstleute ihn um etwas fragten, wurden sie mächtig angeschnauzt. Mählich schwand dann sein Zorn und er lachte nur noch geringschätzig bei dem Gedanken, daß die Dämonie bei der Textilindustrie gelandet war. Dann begann er sich ernsthafter als vorher mit den Heiratsplänen zu beschäftigen, die er damals in großen Zügen als nötig bezeichnet hatte, und es war nicht zu verwundern, daß sein Auge sich dabei zunächst auf das Haus Wendelstadt richtete.

5

Dora fragte Regine: „Hältst du die Wette?"

„Aber nein, wie kann man auf so etwas überhaupt wetten?"

„Ich wette darauf. Du wirst sehen, es vergeht kein Jahr und Emmy ist unsre Schwägerin."

Regine schüttelte den Kopf.

„Das kann ich mir nicht denken. Ferdinand hat sich doch nie um sie gekümmert."

„Hat, hat! Das war früher. Da hat er ja immer behauptet, auf ihrem Gesicht sei überhaupt kein Platz für einen Kuß. Da war ja alles noch anders. Da hat er für die Dämonischen geschwärmt und hat Künstler werden wollen —"

Regine lächelte.

„Du sagst es so, als täte es dir leid, daß er nicht mehr ans Theater und vielleicht auch nicht mehr an die Dämonischen denkt!"

„Mitunter tut es mir auch ein bißchen leid. Ich finde, er war früher netter. Weißt du, er hatte so einen gewissen Schwung und man konnte alles mögliche mit ihm reden, wenn er auch immer so getan hat, als ob er zehnmal gescheiter wäre und zehnmal mehr wüßte als wir. Er ist nicht mehr so nett, wie er früher war —"

„Es liegen jetzt Sorgen auf ihm. Früher brauchte er eben nichts zu denken, als was ihn ganz persönlich anging. Das war nicht viel und sicher immer recht lustig —"

„Das kann sein, aber ich glaube, es liegt mehr daran, daß er von der Kunst nichts mehr wissen will. Er wird eben jetzt so, wie sie alle hier sind. Peter Wendelstadt in amüsanterer Ausgabe."

Regine neckte: „Da wären wir wieder einmal bei Peter Wendelstadt. Wenn du deine Wette gewinnst, die ich durchaus halten soll, dann könnte man ja gleich Doppelhochzeit feiern!"

Dora lachte.

„O ja, wenn ich mich einfangen ließe, wie der Ferdinand sich einfangen läßt! Denn sie fängt ihn ein, fängt ihn ganz regelrecht ein. Daran merkt man am deutlichsten, wie er sich verändert hat. Früher hat er auf ihre Mätzchen gar nicht reagiert oder darüber gelacht. Aber seit Weyarn ihm gehört, sieht er die Emmy mit andern Augen an."

„Meinst du, weil sie ein Goldfisch ist?"

Dora zuckte die Achseln.

„Nicht nur deshalb. Glatt berechnend ist er sicher nicht, wenn ihn auch natürlich ihr Geld nicht stört. Aber er sieht sie jetzt eben anders, verstehst du?! Mit den Dämonischen ist's offenbar nichts mehr und jetzt verfällt er auf das Gegenteil. Und sie, das muß man ihr lassen, sie versteht es, ihn einzufangen. Wenn man ihr lange zusieht, kann man wirklich etwas von ihr lernen."

Sie sprachen noch eine Weile über den Bruder und Emmy Wendelstadt, und es war seltsam, daß Dora, die jüngere und leichtlebigere der Schwestern, in diesem Falle mehr Einsicht und Menschenkenntnis bewies als die ältere. Ihr Weibcheninstinkt war stärker entwickelt, ging mit unfehlbarer Sicherheit den Kleinlichkeiten der menschlichen Natur nach, an die Regine stets schwer glaubte. Mit ihren Gedanken allmählich abwesend von dem Gespräch, das Dora lebhaft interessierte, sagte Regine mit einem kleinen Seufzer: „Ach, es wäre Zeit, daß wieder einmal ein bißchen Glück ins Haus kommt! Gleichviel ob von Emmy oder sonst woher. Es wird immer schwerer. Mitunter ist's mir, als könnte man gar nicht mehr atmen ..."

Und Dora mit der prachtvollen Zuversicht ihrer erwartungsvollen Jugend: „Es kommt, Regine, es kommt ganz sicher! Wir müssen doch noch ein großes Glück haben. Das kann doch nicht sein, daß unser ganzes Leben so weitergeht, wie jetzt. Es muß doch noch für uns etwas kommen, wie für andre Menschen auch. Das glaubst du doch auch, nicht wahr?!"

Ihre Stimme klang angstvoll, wie von jemand, der sich selber überreden und überredet sein will.

„Aber natürlich, warum soll es bei uns anders sein, als bei andern Menschen! Bei allen kommt doch schließlich immer wieder das Glück. Ich bin auch gar nicht verzweifelt, aber es ist nur jetzt alles so trostlos. Diese Fahrt alle Woche mit dem Papa in die Stadt ist eine Qual."

Vor einigen Monaten hatte sich bei Joseph von Fünfkirchen ein schmerzhaftes, organisches Leiden eingestellt, das der Bezirksarzt mit ebensoviel gutem Willen wie Ungeschick behandelte, um schließlich zu verkünden, daß Herr von Fünfkirchen einen Spezialisten zu Rate ziehen müsse. Nun war er bei einem erprobten Münchner Spezialisten in Behandlung und Regine mußte alle Woche mit ihm hineinfahren, damit der Arzt den Kranken genau untersuchen, Stillstand oder Fortschritt des Leidens überwachen und entsprechende Maßregeln treffen konnte. Diese Fahrten brachten der Tochter Peinlichkeiten, die ihr ehedem unbekannt geblieben waren. In Weyarn und der ganzen Umgegend wußte jeder von lang her, wie es um Joseph von Fünfkirchen stand, und niemand sprach mehr besonders über ihn oder nahm Anstoß an seiner Armseligkeit. Nun aber sah sie mit Schmerz und Beschämung, daß sowohl die Mitreisenden wie die Menschen in den Straßen der Stadt oder im Wartezimmer des Arztes erstaunt, zuweilen auch spöttisch auf den alternden Mann blickten, der zwar nichts redete, aber täppisch von Aussehen und Gebärden war. Häufig auch konnte der Arzt nicht von ihm die Antworten erhalten, die eigentlich nur der Kranke selber, nicht aber seine Umgebung geben kann, mußte sich an das junge Mädchen mit intimen Erörterungen wenden, die sie verlegen und erröten machten. Es gab auch Tage, an denen Herr von Fünfkirchen sich mit nicht zu überwindender Störrigkeit weigerte, den Arzt zu einer Untersuchung an sich heranzulassen, so daß die ganze Fahrt umsonst gemacht worden war. Und trotz aller Sorgfalt, trotzdem in den letzten Wochen eine kleine Besserung des Leidens festzustellen war, schwand Joseph von Fünfkirchen ganz langsam, für ein andres Auge als das seiner ältesten Tochter kaum merklich, immer mehr dahin. Es war wirklich, als ob der Pfarrer mit seinem oft wiederholten Vergleich recht gehabt hätte, als ob für den Mann die Frau die Erde gewesen wäre, die man ihm nicht nehmen durfte, wenn er leben sollte ...

Als Ferdinand nach dem Tode seiner Mutter nach Weyarn kam, hatte er sich um Emmy Wendelstadt kaum gekümmert. Gefallen hatte sie ihm nie und zudem kannten sie sich von Kindesbeinen an und sie war ihm darum doppelt uninteressant. Er hatte natürlich Besuch bei den Wendelstadts gemacht, hatte herzlich gedankt für die Teilnahme, die sie seinen Schwestern in der schweren Zeit erweisen wollten, hatte auch Emmys Hand fest geschüttelt: „Dir dank' ich noch besonders, Emmy, daß du den Mädchen so viel abgenommen hast, was in der Zeit doch notwendig gewesen ist." Und da sie abwehren wollte, setzte er gemütlich hinzu: „Ja, ja, es ist schon so, sie haben es mir erzählt, und ich habe mich nicht darüber gewundert, denn du bist immer ein guter Kerl gewesen!"

Sie errötete ein wenig, beteuerte mit erstaunlicher Zungenfertigkeit, daß sie nur das Selbstverständliche getan und es beklagt habe, „aber wirklich helfen kann man in solchen Fällen ja nie, es muß eben jeder sein Leid selber tragen; ein andrer kann es ihm nicht abnehmen!"

Sie sprach diese Banalität sentenziös und selbstgefällig, wie einen tiefsinnigen Aphorismus, war bei diesem Besuch diskret und von zurückhaltender Freundschaftlichkeit, als wollte sie sagen: „Ich ehre eure Trauer und dränge mich nicht auf."

Allmählich dann, im Laufe der Wochen und Monate, wich diese Zurückhaltung einer bewußten Koketterie, die der Anmut nicht entbehrte, wenngleich sie mit den ältesten Mitteln arbeitete. Emmy traf nun Ferdinand da und dort, bald bei Besuchen, die Fünfkirchens und Wendelstadts einander machten, oder bei gemeinsamen Bekannten oder auf zufälligen Wegen über Wald und Wiesen. Da verstand sie es, ihn, der immer noch unbefangen über sie weg sah, mit ihrer kleinen Person zu beschäftigen, sich ihm zu nähern und ihn zu allerlei kleinen Diensten zu verpflichten, die nur den Zweck hatten, ihm zu beweisen, daß sie trotz seiner Gleichgültigkeit reizend war. Einmal verlor sie ihr Taschentuch, das er ihr nachbrachte und dabei spürte, daß es köstlich parfümiert war, ein andres Mal bekam sie einen leichten Schwindelanfall, mußte sich auf seinen Arm stützen, daß ihre weiche Schulter, ihr runder Arm fest an dem seinigen lag, und wiederum ein andres Mal, da sie ihn auf einem Waldspaziergang begegnete, hatte sich ein Hirschkäfer, ein greulicher, großer Hirschkäfer in ihr flockiges Haar verstrickt und weil sie selber sich davor graute, ihn herauszunehmen, mußte Ferdinand es tun, und das widerstrebende schwarzbraune Insekt vorsichtig aus den rötlichen Locken lösen. Oder auch griff sie nach einem Blüten- oder Beerenzweig, der zu hoch hing, als daß sie ihn erreichen konnte, so daß sie mit ihren sehnsüchtig emporgereckten Armen und ihrem gemeißelten Rokokofigürchen einer kleinen Brunnennymphe glich.

Ferdinand war natürlich nicht einfältig genug, um ihr Spiel nicht zu durchschauen. Er glaubte weder an den wirklichen Verlust des Taschentuchs, noch an den Schwindelanfall oder den selbständig auftretenden Hirschkäfer, aber er hätte kein Mann sein müssen, wenn all diese Bemühungen seiner Eitelkeit nicht geschmeichelt, ihn nicht veranlaßt hätten, das Mädchen darauf hin zu prüfen, ob sie wirklich nur eine frühere Spielkameradin und nicht auch ein junges Weib sei. In ihm glomm noch die Glut, die Tamara entfacht hatte, und es war also für eine andre nicht gar zu schwer, sie wieder zu hellem Feuer zu schüren. Da war sein Blick, der über Emmy hinging, nicht mehr so gleichgültig, sein Ton wurde ein wenig wärmer, seine Haltung förmlicher und dennoch werbender. Um seiner ganz sicher zu sein, änderte sie nun ihre Taktik. Nun war sie es, die freundschaftlich, nur freundschaftlich zu ihm sprach, die mit verträumten Blicken, halben Worten, die nichts sagten und alles mögliche andeuteten, eine Komödie der Verliebtheit spielte, nicht der Verliebtheit in ihn, sondern in einen fernen Unbekannten. Mit gespielter Versonnenheit starrte sie zuweilen in die Ferne, fuhr auf, wenn er zu ihr trat: „Ach, du bist es nur!" Dann wiederum sprach sie leise zu ihm, daß es schwer sei, alles mit sich allein abzumachen und daß es doch Dinge gäbe, die man keinem Menschen sagen könne, auch dem ältesten Freund nicht ..

Und er, der ehedem über ihre kleinen Mätzchen gelacht und gespottet hatte, wurde jetzt unruhig, argwöhnisch, glaubte ihr alles aufs Wort. Noch liebte er sie nicht und war doch schon eifersüchtig, hätte ihr das Schönheitspflästerchen abreißen, den Puderhauch fortwischen, den kleinen Ausschnitt am Halse zuhalten mögen, der trotz der leichten Sonnenbräune der Haut verriet, wie blütenweiß diese Rothaarige war. Früher hätte er nicht daran gedacht, daß er sich bei Emmy einen Korb holen könnte, heute aber war er unsicher, wußte nicht mehr, ob sie ihn noch immer liebte oder ob es nur eine vorübergehende Empfindung gewesen war, die jetzt einem andern gehörte. Er scheute sich, eine schnelle Entscheidung herbeizuführen, denn wenn Emmy „nein" sagte, dann war abermals ein Zukunftstraum zerstoben. Ein Zukunftstraum, der ihm die pikante, kleine Frau zur Ehe gab und alle Mittel und Möglichkeiten, die er brauchte, um in rastloser Arbeit und unermüdlichem Erwerb sein Erbe so zu gestalten und zu vergrößern, wie er es wollte ...

Da lag die Sache mit Dora und Peter Wendelstadt viel einfacher. Er war mit unermüdlicher Geduld verliebt und sie sprach in begönnerndem Ton zu ihm und lachte ihn hinterher aus. Ferdinand sah das Tun seiner Schwester zuerst mit Kopfschütteln, dann mit leisem Ärger, dann mit Zorn. Es gab Szenen zwischen ihnen, bei denen er sie anschrie und dafür sehr schnippische Antworten erhielt.

„Zum Donnerwetter, was hast du eigentlich an ihm auszusetzen?!"

„Ich habe gar nichts auszusetzen, ich mag ihn nur einfach nicht."

„Jedes andre Mädchen würde Gott danken, wenn es eine solche Partie machen könnte!"

„Da laß die andern danken und ich danke ebenfalls. Ich mach' keine ‚Partie'. Ich heirate einen Mann, der mir gefällt."

„Ich meine, der Peter könnte einem wohl gefallen. So stattlich und hübsch wie er ist —"

„Schade, daß du ihn nicht heiraten kannst. Ich überließe ihn dir gern."

„Schämen sollst du dich, mit deinen einundzwanzig Jahren noch so ein vorlauter, gedankenloser Fratz zu sein!"

Sie lachte laut auf.

„Und wenn ich zehnmal ein Fratz bin, den Spießbürger nehme ich deswegen doch nicht."

Für die Bezeichnung „Spießbürger" war Ferdinand seit einiger Zeit sehr empfindlich. Darum warf er seiner Schwester noch einige zoologische Bezeichnungen an den Kopf, neben denen „Fratz" sich wie ein Kosewort ausnahm, aber sie lachte nur über seine Heftigkeit und ließ ihn stehen. Er war wütend, denn er sah ein, daß er auf diese Weise nach keiner Richtung weiterkam. Es war zum Verzweifeln, daß das törichte Mädchen nicht einsehen wollte, wie sie mit ihrer Weigerung sich und dem Bruder im Lichte stand! Statt daß sie ihm den Weg zu den Wendelstadts erleichtert und so zweifachen Reichtum ins Haus geleitet hätte, mußte Ferdinand nun vielmehr bedacht sein, Peter von einem förmlichen Heiratsantrag zurückzuhalten, damit nicht Doras „nein" die Familien einander entfremdete, die doch nach Ferdinands Wunsch sich verschwägern sollten. Er fuhr sich grimmig in die Haare, stöhnte, daß es eine Strafe Gottes sei, in einem Haus voll blödsinniger Weiber leben zu müssen und übersah die Komik seiner Situation, die ihm befahl, Peter von der Schwester fernzuhalten, statt ihn ihr, wie er es doch so gerne getan hätte, zuzuführen ... Eines Tages sprach er dann plötzlich unvorbereitet und stürmisch zu Emmy. Sie tat zuerst sehr überrascht, als ob sie nie bemerkt hätte, wie es um ihn stand, beteuerte ihm aber schon zehn Minuten später unter atemlosen Küssen: „Wenn du eine andre genommen hättest, hätt' ich sie totbeten lassen!" Ebenso stürmisch wie er zu ihr gesprochen, liefen sie dann zu ihren Eltern, überrannten jedes Bedenken, das sich in den Wendelstadts regen wollte. Denn Bedenken gab es, wenngleich das Ehepaar zögerte, sie im ersten Augenblick zu bezeichnen und wenn auch sie es für nützlich hielten, ihren neuen Reichtum mit einem berühmten und hierzulande erbgesessenen Namen zu vermählen.

Das junge Brautpaar war von einer rücksichtslosen Verliebtheit. Immerfort saßen oder gingen sie Hand in Hand oder Arm in Arm, küßten einander, redeten in einer Liebessprache, die andern Leuten wie ein Irrenhausidiom vorkam. Um Zeugen dieser Zärtlichkeiten kümmerten sie sich nicht im mindesten, aber weil sie beide jung und hübsch und voll Lebenslust waren, kleidete sie diese Art gut, wenngleich sie eigentlich geschmacklos war. Dora sagte zwar einmal stirnrunzelnd, daß so verliebte Leute nur mit einem Paravent ausgehen sollten, aber Emmy entgegnete: „Warte nur, bis du verlobt bist, dann geht's dir nicht anders!", und Ferdinand meinte, zwischen Scherz und Ernst: „Das ist nur der Neid der besitzlosen Klasse! Hättest du dir's eben früher überlegt ..."

Die letzte Anspielung ging wieder auf Peter Wendelstadt, der seit kurzem in London war und später noch für einige Zeit nach New York gehen wollte, um, über Paris heimkehrend, sich den Weltkaufmannsschliff anzueignen, den sein Vater für nötig erachtete.

Ferdinand drängte natürlich auf eine rasche Heirat, aber Frau Wendelstadt machte ein verlegenes Gesicht, meinte, daß sich eine Aussteuer nicht so schnell beschaffen ließe, und Herr Wendelstadt fand, daß er sich nicht so eilig von der letzten unverheirateten Tochter trennen könne. Und als nach Monaten endlich der Hochzeitstag festgesetzt war, wurde er verschoben und dann noch einmal verschoben und Frau Wendelstadt sah immer verlegener aus, suchte nach Ausflüchten, um das Zögern zu bemänteln, denn sie scheute sich, Ferdinand den wahren Grund zu enthüllen. Emmy kannte diesen Grund wohl, aber auch sie schreckte vor einer offenen Aussprache zurück, weil sie fürchtete, daß der Bräutigam sich ihr entfremden oder vielleicht sogar die Verlobung lösen würde. Herrn Wendelstadts derbere Art meinte freilich: „Das ist alles Unsinn! Wenn man ihm die Sache klar und vernünftig darlegt, wird er sie begreifen, und wenn er sie nicht begreift, ist's besser, die Emmy heiratet ihn nicht!" Aber die beiden Damen schrieen laut auf und fanden, daß ein kluges Hinauszögern der brutalen Wahrheit vorzuziehen sei. Herr Wendelstadt fragte: „Und wie lange soll das noch fortgehen? Glaubt ihr denn, daß er sich das auf die Länge gefallen läßt?! Ich sage euch als Mann, er läßt sich's nicht gefallen. Und darum ist's gescheiter, ich rede noch heute mit ihm!"

Da jedoch zwei zarte Stimmen gegen seine kräftige redeten, behielten natürlich die zarten recht und die Damen Wendelstadt saßen etwas hilflos und warteten. Warteten auf etwas, was sie nicht mit Namen hätten nennen können, warteten auf irgend einen freundlichen Zufall ...

Ferdinand begriff diese Verzögerung nicht, die ihn nervös und übellaunig machte. Herrgott, endlich einmal mußte doch die Braut seine Frau werden, mußte er in der Stetigkeit der Ehe die Ruhe zu der großen Arbeit finden, die er sich vorgenommen hatte und zu der die Rastlosigkeit der Bräutigamszeit ihm keine Ruhe ließ. Die Aussteuer für Emmy mußte doch längst beschafft sein, der Heiratsvertrag, der ihr eine ansehnliche Mitgift sicherte, war unterfertigt, aber der Hochzeitstag schwamm noch immer in nebelhafter Ferne, wie eine Spiegelung, die lockend täuscht und nie zu erreichen ist. Er ahnte nicht, was die Wendelstadts bestimmte, aber Regine begriff es, weil dazu kein Weibcheninstinkt nötig war, und weil ihre Nerven durch manches Erleben des letzten Jahres schmerzhaft überfeinert waren. Und als Ferdinand einmal wieder ganz zerfahren und wütend von den Wendelstadts heimkam, sagte sie es ihm. Sie fragte vorsichtig: „Dämmert es dir wirklich nicht, warum sie die Hochzeit immer hinausschieben?"

Er entgegnete unwirsch: „Wenn ich es wüßte, dann hätt' ich es schon längst geändert, so oder so —"

„Dann will ich es dir sagen. Es ist ein Hindernis, über das sie nicht wegkommen —"

Er unterbrach sie rasch: „Was für ein Hindernis?"

„Das Hindernis sind wir, ich und Dora und Edith und der Papa. Begreifst du jetzt?"

Nein, er begriff noch nicht recht. Wie konnten die Menschen, an denen er hing, ein Hindernis sein?! Die Wendelstadts kannten sie doch alle seit Jahren und hatten nichts gegen sie einzuwenden gehabt, als er um Emmy freite.

Regine lächelte ein wenig über seine Naivität.

„Sie haben nichts dagegen eingewendet, weil ihr sie überrumpelt und überredet habt. Und wohl auch, weil sie sich scheuten, es dir zu sagen. Aber siehst du, ich verstehe es ganz gut: sie wollen nicht, daß Emmy gleich drei ledige Schwestern und dazu noch den Papa auf dem Halse hat ..." Sie zögerte ein wenig, ehe sie hinzusetzte: „Du verstehst, den Papa, so wie er eben ist ... Emmy hat einen Widerwillen gegen ihn, das habe ich längst bemerkt, wenn sie sich auch redlich Mühe gibt, es zu verbergen."

Nun donnerte Ferdinand mit der Heftigkeit des Menschen los, der sich vor eine Sachlage gestellt sieht, die er nicht meistern kann, und der sich selber Mut zuschreien will. Ei, das wäre noch schöner, wenn die Frau, noch ehe sie ins Haus trat, Bedingungen machen und seiner Familie den Stuhl vor die Türe setzen wollte. Das könnte ihm gerade passen! Dazu war er, Ferdinand von Fünfkirchen, gerade der richtige Mann! Nein, seinen Vater ließ er nicht mißachten und seine Schwestern nicht verdrängen und Herr im Hause sei er, nicht aber die Familie Wendelstadt. Er tobte eine ganze Weile in dieser Tonart, war auch wirklich entrüstet und zugleich bekümmert, denn sein Herz hing an den Schwestern kaum weniger denn an Emmy, und voll Mitleid ehrte er die Armseligkeit des alternden Vaters. Regine, die wohl wußte, was in ihm vorging, wartete gelassen, bis seine Heftigkeit verbraust war, sagte dann ruhig: „Es ist gar kein Grund vorhanden, um sich aufzuregen oder um den Wendelstadts böse zu sein. Sie haben von ihrem Standpunkt aus vollkommen recht, denn es ist wirklich keine Zumutung für eine junge Frau, daß sie einen Hausstand statt mit zwei, mit sechs Personen anfangen soll. Und glaubst du, es wäre für uns sehr angenehm, immerfort in Flitterwochen und einen jungen Ehestand hineinzugucken? Nein, Ferdinand, ich habe mir die Sache schon lange überlegt, habe nur nicht darüber reden wollen, ehe sie spruchreif wurde. Jetzt ist sie's und jetzt sage ich dir, wie ich mir alles denke."

Sie setzte ihm auseinander, daß es für sie alle besser

wäre, wenn die drei Schwestern mit dem Vater in die Stadt übersiedelten. Dann waren Ferdinand und Emmy allein, konnten sich ihr junges Leben einrichten, wie sie wollten, konnten ihr junges Glück nach Herzenslust genießen und Emmy brauchte keinen Widerwillen zu überwinden, Frau Wendelstadt nicht in vorzeitiger Großmuttersorge zu bangen, daß der ständige Anblick des täppischen Mannes durch das Auge der Tochter dem künftigen Enkel schaden könnte. Hier flocht Ferdinand eine ungemein zoologische Bezeichnung für seine Schwiegermutter ein, aber Regine schüttelte nur mit lächelnder Verneinung den Kopf.

„Sage das nicht. Sie ist eine gute Frau und will für ihr Kind und dich nur das beste. Das darf man ihr nicht verargen, selbst wenn es einem momentan hart oder lächerlich vorkommt. Und wenn wir fortgehen, ist es nicht nur für euch, sondern auch für uns besser. Der Papa wird immer mehr an den Arzt gebunden sein, vielleicht muß er sogar zeitweise in der Klinik liegen oder in ein Sanatorium gebracht werden. Und die Edith kann, so wie ihre Begabung ist, doch auch nicht immerfort hier sitzen, sondern soll anfangen zu lernen, um zu ihrem Studium zu kommen."

„Ach, Unsinn, zu was braucht ein Mädchen studieren, noch dazu Mathematik?! Sie soll lieber heiraten!"

„Das wird sie schon tun, wenn der Richtige kommt. Aber selbst für eine Heirat sind die Chancen in der Stadt größer als hier. Siehst du, Ferdinand, in irgend einer Weise müssen wir doch an unsre Zukunft denken, an die von uns Schwestern. Mit den fünfzigtausend Mark, die jede von uns hat, kann man doch nur gerade auskommen. Nicht mehr. Solange wir alle beisammen sind und du für den Papa die Rente zuschießt, geht es ganz schön, aber später — —"

Ferdinand wurde hier kleinlaut und ängstlich, denn bei aller Liebe und Verliebtheit und großen Mitgift war er doch entschlossen, seine Schwestern nur im äußersten Notfall auszuzahlen. Und Reginens Darlegungen schienen ihm bedenklich nahe um diesen heiklen Punkt zu kreisen. Er meinte also vorsichtig: „Natürlich könnt ihr mit dem sehr anständig leben, was ihr von mir als Zinsen und außerdem noch für den Papa bekommt. Lumpen lasse ich mich nicht, darauf könnt ihr euch verlassen. Und alles, was du da sagst, scheint mir nicht ganz ohne und ich will es jedenfalls bedenken. Unerschwinglich, so daß sie ihr Kapital angreifen muß, wird ja wohl auch das Studium der Edith nicht sein und es ist schon richtig, daß ihr drinnen vielleicht eher zu einer Heirat kommt, als hier draußen. Und für den Papa ist das ewige Hin- und Herfahren auch nichts."

Er brauchte gar keine Bedenken mehr, sondern ließ sich gerne überreden, schon morgen den Wendelstadts den neuen Lebensplan mitzuteilen. Er war froh, daß die lange Ungewißheit nun von ihm genommen werden sollte und er sagte zu Regine: „Du bist wirklich ein kluges Frauenzimmer, wenn du es auch nicht immer merken läßt. Hoffentlich kommt jetzt alles zur allgemeinen Zufriedenheit in die Reihe und wir heiraten und ihr werdet Stadtleute und das ganze, dumme und aufreibende Hin- und Hergezerre hat ein Ende. Sela!"

Schon in den nächsten Tagen fuhren einträchtig die beiden Damen Wendelstadt mit Regine und Dora nach München. Die einen zur letzten Anprobe des Brautkleides, die andern, um für sich und den Vater eine hübsche Wohnung, wenn möglich in einer stillen Straße, mit dem Blick ins Grüne zu suchen.

Zweiter Teil

I

Dora stand vor der Kleiderpuppe und bemühte sich, mit Hilfe von Stecknadeln und Sicherheitsklammern aus durchsichtigem, weißem Stoff und rosenfarbenen Bändern ein Gewand zu nadeln. Lange schon war sie so beschäftigt, aber immer noch gefiel ihr das Werk ihrer Hände nicht, legte sie bald hier eine Falte höher, versuchte dort einen Bausch tiefer zu befestigen, zog schließlich ein wenig ärgerlich und dennoch emsig die Nadeln wieder aus dem Stoff, um ihm ein andres Gesicht zu geben. Dazwischen fragte sie Regine, die ihr Wirtschaftsbuch abrechnete: „Freust du dich auch so auf das ‚Rosenfest'? Ich freue mich närrisch ..."

Regine sah von ihrem Buch auf, dachte unwillkürlich noch an die Ziffern, die sie eben überlesen hatte und entgegnete etwas zerstreut: „O ja, das heißt, ich bin eigentlich mehr neugierig."

Dora hielt gerade etliche Stecknadeln zwischen den Lippen und konnte nicht gleich antworten. Dann aber sagte sie: „Du sollst nicht bloß so vernünftig neugierig sein, sondern dich wirklich freuen, diabolisch freuen. Denn von dem ‚Rosenfest' in der ‚Pension Huckenreuther' spricht man schon seit Wochen. Es wird etwas ganz Besonderes, etwas, was man sich gar nicht vorstellen kann."

Regine fragte zweifelnd: „Sollte da nicht die Phantasie von Fräulein Marholz etwas gar zu üppig gemalt haben?"

Dora widersprach eifrig. Die Pension Huckenreuther war doch wirklich etwas, was es nur in München gab. Sie war nicht nur eine Pension wie andre Pensionen, sondern eine Errungenschaft, ein Kulturdokument ...

Regine nickte lächelnd.

„Ich weiß. Ich habe das aus Fräulein Marholz' Mund schon öfters gehört. Wir wollen nur hoffen, daß das Kulturdokument sich nicht schließlich als wüste Zigeunerei erweist."

Dora zog ein paar Falten auf der Stirn und ihre Miene wurde ein wenig gönnerhaft, beinahe so, wie sie früher zu Peter Wendelstadt sprach.

„Mein Gott, Regine, du wirst doch keine Spießbürgerin sein! Wir werden uns doch nicht nach dem Gesellschaftskodex der alten Wendelstadts und deren Sippschaft richten! Wir sind keine Großindustrie, keine Millionäre, wir sind freie, arbeitende Frauen und tun, was uns gefällt —"

„Hoffen wir also, daß uns die Pension Huckenreuther gefällt!"

Dora trat ein paar Schritte von der Kleiderpuppe zurück, prüfte aufmerksam das weiße Gewand und war zufrieden. Sie zupfte und nadelte zwar immer noch ein wenig daran herum, drehte die Puppe nach allen Seiten und fragte Regine: „Fein? Nicht wahr?"

„Jetzt sieht es einigermaßen schwabingerisch-verrückt aus, aber wenn du es anhast, wird es dich schon kleiden ..."

Dora rieb wie in ungeduldiger Freude die Hände aneinander.

„Ach du, wie wird es interessant sein, all die Menschen zu sehen, von denen uns die Marholz erzählt! Und zu tanzen, denke nur, endlich einmal wieder zu tanzen! Ob man's noch kann? Ich habe beinahe Angst, daß ich es verlernt habe. O Gott, und es gibt doch nichts Schöneres auf der Welt als zu tanzen, eine ganze Nacht durch, bis die Sonne heraufkommt und dann noch im Traum weiterzutanzen bei einer ganz, ganz leisen Musik, die man nur von Ferne hört, als käme sie hinter einem Wall von Watte hervor ... Ist das nicht wunderschön, daß man sich endlich einmal wieder freuen kann! Mir ist's, als hätte ich in zehn Jahren keine Freude mehr gehabt!"

„Freue dich nur. Es ist so hübsch, einen Menschen zu sehen, der sich so freuen kann wie du!"

„Aber du sollst dich ebenso freuen —"

„Ich kann das nicht so, bei mir geht alle Freude nach innen hinein und man sieht sie nicht. Das ist eine garstige Eigenschaft, aber ich kann sie nicht abtun. Du aber, du kannst so strahlen vor Freude. Sie ist um dich her wie das Odd, von dem die Spiritisten reden. Und du hast recht, nach den letzten Jahren tut ein wenig Freude gut, auch wenn es nur die Vorfreude auf einen heiteren Abend ist!"

Mehr als zwei Jahre waren den Schwestern nur zwischen Sterben, langsamem Siechtum und wiederum Sterben dahingegangen. Was der Tod der Frau von Joseph von Fünfkirchen übrig gelassen hatte, zehrte die Stadt auf. Er hatte zwar Weyarn ohne sichtliche Gemütserschütterung verlassen, war ebenso teilnahmlos in die Stadt gezogen, aber tagelang war er wie ein ruheloser Geist in der neuen Wohnung umhergeirrt, hatte immerfort den Schwanenteich gesucht und die Namen der weißen Vögel vor sich hingemurmelt, mit denen er so viele Jahre gelebt hatte. Seine Töchter meinten zuerst, sie durch ein andres Tier ersetzen zu können, kauften einen klugen, kleinen Dackel und hofften, das drollige Vieh würde den Vater erheitern und sich durch seine Anhänglichkeit Zuneigung erwerben. Aber Joseph von Fünfkirchen fand kein Gefallen an dem Tier, das ihm zu lebhaft, zu laut und in gewissem Sinn auch zu anspruchsvoll war. Er wollte nur so etwas wie seine Schwäne, die er unablässig gefüttert, deren Kopf er zuweilen getätschelt hatte, die lautlos kamen und wegschwammen, ohne besondere Zeichen von Freude, Mißfallen oder Anhänglichkeit zu geben. Er und der Dackel mißfielen einander gründlich und die Töchter ersetzten den Hund durch ein paar Kanarienvögel, deren Käfig in das Zimmer des Vaters gestellt wurde. Mit ihnen kam er besser zurecht. Er schüttete ihnen den Hanf in den Futternapf, steckte Apfelschnitzel, Salatherzchen und Milchbrote zwischen die Gitterstäbe, sah zu, wie sie badeten, und wie er ehedem stundenlang bei seinen Schwänen saß, so saß er jetzt halbe Tage vor dem kleinen Käfig mit den rastlos hin und her hüpfenden, gelben Vögeln. Und wenn der männliche Roller seine Triller und Fiorituren begann, legte sich auf das armselige Gesicht des Alternden ein Schimmer, wie von Erinnerung. So ging es aber nur in der ersten Zeit der Übersiedlung. Bald wurde Joseph von Fünfkirchen immer apathischer, und wenn der Roller sang, deckte er ein Tuch über den Käfig, weil er durch nichts mehr in seiner hindämmernden Ruhe gestört sein wollte. Eines Tages fiel er zum Schrecken seiner Töchter bewußtlos vom Stuhl; der rasch geholte, nächstwohnende Arzt, ein junger Mann, dessen Namen — Doktor Ott — sie nie zuvor gehört hatten, sprach von einem Schlaganfall und bereitete die Mädchen auf die Katastrophe vor. Er kam noch zwei oder dreimal, war sorgsam und teilnehmend, ohne daß er irgend etwas hätte nützen können. Kaum eine Woche später ging Joseph von Fünfkirchen heim in das Erbbegräbnis von Weyarn, zu seiner Frau und ihren vielen, kleinen Särgen ...

Ferdinand, der sich nun nicht nur als Schutz, sondern auch als Vormund seiner Schwestern betrachtete, hatte damals verfügen wollen: „Jetzt kündigt nur gleich eure große Wohnung und nehmt eine kleinere, billige. Wozu braucht ihr fünf Zimmer! Ihr habt mit dreien völlig genug. Oder vielleicht wäre es noch besser, ihr mietet euch in einer Pension ein. Es gibt doch sicher besondere Pensionen für alleinstehende, junge Mädchen, wo ihr auch so eine Art mütterlichen Schutz findet ..."

Aber Regine und Dora hatten abgelehnt, Dora ein wenig spöttisch und Regine mit ruhiger Erwägung.

„Ich glaube, es wäre unpraktisch, im Augenblick eine einschneidende Veränderung vorzunehmen. Zunächst könnten wir, da wir halbjährige Kündigungsfrist haben, erst im Herbst ausziehen und dann scheint es mir richtiger, jetzt alles beim alten zu lassen, weil in absehbarer Zeit doch wieder alles anders ist. Die Edith will nach dem Abiturium nach Norddeutschland zur Universität gehen, dann suchen die Dora und ich vielleicht ein Atelier mit Wohnung, sofern es der Dora nicht etwa einfällt, einmal für ein Jahr nach Paris in irgend eine große Malschule zu gehen ... Ich halte es für besser, wir vermieten die zwei Zimmer, die der Papa bewohnt hat, richten uns in den übrigen ein und warten zunächst ab, bis die Edith fort ist. Alles weitere wird sich dann schon finden."

Emmy zog die Augenbrauen in die Höhe, sah ein wenig verächtlich aus und wiegte den sorgsam frisierten Kopf. Der Gedanke, daß ihre Schwägerinnen Zimmer vermieten wollten, war ihr peinlich.

„Das sieht so ... so ... so degradierend aus. Geradeso, als ob ihr nicht genug zum Leben hättet ... Das wirft auch auf uns ein schlechtes Licht. Ich bin überzeugt, Papa und Mama sind darin ganz meiner Ansicht. Zimmer vermieten ist etwas Untergeordnetes. Ein Fräulein von Fünfkirchen hat das nicht nötig!"

Regine sagte ruhig: „Doch, wir haben es nötig. Wenn uns nur die Wahl bleibt, eine zu hohe Miete zu zahlen oder einen übereilten Entschluß zu fassen, dann scheint mir das Zimmervermieten der beste Ausweg."

Ferdinand, der aus ihren Worten allerlei herauszuhören meinte, was ihm nicht angenehm war, beeilte sich nun, zwischen den Ansichten seiner Frau und seiner Schwester zu vermitteln.

„Zimmer vermieten und Zimmer vermieten ist zweierlei. Ihr werdet ja nicht einen Bummelstudenten nehmen oder irgend eine Dame, über die ihr nicht ganz genau informiert seid. Aber wirklich, Emmy, ich sehe nicht ein, warum sie nicht an eine tadellose, gutempfohlene Dame vermieten sollten! Im Gegenteil, es wäre sogar möglich —"

Dora unterbrach ihn.

„Nein, lieber Ferdinand, das, was du meinst, ist gar nicht möglich. Denn du meinst natürlich wieder, daß wir uns einen ‚mütterlichen Schutz' ins Haus nehmen sollen, und dazu haben wir gar keine Lust. Wir werden schon an die richtige Persönlichkeit vermieten, denn wir wissen genau, was ein Fräulein von Fünfkirchen sich und seiner Familie schuldig ist. Ihr meint es ja recht gut, aber schließlich muß sich sein Leben jeder nach seiner eigenen Fasson einrichten. Und Emmys Fasson kann nicht die unsrige sein, weil alle übrigen Bedingungen auch nicht gleich sind."

Ferdinand lenkte immer mehr von dem ihm heikel scheinenden Thema ab. Er tat sogar ein übriges und versprach die

Rente der Schwestern um ein halbes Prozent zu erhöhen, für den Fall, daß sie nicht gleich gut vermieten könnten. Emmy war sehr einverstanden und überzeugt, daß sie und ihr Mann freigebig seien.

So blieben denn die Schwestern in ihrer hübschen Wohnung, die in einer der neuen, ruhigen Straßen dicht beim englischen Garten lag. Sie hatten kaum zehn Schritt zur Elektrischen zu gehen, und von ihren Fenstern aus sahen sie einen großen, alten Park, der noch allen Bauspekulationen getrotzt hatte. Sie waren umgeben von Möbeln und Bildern aus Weyarn, denn Emmy, die zur Aussteuer auch eine Anzahl von Zimmereinrichtungen erhalten hatte, legte keinen Wert darauf, gebrauchte Gegenstände um sich zu haben, freute sich, wenn alles nagelneu und blank war und war froh gewesen, als ein großer Möbelwagen ganz voll bepackt mit alten Dingen nach München fuhr. Diese Umgebung gewohnter Gegenstände hatte es den Schwestern ein wenig erleichtert, sich in der Stadt einzugewöhnen. Ein wenig nur, denn für sie, die an die Geräumigkeit ländlichen Besitzes gewohnt gewesen, war es schwer genug, sich auf etliche Zimmer zu beschränken, den Garten zu entbehren, kleinweise einzukaufen, was man sonst unbedacht im Großen aus den Vorratskammern genommen hatte. Arm und eingesperrt waren sie sich zu Anfang vorgekommen, und Dora hatte mit tragikomischer Verzweiflung behauptet: „Es fehlt nur noch der Gefängnishof, in dem man unter Aufsicht ein Stunde täglich spazieren geführt wird!"

Schneller aber als sie dachten, hatten sie sich eingewöhnt, fühlten in dem bunten, brausenden Leben der großen Stadt das eigene stärker und beglückender. Edith ging von einer Lernstunde zur andern, hatte sich's vorgesetzt, den Lehrplan des Gymnasiums in längstens drei Jahren zu absolvieren, und Dora, die schon zu Hause ein wenig dilettantisch gemalt hatte, saß Tag für Tag in einer bekannten Malschule und dachte daran, später zum Kunstgewerbe überzugehen. Regine blieb an den Haushalt und die Pflege des Vaters gebunden und sie war nicht böse darüber, wenngleich sie sich sagte, daß späterhin auch sie trachten müsse, ihr kleines Einkommen durch eigenen Verdienst zu erhöhen. Für den Augenblick aber war das unmöglich und es wäre ihr auch gar so junggesellenmäßig vorgekommen, wenn sie alle drei schon frühmorgens weggelaufen wären und alles Häusliche dem Dienstmädchen überlassen hätten. Auch nach dem Tod des Vaters war Regine im Hause nicht völlig entbehrlich. Es gab doch allerlei zu beaufsichtigen und auch selber zu tun, denn weder Dora noch Edith hatten, wenn sie aus der Stunde oder dem Atelier kamen, Lust, sich ihre Sachen auszubessern oder etwa gar im Hause zu helfen, obendrein fehlte Edith jegliches Geschick dazu. So war Regine ganz froh, als Fräulein Marholz, eine Atelierkollegin Doras, die beiden freien Zimmer mietete. Sie stammte aus einer guten Familie Mitteldeutschlands, war völlig talentlos, aber doch in jeder Malschule gern aufgenommen, weil sie reich genug war, um ein hohes Stundengeld zu zahlen, war berauscht von dem freien Künstlerleben Münchens, zu dem ihr aber, dank ihrer inneren Gebundenheit, wieder jedes Talent fehlte, so daß ihr ganzes „Sich ausleben", auf das sie sehr stolz war, sich eigentlich nur in einer kritiklosen Bewunderung aller künstlerischen Modeströmungen und Verrücktheiten betätigte. Sie wäre gar zu gern eine wilde, unordentliche Zigeunerin gewesen, sah aber doch immer wie aus dem Ei geschält aus, und wenn sie auch zuweilen Kraftausdrücke brauchte und Verwegenheit andeutete, die sie erlebt haben wollte, so guckte ihr doch die gute Familie aus jedem Knopfloch ihrer eleganten Blusen heraus. Ihre Malerei war ihr nur ein hübscher Vorwand, um dies vielgerühmte, lockende gefährliche Künstlerleben Münchens kennen zu lernen, von dem die Kunde bis in ihre mitteldeutsche Kleinstadt gedrungen war, und sie schwamm mitten in diesem Leben, von dem nichts an ihr hängen blieb, wie ein Schwimmer, der endlich aus der Langeweile des abgesperrten Bassins in den See hinaustreibt. Sie war es auch, die den Schwestern die Einladung zu dem „Rosenfest" gebracht hatte und die nicht genug von dem interessanten Treiben in der Pension

Huckenreuther erzählen konnte, sodaß die Frage nahe lag, warum sie selbst nicht in dieser Pension wohnte. Aber erstens waren die Zimmer dort stets für Monate, wenn nicht gar für ein Jahr voraus bestellt und außerdem hielt Fräulein Marholz es für angemessener, die gelegentlichen Besuche ihrer Eltern nicht in einem künstlerisch überhauchten, sondern durchaus bürgerlich-wohlanständigen Haus zu empfangen. Aber sie nahm fast alle Mahlzeiten dort ein und wäre sich wie ein Leimsieder vorgekommen, hätte sie eines der Feste oder auch nur eine der kleineren Zusammenkünfte in der Pension Huckenreuther versäumt.

Dora betrachtete eben noch einmal aus einiger Schritte Entfernung das Festkleid auf der Puppe, als Edith eintrat. Sie war nun achtzehn Jahre alt und ganz so schön geworden, wie sie es versprochen hatte. Eine ganz lichte, porzellanene Schönheit, aus der nur die runden, blauen Augen zu starr blickten, so daß das Gesicht etwas leblos erschien. Sie war kinderhaft schlank, fast mager geblieben; die ganze Erscheinung des Mädchens wirkte unsinnlich herb, wie die Frauengestalten auf den Gemälden altdeutscher Meister. Man merkte ihr an, daß sie auf ihr Äußeres gar keinen Wert legte: ihr reiches, goldblondes Haar war straff aus der Stirn gekämmt und zu einem festen, unanmutigen Knoten zusammengedreht. Ihr graues Kleid entbehrte jedes Aufputzes, wurde von ihr offenbar nur als notwendiges Bekleidungsstück, nicht aber als ein gefälliger Rahmen für ihre Persönlichkeit betrachtet, ihre Hände waren sauber, aber ganz ungepflegt. Sie war nicht mehr ganz so absonderlich wie sonst, aß mit mehr Appetit und hatte sich auch Morgennerven angeeignet, denn jeden Tag stand sie als die erste auf, um schon lange vor dem Frühstück über ihren Lernbüchern zu sitzen. Sie hatte sich immer noch eine gewisse feindselige Haltung gegen alles Männliche bewahrt und wie sie jetzt die Schwestern im Gespräch über ein Fest und Festkleider betraf, zuckte es spöttisch um ihren Mund. Dora fragte: „Willst du nun wirklich nicht mitkommen, Edith? Es täte dir doch auch ganz gut, wenn du einmal etwas andres hörtest, als Latein und Algebra!"

Edith legte den Kopf steif in den Nacken, entgegnete kurz: „Danke, zu solchen Sachen pass' ich nicht!"

Dora mußte lachen.

„Wie kannst du denn sagen, daß du nicht für sie paßt?! Du kennst sie ja gar nicht!"

„Ich habe gar kein Verlangen, sie kennen zu lernen!"

„Aber, verrücktes Mädel, wie ist das nur möglich! Hast du denn Fischblut in den Adern! Du bist doch jung und hübsch und es ist doch ein Jammer, wenn du dich immerfort vergräbst und hinter deinen Büchern hockst —"

Edith sagte ungeduldig: „Ach, laß mich doch! Alles, was du da sagst, hast du schon hundertmal gesagt. Es rührt mich nicht und ändert mich nicht. Geht ihr doch hin und hüpft mit den Narren herum, die euch so sehr interessieren und die für Fräulein Marholz das A und O aller Genialität sind. Mich interessieren sie nicht. Ich bleibe zu Hause."

So war sie immer, immer abweichend, stachelig gegen alles, was zu ihrer jungen Weiblichkeit sprechen wollte. Die Bekannten meinten wohl lächelnd: „Wartet es nur ab, bis sie sich einmal tüchtig verliebt. Wenn sie erst verliebt ist, wird sie ganz anders sein!"

Aber Edith sagte dann steif und kalt: „Ich verliebe mich nie!"

Wie Regine jetzt die jüngeren Schwestern nebeneinander stehen sah, tat ihr das Herz, das an Edith besonders hing, ein wenig weh. Wie eine junge Eva war Dora anzusehen, mit den großen, glänzenden Augen, dem runden, von Vorfreude schon rosig überhauchten Gesicht, der schmalen, von lustigem, hellbraunem Flatterhaar besäumten Stirn und dem kräftigen Hals, der schneeweiß aus dem Ausschnitt ihrer blauen Bluse aufstieg. Neben ihr stand Edith, straff gekämmt, im hochgeschlossenen, grauen Arbeitskleid wie ein freudloses, armes Nönnchen, das sich jeder Lebensfreude verschlossen und der Wissenschaft verschrieben hatte. —

Die Pension Huckenreuther lag im Norden der Stadt, im dunkelsten Schwabing, da wo die letzten Wiesen und Felder sich verzweifelt bemühen, einen Damm gegen das rastlos bodenfressende Häusermeer der wachsenden Stadt aufzuwerfen. Um zu ihr zu gelangen, mußte man noch durch ein kleines Wäldchen, an alten, süßen Gärten mit putzigen Lauben und verwitterten Sandsteinfiguren vorübergehen, bis man an die große Straße kam, die da, wo sie der Stadt zueilt, gepflastert und die Verkehrsader eines Arbeiterviertels war, während sie weiter nach Norden, da wo die Pension Huckenreuther lag, einer Landstraße glich, die sich bei Regenwetter in Inseln und Seen auflöste. Ehedem, vor Jahrzehnten war hier alles echtes, richtiges Bauerngut gewesen, das merkte man noch an der Bauart vieler Häuser, die niedrig wie Hütten dastanden inmitten ihrer alten, reizvoll verwahrlosten Gärten, aus denen da und dort noch ein toter Pumpbrunnen aufragte. Auch die Pension Huckenreuther war ehedem ein Bauernhaus gewesen; man konnte noch sehen, wo einst die Tenne gestanden hatte, die jetzt freilich modisch überbaut und als Wohnraum nutzbar gemacht worden war. Es war ein anspruchsloses, aber ganz ordentlich aussehendes Haus, dessen größter Reiz freilich der weite, wildverwachsene Garten mit den Rosenbüschen und dem kleinen Springbrunnen war, ein Springbrunnen, der so schläfrig auf und nieder hüpfte, als wüßte er, daß die Tage der Idylle für Schwabing dahin gingen, und als sehnte er sich einzuschlafen, ehe die ganz neue Zeit heraufgekommen war ... In diesem Haus, das, wie Fräulein Marholz sagte und glaubte, ein Kulturdokument darstellte, hauste Schwabings jüngste Künstlerjugend mit wenig Ansprüchen und noch weniger Geld, jedoch erfüllt von dem beseligenden Glauben, daß jeder einzelne von ihnen zu einer großen Kunstmission berufen oder als Verkünder neuer Erkenntnisse erwählt sei.

Fräulein Marholz sagte: „Passen Sie auf, Sie werden heute alles hier finden, was in München interessant ist und was morgen oder übermorgen von der ganzen Welt anerkannt wird! Es gibt sicher keinen zweiten Platz auf der Erde, wo in ein paar kleinen Räumen so viel Genialität zusammengesperrt ist, wie hier."

Sie war ganz aufgeregt, denn sie fühlte sich als Mentorin

für die beiden Schwestern, die als Neulinge in diese Welt kamen.

Ein wenig eingeschüchtert standen Regine und Dora an der Schwelle der ehemaligen Tenne, die heute zum Tanzraum umgewandelt war. Draußen lag eine weiche, helle Juninacht und sie hätten sich gern ein wenig in dem wunderlich verschlungenen alten Garten verzögert, in dem es grünlich glitzerte von Johanniswürmchen und in dem der schläfrige, kleine Springbrunnen wie ein müdes Kind zu den Rosenbüschen sprach. Aber Fräulein Marholz hatte keinen Sinn für den Reiz dieser Nacht, denn Juninächte gab es in jedem Jahr dreißig, ein Rosenfest aber nur einmal und sie hielt es für verwerflich, auch nur eine Viertelstunde von ihm zu versäumen. Sie hatte sich nach ihrer Auffassung phantastisch hergerichtet, war eigentlich nur prall in einen türkischen Schal gewickelt, den sie auf der Auer Dult entdeckt hatte und den ein paar Rosenspangen auf den Schultern hielten; Rosenbüschel verdeckten ihre Ohren, eine einzelne Rose baumelte einigermaßen sinnlos im Nacken. Der seltsame Anzug hätte an einer andern vielleicht seltsam, vielleicht frech gewirkt, bei Fräulein Marholz aber machte er den Eindruck einer hilflosen Maskerade, die nicht zu der Trägerin paßte. Die ganze Pension Huckenreuther lächelte oder zuckte die Achseln, denn hier kannte jeder seinen eigenen Stil, und wer ihn nicht kannte, war ein Dilettant. Fräulein Marholz aber sah dies Lächeln und Achselzucken weder heute noch sonst. Sie war glücklich, daß sie sich hier zu Hause fühlen durfte, daß all diese Genies von morgen freundschaftlich mit ihr verkehrten, und es störte sie auch nicht, wenn der eine oder die andre in Geldverlegenheit zu ihr kam. In diesem Punkt war sie gar keine Dilettantin. Sie gab gerne und meinte lachend, das Geld hätte doch nur den Zweck, ausgegeben zu werden, und man könne keinen besseren Gebrauch davon machen, als daß man die Kunst unterstütze ... Schöne Worte, die man sich in der Pension Huckenreuther gesagt sein ließ ...

In der früheren Tenne, deren niedrige Decke Holzpfeiler stützten, hingen etliche Petroleumlampen, von grünen Blechschirmen überdacht, mühten sich, mit ihrem freundlich hausfraulichen Licht die qualmende Hitze zu überstrahlen, die von dem Gewühle gedrängt tanzender Menschen immer dichter aufstieg. Ein altes Klavier, das fast ebenso schläfrig klang, wie der Springbrunnen im Garten, spielte „Donauwellen" und „Rosen des Südens". Der Raum war ganz schmucklos, hatte keinerlei Zier, die mit dem Begriff eines Rosenfestes irgendwie in Verbindung gebracht werden konnte. Auch die Tänzer und Tänzerinnen hatten bei der Wahl ihrer Festkleider keine Rücksicht auf das Wort „Rosenfest" genommen. Vielleicht sollte dies Wort überhaupt keine Verpflichtung, sondern nur eine Stimmung ausdrücken, war vielleicht nur gewählt worden, weil es zauberisch und düfteschwer klang. Der niedrige Raum, die Petroleumlampen, die qualmende Hitze und das alte Klavier erinnerten die Schwestern zunächst an Erntetänze, bei denen sie daheim, in Weyarn mit getanzt hatten, aber der erste Blick auf die Menschen, die hier im Tanze wirbelten, verscheuchte jede Erinnerung an ländliche Lust. Hier sah man die verschieden gezeichneten Gesichter aller deutschen Bundesstämme, vom schwerblütigen, erstaunt dreinblickenden Hanseaten bis zum vergnügten, schwatzenden, sich ereifernden Rheinländer, und neben ihnen Balten mit rollendem R, und Balkan, sehr viel Balkan mit off und vitch. Bunt wie die Rassen waren auch die Kleider, denn hier war alles erlaubt, was gefiel, und es gab kaum etwas, was in dieser Hinsicht nicht gefiel, es wäre denn ein Pariser oder Wiener Modellkleid gewesen. Da waren Mädchen in einfachen Sommerblusen und andre in Rautendeleinkleidern und noch andre in Eigenkleider wie in Säcke genäht und wieder andre nur in Schals oder Schleier gewickelt, ähnlich wie Fräulein Marholz, aber ungleich geschmackvoller, phantastischer und verwegener. Die eine oder andre trug einen Rosenkranz oder auch nur ein paar Rosen im Haar, nahm sie aber, da die Blumen welkten, bald ab, warf sie in eine Ecke und tanzte unbekümmert mit dem von Dornen und Stielen zerzausten Haar weiter. Die Männer waren fast alle im Straßenanzug und es sah drollig genug aus, daß der und jener von ihnen zum braunen Jakett und zum kurz geschnittenen Haar einen Rosenkranz trug, als ginge er zu einem römischen Gastmahl. Einer aber war, niemand hätte sagen können warum, als Türke maskiert, und es störte ihn gar nicht, daß er unter all den unbedeckten oder bekränzten Häuptern den einzigen Turban trug. Hinwiederum war ein junges, blondes Mädchen, wie es hieß, eine Pastorentochter aus Schottland, als eine Art weiblicher Matrose angezogen. Sie trug eine blaue Matrosenbluse mit breitem Kragen, eine Mütze mit kurzen, fliegenden Bändern und ein dunkelblaues Faltenröckchen, das kaum bis über die Kniee reichte, die von schwarzen Strümpfen schamhaft bedeckt waren. Auch dies kurze Röckchen schien sinnlos wie der Turban des Türken, aber wer dem Fräulein aus Schottland näher stand, sagte, daß sie dies Kostüm ihren Beinen schuldig wäre, die ungewöhnlich schön seien ...

Regine hatte zuerst gemeint, daß sie in ihrem weißen Sommerkleid als gar zu nüchtern auffallen würde, und Fräulein Marholz war entsetzt gewesen, als sie sah, daß Regine sich vom Friseur gar nicht phantastisch, sondern ganz modern hatte frisieren lassen, mit einem kleinen Scheitel im dunkeln Haar und einem großen, abstehenden Knoten, aus dem einige schöngewellte Löckchen fielen.

„Herrjemine, wie ein kleines Pensionsmädchen haben Sie sich hergerichtet! Warum haben Sie denn nicht Fräulein Dora zu Rat gezogen?! Fräulein Dora paßt sich schon besser an, die kriegt's schon mit der Zeit heraus, wie die Sache eigentlich sein muß. Hübsch sehen Sie ja aus, das muß Ihnen der Neid lassen, aber —"

In diesem „aber" lag ein tiefes Bedauern, ein geringschätziges Mitleid, als wollte sie sagen: „O du Ärmste, du lernst es nie!"

Nun, da sie an der Schwelle des Tanzraums standen, merkte Regine mit Freude, daß sie in keiner Weise auffiel, daß sehr viele der anwesenden Frauen ähnlich gekleidet waren wie sie, wenn auch nicht so sorgfältig und damenmäßig. Dora dagegen zog Blicke auf sich, denn sie sah ungewöhnlich hübsch aus in dem weißen Kleid mit den rosenfarbenen Bändern, von denen sie eines quer über die schmale Stirn gebunden hatte; hinter den Ohren lief es in zwei dichte Büschel weißer Rosen aus. Sie war wieder anzusehen wie eine junge Eva, und schon kam ein langer, blonder Mensch auf sie zu, streckte die Hände nach ihr aus, um sie zum Tanz zu holen. Fräulein Marholz aber wehrte ihn lachend ab: „Nein, nein, Dettmann, so schnell geht das nicht! Meine Freundinnen sind zum erstenmal hier und ich möchte ihnen zuerst einmal unsre allerinteressantesten Leute zeigen."

Er lachte und fragte keck: „So? Gehöre ich da etwa nicht dazu?!"

„Natürlich gehörst du dazu, aber du tanzest! Und wenn du mir das schöne Fräulein da erst einmal zum Tanz geholt hast, dann kommt sie nicht mehr zu mir zurück, das kenne ich schon! Außerdem will ich doch selber nachher tanzen und nur tanzen ... Wenn man tanzt, denkt man an nichts andres mehr, das weiß ich!"

Sie gab sich Mühe, bacchantisch auszusehen und eine dithyrambische Geste auszuführen. Hans Dettmann sah diesem Bestreben belustigt zu und meinte: „Schön, ich gebe dir eine Viertelstunde Zeit. In einer Viertelstunde stehe ich wieder hier, und wehe dir, wenn du mit dem schönen Mädchen nicht wieder da bist!"

Er machte keine Verbeugung vor Dora, fragte sie nicht, ob auch sie gewillt sei, mit ihm zu tanzen, sah sie nur an und lächelte ihr zu, als wollte er sagen: „Du wirst schon wollen, es kann ja gar nicht anders sein!"

Es lag keine Anmaßung in seiner Art, nur eine naive Selbstverständlichkeit und Ungebundenheit, die jede Ziererei, jeden Damenanspruch vollkommen ausschaltete, vermutlich gar nicht wußte, daß es solche Dinge gab. Dora war ein wenig verblüfft über solche Besitzergreifung, aber Hans Dettmann war schon wieder im Tanzgewühl verschwunden und Fräulein Marholz sagte: „Ein hochgenialer Mensch! Sie werden ihn nachher kennen lernen." Sie führte jetzt wie eine stolze Hausfrau ihre Schutzbefohlenen durch etliche kleine Zimmer, die an den Tanzsaal stießen. Sie waren niedrig und nicht etwa durch Lampen, sondern nur durch bunte Lampions erleuchtet, die ein geheimnisvoll-unsicheres Licht auf Menschen warfen, die hier dicht zusammengedrängt standen, saßen oder kauerten. Einige Skizzen allerneuester Richtung hingen an den Wänden, deren Tapeten ebenso wie die spärlichen Möbel nicht eben durch Sauberkeit bestachen. Aber das ungewisse Licht der bunten Ampeln verhüllte freundlich alle Schäden, und wenn einmal eine der Lampionhälften ein wenig klaffte, so daß ein hellerer Schein aus ihr hervorquoll, dann schob irgend eine Hand sie schnell zu der andern Hälfte hin, als gälte es eine unanständige Entblößung zu verhüllen. Durch Qualm, Tanzgewoge und Menschenfülle bis zu rhythmischem Gemurmel abgedämpft klangen die Töne des alten Klaviers herein — —

Regine und Dora sahen mit erstaunten Augen auf die seltsamen Gestalten, hörten, als vernähmen sie ein Märchen, wie Fräulein Marholz alle erläuterte, sofern sie dies nicht durch ihre eigenen Gespräche taten. Da saß auf einer schräg gestellten Ottomane ein starker, junger Mensch, rosig und blond wie ein Kind, mit einem krausen Vollbart und Locken, die ihm auf die Schultern fielen. Er trug ein Gewand aus dickem, weißem Wollstoff, dessen Schnitt zwischen dem härenen Mantel des Täufers und einem Chiton schwankte, dazu Goldreifen an den nackten Oberarmen und einen Goldreif über der Stirn. Er sprach laut und eindringlich zu einem kleinen Kreis, der ihn umgab, erzählte mit überschwenglichen Worten von den Naturmenschen in Ascona, von denen er herkam und zu denen er zurückkehren wollte, sobald er eine Gefährtin gefunden haben würde, die in Freiheit bereit war, sein Naturmenschenlos zu teilen und alles selbst anzufertigen, dessen sie bedurfte. Neben ihm saß mit vorgebeugtem Oberkörper, die langen Arme um spitze Kniee geschlungen, eine farblose, weibliche Gestalt, mit durchsichtigen, braunen, bis zur Erde fallenden Flatterärmeln. Sie hörte ihm mit einem überlegenen und geheimnisvollen Ausdruck ihres abgemagerten Gesichts zu, denn sie war in ihrer seelischen Entwicklung schon über das Naturmenschentum hinausgekommen. Sie gehörte einer Sekte an, die den Ernährungsprozeß mit dem Kreislauf der Gestirne verband, aß bei zunehmendem Mond keine Eier, bei abnehmendem keinen Spinat und war überzeugt, daß es höchst verderblich sei, im Zeichen des Jupiter kuhwarme Milch zu trinken. Sie vergeistigte ihren Körper durch Fasten und eiskalte Bäder und war in der Vervollkommnung bereits so weit gediehen, daß sie, äußerlich einem der grauen Weiber aus dem „Faust" gleichend, bereits regelmäßigen Verkehr mit den Geistern der Abgeschiedenen führte. Mit gespannter Aufmerksamkeit lauschte dem Naturmenschen ein schmächtiges Männchen, das ungefähr wie Balduin Bählamm aussah und ein nicht minder verhinderter Dichter war. Allerdings bereitete er selber sich das Hindernis, denn er war unablässig mit Seelenstudien beschäftigt, fand jeden Menschen und jedes Vorkommnis „psychologisch hochinteressant" und kam durch die Überfülle all dieser Studien nie dazu, sie zu verwerten. Er war eine Weile mit einer robusten Kollegin von der Feder verheiratet gewesen, die jedoch der Ansicht war, daß die Psychologie allein keine genügende Basis für eine Ehe böte und darum die Scheidung verlangt hatte. Er, der auch diese Ansicht seiner Frau psychologisch ungemein interessant fand, hatte eingewilligt und war nun, da es für einen echten Psychologen weder gut noch böse, weder Liebe noch Groll gibt, eifrig bestrebt, der geschiedenen Frau einen zweiten Mann zu suchen. Auch Christa Christensen, die Dichterin, war da, die mit ihrem wirklichen Namen Anna Meier hieß. Ihre etwas allzuheftig betonten Formen schwankten unter einem griechischen Gewand von zweifelhafter Weiße, die fettigen, schwarzen Locken, die ihr in die Stirne fielen, waren mit einem Silberband gebunden. Sie sah ungefähr aus, wie man an einer Schmiere die „Klytämnestra" darstellt, aber ihr Gesicht war nicht finster, sondern strahlte vor Vergnügen. Endlich war ihr ja der große Wurf gelungen, den sie seit vielen Jahren angestrebt hatte: ihr neues Liederbuch „Liebesschreie" stand als „unzüchtige Schrift" unter der Anklage der Staatsanwaltschaft! Und Paul Korff war da, der abenteuerliche Verleger, der alle drei Monate einen neuen, nach abermals drei Monaten verkrachten Verlag für die allermodernsten Modernen gründete. Er sah schlecht, hörte nicht gut und sein Mund war zahnlos wie der eines Säuglings, aber seine Dichter behaupteten dennoch, daß von diesem Mann ein infernalischer Reiz ausginge. Und der Maler des großen Bildes bei den Juryfreien war da, jenes gewaltigen Bildes, das nur dem Laienauge wie ein Stück rote Tapete mit einem gelben Querstrich vorkam, während es in Wahrheit „Die Revolution" darstellte. Sein Schöpfer erläuterte eben einem andern Schöpfer, daß das Werk eines dritten Schöpfers zwar völlig verzeichnet sei, „aber das stört den gewaltigen Gesamteindruck nicht im mindesten!" Und Sanna Tribalski war da, die Kunsttänzerin, die jetzt noch Schuhe und ein grasgrünes Kleid mit Guillotineausschnitt trug, später aber, wenn die Nacht und die Stimmung weiter vorangeschritten waren, würde sie Schuhe und Kleid ablegen und, nur in schwarze Schleier gehüllt, ihr neues Tanzdrama „Die Entzauberung des Todes" tanzen, wobei sie über einen Totenschädel, der auch durch eine Waschschüssel angedeutet werden konnte, wegsprang. Und Gretel Trapp war da, die Erfinderin der neuesten Puppen, die nicht so dumm und blond und schön aussahen, wie die alten Puppen, sondern wie vertrackte Kobolde, vor denen sich die Kinder fürchteten. Aber es kommt bei Puppen ja auch nicht darauf an, daß sie den Kindern gefallen, sondern vielmehr, daß sie der Ausdruck einer künstlerischen Persönlichkeit sind ... In einer Ecke stand ein breitschultriger dicker Mensch mit gelben Augengläsern und hielt in Bierbaß und bayrischstem Dialekt einen Vortrag über Carma und die Wiederkunft aller Dinge. Hinter seinem Rücken streckte ihm eine zierliche, fein und etwas verwelkt aussehende Blondine die Zunge heraus. Das war die dreimal geschiedene Gräfin, die jetzt ein Milchgeschäft betrieb, an dessen Klingelschild ihr Name mit der Krone darüber stand. Und auch die verrückte Baronin war da, die ihrem Mann, einem braven Amtsrichter, davongelaufen war, notabene ohne Liebhaber, nur weil sie ein „Eigener" sein wollte, und die jetzt nur mit einer Ziege, einem Hund und etlichen Hühnern in einer Waldhütte in der Gegend des Starnberger Sees hauste.

Dora wurde ganz wirbelig im Kopf, nicht nur von den Erläuterungen der Marholz, sondern mehr noch von den Gesprächsfetzen, die um sie herschwirrten und die sie auffing. Sie war ja schon von der Malschule her an Paradoxe und Absonderlichkeiten gewöhnt, aber was sie hier sah und hörte und spürte, war ein so merkwürdiges Sammelsurium von Verrücktheit, Talent, Naivität und Anmaßung, daß sie sich nicht gleich zurechtfand. Sie blickte hinaus in den Tanzsaal, über das Gewühle hin und merkte, daß diese Leute auch im Tanz anders waren oder sein wollten, als andre. Jedes Paar versuchte den Tanz auf seine besondere Weise umzugestalten, löste die Umschlingung, sprang bald ungefähr wie in einem Czardas dahin, schlang mit andern Paaren einen Kreis zum Ringelreihen oder wirbelte, sich gegenseitig an den Händen haltend, blitzschnell umher, ungefähr so, wie es die Kinder beim „Tellerreiben" machen. Denn all diese Menschen, gleichviel ob sie tanzten, dozierten, arbeiteten oder feierten, hatten einen gemeinsamen Drang, eine unbändige Sehnsucht, die sie alle miteinander verband, die Sehnsucht, kein Alltagsmensch zu sein und nicht zu tun, was der Spießbürger tat. Der Spießbürger — er war ihr eingeborener, ihr eingeschworener Feind und ihr ganzes Leben war nur eine ständige Demonstration gegen ihn. In irgend einer Weise, bewußt oder unbewußt, hatte er früher einmal jedem von ihnen ein Leids getan, hatte ihnen irgendwie die Welt vergällt und nun gab es für sie nichts Besseres, als ihn und seine Welt unablässig zu verhöhnen und eine andre aufzubauen, nach ihrem eigenen Willen, der sie die Gesetze vorschrieben und in der sich jedes von ihnen seinen Platz und seine Rolle aussuchen konnte. Berauscht von ihrem Weltenbau wußten sie nicht einmal, ob sie Komödie spielten oder nicht, glaubte jeder nicht nur an sich, sondern auch an den andern und daß die Welt wirklich erst an dem Tage begann, da sie allesamt die Hände zu ihrer Erschaffung erhoben. Und weil ihr Glauben mindestens ebensogroß war wie ihre Verrücktheit, wirkten sie, selbst wenn man über sie lachte, stark und machtvoll, gaben dem Stadtbild nicht nur äußerlich ein besonderes Gepräge, so daß jeder, der „München" hörte, alsbald „Schwabing" dachte.

Nun tanzte Dora mit Hans Dettmann, der, wie Fräulein Marholz versicherte, ein genialer Dichter war, dem die Zukunft gehörte. Tanzte mit ihm, wie sie die andern tanzen sah, Czardas und Ringelreihen, lag dann im Arm eines andern Tänzers, wurde wieder von Dettmann geholt, dann von einem dritten und wiederum von Dettmann, verlor sich schließlich mit ihm im Gewühle. Da auch Fräulein Marholz davongewirbelt war, stand Regine einsam zwischen dem Tanzsaal und dem anstoßenden kleinen Zimmer und wußte nicht recht, was sie mit sich anfangen sollte. Sie paßte nicht hierher und gefiel keinem so gut, daß er sie zum Tanz geholt hätte. Sie überlegte eben, daß es recht langweilig sein würde, hier zwischen lauter fremden Menschen schweigsam herumzustehen oder herumzusitzen und sie bereute schon ein wenig, daß sie gekommen war. Da hörte sie zu ihrem Erstaunen hinter sich von einer Männerstimme ihren Namen nennen und die Frage: „Sie hier, gnädiges Fräulein?! Darf ich mir erlauben, Ihnen guten Abend zu wünschen!"

Vor ihr stand jetzt ein schlanker Mann mit einem glattrasierten, nervösen Gesicht, das unzufrieden aussah. Er war nicht wie die andern Männer im Straßenanzug, sondern trug einen schwarzen Rock und roch ein wenig nach Karbol. Da er ihren erstaunten Blick sah, fragte er lächelnd: „Sie kennen mich wohl nicht mehr? Mein Name ist Doktor Ott!"

Sie beeilte sich zu versichern: „Aber selbstverständlich kenne ich Sie, Herr Doktor, es wäre ja sehr undankbar von uns, wenn wir Sie vergessen hätten. Es ist mir nur so ungewohnt, daß mich hier irgend jemand kennt. Als Sie vorhin meinen Namen nannten, war es mir wahrhaftig wie eine Erlösung, so ungefähr, als ob mitten in der Wüste ein Europäer einen andern trifft!"

„Die Wüste hier ist ein bißchen bunt und ein bißchen sehr lärmend! Aber ich kann mir schon denken, daß man sich verloren vorkommt, wenn man gar keine Anknüpfungspunkte hat. Ich bin übrigens sehr überrascht, Sie hier zu treffen."

Es kam ihr vor, als ob in seinem Ton eine leise Mißbilligung läge und sie sagte schnell: „Zu meinem eigenen Vergnügen wäre ich auch nicht gekommen. Aber meine Schwester wollte durchaus. Sie ist ja doch Malerin oder will eine werden ... Da hat sie und auch die Dame, die bei uns wohnt, mir solange zugeredet, bis ich nachgegeben habe. Sie hatte ja eine solche Sehnsucht, endlich wieder einmal zu tanzen und unter fröhlichen jungen Menschen zu sein ..."

„Das kann man ihr wahrhaftig nicht verdenken, nach allem, was Sie in den letzten Jahren durchgemacht haben."

„Ja, und nun ist sie mir davongeflogen und Fräulein Marholz ebenfalls, und ich kann sehen, wie ich mit Anstand durch dieses Fest hindurchkomme —"

„Erlauben Sie, daß ich Ihnen Gesellschaft leiste?"

Sie errötete ein wenig vor Freude.

„O, wenn Sie wollen; aber ich möchte Sie nicht von etwas Besserem abhalten. Vielleicht wollen Sie tanzen oder Bekannte aufsuchen oder —"

„Verehrtes Fräulein, kümmern Sie sich nicht um das, was ich will oder wollen könnte. Das tue ich schon selbst. Antworten Sie mir nur auf die Frage, ob Ihnen meine Gesellschaft auf diesem Fest, das für unsereinen etwas mühevoll ist, angenehm erscheint?"

Sie ging auf seinen Ton ein: „Also, so wahr mir Gott helfe, Ihre Gesellschaft ist mir sehr angenehm."

„Dann werde ich trachten, ein paar Stühle für uns zu erringen, wir setzen uns in einen stillen Winkel, soweit man hier eben von einem stillen Winkel reden kann und betrachten dieses Fest, auf dem sich alle gottvoll amüsieren, nur wir nicht. Oder amüsieren Sie sich etwa?"

„Ach nein, für mich ist alles zu fremd und ich kann mich so schwer in den ganzen Ton hier finden. Ich bin viel zu schwerfällig dazu."

„Ich auch."

Er hatte wackelige Strohstühle in eine Ecke des kleinen Zimmers geschoben, von dem aus man einen Teil des Tanzraums überblicken konnte. Sie sprachen ein wenig hin und her und Regine fragte: „Wie kamen Sie eigentlich hierher, wenn Sie sich doch nicht in die Lustigkeit hier hineinfinden können?"

Er zuckte die Achseln.

„Mein Gott, wie man eben hierher kommt! Wie man zu allerlei Vergnügungen kommt, die gar keine Vergnügungen sind! Man hat Angst vor dem Nachdenken, Angst vor dem Alleinsein. Man läuft vor sich selber davon, irgendwohin, wo es laut und bunt zugeht, man sucht ein bißchen Jugend und ein bißchen Wärme, alles, was einem selber fehlt ..."

Regine sagte mit naivem Erstaunen: „Aber Sie sind ja selber noch jung!"

„Jungsein ist ein Relativbegriff. Vom Standpunkt eines Sechzigers aus bin ich noch jung. Aber für die Jugend da, ach nein! Für die bin ich sicher schon ein alter Herr! Ich bin übrigens wirklich schon fast vierunddreißig Jahre —"

„Aber das ist doch nicht alt! Das sind doch die allerschönsten Jahre, ich glaube sogar, es ist erst der Anfang der schönsten Jahre! Ich wenigstens habe nie finden können, daß die allererste Jugend so mit siebzehn, achtzehn oder zwanzig so wunderschön war. Da ist man zu dumm, zu unsicher. Man tappt so herum und weiß eigentlich gar nicht, was man will. Aber wenn man älter wird, steht man fester, man bekommt doch eine Ahnung, nach welcher Richtung man will, man fängt an, über sein Leben nachzudenken und es sich einzurichten —"

„Oder sich's zu verpfuschen. Oder auch sich's verpfuschen zu lassen, je nachdem!"

Sie war betroffen über den bitteren Ton. Sie sagte schüchtern: „Ihr Leben ist doch sicher nicht verpfuscht! Arzt zu sein, denke ich mir doch als den allerschönsten Beruf. Sehen Sie, als Sie damals bei meinem armen Vater ins Zimmer traten, da wurde uns allen leichter, obgleich wir ja wußten, daß die Gefahr gleich groß blieb. Aber von einem richtigen Arzt geht eine so wunderbare Ruhe aus, so eine Sicherheit, als wäre er Herr über Leben und Tod."

Er sah sie ein wenig spöttisch an, wiegte den Kopf, lächelte.

„Mein Gott, was sind Sie für eine Phantastin! Und was für eine glänzende Patientin müßten Sie sein. Leider teilt die kompakte Majorität Ihre schmeichelhafte Ansicht über meinen Beruf nicht. Für die Mehrzahl der Menschheit sollen wir Wundertäter sein und wenn wir's nicht sind, nennen sie uns Pfuscher."

„Haben Sie wirklich solch undankbare Patienten?"

Er sagte mit trockener Selbstironie: „Ich habe weder dankbare noch undankbare Patienten, sondern gar keine. Ich gehöre eigentlich in die Arbeitslosenfürsorge! Übrigens halt! Ich muß der Wahrheit die Ehre geben, meine Kassensprechstunde ist gut besucht und ich glaube wahrhaftig, wenn ich mich recht besinne, habe ich sogar eine Privatpraxis von fünf bis sechs Fällen. Überwältigend, nicht wahr? O, es ist wunderschön, ein sogenannter junger Arzt zu sein und Jahr um Jahr auf eine Praxis herzuwarten, die nicht kommen will!"

Er sprach mit einer kalten, gleichgültigen Stimme, so, als ob es ihm Lust gewährte, sich selber wehe zu tun. Er tat ihr leid. Sie versuchte das Gespräch abzulenken und er folgte ihr willig, wollte von ihr und ihrem Leben hören, wie es daheim gewesen sei, was sie jetzt treibe, wie sich ihre und ihrer Schwestern Zukunft gestalten solle, schien seine Bitterkeit zu vergessen, während sie sprach. Er war ein guter Zuhörer, verstand es geschickt, sie durch Zwischenfragen immer vertraulicher zu machen und eine gewisse Zurückhaltung zu überwinden, die sie sich anfänglich dem fremden Manne gegenüber auferlegen wollte. Er gewann sie dann völlig, als er sich sehr lebhaft nach Edith erkundigte und über die besondere Ernährung blutleerer geistiger Arbeiter sprach. Je lauter draußen der Festjubel schallte, um so fester sprachen die beiden in dem stillen Winkel sich zusammen und er erschien ihnen wie eine kleine, heimilche Insel, die ihnen um so ungestörter blieb, je wilder die andern an ihren Ufern vorüberrasten ... Doch wie angeregt und vertraut sie auch miteinander sprachen, so fiel es Regine doch auf, daß durch das ganze Wesen des Mannes immer wieder Verbitterung drang, eine höhnische Stachlichkeit, wie Menschen sie haben, die Jahr um Jahr mit allen Kräften einem Ziel entgegen streben, das sich niemals nähern will. Oder vielleicht, nein, gewiß war es nicht nur dies unerreichte Ziel, sondern noch etwas andres, tief Verborgenes, das ihm immer wieder Galle auf die Zunge spülte und Bemerkungen, als ob in seinem Leben ein Riß sei, der nicht mehr verheilen konnte. Sie hätte gar zu gerne gewußt, was es war, tastete vorsichtig, mit kleinen, horchenden Fragen herum, aber sie erfuhr nichts. Geschickt, als könne es nicht anders sein, wich er jedem wirklichen Bekennen aus, bog wie selbstverständlich ab, als wäre es ein Weg, an dem geschrieben stand: „Eintritt verboten".

Einmal trat auch Hans Dettmann zu ihnen, an einem Arm Dora, am andern Fräulein Marholz. Alle drei glühten vor Hitze, Vergnügen und Gelächter. Doktor Ott und Dettmann begrüßten sich wie alte Freunde, duzten einander. Doktor Ott stellte Dettmann Regine vor und sie bemühte sich, zwanglos-freundliche Worte zu sagen, aber es wollte sich keine Atmosphäre zwischen ihnen herstellen lassen, die Luft blieb kühl. Fräulein Marholz, die das Fremde zwischen ihnen spürte, wollte vermitteln, Regine in den Kreis der Ungezwungenheit hineinbugsieren.

„Kinder, seid doch nicht so steif miteinander! Was ist das überhaupt für ein Zustand, daß ihr alle immer ‚per Sie' und ‚Herr Doktor' und ‚Herr soundso' und ‚gnädiges Fräulein' sprecht!? Sagt doch ‚du' zueinander. Hier sagt doch jeder Mensch ‚du'. Wir sind ja doch nicht bei Hof ..."

Es entstand so etwas wie allgemeine Verlegenheit, die erfreulich und wirksam unterbrochen wurde durch etliche Dienstmägde, die mit weißen Schürzen und roten Armen herzutraten. Sie trugen Rosenkränze um die dicken Köpfe und erinnerten lebhaft an Kühe, die von der Alm heimgetrieben werden. Sie boten auf mächtigen Tabletten aus Schwarzblech salopp gestrichene Butterbrote an, dazu in emaillierten Spüleimern Limonade, die mit einem großen Blechsuppenlöffel in dicke Henkelgläser geschöpft wurde. Regine dankte höflich und Doktor Ott belustigte sich im stillen über ihr entsetztes Gesicht, aber Dora griff fest zu, verspeiste hungrig zwei, drei Brote und ließ sich von Dettmann Limonade aus dem Spüleimer schöpfen. Dann wurde Fräulein Marholz von dem Schöpfer der „Revolution" zum Tanz geholt und Hans Dettmann zog lachend mit Dora ab. Sie glich jetzt nicht mehr der Eva, sondern eher einer jungen Bacchantin, und Dettmann sagte zu ihr, während er ihren Arm an sich drückte: „Also, du süßes Mäderl, jetzt hast du gehört, was die Marholz sagte und sie hat, weiß Gott, ganz recht! Jetzt sei brav und sage ordentlich ‚du', ‚du Hans', so heiße ich nämlich!"

Sie lachte und entgegnete schnell: „Du Hans, sage ich gerne, solange du mir gefällst! Aber wenn du mir nicht mehr gefällst, wenn du Sachen redest, die ich nicht mag, dann sage ich wieder ‚Sie, Herr Dettmann'! Also merk dir das, Hans!"

„Und du, wie heißt du? Es ist doch eine Schande, daß ich das noch nicht weiß!"

„Ich heiße Dora."

„Dora!"

Er schien im stillen zu überlegen, den Namen zu prüfen. Meinte dann: „Dora, nun ja, man kann natürlich auch Dora heißen. Bis heute habe ich gerade keine Leidenschaft für den Namen gehabt, weil es auch bei mir daheim Leute gibt, die Dora oder so ähnlich heißen."

„Nun also, da müßte dir der Name doch erst recht gefallen, wenn er dich an daheim erinnert!"

Er lachte furchtbar laut, schüttelte sich, als überliefe ihn eine Gänsehaut.

„Heilige Einfalt, was du dir nicht denkst! Wenn du meine Doras von daheim sehen könntest, dann würdest du anders reden. Aber, Gott sei Dank, du siehst sie nicht und wir wollen nicht weiter an solches Schlamassel denken! Du heißt Dora — nun bilde ich mir ein, ich höre den Namen zum allererstenmal und finde ihn wunderschön, weil er einem wunderschönen Mädchen, weil er dir gehört!"

Regine sah dem Paar nach, das nun wieder unter den Tanzenden verschwand. Sie fragte ein wenig erstaunt: „Sie sind befreundet mit Dettmann?"

„Ja, ja, wir sind alte Bekannte, Landsleute, aber er ist ja viel jünger als ich."

„Und sicher ganz anders als Sie!"

„Sicher, aber wie ich Ihnen sagte, wir sind Landsleute. Aus dem gleichen, gottverfluchten Nest hoch droben im Norden, von dem ihr keine Ahnung habt. Ein Nest, in dem jeder jeden kennt, jeder weiß, was der andre zu Mittag ißt, jeder jedem vorschreiben möchte, was er zu tun, zu denken, zu empfinden hat. Wo jeder, der einen Knopf an der Weste auf- oder zumacht, erst beim Nachbar fragen soll, ob so etwas nicht als Extravaganz aufgefaßt werden kann... Dort sind wir groß geworden und hier haben wir uns wiedergefunden — das bindet zusammen, als wäre es eine wirkliche Freundschaft!"

Er schwieg eine Weile, fuhr dann fort: „Übrigens interessiert mich dieser Dettmann."

„Ist er wirklich ein so großes Talent, wie Fräulein Marholz sagt?"

„Wie groß sein Talent ist, kann ich nicht beurteilen, dazu reicht meine literarische Bildung nicht aus. Zweifellos hat er Talent, viel Talent sogar ... Aber das ist's nicht, was mich an ihm interessiert. Was mich an ihm interessiert ist, daß er ein wirklicher, echter Bohemien ist, vielleicht der einzige von der ganzen Gesellschaft, die hier herumtollt und sich einbildet, dem Murgerschen Vorbild zu gleichen."

Regine wunderte sich über diese Worte. Wohl war ihr Dettmann ausgelassen, vielleicht sogar zügellos erschienen, aber waren das nicht alle andern rundum auch?! Und er sah doch durchaus nicht so ungepflegt, ja verkommen aus, wie manche von denen, die da draußen tanzten, machte, soweit es sich nach Äußerlichkeiten beurteilen ließ, zwar den

Eindruck eines Menschen, der von der Hand in den Mund und nicht eben reichlich lebt, aber doch immer auf einen anständigen Anzug, Hemdkragen ohne Fransen und den Gebrauch von Seife hält.

Doktor Ott lachte laut auf, als sie ihm ihre Einwendungen entgegenhielt.

„Mein Gott, was für naive Auffassungen vom Zigeunertum! Freilich hält Dettmann äußerlich mehr auf sich als die Jünglinge, die vom Balkan kommen, und wenn ich mich ganz heimatlich ausdrücken will, muß ich sagen: ‚Das ist die gute Kinderstube‘. Er stammt nämlich aus einer guten Familie, Vater Gymnasiallehrer, Mutter Hausfrau, streng nach dem Rezept der berühmten vier ‚K‘. Das heißt, zum Kleider-K hat's wohl nie ganz gereicht, dafür aber um so reichlicher für die übrigen drei. Und Ordnung war bei Dettmanns im Hause, Donnerwetter, was für eine Ordnung! Wenn man empfindliche Nerven hatte, konnte einem übel werden von so viel Ordnung und aufdringlicher Sauberkeit. Nun, dem Hans ist auch offenbar übel geworden. Allerdings mehr von der entsetzlichen innerlichen Ordentlichkeit, in der nicht ein fingerbreit Raum blieb für irgend etwas, was über den Alltag hinausreichte. Und weil er Schulmeister werden sollte, wie sein Vater war, ist er eines schönen Tags durchgebrannt, einfach durchgebrannt."

Und jetzt ist er ein Dichter?"

„Ja. Sie glauben alle an ihn und er selber glaubt an sich mit einer so beneidenswerten Selbstverständlichkeit. Ein glückseliger Mensch, weil er den Glauben an sich hat. Dem macht's nichts aus, ob er zu Mittag ißt oder nicht, oder ob er Kohlen zum Einheizen bezahlen kann oder ob er im Winter mit dem Sommerjackett gehen muß, weil er seinen Wintermantel versetzt hat —"

„Ist er so arm? Tun seine Eltern gar nichts für ihn?"

„Die ganze Familie Dettmann hat sich feierlich von ihm losgesagt. Ein alter, schwerreicher Erbonkel hat ihn sogar enterbt. Aber Dettmann lacht über das alles nur und meint, sie werden es später schon noch bereuen."

Nun fand Regine mit einem Mal Gefallen an dem jungen Menschen, der sich mit so prachtvollem, heiterem Lebensmut über alle Enge und Vorurteile wegsetzen wollte. Als täten ihr die Worte leid, die Doktor Ott vorhin über ihn gesprochen hatte, fragte sie zweifelnd: „Und Sie glauben wirklich, daß er ein echter, ja der einzige Bohemien hier ist?"

Doktor Ott nickte.

„Das ist ja ebenso interessant zu beobachten, wie in dieser urbürgerlichen Familie plötzlich diese Entartung auftritt. Ich glaube wirklich, das jahrelange, generationenlange gute Beispiel hat hier abschreckend gewirkt. Denn Hans Dettmann ist ein Zigeuner, ein geborener Zigeuner, aus dem Grund seines Herzens heraus und wird es immerfort bleiben. Sehen Sie, all die andern hier, die sind Zigeuner aus Jugendlust oder auch aus Notwendigkeit, weil Verhältnisse irgend welcher Art ihnen die Tür zur sogenannten Gesellschaft verschließen. Aber lassen Sie all dies zigeunernde Volk, das sich heute mit seinem Bohemetum brüstet, zehn, fünfzehn Jahre älter sein oder zu Ruhm und Geld kommen! O weh, da könnten wir etwas erleben! Fast jeder von denen da draußen wird eilig eintreten, sobald die Gesellschaft ihre Türen vor ihm aufschließt, wird mit großem Behagen seine Kasse füllen, sein Bild in den illustrierten Wochenzeitschriften sehen, über die er heute nicht genug spotten kann, wird wie an eine Kinderkrankheit an die Tage von heute denken und mit Vergnügen Worte sagen wie: ‚in rangierten Verhältnissen' oder ‚in guten Kreisen'. Hans Dettmann aber, nein, der ändert sich nicht! Er hat gar keinen Begriff dafür, daß noch eine andre Welt wünschenswert sein kann als die, in die er hineingesprungen ist. Und wenn er achtzig Jahre alt werden sollte, was ich ihm übrigens nicht wünsche, er wird als Bohemien leben und als Bohemien sterben ..."

Im Tanzsaal war es inzwischen so heiß geworden, daß man alle Fenster öffnen mußte. Da stieg eine weiße Juninacht herein, lockte mit ihren durchsichtigen Händen in den Garten, der nach Rosen duftete und in dem der kleine, schläfrige Springbrunnen nun das Echo zärtlichen Geflüsters zu sein schien. Nun wandelten auf den schmalen, überwachsenen Wegen des grünen Irrgartens erhitzte, dicht aneinander geschmiegte Paare, versunken in Gesprächen, Küssen oder träumerischem Schweigen und keines von ihnen gab acht auf die, die vor ihm oder hinter ihm kamen. Auch Dora und Dettmann wandelten da draußen. Er hatte seinen Arm in den ihrigen geschoben und sprach lebhaft, überstürzt, bei den eigenen Worten Vergangenes wieder erlebend, von Dingen, die sie daheim in Weyarn nie gehört hatte. Von Literaturströmungen und -kämpfen, von Theaterunternehmungen und -intrigen, von der Macht der Zensur, mit der er lange und vergeblich gerungen hatte, so daß sein Erstlingswerk nicht öffentlich aufgeführt werden konnte, sondern von der geschlossenen Studentenvereinigung ‚Akademisch-dramatischer Verein' im Herbst gegeben werden würde. Dora lauschte und ihre Augen glänzten, als hörte sie ein seltsames, wundervolles Märchen. Es war wieder ganz so wie damals, als Ferdinand seine Theaterpläne enthüllte, nur viel aufregender, viel spannender, viel bedeutsamer. Hier sprach ja einer, der nicht gleich wieder fahnenflüchtig wurde, sondern der sich der Kunst mit Leib und Seele zu eigen gegeben hatte ...

Einmal näherte sich ihnen auch die Pastorentochter aus Schottland mit den schönen Beinen, schob ihren Arm in den seinen und er schleifte sie gutmütig, als könne man es nicht ändern, eine Weile mit. Sie sagte aber bald: „Heut' bist du langweilig, Schatz, heut' redest du lauter vernünftiges Zeug, da bekommt man das Gähnen, das ist nichts für mich!" Ließ ihn stehen und suchte sich einen andern, gefälligeren Arm.

Als es auf Morgen ging, fiel Regine eine plötzliche, große Müdigkeit an. Sie sagte zu Dora: „Wir wollen gehen!"

Aber Dettmann sprach heftig dagegen.

„Wie? Jetzt gehen?! Aber jetzt fängt es ja erst an, hübsch zu werden! Jetzt kommt erst Schwung in die Geschichte! Und das Allerschönste kommt erst nachher, wenn es hell wird und der Kaffee kommt und man sitzt beisammen und freut sich über den heißen Schwarzen nach all dem süßen Zeug und der Tanzerei."

Doch Regine fand, daß es genug sei, übergenug, wie sie sich im stillen sagte, und Dora mußte, ob sie gleich ein schiefes Gesicht zog und etliches vor sich hinbrummte, ihren leichten Mantel übernehmen und Hans Dettmann die Hand zum Abschied reichen. Er aber sagte: „Warte, ich begleite dich! Das tut jetzt gerade gut, ein bißchen gehen, dann ist man nachher doppelt frisch."

Auch Doktor Ott schickte sich an, die beiden Damen nach Hause zu begleiten. Die Pastorentochter rief Dettmann noch zu: „Sag', du langweiliger Peter, gehst du schon nach Hause?! Das ist ja eine Schande!"

Er rief hastig zurück: „Nein, ich komme nochmal zurück!" und war schon an Doras Seite, um sie für ihren Heimweg nicht mehr zu verlassen. Als sie ein paar Schritte gegangen waren, kam es über ihn wie eine Erleuchtung. Er blieb stehen, bis Regine und Doktor Ott, die ein paar Schritte hinter ihm waren, ihn eingeholt hatten, rief vergnügt: „Kinder, ich habe eine glänzende Idee! Solch eine Nacht ohne Kaffee kann es doch nicht geben. Das wäre geradeso wie ein Gesicht ohne Nase! Ich schlage vor, wir gehen alle vier auf meine Bude und ich braue dort einen Kaffee, der sich sehen lassen kann." Und da er drei erschrockene Gesichter sah, fügte er ganz treuherzig hinzu: „Ihr braucht keine Angst zu haben, aufs Kaffeekochen verstehe ich mich. Da nehme ich es mit jedem Wiener Kaffeekoch auf!"

Aber Doktor Ott winkte ab. Nein, das sei nichts für die Damen, die jetzt müde seien und nach Hause wollten. Und da Dettmann noch immer nicht begriff, sagte Ott halblaut und ein wenig ärgerlich zu ihm: „Laß das, das geht da nicht. Es paßt sich nicht!"

Dettmann begriff nichts von dem, war ärgerlich, etwas beleidigt und lief mit Dora, die sich schon auf den Kaffee gefreut hatte, so schnell voran, daß bald ein großer Zwischenraum zwischen ihnen und dem andern Paar war.

Regine atmete tief auf. Sie war froh, dem quirlenden Gewühle entronnen zu sein und in der stillen, hellen Nacht langsam dahinzugehen. Einmal sagte sie: „Jetzt müßte man eigentlich spazieren laufen, weit hinunter in den englischen Garten, bis man wieder einen ganz klaren Kopf hat."

Doktor Ott wäre mit Vergnügen dazu bereit gewesen.

„Ach ja, das täte gut! Gehen wir doch noch eine halbe Stunde oder auch eine Stunde spazieren und trinken wir dann irgendwo im englischen Garten Kaffee!"

Aber Regine spürte wieder die tiefe Müdigkeit und wie sie jetzt Dora vor sich gehen sah, mit den verwelkten Rosenbüscheln im zerflatterten Haar, mit dem aufgebundenen Kleid, das unter dem leichten Mantel grotesk bauschte, kam ihr alles wie eine Maskerade vor. Nein, es war genug von heute, übergenug.

Hans Dettmann fragte Dora zärtlich: „Liebes Mädel, wann sehe ich dich wieder?"

Sie besann sich einen Augenblick, wußte nicht recht, was sie antworten sollte, flüsterte dann schnell: „Ich weiß es noch nicht. Vielleicht kann es Fräulein Marholz machen. Sie kommt ja fast alle Tage in die Pension —"

Er lachte.

„Ach ja, die Marholz, das ist ein gutes Tier. Zu so etwas ist sie schon zu verwenden!"

So war der Abschied vor der Haustür wie ein Auftakt kommender Geschehnisse. Oben, in der Wohnung der Schwestern brannte in einem Zimmer schon Licht in die grauende Dämmerung hinein. Edith saß bereits über ihren Büchern. — Müde, mit benommenem Kopf, stieg Regine, leicht und froh, als käme sie nicht vom Ende, sondern zum Anfang des Festes, stieg Dora die Treppe hinan. Die beiden Männer blieben noch ein paar Augenblicke vor der Türe stehen. Doktor Ott fragte: „Ich gehe heim. Du auch?"

„Ja, ich auch."

Als sie aber zehn oder zwölf Schritte gegangen waren, bereute Dettmann seinen Entschluß.

„Pfui Teufel, wer wird so solid sein! Du, so jung kommen wir doch nicht mehr zusammen, also mach' Kehrt mit mir und gehen wir zu der lustigen Bande zurück!"

Und als Doktor Ott verneinte und wirklich nach Hause ging, schlug Dettmann allein im Laufschritt den Weg nach der „Pension Huckenreuther" ein.

„Es war doch himmlisch gestern, meinst du nicht auch, Regine?"

„Himmlisch, nun ja! Wie man es eben nimmt!"

Der zweifelnde Ton verletzte Dora.

„Natürlich, wenn du dich mit irgend einem Miesepeter in eine Ecke verkriechst und nur herauskommst, um nach Hause zu gehen, dann kann ich mir schon denken, daß du dich gelangweilt hast."

„Ich habe mich gar nicht gelangweilt, im Gegenteil, ich habe mich mit Doktor Ott sehr gut unterhalten!"

„Gut unterhalten?! Mein Gott, ist das überhaupt ein Wort für solchen Abend! Gut unterhalten kann man sich bei uns daheim auch, kann man sich überall. Aber solch ein Fest, solch eine Stimmung, solch ein allgemeines Hinausgehobensein über das Alltägliche, das gibt's nicht wieder. Da kann man doch nicht von ‚gut unterhalten' reden!"

Man merkte ihr die vertanzte Nacht nicht an. Ihr Gesicht war frisch und rosig, ihre großen, braunen Augen glänzten, und wenn sie ging, war es, als läge immer noch der Rhythmus des Tanzes in ihr, als wiege sie sich nach den Klängen einer fernen Musik, die nur sie vernahm. Dann sprach sie von Dettmann und obwohl sie sich Mühe gab, so zu sprechen, als wäre er für sie nur irgendeiner der seltsamen, neuen Menschen, die sie gestern kennen gelernt hatte, ging doch die Begeisterung mit ihr durch und sie wurde nicht müde, ihn zu rühmen. Regine bemerkte es mit peinlichem Erstaunen, zögerte ein wenig und meinte: „Ja, er ist sicher hochbegabt, das sagen ja alle! Aber ein Zigeuner ist er, wie sie dort alle Zigeuner sind!"

Dora bekam einen roten Kopf, lachte gezwungen und bemühte sich, mit harmlosem Spott zu entgegnen: „Ein Zigeuner! Herrje, Reginchen, was weißt du auf einmal von Zigeunern! Du bist doch den ganzen Abend über so brav in deiner Ecke mit Doktor Ott gesessen, als wäre er deine Gouvernante und du ein braver Zögling!"

„Auch Doktor Ott sagt, daß Dettmann ein Zigeuner ist! Er sagt sogar, daß er der einzige, wahrhaftige Zigeuner unter all den andern ist."

Sie wiederholte wörtlich, was Doktor Ott über Dettmann gesagt hatte.

„Und Doktor Ott ist ein Freund von ihm, sein Landsmann, kennt ihn genau und schätzt ihn als Künstler sehr hoch!"

Dora war einen Augenblick betroffen, entgegnete lebhaft: „Das ist sein Freund?! Ein netter Freund, das muß man sagen! Übrigens ist Doktor Ott ja gewiß ein recht geschickter Arzt, aber was ein Künstler ist, braucht er deshalb noch lange nicht zu verstehen! Einen Menschen, wie Hans Dettmann ist, verstehen überhaupt die wenigsten Leute!"

„Aber du, du verstehst ihn?"

Dora wurde rot, zuckte die Achseln.

„Ach, von mir ist doch gar nicht die Rede! Ich kann mich nur ärgern, wenn jeder Spießbürger meint, daß er so ohne weiteres einen Künstler, einen Dichter aburteilen darf. Ein Dichter ist eben etwas ganz anders, als andre Menschen sind."

Sie war immer noch entzückt und berauscht von der Tatsache, daß sie einen Dichter, einen wirklichen Dichter kannte, daß sie mit ihm gesprochen und gelacht hatte, wie mit ihresgleichen. Ein Dichter war für sie bis vor kurzem immer nur ein rotgebundenes, goldgepreßtes Exemplar gewesen, das im Bücherschrank stand, das man las, bei dem man aber nie daran dachte, daß es auch von Fleisch und Blut sein könnte. Nun aber war ihr ein richtiger, lebendiger Dichter begegnet, einer, der mit dem lachenden Stürmermut der Jugend die Rotgebundenen, Goldgepreßten verdrängen und ihren Platz für sich selber erobern wollte. Und dieser Dichter hatte zu ihr gesprochen, wie ein junger Mann zu einem jungen Mädchen spricht, hatte sie immer wieder zum Tanze geholt, hatte sie bewundert, ihr in seiner Art gehuldigt, und davon war sie benommen wie von zu starkem Wein und war entschlossen, jedem feindselig zu begegnen, der gegen Hans Dettmann sprechen würde. Schließlich kam auch noch Fräulein Marholz und erzählte, daß Hans Dettmann gesagt habe, die kleine Dora Fünfkirchen sei jetzt das schönste Mädchen von München; da gab Regine für heute die Partie verloren. Sie war froh, als die Uhr Dora und Fräulein Marholz zur Malschule rief und somit weiteren Überschwenglichkeiten zunächst ein Ende bereitet war. Und wenn erst ein paar Tage oder ein paar Wochen über das Rosenfest hingegangen waren, würde Dora wohl wieder zu sich selber kommen und den Zigeuner vergessen — —

Als die beiden Malerinnen gegangen waren, holte sich Regine einen Korb voll zerrissener Wäsche und begann sie auszubessern. Während sie aufmerksam auf den Faden sah, den sie hin und her zog, überdachte auch sie nach ihrer Art den gestrigen Abend. Was war doch dieser Doktor Ott für ein seltsamer Mensch! Seltsam, wie er, der doch selber noch jung war, mit so heimlicher Sehnsucht von der Jugend sprach, als wäre sie ihm versperrt oder als hätte er sie nie gekannt. Aus jedem seiner Worte hatte sie gemerkt, wie eine ohnmächtige Angst in ihm war, daß jeder Tag einen Teil davon abbröckelte, und wie er sich an die Jugend drängte, als könne ihr Reichtum seinen eigenen, schwindenden Schatz ablehnen und festhalten. Aber freilich, wenn einer Tag um Tag, Jahr um Jahr vergeblich herwarten muß, daß er vollenden darf, wofür er Jahr um Jahr studiert und gearbeitet hat, da mag es wohl sein, daß ihn die Angst packt: „Wenn du es heute nicht erreichst, so ist deine Zeit um! Morgen ist alles schon vorbei!" Mag sein, daß er sich da an jede Stunde klammert und meint, sie hätte Unwiederbringliches mit fortgespült! Von diesem schrecklichen, aufreibenden Warten, von diesem mit untätigen Händen dasitzen müssen, während doch alles in ihm nach Arbeit und Betätigung drängte, war wohl auch die innere Unrast gekommen, die man in ihm spürte, die aus seinem unzufriedenen Gesicht sprach, aus den unruhigen, grauen Augen, die immer etwas zu suchen schienen, und aus dem nervösen Mund in dem glattrasierten Gesicht, das aussah, als wolle es ständig verneinen, was die Welt ihm zurief. Sie grübelte sich tiefer in ihre Gedanken hinein. Vielleicht, nein, sicherlich hatte diese Unrast, die Verneinungssucht noch einen andern Grund. Es mußte im Leben dieses Mannes noch irgend etwas Geheimes geben, das er keinen Menschen sehen lassen wollte, etwas Geheimes, das zugleich sehr schmerzlich und bitter war. Hätte er sonst gesagt, daß sein Leben verpfuscht sei, wäre er sonst jedesmal, wenn sie vielleicht dicht vor diesem Geheimnis stand, schnell abgebogen, wie von einem Weg, der sagte: „Eintritt verboten."

Die Nachmittagssonne lag jetzt breit und keck im Zimmer, erfüllte es mit heißem, gelbem Licht, daß alles flimmerte und Regine ein paarmal von der Arbeit aufsah, weil ihr der Kopf schwer wurde. Sie stand auf, lehnte sich ein wenig zum Fenster hinaus und merkte, daß der richtige Arbeitsgeist verflogen war. Sie packte ihre Arbeit beiseite, holte ihren Hut und lief hinunter in den englischen Garten, um ein wenig frische Luft zu schöpfen. Sie ging an dem kleinen See vorbei, an dessen Rändern sich graubraune Enten tummelten und auf dem ein paar junge Leute in einem Boot fuhren. Hier war es noch ziemlich belebt von Spaziergängern, Kindermädchen und Ammen mit Kinderwägen, dann aber, als sie in die Hirschau abbog, wurde es einsam. Auf den Wiesen lag das erste Heu, die Luft roch nach Jasmin und Faulbaum, dunkle Blutbuchen standen geheimnisvoll neben heiteren Birken und behäbigen Roßkastanien. Es war schön, ganz allein mit seinen Gedanken immer tiefer in diese reiche Einsamkeit hineinzugehen, und sie merkte es kaum, daß sie schon lange das Schienengeleise der Maffeiwerke überschritten hatte und sich dem Aumeister näherte. Nur ganz vereinzelt traf sie hier noch Spaziergänger, hörte sie abgerissene Fetzen von Gesprächen, die an ihr vorüberklangen, ohne daß sie acht darauf gab. Ganz tief in ihr Nachdenken eingesponnen fuhr sie erschrocken zusammen, als plötzlich ein schwarzer Schatten vor ihr stand und wie gestern ihren Namen sprach. Nach dem ersten Schrecken wurde sie rot vor Freude. Er sagte bedauernd: „Habe ich Sie erschreckt, gnädiges Fräulein?"

„Nur im ersten Augenblick. Aber wenn man gar nicht

vermutet, daß jemand kommt und einen anredet, fährt man zusammen."

Sie wollte eigentlich sagen: „Jemand, an den man gar nicht denkt", aber sie fürchtete, daß er die Unwahrheit gleich merken würde.

„Das nenne ich Glück, daß ich Sie hier treffe. Im allgemeinen trifft man Bekannte überall eher, als hier unten."

„Sie sind bescheiden, wenn Sie das schon Glück nennen!"

„Es ist nicht gar so bescheiden. Übrigens wird man im Leben mit den Ansprüchen an das Glück immer bescheidener, bis man es schließlich schon als Glück empfindet, wenn einem kein Unglück widerfährt."

„Wenn Sie es so nehmen, will ich mich also als Glücksfall betrachten lassen!"

Er fragte, ob er sie begleiten dürfe, und sie gingen nun zusammen am Aumeister vorbei, über die Schwabinger Flur heim, die mit ihrem weiten Horizont, ihren spärlichen aber doch noch reifenden Feldern und ihrem putzigen, kleinen Bach wie eine letzte Botschaft des Landes an die Stadt aussieht, bis sie wieder auf der großen Landstraße standen, die nichts mehr von der Botschaft der Schwabinger Flur weiß. Sie sprachen über alles mögliche und wieder merkte Regine die innere Unrast des Mannes und seine seltsame Angst, etwas von dem zu versäumen, was jeder Tag wegspülte. Als er sich verabschiedete, fragte er, ob sie täglich um diese Zeit in den englischen Garten ginge.

„Nein, täglich nicht, nur wenn ich Zeit habe, was eben nicht alle Tage vorkommt. Wenn man zwei Schwestern hat, die auf einen Beruf hinarbeiten und sich also um nichts Häusliches kümmern, gibt es immer alles mögliche zu tun, so daß man häufig gar nicht vom Hause fortkommt!"

Trotz dieser Versicherung ging sie aber am nächsten Nachmittag denselben Weg, traf abermals Doktor Ott, traf ihn ein drittes und ein viertes Mal. An einem dieser Tage kreuzte, just als Doktor Ott sich von Regine verabschiedet hatte, in auffälliger Weise eine Frau seinen Weg. Eine dunkel gekleidete, nicht mehr junge aber stattliche Frau, die ehedem sehr schön gewesen sein mochte. Sie ging quer an ihm und so dicht vorbei, daß fast ihr Kleid ihn streifte, sah ihn mit höhnischem Lächeln ins Gesicht. Er tat, als bemerke er sie nicht, aber an den folgenden Tagen fand er sich zu dem Abendspaziergang im englischen Garten nicht ein ...

Regine war enttäuscht, schaute angestrengt nach allen Richtungen, ging langsamer, denn sie meinte, er hätte sich vielleicht versäumt, aber nirgends war das glattrasierte, unzufriedene Gesicht zu erblicken, in dem Freude aufblitzte, wenn er vor ihr stand und sagte: „Guten Abend, mein gnädiges Fräulein!"

Sie war nun schon dicht vor dem Aumeister und sie sagte sich, daß es überflüssig sei, ihn noch länger zu erwarten. Es dämmerte schon leise und auf all den Wegen, die sich hier teilen, war keines Menschen Schritt mehr zu vernehmen. Nur ein Hase lief da und dort querfeldein oder ein Silberfasan kam mit einfältigem Stolz einhergestelzt. Sonst nichts — — Oder doch, ja, auf dem mittleren der drei Wege, die alle zum gleichen Ziel, dem Aumeister, führen, kam ihr eine Gestalt entgegen, eine Frau. Sie war groß und stattlich, dunkel, aber nicht eben geschmackvoll gekleidet, nach Art von Kleinbürgerinnen, die es nicht verstehen, auch dem bescheidenen Kleid durch die Art des Tragens einen leisen Reiz zu verleihen. Sie mochte früher schön gewesen sein, jetzt war das breite Gesicht mit den rotbraunen, sichtlich nachgefärbten Haaren und den allzustarken Farben gewöhnlich, und die dunkeln, glitzernden Augen hatten eine merkwürdig kecke Art zu schauen und zu forschen. Sie ging an Regine vorüber, musterte sie, musterte sie so scharf, daß es dem Mädchen, das zuerst nicht sonderlich auf sie geachtet hatte, peinlich war und daß es den Kopf beiseite wandte, als wolle es dem Blick der Frau nicht begegnen. Um den Mund der andern zuckte es höhnisch und sie ging langsam weiter, ohne Regine aus dem Auge zu lassen. Das Mädchen konnte sich eines unbehaglichen Gefühls nicht erwehren. Als die andre vorüber war, wollte Regine sich umdrehen, ihr nachschauen, aber sie hörte und spürte, daß die andre nun stille stand und ihr nachsah. In einer Bangigkeit, die ihr selber töricht erschien und die sie doch nicht verjagen konnte, beschleunigte Regine den Schritt, schielte mitunter nach rückwärts, ob die andre ihr nachkäme, atmete auf, als sie endlich umbog in die Schwabinger Flur, wo sie allein war, ganz allein ... Am nächsten Tag zögerte sie, ihren Spaziergang zu machen, stellte sich vor, daß sie ja auch einmal ein andres Ziel, etwa Nymphenburg oder Föhring wählen könne, ging aber schließlich, getrieben von einer heimlichen Sehnsucht und einer selbstquälerischen Neugier, doch wieder den alten Weg auf den Aumeister zu. Und wieder war es wie gestern, wieder schaute sie sich die Augen aus nach Doktor Ott und traf nur die große, stattliche Frau mit dem gewöhnlichen Gesicht, die sie scharf musterte und stehen blieb, um ihr nachzusehen.

Nun mied Regine durch Tage den englischen Garten, spürte eine unerklärliche Angst, wenn sie sich selber zureden wollte, ihn aufzusuchen, hatte das Gefühl, als müsse ihr dort etwas Unheimliches begegnen, vor dem sie nur in ihren vier Wänden sicher war. Endlich, nach acht oder zehn Tagen, hielt sie es doch nicht mehr aus, ging wieder den gewohnten Weg, sah nirgends die unbekannte Frau, traf schon gleich nach ihrem Eintritt in die Hirschau Doktor Ott und nun freuten sich beide über das langverzögerte Wiedersehen, ohne daß eins von ihnen einen rechten Grund für diese Verzögerungangeführt hätte. Er sagte nur: „Lange haben wir uns nicht gesehen!"

„Sehr lange!"

Dann gingen sie in Schweigen, vielleicht weil sie die Schönheit dieses Wiedersehens durch kein Wort stören wollten, vielleicht, weil jeder dem andern etwas verbarg ...

Später erzählte Regine von der seltsamen Begegnung, die sie zweimal hier gehabt hatte. Erzählte, als dürfe sie diesem Mann auch das kleinste nicht verhehlen und als müsse er ihr Schutz bieten, was immer sie betraf. Er hörte zu, ohne etwas zu antworten; sie hatte das Gefühl, daß ihn das Vorkommnis, das ja auch unbedeutend genug war, nicht interessierte, und brach ab.

„Es ist ja lächerlich, wenn ich es erzähle, aber denken Sie, ich hatte ein so unheimliches Gefühl, daß ich tagelang nicht mehr diesen Weg gegangen bin. Nun ist's aber vorbei und ich will Sie nicht mehr mit meiner dummen Angst langweilen!"

Er zuckte die Achseln, sein Gesicht war etwas blässer geworden und finster. Er sagte wegwerfend: „Was kann irgendeine Spaziergängerin Sie kümmern?! Denken Sie nicht mehr daran!"

Sie schwiegen eine Weile, sprachen dann wieder allmählich unbefangen und lebhaft werdend über allerlei Dinge, die sie interessierten, hatten vergessen, daß vorhin für ein paar Minuten etwas zwischen ihnen stand. Mit einem Mal aber legte Regine erschrocken ihre Hand auf seinen Arm, wies mit dem Kopf den schmalen, zwischen Buchen und Birken einherschlängelnden Weg entlang, der vor ihnen lag: „Da ist sie wieder!"

Etwa zwanzig oder dreißig Schritte von ihnen entfernt kam ihnen die große, stattliche Frau im dunkeln, kleinbürgerlichen Kleid entgegen. Auf dem grünen Hintergrund der Bäume, umflossen vom abendlichen Dämmer, wirkte diese große, dunkle Gestalt wie ein drohender, unheimlicher Schatten. Sie hatte das Paar wohl gleich erkannt, ging aber heute nicht mit den scharf-musternden Augen an Regine vorüber, sondern bog, kaum daß sie die beiden erblickt hatte, in einen der schmalen Fußwege ab, die hinüber nach Bogenhausen führen, war durch Gebüsch und Strauchwerk schnell jedem Blick entzogen, daß es scheinen konnte, als hätte sie nie den Weg der beiden gekreuzt.

Über Regine kam wieder die ihr selber unverständliche Angst der vorigen Tage. Sie fragte beklommen und hastig: „Kennen Sie sie?"

Er antwortete nicht gleich, biß sich auf die Unterlippe, sah geradeaus in die Ferne. Regine fragte noch einmal: „Kennen Sie sie?"

Er lachte auf, als wolle er sich verhöhnen.

„Ob ich sie kenne?! Ja freilich kenne ich sie, es ist — — meine Frau!"

2

Im Juli fuhren die drei Schwestern nach Weyarn, wo zum erstenmal getauft wurde. Es war zwar „nur ein Mädel“, wie der junge Vater gleichsam entschuldigend sagte, aber er war doch sehr stolz und jeder freute sich, daß es nun wieder eine Martha von Fünfkirchen gab, wenn sie auch vorläufig noch winzig klein war und nicht wenig schrie. Arm in Arm gingen die Schwestern durch all die Räume, die ihnen so wohl bekannt waren, grüßten jeden Obstbaum wie einen lieben, alten Bekannten, freuten sich über jede beblumte Wiese, über jedes reifende Feld, fanden, daß alles noch sei wie früher, da sie hier zu Hause gewesen. Oder nein, doch nicht ganz so! Manches hatte sich doch verändert, weniger vielleicht nach außen bemerkbar, als spürbar für sie, deren ganzes Leben sich bis vor kurzem hier abgespielt hatte. Es gab im Hause fast lauter neue, sehr kostbare, zum Teil auch geschmackvolle Möbel, und die Dienerschaft, die wirkliche, zum Herrschaftsdienst bestimmte Dienerschaft, war etwas vergrößert worden und trug ein vornehmeres Gepräge. Bei Tisch bediente jetzt ein Diener mit weißen Handschuhen und Emmy hatte eine eigene Jungfer zur Verfügung, die „Fräulein“ tituliert wurde und anspruchsvoll war. Der alte Gärtner war zwar noch tätig, aber er durfte nicht mehr die geschmacklosen Blumenbuchstaben säen, die ja jetzt auch, da es nur *eine* Dame auf Weyarn gab, keinen rechten Sinn mehr gehabt hätten. Der hohe Plankenzaun sollte demnächst durch eine kleine Mauergürtung mit hübschen Durchblicken ersetzt werden.

„Denn,“ sagte Emmy, „dieser graue Zaun sieht trübselig und ängstlich aus, gerade als ob wir etwas zu verstecken hätten. Und wir können doch die Leute ruhig zu uns hereinschauen lassen. Es ist alles so, daß es sich vor jedermann sehen lassen kann!“

Ferdinand gab nach, wie er in vielem nachgab, obgleich ihm der alte Zaun, ohne den er sich das Haus kaum denken konnte, leid tat. Aber schließlich hatte er nicht Zeit, Gefühle an einen Zaun zu verschwenden, denn nun war er ja in der Lage, seinen Arrondierungsplänen nachzugehen. Er überstürzte nichts, war kein Phantast und kein waghalsiger Käufer, aber sachte, fast unbemerkt, kaufte er hier ein Stück Wiese, dort einen Acker, dann Waldparzellen, ganz so, wie einst seine Großmutter sacht und voll Lust gekauft hatte. Der Weg bis zum Fideikommiß war noch weit, würde noch viel Arbeit und manche Schwierigkeit bedeuten, aber Ferdinand von Fünfkirchen war ja jung und kräftig und durfte sich schon ein gutes Stück Lebensarbeit zutrauen. Er sah immer noch aus wie ein Korpsstudent, sagte immer noch als Schluß jeder längeren Rede „Sela", aber wenn er mit seinen Knechten und Mägden sprach, hatte er oft einen Befehlshaberton, den ihm früher niemand zugetraut hätte, und wenn er über seine Felder ging, stapfte er langsam, mit schweren Schritten dahin, als wolle er mit jedem Tritt die Wonne auskosten, den Fuß auf eigenen Boden zu setzen.

Er und seine Frau schienen sehr zufrieden miteinander, wenngleich das Narrenhausidiom der Verliebtheit nicht mehr gesprochen wurde und Emmy zuweilen „aber, lieber Schatz" in einem Ton sagte, der durchaus nicht zu der Zärtlichkeit des Kosewortes paßte. Ferdinands rotes Korpsstudentengesicht wurde dann noch röter, er räusperte sich, reckte sich in die Höhe und tat, als ob er jeden Einwand mit einem einzigen Satz niederschlagen würde, aber schließlich kam es doch nur zu allgemeinen, matten Redensarten und seine Frau behielt recht. Als sie von der Taufe aus der Kirche heimkamen, bildeten sie eine wunderhübsche Gruppe. Der junge Vater strahlend vor Vergnügen und Stolz in feierlichem Schwarz, Emmy in einem kostbaren, über und über bestickten rosa Musselinkleid, auf dem tadellos frisierten Haar einen mächtigen Hut mit schwarzen und weißen Straußenfedern, um den Hals die neue Perlenkette, die ihr Vater zum Wochenbett geschenkt hatte, auf den Armen das Baby, ganz versunken in Schleier und Spitzen, so daß man eigentlich nur erraten konnte, daß unter all dem duftigen Zeug ein Kind verborgen lag. Die Mutter Wendelstadt sagte gerührt, indem sie Tochter, Schwiegersohn und Enkelchen durch die Lorgnette betrachtete: „Ein Bild des Glücks! Es tut wohl, so etwas zu sehen. Das leibhaftige Glück!" Sich zu Regine und Dora wendend: „Ich wünsche euch von Herzen, daß ihr es auch bald so gut trefft!" Und Edith bemutternd anlächelnd: „Und dir auch, kleine Edith, obgleich du ja eigentlich noch zu jung zum Heiraten bist und jetzt gar stachlig tust! Aber warte nur, wenn erst der Rechte kommt!" setzte sie salbungsvoll hinzu.

Edith antwortete nicht, machte ein muffiges Gesicht und sagte ziemlich laut zu Dora: „Zur nächsten Taufe komme ich nicht. Ich habe keine Passion für Säuglingsheime!"

Dora und Regine machten bei den Worten der Frau Wendelstadt etwas abwesende Gesichter, antworteten nichtssagend, bestätigten, daß Ferdinand und Emmy samt ihrem Kind wirklich das Bild des Glücks seien. Als sie aber allein waren, fragte Dora: „Möchtest du mit ihnen tauschen?"

Regine antwortete zerstreut: „O, warum nicht?!"

„Ich nicht. Ich möchte kein ‚Bild des Glücks' sein, das aussieht, wie ein Biedermeierspaziergang. Mein Glück müßte schon anders sein —"

Sie wartete mit etwas herausfordernder Miene, daß Regine wieder fragen sollte, wie Dora sich ihr Glück dächte, aber Regine fragte nicht, schien kaum zu hören, was die Schwester sprach, blieb, wie sie, eingehüllt in Gedanken, die zurückreichten zu einem Abend, an dem die Rosen dufteten, ein schläfriger Springbrunnen zärtlich flüsterte und ein altes Klavier die „Donauwellen" spielte ... Gar oft saßen sie jetzt so, dicht nebeneinander und dennoch voneinander entfernt und hier, wo ihre Mutter einst Erde gewesen, träumten sie von einem himmlischen Glück. Träumten von einem Dichter, der die Hände nach Kranz und Lust strecken durfte, träumten von einem Mann, aus dessen Leben die Freude gelöscht war — —

Als Doktor Ott an jenem Nachmittag gesagt hatte: „Es ist meine Frau," hatte Regine zuerst einen großen Schmerz empfunden und ein Gefühl, als ob ihr jemand ein Unrecht zugefügt hätte. Sie ließ aber nichts davon merken, sagte nur mit einem leisen, einem ganz leisen Beben in der Stimme: „Ich wußte gar nicht, daß sie verheiratet sind!"

„Die wenigsten wissen es. Ich spreche nicht gern davon. Ich hätte auch mit Ihnen nicht davon gesprochen, aber da Sie nun einmal meine Frau gesehen haben —"

„Ich kann vergessen, daß ich sie gesehen habe!"

Es kam kühler und abweisender heraus, als sie wollte und darum setzte sie hinzu: „Wir sind ja auch nicht verpflichtet, jedem Menschen, den wir kennen lernen, sofort unsre Personalien und Familienverhältnisse zu enthüllen! Wenn es Ihnen irgendwie peinlich ist, vergessen wir die letzten zehn Minuten und beendigen unseren Spaziergang wie immer..."

Wäre er nicht selber erregt gewesen, so hätte er merken müssen, daß sie voll Angst und Hilflosigkeit war und daß ihr die Selbstbeherrschung schwer fiel. Er aber sah es nicht, denn wenn er auch sonst nicht von seiner Ehe sprach, so fühlte er doch die Verpflichtung, hier eine Art Erklärung für sein und seiner Frau Wesen zu geben, sich zu offenbaren, wie er sich sonst keinem Menschen offenbarte — — Er sprach und sie hörte zu, zuerst noch abwesend, immer noch von dem Gefühl überwältigt, daß ihr ein Unrecht geschehen war, dann interessiert, gespannt, zuletzt gequält und mitleidsvoll — —

Als Student aus wohlhabendem Haus war er nach München an die Universität gekommen, hatte kaum je das fröhliche Bummelleben der andern mitgemacht, war lieber im Hörsaal und in der Klinik gewesen, entflammt von einer fanatischen Liebe für seinen künftigen Beruf und dem Ehrgeiz, leisten zu können, was er in sich spürte. Seiner peinlichen Sauberkeit, seinem Ordnungssinn und seinen ästhetischen Bedürfnissen waren die herkömmlichen Studentenbuden mit ihrem Schmutz, ihren klapprigen Möbeln und ihrem kitschigen Wandschmuck ein Greuel und er freute sich, als es ihm gelang, bei der Witwe eines Bankbeamten zwei schöne, wohleingerichtete Zimmer zu bekommen, die etwas wie die Behaglichkeit eines Heims um ihn breiteten. „Sie hätte es gar nicht nötig gehabt zu vermieten, denn der Mann hatte mit Glück an der Börse gespielt und, als er deswegen von der Bank entlassen wurde, schon ein nettes Vermögen in Sicherheit gebracht, aber sie fand (er sagte nun niemals ‚meine Frau‘ sondern immer nur ‚sie‘), daß nach dem Tod ihres Mannes die Wohnung zu groß und zu teuer sei und daß es ein Jammer wäre, wenn die schönen Möbel unbenützt blieben oder verkauft werden müßten ... So zog ich zu ihr ...“

Die Frau, die damals noch im Sommer ihrer Schönheit stand, umgab ihren jungen Mieter mit einer Sorgfalt, die rührend war. Nichts von all den kleinen und dennoch entnervenden Unannehmlichkeiten, die junge Männer zuerst zur Verzweiflung und dann zur Ehe treiben, kam an ihn heran: für ihn gab es kein kaltes Frühstück, keine abgerissenen Hemdknöpfe, keine zerrissenen Stiefelsohlen, keine ruinierte Wäsche, kein schlecht geheiztes Zimmer und, sofern er es wollte, nicht einmal ein fragwürdiges Mittagessen, denn „die Frau Bankkassier“, wie sie sich gern nennen hörte, kochte vorzüglich und sagte, daß es ihr eine Ehre wäre, wenn ihr Mieter sich bei ihr völlig in Pension geben würde. Sie war nicht gerade übermäßig klug, aber schlau, wußte aus dem Instinkt heraus, wie man Männer nehmen muß, und wenn auch der junge, feine Student anders war als die Männer, die sie bislang kennen gelernt hatte, so spürte sie doch schnell bei ihm die schwachen Seiten aus und verstand es, ihn an sich und ihr Heim zu fesseln.

„Ich aber habe von alledem nichts gemerkt! Ein Mann ist in solchen Dingen immer dumm und immer zu eitel. Ich habe mir eingebildet, das alles geschähe um meiner schönen Augen willen, das heißt, ich bildete mir ein, dieser Frau in jeder Hinsicht zu imponieren. Ich hatte keine Ahnung, daß dieser Sorte Frauen überhaupt niemand imponiert, es wäre denn einer, der schlauer und brutaler ist, als sie selber sind —“

Von Brutalität war zunächst freilich nichts zu spüren. Vielmehr war die reife, schöne Frau dem jungen Mann gegenüber demütig wie ein Käthchen von Heilbronn, wurde verlegen, wenn er mit ihr sprach, schien beglückt, wenn er sie über dies und jenes, das ihr ferne lag, belehrte, klagte ihm schüchtern, daß sie in ihrer Ehe an einen trockenen Geldmenschen gefesselt gewesen sei, während sie doch nach Höherem verlangte und einen großen Respekt vor allem, was Wissenschaft und geistige Arbeit war, an den Tag legte.

„Wenn ich nicht blind gewesen wäre, hätte ich ja merken müssen, daß Wissenschaft und geistige Arbeit für sie gar nichts bedeuteten, ja, daß so etwas überhaupt nicht in ihren Kopf hineinging und daß es für sie immer nur auf den Titel ankam, auf weiter nichts ... Aber ich merkte ja nichts und nahm selbst das „Frau Bankkassier", das ihr so wert war, für eine Münchner Eigentümlichkeit, der ich auch bei andern Frauen hierzulande begegnet war. Aber selbst wenn ich es gemerkt hätte, wäre es mir nur als eine verzeihliche Schwäche erschienen, als eine sehr kleine neben dem Sinn für das Höhere, den ich ihr in allem Ernst glaubte. Ich war so stolz darauf, sie zu bilden, zu erziehen. Lachen Sie doch, gnädiges Fräulein, bitte, lachen Sie doch! Es ist ja immer dieselbe unsägliche Dummheit, die wir Männer machen, daß wir uns einbilden, eine Frau erziehen, heranbilden zu können! Es ist eben wieder unsere verdammte Eitelkeit, die uns da in die Irre führt, und genau betrachtet, haben wir kein Recht, uns über die peinlichen Folgen solch wahnwitziger Erziehungsversuche zu beklagen! Aber ich war vierundzwanzig Jahre alt und ich kam aus einer Familie, die mich nicht mit Zärtlichkeiten verwöhnt hatte. Wir wurden daheim sehr streng, ja lieblos gehalten und nun war da zum erstenmal in meinem Leben ein Wesen, ein weibliches, schönes Wesen, das zu mir aufsah, das ganz mein eigen, mein Geschöpf sein wollte. Fragen Sie jeden jungen Mann meiner Herkunft und mit meinen geringen Lebenserfahrungen, ob er nicht ebenso gedacht hätte wie ich —"

Er machte eine Pause, erwartete vielleicht irgendeine Äußerung Reginens, aber sie hatte den Kopf gesenkt und blieb stumm. Die Dämmerung war nun schon grau gesunken, von den Wiesen zog es feucht her. Er fuhr fort: „Sie gehörte zu den Frauen, die unsereins beschwatzen, einfach beschwatzen. Die sich so viele Eigenschaften andichten, daß schließlich nicht nur wir, sondern auch sie selber daran glauben. So nehmen sie, ohne daß wir es merken, völlig Besitz von uns und wenn wir es erst merken, ist es meist schon zu spät."

Dann kam der Ruin der Familie Ott; der Wechsel des Studenten mußte auf ein Drittel reduziert werden, reichte nicht mehr zum Leben aus. Wenn der junge Ott sein kostspieliges Studium fortsetzen wollte, mußte er Stunden geben, um Befreiung von den Kollegiengeldern nachsuchen, Stipendien erbetteln. Wenn er das nicht tat, mußte er den Beruf aufgeben und eine Brotarbeit suchen — — Es war für ihn eine fürchterliche Zeit. Das Stundengeben wäre ihm nicht schwer geworden, obwohl seine körperliche Kraft wohl auf die Länge nicht für das anstrengende Studium und die Stunden ausgereicht hätte, aber das Herumbetteln bei Professoren und Staatsbehörden erschien ihm so unsäglich demütigend, daß er sagte: „Lieber gehe ich nach Amerika und werde Stiefelputzer, als daß ich wegen ein paar Mark herumflenne und demütige Bücklinge mache!" Da war es wieder die Frau, die ihm alles abnahm, wenn er gleich widerstrebte und sagte, er könne doch unmöglich von ihr, einer Fremden, Geld nehmen. Sie sah ihn mit einem schwärmerischen Augenaufschlag an: „Das tut mir recht weh, Herr Doktor (sie nannte ihn immer ‚Herr Doktor'), daß Sie mich ganz als Fremde betrachten. Ich, ich würde *Sie* niemals als Fremden ansehen. Sie sollen ja auch gar kein Geld von mir nehmen, Sie sollen nur Ihren Wechsel für Ihre Kollegien und was Sie sonst brauchen, verwenden, und erlauben, daß ich Ihnen die Pension stunde, bis Sie in der Lage sind, mir alles mit Zins und Zinseszins zurückzuzahlen. Das kann ja gar nicht so lange dauern, ein so geschickter Herr wie Sie, der bekommt doch bald eine schöne Stellung oder eine gute Praxis und dann ist alles in Ordnung. Ich käme mir ja selber schäbig vor, wenn ich's mit ansehen täte, daß der junge, hochbegabte Herr Doktor in Schwierigkeiten käme oder gar umsatteln müßte, wenn ich ihm doch ein wenig helfen kann."

Und da er sich mit Gewalt sträubte und nicht glauben

wollte, daß alles so einfach sei, redete sie ihm gütig zu, stellte ihm vor, wie traurig es wäre, wenn er seinen Beruf aufgeben, sein Können der Menschheit vorenthalten müsse ...

„Und ich stand gerade dicht vor dem letzten Examen, hatte die ersten mit Auszeichnung bestanden, hörte von allen Seiten, daß mir eine glänzende Zukunft prophezeit wurde, war schon so gut wie angestellt als Assistent bei einem ersten Kliniker. Vielleicht hätte ich ein Cato sein und doch lieber Steinklopfer werden sollen, aber ich hing an dem Beruf, an dem ich ja heut' noch mit allen Fasern hänge, trotzdem er mir nichts gebracht hat, als Enttäuschung und Bitterkeit —"

Er schwieg, weil er nicht wollte, daß ihm die Stimme versagen sollte, aber Regine spürte, wie weh ihm war und in ihr stieg Mitleid auf für das, was er in seinen Jugendjahren gelitten hatte, und für das, woran er noch heute trug.

„Da war mir denn nach schwerer Zeit wieder die große Sorge abgenommen und ich konnte nur meiner Arbeit leben. Haben Sie eine Vorstellung davon, gnädiges Fräulein, was das heißt? Können Sie sich denken, wie einem Menschen zumute ist, dem plötzlich, von heute auf morgen, die Arbeit, die ihm über alles teuer ist, abgeschnitten werden soll, nur weil es ihm an lumpigen paar Tausend Mark fehlt, und wie so einem Menschen dann zumute ist, wenn ihn ein andrer wieder zu seiner Arbeit hinführt und sagt: ‚Da, arbeite nur weiter, es darf dich keiner von hier vertreiben!' Ich sage Ihnen, der Mensch, der einen so hinführt, könnte sein, wer er wollte, man würde ihm immer die Hände küssen und sich ihm verschuldet fühlen, wie keinem sonst. Denn an nichts auf der Welt hängt man so sehr, als an einem selbstgewählten Beruf und nichts ist so bitter, als wenn man ihn lassen soll — —"

Und die Frau, die dem Mann sein Teuerstes wiedergab, lehnte jedes Dankeswort mit der demütigen Geste einer Magd ab, die stolz ist, dem Herrn zu dienen, weil sie ihn liebt.

Nachdem er seinen Doktor gemacht und auch das letzte Examen glänzend bestanden hatte, kam es zur Heirat. Viel Dankbarkeit, herzliche Zuneigung bestimmte ihn, daneben auch etwas von der Liebe, die ganz junge Männer häufig für reife Frauen empfinden, und immer noch die lockende Aussicht, diese Frau, die in jeder Hinsicht aus kleinbürgerlichen Verhältnissen stammte, zu erziehen und zu sich emporzuheben ...

Die Enttäuschung ließ nicht lange auf sich warten. Sie hub an, als die Assistentenstelle bei dem großen Kliniker durch einen andern, weniger tüchtigen Kollegen besetzt wurde.

„Aber der hatte die ausgezeichnete Idee, um die grundhäßliche Tochter des Chefs zu werben, und weil er auch noch ein Freiherr war, konnten meine Chancen nicht gegen ihn standhalten. Da fing es an — —"

Seine Frau war wie niedergeschmettert. Sie hatte sich's schon so schön ausgedacht, wie ihr Mann zuerst der Assistent, dann die rechte Hand des Klinikers sein würde, bis die Patienten die junge, aufsteigende Kraft dem alternden Professor vorzogen, der doch an einem gewissen Punkt stehen bleiben mußte, wie jeder Mensch schließlich einmal stehen bleiben muß und nicht weiter kann. Wenn es erst so weit war, würde ihr Mann wie spielend die Riesenpraxis und das glänzende Einkommen des Chefs übernehmen, zweifellos „Professor", wahrscheinlich sogar „Geheimrat" werden, den Kronenorden mit dem Prädikat „von" erhalten und so sie, seine Frau, weit hinaus führen über das Los, das ihr bis heute zuteil geworden war. Nun hatte die geschickte Werbung eines berechnenden Kopfes all diese Pläne zunichte gemacht und Brigitte Ott saß da und weinte laut vor Zorn. Für die große Enttäuschung, die ihrem Mann widerfuhr, hatte sie gar kein Verständnis. Ja, sie haderte mit ihm und suchte eifrig nach Gründen und Ursachen, die dartun sollten, daß er sich durch eigene Schuld alles verscherzt habe. Er sei ja selbstbewußt und hochmütig und verstehe es nicht, auf andre Leute einzugehen, ihre Schwächen auszuspüren und sie an ihnen festzuhalten.

„Hättest du eben dem häßlichen Fratzen vom Professor schöne Augen gemacht und ein bissel verliebt getan und sie hingehalten, bis du die Stelle gehabt hättest! Dann hättest du ja lachen können und tun, was dich freut —"

In ihm fraß der Groll über die Verständnislosigkeit der Frau und über die Gesinnung, die sich in ihren Worten offenbarte. Er entgegnete höhnisch: „Wenn ich den häßlichen Fratzen geheiratet hätte, statt dich, dann wäre eben jetzt i ch Assistent!"

Sie wollte etwas sehr Häßliches erwidern, fürchtete ihn aber doch ein wenig und weinte nun nicht mehr zornig, sondern jämmerlich.

„Weißt du, was ich glaube und was ganz schrecklich ist?"

„Nun?"

„Ich glaube, daß du zum Pech geboren bist! Da kann man nichts machen, du hast eben kein Glück. Leute, die Pech haben, sind etwas Schreckliches; sie stecken an!"

Er entgegnete nichts, ging aus dem Zimmer und schlug die Türe hinter sich zu.

Die Ehe war dann schnell völlig zerfallen. Die innere Niedrigkeit der Frau offenbarte sich bei jedem kleinen Anlaß, denn nun spielte sie nicht mehr die demutsvolle Sehnsuchtskomödie des Weibes, das nach Höherem verlangt, sondern gab sich mit robuster Offenheit als das, was sie war: ein gewöhnliches, klatschsüchtiges Weib, das auf sein Geld pochte und voll Verachtung auf jeden „armen Teufel" heruntersah, der ums tägliche Brot arbeiten mußte. Jetzt, da sie den Mann sicher hatte, schrumpfte auch ihre Sorgfalt für ihn zusammen und sie fand, daß sie genug für ihn tat, wenn sie gut kochte und das Haus in Ordnung hielt. Sie dachte gar nicht mehr daran, irgendeines seiner feineren Bedürfnisse auszuspähen oder besondere Rücksichten auf seine Arbeit oder seine Stimmungen zu nehmen. Sie zankte sich, unbekümmert um seine Sprechstunde, laut schreiend mit ihrem Dienstmädchen, warf, wenn es zur großen Stöberei kam, seine Bücher (von ihr „Scharteken" genannt) und seine Werkzeuge wüst durcheinander, gab sich bald auch gar keine Mühe mehr, äußerlich ein wenig reizvoll auszusehen und durch Anmut den Altersunterschied auszugleichen, der zu ihren Ungunsten zwischen ihr und dem jungen Manne lag. Sie ging im Hause ohne Mieder, mit verwursteltem Haar, in einem fragwürdigen Schlafrock und grauen Filzpantoffeln einher und begriff nicht, daß ihm, der peinlich auf sein Äußeres hielt, solcher Aufzug entsetzlich vorkam. Wenn er etwas darüber sagte, entgegnete sie plump: „Für die paar Kassenpatienten, die zu dir kommen, bin ich noch lange elegant genug!"

Und als er ein zweites und ein drittes Mal mahnte, sagte sie höhnisch: „Ich warte eben, bis du mir von deinen Neujahrsrechnungen einen eleganten Schlafrock kaufen kannst. Den ziehe ich dann alle Tage an. Bis dahin aber mußt du mit dem vorlieb nehmen, was ich mir von meinem Geld kaufe!"

Am Nachmittag aber frisierte sie sich hoch auf, zog sich hübsch an und ging in einen „Kranz". Tag für Tag saß sie mit zehn oder zwölf Frauen ihrer Art in einem Kaffeehaus, jeden Tag der Woche in einem andern. Da tranken sie Kaffee, aßen Kuchen, häkelten, strickten, beklatschten ihre Männer, ihre Dienstboten und ihre lieben Nächsten. Sie redeten sich mit den Titeln ihrer Männer an: „Frau Oberzolldirektor" und „Frau geheime Postsekretär", und Brigitte Ott blähte sich vor Stolz, daß sie nun nicht mehr „Frau Bankkassier" sondern „Frau Doktor" genannt werden mußte und einen Mann besaß, der an Bildung und vornehmen Äußerlichkeiten hoch über den Gatten der andern stand. Da saß sie, bis es Zeit wurde zum Abendbrot, dann kam sie heim und wollte dem Mann all den kleinlichen Klatsch berichten, den sie von den Kranzschwestern gehört, neben etlichen Worten der Anerkennung, die diese oder jene über den hübschen, eleganten Herrn Doktor Ott gefunden hatte. Sie sah nicht, wie müde und trostlos sein Gesicht wurde, weigerte sich eifrig, ihm auf ein andres Gesprächsthema zu folgen, und wenn er ihr irgend ein ernsthaftes Buch vorlesen wollte, gähnte sie so lange und laut, bis er davon abstand. Ihrer Neigung nach las sie eigentlich nur die Verbrecherchronik und die Todesanzeigen in der Zeitung und irgendeinen rührseligen Hintertreppenroman, über den sie sich mit ihrem Dienstmädchen unterhielt.

„Das war das Material, das ich hatte erziehen, zu mir heranbilden wollen! Eine Frau, die nicht mehr von mir verstand, als mein Spazierstock! Eine Frau, die zusammengesetzt ist aus Gewöhnlichkeit, Geldprotzentum und einer ungeheuren Eitelkeit. Die in mir nur den ‚Herrn Doktor' geheiratet hatte, sonst nichts. Einen ‚Herrn Doktor' hat nämlich keine sonst im ‚Kranz', — Sie begreifen also wohl, daß dieser Titel das höchste Lebensziel für diese Art von Weib sein mußte."

So standen sich die zwei aneinander geketteten Menschen voll Hohn, Groll und Verachtung gegenüber und der Haß zwischen ihnen war so stark, daß sie oft monatelang kein Wort miteinander redeten und jeder lebte, als wäre der andre nicht vorhanden. Die Frau nahm nach ihrer Art dies alles nicht tragisch, blähte sich mit ihrem Titel, nannte ihren Mann laut und leise einen Narren, der das schönste Leben haben könnte, wenn er eben nicht seinen närrischen Dünkel hätte, und kümmerte sich nicht weiter um ihn. Sie lachte nur spöttisch, daß es ihm nicht gelingen wollte, eine gute Praxis zu haben, und brüstete sich im „Kranz", daß die Sprechstunde ihr keine Veranlassung zur Eifersucht biete, wie es doch bei andern Arztfrauen vorkommen sollte. So sprach sie, in Wahrheit aber wurde sie unruhig über jedes Dienstmädchen, das in die Sprechstunde kam, denn sie war von Haus aus eine eifersüchtige Natur, und die unheilvolle Leidenschaft steigerte sich, je älter die Frau wurde und je schlechter die Ehe ging. Sie beobachtete den Mann auf Schritt und Tritt, tobte sich in furchtbaren Lärmszenen aus, schreckte nicht davor zurück, Privatdetektive hinter ihm herzusenden. Er aber, der diese Frau nun haßte, verfolgte mit grausam kalten Augen das Zerstörungswerk, das die Zeit in dem einst schönen Gesicht begann, merkte laut jedes ergrauende Haar, jede sich zur Falte vertiefende Linie an. Doch neben der Schadenfreude war in ihm eine dumpfe Verzweiflung, daß er an diese Alternde gebunden war. Gerade weil sein Beruf ihn so dicht zu den letzten Dingen hinführte, betrachtete er alles Welkende zwar als etwas Natürliches, zugleich aber auch als etwas Abgetanes, und eben weil er in seiner Ehe nichts gefunden hatte, was die Zeit überdauern konnte, erschien ihm der Bund seiner Jugend mit dieser Alternden als widernatürlich.

Regine fragte: „Haben Sie Kinder?"

„Nein, Gott sei Dank, nicht! Das wäre noch das Schrecklichste, eine solche Frau als Mutter seiner Kinder zu haben und damit ganz unlöslich an sie gebunden zu sein. So wenigstens ist vielleicht doch ein Ende abzusehen —"

Regine fragte nicht weiter, obgleich sie gern gewußt hätte, was er mit seinen letzten Worten meinte. So gingen sie wieder eine Weile schweigend, ehe er weiter sprach.

Er hatte schon nach kurzer Ehe an Scheidung gedacht, bald aber erkannt, daß er zunächst nicht daran denken durfte. Ein rechtsgültiger Scheidungsgrund lag ja nicht vor, wenigstens nicht für ihn, und seiner Frau fiel es nicht ein, sich scheiden zu lassen, trotz aller Eifersuchtsszenen und gelegentlicher mehr oder minder wahrheitsgetreuer Berichte ihrer Detektive. Stärker aber noch als die juristische war für ihn die moralische Unmöglichkeit, sich von dieser Frau zu trennen, solange er finanziell ihr Schuldner blieb. Erst wenn auf Heller und Pfennig, mit Zins und Zinseszins alles zurückgezahlt war, was sie ihm einst vorgestreckt hatte, konnte er daran denken, sich von ihr zu trennen. Das war bei seiner kleinen Praxis eine langwierige und mühselige Arbeit, zudem er ja fast alles, was er verdiente, der Frau gab, um nicht das drückende Gefühl zu haben, daß sie ihn ernährte. Er schrieb populärwissenschaftliche, medizinische Artikel, die schlecht bezahlt wurden, übernahm elende Vertretungen von Landkollegen, die erkrankt waren oder sich ein paar Wochen Urlaub gönnen wollten, wäre vielleicht, um dem endlosen, untätigen Warten zu entgehen, selber Landarzt geworden, wenn ihm nicht vor dem Gedanken gegraust hätte, in ländlicher Einsamkeit mit seiner Frau allein zu sein. Tropfenweise, mühsam und geizig, wie ein Tertianer sein Taschengeld zusammenspart, sparte dieser Mann jahrelang kleine Beträge zusammen, um endlich, vermutlich wiederum erst in Jahren, eine Schuld zu begleichen, die er in törichtem Jugendvertrauen eingegangen war, und die sein Leben überschwer belastete. Von allen Träumen, die er einst geträumt hatte, blieb nichts, als dieser eine erlösende: der Tag, an dem er dieser Frau das Geld vor die Füße werfen und seines Weges ziehen konnte. Nach sieben langen Jahren war er endlich so weit gekommen. Vor kurzem hatte er einen Rechtsanwalt aufgesucht und ihn gebeten, mit allen Mitteln eine Scheidung zu erreichen. Das war kein leichtes Ding, eben weil kein richtiger Scheidungsgrund vorlag und Frau Doktor Ott sich mit allen Mitteln gegen eine Lösung ihrer Ehe sträubte. Sie begriff überhaupt nicht, was ihrem Mann da einfiel und warum er sich an ihrer Seite tief unglücklich fühlte. Sie pochte zuerst auf ihr Recht, rühmte sich, daß sie ihm stets eine treue, gute Frau gewesen und daß es schwärzester Undank sei, wenn er andres behaupten wollte. Wurde dann sentimental, weinte Tränenströme, stellte sich als das geopferte Weib hin, das vom Manne verlassen wird, weil der Jugendreiz schwindet. Denn sie, sie wollte ja nicht geschieden werden, wollte es nicht, weil in ihren Augen an der geschiedenen Frau ein Makel haftete und weil der „Kranz" sie scheinbar bemitleiden, hinter ihrem Rücken aber verspotten würde, daß sie gemeint hatte, die Ehe mit einem viel jüngeren Mann könne anders gehen, als sie nun gegangen war. Ihr Anwalt und der des Mannes verhandelten nun seit Monaten in dieser Angelegenheit, kamen lange zu keiner Einigung, denn Frau Doktor Ott betrachtete die ganze Sache nur als eine vorübergehende böse Laune ihres Mannes, konnte sich nicht vorstellen, daß er aus der bequemen Existenz, die sie ihm schuf, hinausdrängte ins Ungewisse, vielleicht Ärmliche. Er hatte sich bei ein paar alten Fräulein drei bescheidene Zimmer gemietet, war froh, daß die alten Frauen Bedienung und Telephon übernahmen, und wenn er auch jetzt, als Mann, so leben mußte, wie er es als junger Student verabscheut hatte, so war er doch zufrieden und hoffte, bald auch durch das Gesetz von seiner Ehe erlöst zu werden. Sein Rechtsanwalt war ein tüchtiger Mann, der es verstand, die Gegenpartei durch unablässiges Zureden und Drängen zu ermüden, und so wurde Frau Doktor Ott schließlich nachgiebig und willigte ein, sich scheiden zu lassen. Selbstverständlich mußte der Mann die Schuld auf sich nehmen; die Klage auf „böswillige Verlassung" wurde von Frau Doktor Otts Rechtsanwalt gestellt. Doktor Ott hätte auch, um den Gang der Angelegenheit zu beschleunigen, irgendeine andre Schuld auf sich genommen, aber die Frau bestand auf „böswillige Verlassung". Nein, im „Kranz" sollten sie nicht die Freude erleben, daß eine Untreue ihres Mannes unwiderruflich vom Gericht festgestellt wurde. Und außerdem, wenn auf „böswillige Verlassung" geklagt wurde, mußte ein Jahr hingehen, ehe die Scheidung ausgesprochen werden konnte. Ein ganzes Jahr hatte er Zeit, sich zu besinnen, auszuproben, wie unbequem das Leben ohne die Frau war, die kochte und das Haus in Ordnung hielt. Ein Jahr ist lang und wer kann sagen, wie innerhalb eines Jahres ein Mensch sich wandelt und seine Ansichten wechselt?! Frau Doktor Ott beharrte also auf „böswillige Verlassung" und wartete ...

Regine sah ihn überrascht an.

„Aber nun liegt ja alles bald hinter Ihnen! Da sollten Sie doch ein wenig zuversichtlicher sein, ein wenig heiterer ..."

Nein, er konnte nicht zuversichtlich sein. Das entnervende Warten auf Patienten, die nicht kamen, die jahrelange Lebensgemeinschaft mit der Niedrigkeit hatten seine Seele entkräftet und seinen Lebensmut verkümmert. Es lag immer noch auf ihm wie ein Druck, dem er nicht entrinnen konnte, er glaubte nicht mehr an sich und nicht an das Glück.

„Aber in einigen Monaten oder einem halben Jahr oder einem Jahr werden Sie frei sein und dann wird alles anders aussehen, als heute —"

„Frei sein!" er wiederholte das Wort behutsam, ungläubig, als hielte er ein köstliches Kleinod, das ihm unter den Händen zerbrechen könnte. „Frei sein — ach, können Sie überhaupt ermessen, was das heißt?! Gibt es das überhaupt?"

Und wieder düster werdend fuhr er fort: „Kann man überhaupt wieder frei werden, nach solchen sieben Jahren! Bleibt davon nicht dauernd etwas zurück, wie von einer heimtückischen Krankheit, die der Organismus auch nie ganz verwinden kann?!"

„Sie sollen sich nicht mit solchen Gedanken quälen! Sie sollen jetzt nur denken, daß Sie der Freiheit entgegengehen!"

Aber er wurde nicht froher. Er sah Regine wie mitleidig von der Seite her an: „Sie sind so köstlich naiv und gläubig! Freilich, Ihr Leben ist bisher so einfach und reinlich dahingegangen. Sie wissen noch nicht, was Menschen einander antun und wie sie sich gegenseitig vergiften können!"

Er holte tief Atem.

„Erst wenn ich es schwarz auf weiß vor mir sehe, daß ich geschieden bin, will ich an meine Freiheit glauben!"

„Aber Ihre Frau hat doch eingewilligt, es besteht jetzt doch gar kein Grund mehr, sich zu ängstigen!"

„Ja, sie hat eingewilligt. Aber ich müßte mich sehr täuschen, wenn hinter dieser Einwilligung nicht doch noch ein abscheulicher Hintergedanke steckte."

„Welcher sollte dahinter stecken?"

„Ich weiß es nicht, ich habe die Gedanken dieser Frau nie nachdenken können. Aber ich fürchte sie, ich fürchte ihr Denken und ihre Entschlüsse. Ich fürchte ihre Gemeinheit —" schloß er mit Heftigkeit, in der ein alter Haß loderte. Regine begriff ihn nicht, versuchte ihm Zuversicht zu geben und von einer Zukunft zu sprechen, die besser sein würde, als die Vergangenheit. Sie merkte aber bald mit Schmerz, daß er sich ihren Worten verschloß, daß sie keinen Weg zu ihm finden konnte, weil er an sich und an allem, was mit ihm in Zusammenhang stand, zweifelte, weil er sich vorbestimmt für die Schattenseite des Lebens glaubte. Das mochte von einem Mann, von einem Naturwissenschaftler, seltsam genug sein, aber die sieben Jahre seiner Ehe hatten sein inneres Gleichgewicht derart erschüttert, daß er die oft wiederholten Worte seiner Frau „Du hast eben kein Glück" wie eine Prophezeiung betrachtete, die über seinem Haupte unwiderruflich geschrieben stand. Und je abweisender und stachliger er sich gab, umso empfindlicher wurde seine Seele, und je weniger er es verstand, herzensjung und froh zu sein, um so lauter schrie es in ihm nach Jugend mit ihrer Wärme und ihrer Fröhlichkeit ... Er sagte: „Sie sind der einzige Mensch, mit dem ich je ausführlich über meine Ehe und über meine Scheidung gesprochen habe, meinen Rechtsanwalt natürlich ausgenommen! Ich werde Ihnen auch ferner alles erzählen, was sich in dieser Sache ereignet, bis sie zu Ende geführt ist."

„Zum guten Ende geführt ist!" sagte Regine.

Er entgegnete nichts. Sie gingen in einem langen Schweigen dahin, das schön und zärtlich war, weil Vertrauen und Hingebung es durchfluteten. Als sie sich zum Abschied die Hände reichten, wußte jeder von ihnen, daß diese Stunde bedeutungsvoll für ihr Leben war.

Im Weyarn hatte Regine viel Zeit, über diesen merkwürdigen Nachmittag nachzudenken. Man hatte hier überhaupt viel Zeit zum Nachdenken über sich, über die Lebenden und die Toten. Da die Schwestern noch Tag für Tag hier gelebt und keine andre Heimat gekannt hatten, als dies Haus, war es ihnen nie eingefallen, über ihre Eltern und deren Lebensgang zu grübeln, ja, es war ihnen nie eingefallen, daß auch diese Eltern einst junge, glückverlangende Menschen gewesen waren. Nun aber, da Entfernung und Tod sie von Heimat, Vater und Mutter getrennt hatten, stand die Mutter nicht nur mehr als Mutter, sondern auch als Frau vor ihnen, der ein dunkles, schweres Schicksal beschieden gewesen war. Und je schmerzensreicher der Schatten der Toten erschien, umso inbrünstiger erträumten die Töchter ein Glück, das der Toten versagt war. Dora dachte: „Verstrickt in die Arme eines geliebten Mannes, von ihm hinaufgehoben werden zu Sonne und Lust und Tanz und mit ihm den Tag erleben, an dem die Welt ihm den Lorbeer reicht und ihm zujubelt —, so wünsche ich mir mein Los!"

Reginens Gedanken flogen nicht so ungestüm und nicht Sonne lag auf ihnen, sondern der nächtige Tau verborgener

Schmerzen: „Einem geliebten Menschen gehören, der nur Leid erfahren hat, ihn stützen, ihm den Glauben an sich und die Güte des Schicksals wiedergeben und selber an ihn glauben, immerfort, grenzenlos ... Das Schwerste mit ihm tragen und doch nicht müde werden zu glauben und Glauben zu geben, das wäre Glück, das zum Himmel steigt!"

Da sie es dachte, wurde sie ernst und empfand dennoch das Gefühl köstlicher Stärke, das immer über uns kommt, wenn wir uns auf Gedeih und Verderb einem andern Menschen schenken, niemals aber wenn ein andrer sich uns zu eigen gibt.

An einem hellen Vormittag saß Dora mit einem Buch tief drinnen im Garten, las ein wenig, schaute ein wenig zum Himmel hinauf und war vergnügt. Sie legte das Buch beiseite, verschränkte die Arme hinter dem Kopf, streckte die Füße weit von sich und dehnte sich voll Behagen in ihrem, Liegestuhl. Mit einer melancholischen, brüchigen Stimme, als wäre sie ein altes Jüngferchen, sagte die Turmuhr des Dorfes, daß es elf Uhr war. Dora zählte im stillen die Schläge und freute sich auf das Mittagessen, obgleich es bis dahin noch eine gute Weile hatte. Aber die Luft hier, diese klare Luft, die über die Felder mit dem reifenden Brot strich, machte hungrig und das ganze Leben hier war überhaupt so verführerisch faul, daß man ungewöhnlich viel an Mahlzeiten und Zwischenmahlzeiten dachte. Sie drückte die Augen ein wenig ein und blinzelte in die helle Landschaft hinaus. Ach, es war schön hier, eigentlich viel schöner, als man sich's in München vorstellte ... Aber in München war es nicht weniger schön, besonders in der „Pension Huckenreuther". Ach, das Rosenfest ... der verträumte Garten mit dem schläfrigen Springbrunnen ... die blaue Juninacht und der Heimweg. Noch an zwei oder drei kleinere Nachmittagsfeste dachte sie, die sie gemeinsam mit Fräulein Marholz in der Pension besucht hatte. Allmählich verwirrten sich in der steigenden Hitze des Tages ihre Gedanken ein wenig, sprangen hierhin und dorthin, ließen die Logik vermissen. Da aber wurde an der Hausklingel heftig geklingelt, als stünde draußen ein eiliger oder ungeduldiger Mensch. Dora war überrascht. Wer mochte das sein, der zu dieser Vormittagsstunde in dieser Weise läutete? Ein Besuch? Besuche kamen hier doch nur nachmittags zur Kaffeestunde. Ein Bote, ein Arbeitsmann oder ein Handwerksbursche? Die hätten nicht den Mut gehabt, die Glocke so heftig zu ziehen. Auch der Postbote tat es nicht, zudem war er zu dieser Stunde nicht fällig — —

Schon kam der Diener, der jetzt stets das Pförtneramt versah, hielt mit etwas ratloser Miene den Silberteller, auf dem er sonst die Karten der Besucher abnahm, leer in der Hand und meldete ein wenig vorwurfsvoll: „Ein Herr ist da, der das gnädige Fräulein zu sprechen wünscht. Eine Karte hat er mir nicht geben wollen. Er sagt, er hätte keine bei sich. Wünscht das gnädige Fräulein, daß —"

Aber ehe das gnädige Fräulein noch den vollständigen Bericht über den seltsamen Herrn entgegengenommen hatte, stand schon Hans Dettmann leibhaftig vor ihr. Stand da in grauem Sportsanzug mit Kniehosen, dunkeln Wollstrümpfen und Schnürstiefeln, die flache Radmütze auf dem blonden Kopf. Er sah erhitzt, etwas verstaubt und etwas vernachlässigt aus, aber völlig unbekümmert um das, was um ihn her war, und es fiel ihm offenbar nicht ein, daß seine Art in dies Haus zu kommen und aufzutreten, wie er auftrat, etwas absonderlich wirken mußte.

Der Diener zog sich zurück. Dora war aufgesprungen, streckte lachend, stark errötend Dettmann die Hand entgegen.

„Das ist wunderhübsch, daß Sie kommen! So hübsch, wie ich es Ihnen gar nicht sagen kann! Bitte, setzen Sie sich doch!"

Sie schob schnell einen Stuhl neben den ihrigen. Er setzte sich ohne Umstände bequem in den Liegestuhl, nahm die Mütze ab, fuhr sich mit der Hand ein paarmal ordnend durch das Haar, meinte fröhlich: „Ja natürlich! Wir sind nämlich auf einer mehrtägigen Radtour. Und wie wir da unversehens in diese Gegend gekommen sind, fiel mir ein: 'Hallo, da muß ja auch das Schloß sein, wo das schöne, liebe

Mäderl wohnt', und da sind wir hergefahren. Schwer zu erfragen war es ja nicht und jetzt bin ich froh, daß ich dich gefunden habe und dich wiedersehe, du süßes, kleines Mädi!"

Sie setzte sich in ihrem Stuhl gerade auf, lachte, sagte aber doch befangen und verweisend: „Hören Sie, hier ist nicht die Pension Huckenreuther und wir sind nicht auf dem Rosenfest. Ich bin also auch kein Mäderl und kein Mädi, zu dem man du sagt, sondern hier bin ich Fräulein Dora, wovon ich gütigst Notiz zu nehmen bitte!"

Er schnitt eine komische Grimasse.

„Armes Hascherl, hier müssen wir also eine Demoiselle sein!" Er sprach das Fremdwort absichtlich so aus, wie es geschrieben wird, mit einer drolligen Betonung des oi.

Sie lachten beide, freuten sich, daß sie wieder beieinander sitzen und miteinander schwatzen konnten und Dora sagte nichts mehr, wenn Dettmann trotz seines Bemühens immer wieder in das „du" zurückfiel, denn nun redete er wieder die Sprache, die sie an jenem Abend berauscht hatte, sagte, daß er immerfort an sie gedacht habe, an ihre glänzenden, braunen Augen, an ihr Lachen und an ihren süßen, kecken Mund.

„Sechs Gedichte hab' ich auf dich gemacht, seitdem du von München fort bist. Eins davon auf die weißen Rosen, die du damals im Haar getragen hast ... Aber zu sehen kriegst du, pardon, kriegen Sie kein einziges, weil Sie jetzt nicht mehr ein liebes Mäderl sind, sondern eine Demoiselle."

„Ich bin geduldig, ich kann warten. Irgend einmal werde ich die Gedichte doch zu sehen kriegen?"

„Erst wenn Sie wieder ein Mäderl sind, mein Mäderl —"

„Verehrter Herr Dettmann, ich werde nie Ihr Mäderl sein!"

„Schade! Aber vielleicht überlegen Sie sich die Sache noch!"

„Es bedarf gar keiner Überlegung, selbst auf die Gefahr hin, daß ich sterbe, ohne die sieben Gedichte —"

„Nicht aufschneiden, es waren nur sechs —"

„Also, ohne daß ich die sechs Gedichte gelesen haben sollte. Sind Sie übrigens imstande, jetzt zwei Minuten lang vernünftig zu reden?"

„Eigentlich nicht. Aber Sie scheinen zurzeit auf Vernunft eingeschworen zu sein."

„Das bin ich immer!"

„Mit zeitweisen Unterbrechungen!"

Sie sahen sich an, dachten an die lustigen Feste in der Pension Huckenreuther und lachten wie ausgelassene Kinder.

Regine kam herzu, war überrascht, wenn auch nicht gerade freudig überrascht, und gleich wurde die Atmosphäre kühler, das Gespräch gezwungener. Dora sagte bestimmt, als könne es nicht anders sein: „Nicht wahr, Herr Dettmann, Sie bleiben doch zum Mittagessen hier?"

Regine pflichtete aus Höflichkeit der Einladung bei, obgleich sie wenig erbaut von der Aussicht war, stundenlang in der Gesellschaft Dettmanns zu sein und ihn dem Bruder und der Schwägerin vorstellen zu müssen. Hans Dettmann überhob sie aller Bedenken. Er wurde etwas verlegen, lehnte die Einladung ab. Dora war betrübt.

„Warum wollen Sie denn nicht mit uns speisen? In der Hitze jetzt können Sie doch nicht weiter fahren und Sie dürfen mir schon glauben, daß Sie bei uns besser speisen, als im Wirtshaus!"

Ja, das glaubte er wohl, aber es ging doch nicht. Er war ja nicht allein, sondern mit einer ganzen Gesellschaft, und die andern warteten auf ihn im Wirtshaus.

„Es ist eine ganze, lustige Bande und sie nähmen es übel, wenn ich sie sitzen ließe und allein wo anders essen wollte!"

Dora wurde mißtrauisch.

„Ist die Pastorentochter mit den schönen Beinen auch dabei?"

„Natürlich, die ist ja die Hauptperson. Das ist eine Sportsradlerin, die bei jedem Rennen den ersten Preis bekommen könnte!"

Regine sah Doras Gesicht an, lächelte unmerklich und zog sich zurück. Wenn Dora dies beleidigte Gesicht machte, konnte sie ruhig allein bleiben mit dem Mann, den die kurzgeschürzte Pastorentochter erwartete.

Auch Dettmann sah die Veränderung in Doras Gesicht

und war ratlos. Was hatte das Mädel nur mit einem Male? Was fiel ihr ein, daß sie so bös und abweisend aussah?! Auf dem Rosenfest waren sie doch so verträglich zu dreien dahin geschlendert, am rechten Arm die eine, am linken Arm die andre —, warum zog sie jetzt plötzlich eine Miene, als stünde die andre zehn Klafter tief unter ihr?! Warum war sie jetzt eifersüchtig, wenn sie es doch vor sechs oder acht Wochen nicht gewesen war?! Herrjeh, die Frauenzimmer lernte man doch nie aus, ob sie nun so waren oder so! Es blieben immerfort Frauenzimmer, das heißt, Geschöpfe, die immerfort anders denken, als ein Mann es sich vorstellt ...

Es entstand eine bängliche Pause. Dora erkundigte sich von oben herab, wie es mit seinem Stück stünde.

„Gut steht's. Der ‚Akademisch-dramatische' führt es gleich zu Winteranfang auf und wenn es Erfolg hat, einen großen Erfolg natürlich, dann will sich auch das Residenztheater dafür interessieren. Die Kastanien aus dem Feuer holen muß natürlich der ‚Akademisch-dramatische'. Aber wenn sie schön gebraten auf dem Teller liegen, wird die Hoftheaterintendanz so gnädig sein, sie nicht zu verschmähen. Furchtsame Rasselbande alle miteinander!"

Nun vergaß sie doch wieder ihren Groll, ließ sich von den Vorbereitungen für das Stück und seinen Aussichten erzählen, war wieder ganz benommen davon, daß ein Dichter, ein berühmter Dichter von morgen neben ihr saß und ihr von seinem Werke sprach.

„Da müssen Sie auch kommen, Sie schöne Demoiselle, ich schicke Ihnen Karten in der allerersten Reihe. Da müssen Sie sitzen und Ihre großen, glänzenden Augen machen, aber lachen dürfen Sie nicht —"

„Und neben mir sitzt die Pastorentochter mit dem Knieröckchen, der Sie ebenfalls Karten geschickt haben?!"

„Gerade neben Ihnen wird sie nicht sitzen; ich kann doch Karten haben, wo ich will!"

Dora wurde wieder ärgerlich. Sie ließ das Gespräch versickern und Dettmann verabschiedete sich, um zu seiner lustigen

Bande zurückzukehren. Er ging heiter, unbekümmert, bestieg sein Rad, das er draußen angekettet hatte, und fuhr unablässig klingelnd ins Wirtshaus hinüber. Es gab zwar gar nichts zu klingeln, denn um diese Zeit war kaum ein lebendes Wesen auf der Straße, ausgenommen ein paar Hennen, die mit erschrockenem Gegacker vor dem Radfahrer davonliefen. Er freute sich aber über den Spektakel, den er machte, und über das Hallo, mit dem die lustige Bande ihn empfing.

„Ja, Kinder, seid nur lustig, so viel ihr könnt! Ich sage euch, es gibt so viele fade Menschen auf der Welt, daß jeder von uns mindestens für dreie lustig sein muß, um einigermaßen das europäische Gleichgewicht herzustellen. Vielleicht wackelt es aber auch dann noch nach der faden Seite hin!"

Sie bestellten zu essen und zu trinken, scharmierten mit der Kellnerin, scherzten mit der dicken Wirtin, fragten nicht einmal, wie Dettmanns Besuch ausgefallen sei. An Dora dachte kein Mensch — —

Sie war auf ihr Zimmer gegangen und weinte. Weinte nicht mit dem Herzen, sondern vor Zorn. Setzte sich hin und schrieb nacheinander drei Briefe an Dettmann, zuerst einen beleidigten, dann einen höhnischen, dann einen leidenschaftlichen ... sie zerriß aber alle drei. Als sie sich anschickte, einen Brief an Fräulein Marholz zu verfassen, in dem sie ihrer Empörung Ausdruck geben wollte, läutete das Gong zum Mittagessen und sie beeilte sich, ihr erhitztes Gesicht kalt zu waschen, unbefangen und heiter zu tun. Regine sah sie ein paarmal von der Seite her an und merkte, wie gezwungen dies ganze Gebaren war. Gegen Ende des Mittagmahles sagte Dora plötzlich, daß sie starke Kopfschmerzen hätte und zog sich, kaum daß die andern vom Tisch aufgestanden waren, wieder in ihr Zimmer zurück.

Emmy fragte Regine: „Was hat Dora? Sie ist so erregt und offenbar hat sie auch geweint!"

„Es wird nichts Besonderes sein. Sie ist ja immer gleich obendraußen und nimmt die Dinge nicht wie sie sind, sondern wie sie sein sollten!"

Emmy sah die Schwägerin forschend an.

„Ich höre, ihr habt Besuch gehabt. Wer war denn da?"

„Ein flüchtiger Bekannter aus München. Ein junger Schriftsteller, Hans Dettmann —"

„Wo habt ihr denn den kennen gelernt?"

Der inquisitorische Ton verdroß Regine. Sie entgegnete schroffer als es sonst ihre Art war: „Auf einem Fest in der ‚Pension Huckenreuther'!"

„So! Diese Pension kenne ich nicht. Sie gehört jedenfalls nicht zu den erstklassigen, sonst müßte ich doch den Namen öfters gehört haben. Pensionen zweiten und dritten Ranges sind immer gefährlich. Da verkehren alle möglichen Leute, die man sich besser vom Halse hält. Hoffentlich setzt sich Dora keine Dummheiten in den Kopf!"

„Hoffentlich nicht!"

Ferdinand, der sich bis jetzt angelegentlich mit seiner Nachmittagszigarre beschäftigt hatte, horchte auf, als er „Pension Huckenreuther" hörte. Er sagte ärgerlich: „Wie kommt ihr denn in die ‚Pension Huckenreuther'? Das ist doch kein Aufenthalt für junge Damen aus guter Familie! Ich sag's ja immer, das taugt nichts, daß ihr drei Mädchen da so allein lebt! Ihr müßtet ein Heim haben und eine Gardedame —"

„Es hat eben nicht jeder ein Heim wie ihr!"

Regine sagte es ruhig, aber ihm war es doch, als ob in ihren Worten ein Vorwurf läge, als ob sie ihn daran erinnern wollte, daß die Schwestern samt dem Vater das Heim verlassen hatten, damit er die junge Frau hineinführen konnte. Er wurde verlegen, murmelte etliches, was keinen rechten Sinn hatte, wurde von Emmy unterbrochen, die ihn mißtrauisch ansah und schnell mit ihrer Zungenspitze ein paarmal die Lippen leckte.

„Woher kennst du denn die ‚Pension Huckenreuther'?"

„Aus meiner Junggesellenzeit natürlich. Da habe ich etliche Male dort verkehrt."

„So! Davon hast du mir aber nie etwas erzählt!"

Er wurde ungeduldig.

„Mein Gott, liebe Emmy, ich kann dir doch nicht mein ganzes Leben bis zu meiner Verheiratung Tag um Tag und Stunde auf Stunde buchmäßig vorlegen! Ich kenne die ‚Pension Huckenreuther' oberflächlich, aber so viel weiß ich doch, daß junge Damen aus unseren Kreisen nicht hingehören und daß die Dora um Himmels willen sich nicht einen von dort einbilden soll! Das wäre schlechterdings unmöglich, das würde ich nicht erlauben, einfach nicht erlauben! Nicht wahr, Emmy?"

„Natürlich nicht!"

„Glaubt ihr, daß Dora erst um eure Erlaubnis fragt? Du scheinst sie gar nicht mehr zu kennen, Ferdinand! Wenn sie sich erst etwas in den Kopf gesetzt hat, wird sie es auch tun und weder euch, noch mich, noch sonst jemand um Erlaubnis fragen!"

Ferdinand bekam einen roten Kopf. „Du mußt eben deinen Einfluß geltend machen. Wozu bist du denn die Älteste?! Nur nicht schlapp sein, nur sich nicht andre über den Kopf wachsen lassen! Die Dora ist jung und unvernünftig und muß parieren! Nicht wahr, Emmy?!"

Emmy sagte: „Natürlich muß sie das!"

Regine fand das ganze Gespräch überflüssig.

„Der junge Mensch hat uns doch nur einen ganz vorübergehenden Besuch gemacht. Es ist wirklich lächerlich, daran Kombinationen zu knüpfen, an die vermutlich auch Dora nicht denkt und über die man erst zu reden braucht, wenn sie spruchreif werden. Es hat gar keinen Sinn, Dinge zu kommentieren, die nicht vorhanden sind."

Ferdinand sagte: „Stimmt, sprechen wir nicht mehr davon! Aber das sage ich dir schon heute: eine Verwandtschaft aus der ‚Pension Huckenreuther' würde ich niemals akzeptieren. Nie—mals — ak—zep—tie—ren" wiederholte er, jede Silbe betonend, setzte noch das unvermeidlich gewordene „nicht wahr, Emmy?" hinzu und verließ mit einer großartigen Geste das Zimmer.

Dora stand indessen am offenen Fenster und sah durchs Opernglas einer kleinen Radfahrergruppe nach, die sich im Staub der Landstraße verlor.

3

Das alte Volkstheater, in dem der „Akademisch-dramatische Verein" Hans Dettmanns Stück gab, war bis auf den letzten Platz gefüllt. Die Vorstellung war, wie alle Vorstellungen dieses Studentenvereins, nicht öffentlich, sondern „vor geladenem Publikum", eine Vorsichtsmaßregel, durch die man geschickt der Zensur und ihrem Verbot entging. Es war ein seltsam gemischtes Publikum, das in dies alte, verlottert aussehende Theater gekommen war: jung Schwabing und allerjüngste Literatur neben jenen Kreisen, die überall mit dem gleichen Interesse oder der gleichen Interesselosigkeit dabei sein müssen, mag es sich nun um eine Erstaufführung, um ein Pferderennen oder eine Modenausstellung handeln. Feine, schwarze Gehröcke streiften die Ärmel von Jägeröcken, aus denen Normalhemden hervorsahen, bunte Seide rauschte nachbarlich zu reizlosen, grauen Reformsäcken mit zweifelhaften Unterblusen und zu hurtig bestickten Eigenkleidern hin. In der ersten Reihe des Parketts saßen Dora und Regine. Regine unauffällig dunkel gekleidet, Dora in Weiß, mit Spitzen um Hals und Ärmel und einem Veilchenstrauß im Gürtel. Festlich sah sie aus, und wie ein Fest, das ihr unbestimmte Überraschungen und Entzückungen bringen mußte, sah sie diesen Abend an. Durch das Medium von Fräulein Marholz, die auf der andern Seite Reginens saß, hatte sie sich längst mit Dettmann ausgesöhnt; heute, an diesem großen Abend, dachte sie gar nicht mehr an das kleine Begebnis von Weyarn. Sie war ganz aufgelöst in Erregung, konnte es kaum erwarten, daß der Vorhang in die Höhe ging und bangte doch davor, weil dann das Schicksal Hans Dettmanns entschieden wurde. Ihre Ohren waren dunkelrot, ihre Augen glänzten, und wenn sie sprach, flackerte ihre Stimme hin und her, wie ein vom Wind bewegtes Licht.

Auch Doktor Ott war da, begrüßte die Damen, sah etwas müder und dennoch zufriedener aus, als im Sommer. Da Regine ihm eine Bemerkung darüber machte, sagte er:

„Augenblicklich bin ich auch sehr zufrieden. Ich habe Arbeit, viel Arbeit —"

Sie freute sich, als hätte er ihr etwas Schönes geschenkt.

„Sehen Sie, man muß es nur abwarten! Nun ist die Praxis, die so lange eigensinnig fern blieb, doch gekommen!"

Er lachte ein wenig.

„Aber nein, gnädiges Fräulein, so ist es durchaus nicht! Ich könnte sogar beinahe sagen: im Gegenteil. Ich vertrete nämlich für etliche Wochen einen viel beschäftigten Kollegen, der zu irgendeinem ausländischen Multimillionär berufen ist. Es ist also nicht meine Praxis, sondern die seinige, die mir Arbeit macht."

Regine meinte, es müsse ihn doch auch freuen, daß ein viel beschäftigter Arzt gerade ihn mit der Vertretung betraue, denn das sei doch ein Beweis, daß ihn die Kollegen schätzten, aber nun lachte er herzlicher als zuvor: „Ich muß schon wieder sagen: im Gegenteil. Sie sind eine große Optimistin, gnädiges Fräulein, wenn Sie glauben, daß der Kollege, den ich vertrete, einen Stellvertreter gesucht hat, den er für ebenbürtig hält. Keine Rede davon! Denn er sagt sich sehr richtig, daß am Ende der Stellvertreter ihn verdrängen und die Praxis an sich ziehen könnte. Also sucht er aus Selbsterhaltungstrieb einen möglichst unbeschäftigten, möglichst unbekannten Mann, der die Patienten nicht gerade zu Tode kuriert, aber doch immer die Sehnsucht nach dem abwesenden Arzt in ihnen wach hält. Unter diesem Gesichtspunkt bin ich von ihm gewählt worden, — darüber mache ich mir keine Illusionen. Aber schließlich können mir seine Motive gleichgültig sein, die Hauptsache ist, daß ich endlich einmal für ein paar Wochen arbeiten kann, wie ich mir's wünsche, wenn es gleich ein fremder Acker ist, den ich pflüge!"

Nach einer kleinen Weile fragte Regine: „Und sonst? Wie geht es Ihnen sonst?"

Auch sonst war er zufrieden. Sein Scheidungsprozeß ging ohne Schwierigkeiten weiter. Seine Frau verhielt sich völlig ruhig, machte keine Schikanen, schien sich mit der Tatsache abgefunden zu haben, daß der Mann sie für immer verließ.

„Im Sommer ist dann das Jahr um und alles ist zu Ende.“

Er sprach zuversichtlich, wie von einer vollendeten Tatsache, schien nicht mehr unter dem Druck zu stehen, der ihn noch vor wenigen Monaten gequält und entnervt hatte. Seit er arbeiten durfte, wie er wollte, war er ein andrer Mensch geworden ...

Regine sah es voll Bewegung. Sie sagte: „Sehen Sie, es waren nur Hirngespinste, mit denen Sie sich quälten. Sie standen unter einer großen Depression — das war alles. Jetzt ist sie vorbei und jetzt sieht die Welt anders aus, nicht wahr?“

„Ja, sie sieht schon ein wenig anders aus!“

Das Zeichen zum Beginn schnitt das Gespräch entzwei. Doktor Ott eilte zu seinem Platz, der weiter hinten im Parkett war, Dora hatte das Gefühl, daß nun alles um sie her versank, daß niemand mehr im Theater saß als sie allein, zu der von der Bühne herab ihr Dichter sprach ...

Es wurde einer der großen Abende des Vereins, vielleicht seit der Aufführung der „Weber“ der größte, den der „Akademisch-dramatische“ gehabt hatte. Schon in den ersten Szenen spürte man, daß da oben ein ungewöhnliches, künstlerisches Temperament am Werke war, das trotz mancher Ungeschicklichkeit der Szenenführung, manch technischer Unbeholfenheit bestrickend wirkte. Rausch war in dem Stück und Rausch ging von ihm aus, denn wenn auch auf seinem Titelblatt nicht „In Tyrannos“ geschrieben stand, so rannte es doch Sturm gegen die unsichtbare Autokratie des Überkommenen, jauchzte ein Evoe den Jungen, den Kühnen, denen das Morgen und die Welt gehören. Jung, blutjung war dies Stück und darum entzückte es nicht nur die Jungen, sondern sprach auch zu Älteren wie die verklungene Stimme der eigenen Jugend. Da lächelten sie ihm wehmütig und herzlich zu, wie der köstlichsten Erinnerung und manch einer, der so lächelte, bekam nasse Augen und ein schweres Herz, weil auch er einst so gefühlt, gestritten und gelitten hatte.

Nur die Kraft sich auszudrücken hatte ihnen gefehlt und darum ergriff der sie wunderbar, der mit Worten verkünden konnte, was sie alle einst empfunden und gedacht hatten und was ihre gebundene Zunge hatte verschweigen müssen. Was verschlug es daneben, daß die dramatische Spannung vor dem letzten Akt nachließ, daß der Schluß etwas unvermittelt und brutal wirkte?! Sie merkten es gar nicht oder es schien ihnen geringfügig, und mit Händeklatschen riefen sie wieder und immer wieder den jungen Mann heraus, den gestern noch nur ein kleiner Klüngel gekannt hatte und dessen Namen man sich heute für künftige Zeiten merken mußte.

Er kam, trug einen schlecht sitzenden Rock, den ein Freund ihm geliehen hatte, war im Gesicht grau vor Erregung, lachte so glückselig, daß es beinahe albern aussah, verneigte sich mit eckigen Bücklingen, wie ein tollpatschiger Primaner, wies, wie er es an andern Dichtern öfters gesehen hatte, mit einer Handbewegung auf die Schauspieler, als gebühre ihnen allein der Erfolg, und dazu lachte er immerfort dies rührend alberne Glückseligkeitslachen, das so jung war wie sein Stück und ihm die Herzen gewann. Man rief ihn immer wieder, nicht nur weil er der Verfasser seines Werkes war, sondern auch, weil man immer wieder dies Lachen sehen wollte, die kindliche Glückstrunkenheit dieses Menschen, der für diese Nacht sein innerliches Gleichgewicht völlig verloren hatte. Es gab nach der Vorstellung ein Festmahl in einem bescheidenen Restaurant, das in der Nähe des Volkstheaters lag. Regine hatte sich mit Dora schnell und unbemerkt entfernen wollen, ehe sie überredet oder gedrängt wurden mitzugehen, aber Dettmann, der trotz aller Glücksbenommenheit das weiße Kleid in der ersten Parkettreihe erspäht und mit den Augen gegrüßt hatte, sprang, kaum daß er sich zum letztenmal vor dem Publikum verneigt hatte, über die paar Stufen hinab, die ihn vom Zuschaueraum trennten, stürzte auf die Schwestern zu, schüttelte Doras Hände und fand es so selbstverständlich, daß sie beide mitkamen, daß Regine es nicht hätte weigern können, ohne als hochnäsig zu gelten und ihn zu beleidigen.

Es war ein langer Tisch, der sich zusammengefunden hatte, um den jungen Ruhm zu feiern, der an diesem Abend geboren worden war. Fast die ganze Pension Huckenreuther saß da, war stolz und fühlte sich, daß aus ihrer Mitte einer den großen Erfolg errungen hatte, vor dem sich auch jene beugen mußten, die sonst für Jung-Schwabing und seine künstlerischen Anschauungen nur ein Achselzucken übrig hatten. Sie waren lustig und laut wie immer, lachten, schrieen, tranken Dettmann unaufhörlich zu, aber dennoch waren sie nicht so wie früher. Zum erstenmal saßen sie zu Tisch mit dem großen Erfolg, spürten, was er, den sie angeblich verachteten, bedeuten konnte und welches Licht er um sich her verbreitete. Da wurden die einen für Augenblicke nachdenklich, die andern, die schon lange vergeblich rangen, empfanden es wie Schmerz, und die allerjüngsten, die noch gar nichts erreicht und kaum etwas versucht hatten, blähten sich verwegen und taten so, als ob sie schon morgen haben könnten, was Dettmann heute beschieden war, sofern sie nur wirklich wollten und dem Philister Konzessionen machten ... Keiner von ihnen neidete Dettmann, keiner versuchte das Stück zu kritisieren oder seinen Erfolg herabzusetzen, aber irgendeine persönliche Stellung zu seinem Erfolg nahmen sie alle ein und darum war trotz aller Heiterkeit in jedem Gespräch ein Unterton, der ernster tönte, wenn es auch von Lachen und Scherz übersprudelt war. Dettmann hatte Dora auf den Platz neben sich gezogen, an seiner andern Seite saß der Vorsitzende des Akademisch-dramatischen Vereins; die Pastorentochter aber weit weg zwischen ein paar Studenten, die in Nebenrollen mitgespielt hatten. Dettmann schwatzte auf Dora ein, lachte zu allem, was sie sagte, obgleich er gar nicht recht hinhörte und auch nicht genau wußte, was er selber sagte. Seine Augen glitzerten und seine Stimme klang schrill, wenn er der Kellnerin über den Tisch hin zurief, was er zu essen und zu trinken wünschte. Wenn er das Glas hob oder das Fleisch auf seinem Teller zerschnitt, sah man, daß seine Hände leise zitterten ... Er war noch immerfort wie im Rausch und wie im Rausch war das Mädchen an seiner Seite, daß sie beide einem jungen Bacchantenpaar glichen. Nur wirkten sie heute nicht so ungezügelt wie damals auf dem Rosenfest, sondern bedeutungsvoller, ergreifender, weil ihre Trunkenheit nicht aus dem Wirbel des Tanzes herkam, sondern von einem großen Erlebnis — —

Doktor Ott saß den beiden schräg gegenüber neben Regine. Er sah Dettmann lange und nachdenklich an, hörte sein glückselig-gedankenloses Schwatzen und Lärmen und sagte zu Regine: „Er ist, weiß Gott, ein Glückskind! Er hat die Jugend, er hat den Erfolg und wenn nicht alles täuscht, wird er auch bald eine wunderhübsche Frau haben!"

Regine sah ihn ängstlich an.

„Ach nein, sagen Sie das nicht! Sagen Sie nicht, daß sich zwischen ihm und meiner Schwester etwas Ernsthaftes anspinnt. Ich fürchte mich davor, wenn ich es gleich nicht ändern könnte. Ich kann Ihnen nicht sagen, wie ich mich davor fürchte. Nicht wahr, Sie glauben auch nicht ernsthaft daran? Sie sagen es nur, weil es sich jetzt so ansieht ..."

Er lachte.

„Das sieht wohl ein Blinder, daß Dettmann in Ihre Schwester verliebt ist, und sie auch in ihn, das ist der Lauf der Welt!"

„Aber meine Schwester ist kein Gretchen und soll keines sein!"

„Selbstverständlich nicht. Aber warum fürchten Sie sich so sehr vor einer Neigung zwischen den beiden?"

Regine zögerte ein wenig.

„Ich kann es nicht ganz ausdrücken. Aber erstens kann ich doch nicht wollen, daß sie ganz ins Blaue hinein geht und heiratet. Dettmann ist doch kein Mensch, der ihr irgendeine Sicherheit bietet, irgendeine fest umrissene Existenz. Er hat seinen Erfolg, gewiß, aber davon kann man doch nicht leben."

„Warten Sie's nur ab! Heute hat er noch nichts, aber morgen wird er schon etwas und übers Jahr schon sehr viel haben. Die Zeiten, da man die Dichter nur mit Lorbeer speiste und im übrigen verhungern ließ, sind glücklicherweise vorbei. Auch der Erfolg hat einen goldenen Boden und es ist sehr fraglich, ob irgendein Bewerber aus bürgerlichem Beruf dem Fräulein Dora mehr bieten kann, als Hans Dettmann ihr bieten wird."

Aber Regine war nicht überzeugt.

„Das mag wohl sein, aber selbst wenn er finanziell ganz gesichert wäre, so wünschte ich doch meiner Schwester einen andern Mann. Der ganze Mensch kommt mir so ... so ... so unwahrscheinlich vor!"

„Unwahrscheinlich ist gut! Er ist aber gar nicht unwahrscheinlich. Er ist nur anders als die Menschen, die Sie in Ihrem Kreis kennen lernten, er ist überhaupt anders als die meisten sind ..."

„Ich weiß, Sie sagten es schon einmal. Er lebt als Zigeuner und stirbt als Zigeuner, gleichviel wie sich sein Leben äußerlich gestalten mag. So ungefähr waren Ihre Worte. Kann ich da wünschen, daß meine Schwester seine Frau wird?!"

Doktor Ott sah wieder Dettmann und Dora lange an.

„Sie müssen meine Worte nicht als Evangelium betrachten, gnädiges Fräulein! Man sagt sie, man glaubt sie auch im Augenblick, wer aber kann sagen, ob sie für alle Zeit recht behalten? Wer weiß, ob Dettmann wirklich ein ewiger Zigeuner bleibt?! Das Glück, der Erfolg verändern Menschen von Grund aus. Vielleicht machen sie sogar aus ihm noch einen braven Bürger!"

„Dann wäre er gar keine Persönlichkeit, wenn er sich so wandeln könnte!"

„Sie urteilen schnell und schroff, gnädiges Fräulein. Wer weiß, wie das Glück jeden von uns verändern würde, wenn es einmal zu uns käme!"

Sie sah mit verlorenem Blick in die Ferne, sagte leise: „Vielleicht kommt es auch einmal zu uns!"

„Vielleicht."

Sie sagten nichts weiter. Es war wieder ein Schweigen voll Schönheit und Zärtlichkeit, dessen stummer Mund mehr verriet als alle Worte.

Wenige Wochen später wurde Dettmanns Stück von der

Zensur freigegeben und im Residenztheater aufgeführt. Es hatte den gleichen Erfolg wie bei der geladenen Vorstellung, denn sowohl durch die Zeitungsbesprechungen wie durch die Überlieferung von Mund zu Mund, war das große Publikum schon günstig voreingenommen. Aus Berlin und Hamburg waren Theaterleiter gekommen und schon am nächsten Morgen unterzeichnete der junge Dichter Verträge, nahm Vorschüsse entgegen, die er nicht etwa forderte, sondern die ihm angeboten wurden, empfing Photographen, die sein Bild für illustrierte Zeitungen und Zeitschriften fertigen sollten. Nach der Aufführung im Residenztheater ging man auch nicht in ein bescheidenes Lokal, sondern in die Bar des Hotels „Vier Jahreszeiten", bestellte auf Dettmanns Kosten, der alle zu Gast geladen hatte, das beste, was auf der Speisekarte stand, trank Sekt und American drinks, als wolle man die Keller der „Vier Jahreszeiten" erschöpfen. Heute, da sie schon zum zweitenmal mit dem großen Erfolg Schulter an Schulter saßen, schien er ihnen nicht mehr ungewöhnlich, sondern vertraut, regte keine persönlichen Empfindungen und Nachdenklichkeiten mehr in ihnen aus. Befeuert vom Sekt sprang ihre Lustigkeit so lärmend dahin, daß man an den andern Tischen der kleinen Bar kaum mehr sein eigenes Wort verstand.

Für einen Augenblick gab es dann eine vorübergehende Störung. Einer der kleinen livrierten Boys trat zu Doktor Ott hin, flüsterte ihm etwas zu, worauf der Arzt sich sofort erhob und ans Telephon ging. Nach wenigen Minuten kam er zurück, nahm Hut und Mantel, sagte: „Ich werde gerufen, gute Nacht, meine Herrschaften!"

Sie wollten ihn mit übermütigen Reden zurückhalten: „Glauben Sie doch das nicht, Doktor, das ist ja alles nur Bluff! Ein vernünftiger Mensch schläft jetzt und braucht keinen Arzt! ... Das ist höchstens eine alte Jungfer, die sich interessant machen und zu dieser Stunde einen Mann sehen will ... Oder ein fetter Kommerzienrat, der sich an Hummermayonnaise überfressen hat und dem Sie jetzt die Magenschmerzen vertreiben sollen! ... Seien Sie kein Frosch,

Doktor, bleiben Sie da, denn so jung und lustig kommen wir doch nicht mehr zusammen!"

Er runzelte ein wenig die Stirn, sagte kurz: „Es handelt sich um ein schwerkrankes Kind!" und ging.

Da wurden sie alle für ein paar Minuten still und fröstelten.

In all den folgenden Tagen stand Dettmann mit seinem tollpatschigen Glückseligkeitslachen da und ließ das Geld, das ihm zufloß, durch die Finger gleiten. Er bewirtete unaufhörlich die ganze Pension Huckenreuther, pumpte nicht nur jedem, der ihn darum anging, sondern drängte ihnen beinahe Geld auf, und wenn Ott ihm zureden und Vernunft predigen wollte, entgegnete er: „Ach was, wir haben alle zusammen gedarbt, jetzt wollen wir auch alle zusammen was haben und im Überfluß schwelgen!"

Allmählich wurde er dann freilich ruhiger und besonnener, allerdings weniger aus Erkenntnis seiner Torheit, als weil jetzt neue Menschen und neue Lebensansprüche an ihn herantraten. Literaten, die sonst über ihn weggesehen hatten, suchten jetzt seine Bekanntschaft, Häuser, die sonst eine breite Distanz zwischen sich und die „Pension Huckenreuther" gelegt hatten, luden ihn ein, elegante, verwöhnte Damen himmelten ihn an und nannten ihn in ihrer übertriebenen Sprache „junger Meister". Er nahm alles mit einer kindlichen Unbefangenheit entgegen. Er war immer noch von dem großen Rausch umfangen und sein Leben kam ihm vor wie ein Märchen, aus dem er eines Tages zur Wirklichkeit erwachen mußte. Er staunte eigentlich nur über sich selber, daß er zu einem ersten Schneider ging, einen seidengefütterten Frack bestellte und allerlei sonst, was zum Anzug eines gut gekleideten Mannes nötig ist. Er sagte zu Ott: „Jetzt bist du doch zufrieden mit mir?! Siehst du, ich bin schon so ein elender Spießbürger geworden, daß ich einen eigenen Frack haben muß. Herrjeh, wer mir das vor einem halben Jahr prophezeit hätte!" und ein wenig nachdenklich fügte er hinzu: „Warum habe ich ihn eigentlich bestellt?! Unser gepumpter Frack in der Pension hat genau denselben Dienst getan ..."

Ott lächelte.

„Du hast aber jetzt eine andre Stellung als früher, eine Stellung, die dir Verpflichtungen auferlegt!"

„Kann ein Kleidungsstück eine Verpflichtung sein?"

„O ja, man muß nicht nur etwas sein, man muß auch etwas vorstellen!"

Dettmann schüttelte den Kopf, als könne er nicht genug staunen.

„Ich bitte dich, höre mir mit solchen Finessen auf! Davon verstehe ich kein Wort! Ich habe ja den Frack, ich habe sogar einen eigenen Gehrock und einen ditto Smoking, aber warum ich sie zu eigen habe, wird mir kein Mensch klar machen können! Ich habe sie jedenfalls in einem Augenblick geistiger Verwirrung bestellt!"

„Die Hauptsache ist, daß du sie hast und bei passenden Gelegenheiten anziehst. Ein historischer Überblick über ihr Verhältnis zu dir ist überflüssig!"

Da es sich nicht hatte umgehen lassen, daß Regine und Dora auch bei dem Festmahl in der Bar teilnahmen, sah Regine ein, daß sie Dettmann einmal zum Tee oder zum Abendbrot einladen müsse und diese Einsicht wurde durch Dora und Fräulein Marholz kräftig unterstützt. So gab es denn an einem Sonntag einen kleinen, gemütlichen Teenachmittag bei den Schwestern und es störte nicht, daß für die vier Damen nur zwei Herren vorhanden waren, — Hans Dettmann und Doktor Ott. Dora und Fräulein Marholz hatten den Teetisch wunderhübsch mit Blumen und bunten Bändern geschmückt, Dora hatte sich vom Friseur das Haar in breiten Wellen frisieren lassen und sah hübsch aus in ihrer Bluse aus mattvioletter Seide. Auch Regine und Fräulein Marholz hatten sich bemüht, etwas festlich auszusehen, nur Edith saß wieder grau und schweigsam wie ein Nönnchen an dem heiteren Teetisch, auf dem allerlei gute Sachen standen. Wie eine Fremde saß sie da, trank schnell ein, zwei Tassen Tee und verabschiedete sich mit einer kleinen Verbeugung, die zu gleicher Zeit linkisch und hochmütig aussah. Sie behauptete, sie habe noch ihr Pensum für morgen zu überarbeiten — —

Als man dann in früher Dämmerung die verschleierten

Lampen anzündete und Zigaretten rauchte, verwickelte Fräulein Marholz Regine und Doktor Ott in ein eifriges Gespräch über irgendeine Kunstanschauung, an dem sie selber rege teilnahm, ohne indes Dora und Dettmann, die sie ein wenig beiseite gedrängt hatte, aus dem Auge zu verlieren. Sie spielte gerne die gütige Vorsehung für diese beiden und wollte ihnen Gelegenheit schaffen, ungestört miteinander zu sprechen, vielleicht sogar, sich entscheidend auszusprechen. Der gut gemeinte Plan mißlang jedoch gründlich. Zu Anfang zwar sprachen Dora und Dettmann in dem neckenden, von Wärme unterströmten Ton verliebter Leute, bald aber gab es Mißverständnisse, Begriffsstutzigkeit von seiner, Ungeduld und Ablehnung von ihrer Seite. Schließlich saßen sie da, als wären sie zerzankt, machten mißmutige Gesichter und zogen das Gespräch der andern auch zu sich herüber. So ging es jetzt fast immer, und Dettmann begriff gar nicht, warum es ihm nicht gelingen wollte, dies Mädchen, das ihn doch offenbar leiden mochte, ganz für sich zu gewinnen. Er dachte mehr über sie nach, als er je über ein weibliches Wesen nachgedacht hatte, sprach schließlich mit Doktor Ott über sie.

„Weißt du, das ist spaßig, man kommt nicht weiter mit ihr. Eine Weile ist sie furchtbar nett und du denkst dir, alles ist in schönster Ordnung, aber auf einmal kriegt sie einen Rappel, wird gereizt, hochmütig, Blümchen Rühr-mich-nicht-an ..."

Sie gingen zusammen auf der Straße, als er so sprach. Doktor Ott blieb stehen und sah ihn an: „Sag' einmal, bist du so dumm oder stellst du dich nur so?"

„Die Frage ist sehr schmeichelhaft. Nimm an, ich sei so dumm ..."

„Also dann laß dir sagen, daß du hier vollkommen auf dem Holzweg bist. Das Fräulein von Fünfkirchen ist nicht ein kleines Mädel aus der Pension Huckenreuther oder den angrenzenden Bezirken. Was du dir einbildest, gibt's da nicht. Mit einem Mädchen wie Fräulein Dora hat man keine Bändelei, sondern man heiratet sie."

Dettmann sah so verblüfft aus, als hätte der andre türkisch oder hebräisch mit ihm gesprochen.

„Heiraten?! Mein Gott, heiraten! ... An so etwas denkt man doch nicht! Das fällt unsereinem doch gar nicht ein ..."

„Warum fällt es dir nicht ein?"

Dettmann machte ein ganz hilfloses Gesicht. Er suchte nach Gründen für seinen Ausspruch und fand sie nicht.

„Heiraten! Ja, ja ... ich erinnere mich schon, das muß man bei uns zu Hause gleich tun, sobald man mit einem Mädchen drei Worte geredet und einmal getanzt hat. Aber diese stupide Manier gilt doch hier nicht, nicht in München ..."

„Sie gilt so ziemlich in der ganzen Welt, immer ausgenommen Pension Huckenreuther nebst anstoßenden Grenzbezirken. Und ich glaube, du tätest etwas sehr Gescheites, wenn du Dora von Fünfkirchen heiraten würdest." Und als Dettmann wieder einen Satz anfangen wollte: „Bei uns zu Hause ...", entgegnete Doktor Ott energisch: „Ach, nun höre auf mit dem ewigen ‚bei uns zu Hause'! Weißt du, man kann auch ein Philister der Zigeunerei sein und du bist auf dem richtigen Wege dazu!"

„Philister der Zigeunerei ist gut!"

„Jawohl, wenn einer nur aus Opposition beständig das nicht tut, was alle andern tun, nur weil die andern es tun, so ist er eben ein Philister, genau wie derjenige, der alles tut, weil es die andern tun. Der ewige Maßstab an den andern ist doch die Grundlage alles Philisteriums!"

Dettmann dachte eine Weile nach.

„Wenn man's so hört, möcht's leidlich scheinen!"

„Es steht aber gar nicht schief darum, und ich sage dir noch einmal, mache jetzt, da du im Glück bist, einen Strich unter deine Vergangenheit, heirate, lebe deiner Arbeit und deiner Familie!"

„Lebe deiner Arbeit und deiner Familie — wie brav sich das schon anhört! Aber gar so unrecht hast du nicht! Ich will mir die Sache einmal bedenken." Und kopfschüttelnd fügte er nach einer Weile hinzu: „Nie wäre ich allein auf den Gedanken gekommen, daß man ein Mädchen heiraten muß!"

Er brauchte keine lange Bedenkzeit. Er war nicht nur heftig verliebt in Dora, ihn entzückte auch die naive, andächtige Bewunderung, mit der sie vor ihm, dem Dichter, stand. Es war eine ganz andre Art von Bewunderung, als die kleinen Mädchen der Boheme sie ihm entgegen brachten. Es lag etwas so rührend Kritikloses in Doras Art und ein solch unbedingter Glauben an ihn und sein Werk. Sie fragte nichts nach literarischen Richtungen oder Modeströmungen, hätte an ihn geglaubt, auch wenn er statt eines Dichters ein Kitschier gewesen wäre. Die Formel ihres Wesens war so einfach: sie liebte und darum glaubte sie. Sie hätte es sicher nie fertig gebracht, den Mann vom Dichter zu trennen. In dieser Art lag etwas Primitives, Starkes, Zuverlässiges, das ihm warm machte. Und eine Philisterseele war sie trotzdem nicht, das hatte er beim Rosenfest in ihrem Tanz gespürt und aus manchen Worten, die sie später gesprochen hatte.

Noch etwas andres erleichterte ihm den Entschluß, mit den Grundsätzen der Huckenreutherschen Welt zu brechen. Er fühlte nämlich immer mehr, daß zwischen ihm und dieser Welt jetzt schon ein kleiner Spalt aufgerissen war, der sich immer mehr verbreiterte. Er konnte wahrhaftig nichts dafür, — aber die „Pension Huckenreuther" zog sich langsam von ihm zurück. Sie hatten ihn gehegt, solange er ihresgleichen gewesen, hatten aus aufrichtigem Herzen geklatscht und gejubelt, als er die erste goldene Staffel zum Ruhm betrat, nun aber, da er zu den „Arrivierten" gehörte, für die sie immer eine gewisse Verachtung hegten, nun wurden sie ihm fremd, wie er es ihnen wurde. Sie gehörten nicht mehr zu einander. Sie, sie mußten auch fernerhin Chaos bleiben, um sich nach gemessener Zeit wieder mit der Geburt eines tanzenden Sternes zu beschäftigen, denn dies war ihre Aufgabe, ihre Kulturmission, nicht aber gebot sie ihnen Sterne zu umkreisen, die sich anschickten in den geordneten Planetenlauf der „Arrivierten" einzutreten. Auch seine Bemühungen um Dora von Fünfkirchen erregten bei ihnen nur Kopfschütteln und Mißbilligung. Es galt schnell als ziemlich ausgemacht, daß er „verspieße" und daß er, unbeschadet seiner großen Begabung, für die Weltanschauung der Huckenreutherschen verloren war ...

So brauchte er kaum zwei Tage, um alles zu bedenken und zum Entschluß zu gelangen. Er erkundigte sich vorher noch bei Doktor Ott, ob man zu „so etwas" einen Frack anziehen oder einen Blumenstrauß in der Hand haben müsse und atmete erleichtert auf, als der andre lachend sagte: „Aber nein, du verrücktes Haus, das tut man ja nicht einmal bei uns zu Hause. Das kommt höchstens beim schüchternen Liebhaber in uralten Lustspielen vor. Und ein schüchterner Liebhaber wirst du wohl nicht sein!"

Nein, das war er gewiß nicht. Schon wenige Stunden später trat Dora Arm in Arm mit ihm vor Regine hin und sagte vergnügt auf ihn und sich zeigend: „Als Verlobte empfehlen sich ..."

Da die Geschwister vor eine vollendete Tatsache gestellt wurden, gab es nicht mehr viel zu erwägen und zu sagen. Regine freute sich über das Glück, das aus Doras glänzenden Augen und ihrem hellen Lachen sprach, wenngleich sie immer noch ein gewisses Mißtrauen gegen Dettmann nicht unterdrücken konnte. Oder Mißtrauen war es eigentlich nicht, war mehr ein Bangen vor einem Charakter, den sie nicht kannte und dessen Unberechenbarkeit sie fürchtete. Ferdinand dagegen, dem man die Verlobung telegraphisch mitteilte, war ehrlich entsetzt. „Eine wahnsinnige Idee, nicht wahr Emmy?" Er polterte etliches über die Unmöglichkeit, einen Schwager aus der Pension Huckenreuther in die Familie aufzunehmen, denn um Literarisches oder Künstlerisches kümmerte er sich nicht mehr viel und hatte darum in den Zeitungen über den Namen „Dettmann" immer weggelesen. Schließlich ist ja für einen Landwirt und Kapitalisten der Markt- und der Börsenbericht interessanter als die Literaturchronik ...

Er fuhr mit seiner Frau in die Stadt, tat den Schwestern gegenüber so, als ob es sich um seine, des männlichen Familienoberhauptes, Einwilligung handle und wünschte eine Unterredung unter vier Augen mit Dettmann —

„Denn ich muß in dieser Sache klar sehen. Wir müssen

wissen, ob er überhaupt in der Lage ist, eine Frau zu ernähren und eine Familie zu begründen!"

Die Unterredung war kurz. Ferdinand riß die Augen auf, als er die Zahlen vernahm, die Dettmanns Stück, das über alle deutschen Bühnen von Lindau bis Memel ging, bis zur Stunde eingetragen hatte, als er die Verträge las, die über noch ungeschriebene Stücke abgeschlossen und durch Summen bekräftigt waren, und er traute seinen Ohren nicht, als er hörte, wieviel Dettmann für eine Vortragsreise im nächsten Winter von einem Konzertbureau zugesichert erhalten hatte. Donnerwetter noch einmal! Nun konnte man sich den Schwager aus der Pension Huckenreuther schon eher gefallen lassen! Die Dora war bei ihm nicht nur versorgt, sondern machte ein Glück, ein veritables Glück; nicht wahr Emmy? Als Ferdinand dann von Doras Vermögen sprach, leise andeutete, daß es ihm unerwünscht wäre, wenn er es auszahlen müßte, sagte Dettmann einfach: „Ach, das ist mir ganz gleichgültig! Meinetwegen braucht Dora gar nichts mitzubringen. Ich heirate sie, wie sie geht und steht!" Es klang gar nicht hochmütig oder renommistisch, sondern so unbesonnen und jungenhaft, daß Ferdinand lachen mußte und in diesem Augenblick dem Schwager gut war, ohne einen Hintergedanken an das Geld, das auf Weyarn stehen bleiben konnte.

„Ein komisches Huhn! Die Dora darf ordentlich aufpassen, damit nicht alles, was er verdient, zum Fenster hinaus fliegt. Aber ein nobler Mensch ist er offenbar; nicht wahr, Emmy?"

Etwas später meinte er nachdenklich: „Wenn nun die Dora verheiratet ist und die Edith auch weggeht, dann ist die Regine ganz allein. Was macht man dann nur mit ihr? Ob es nicht doch besser wäre, wenn sie wieder nach Hause ginge? Mit dem bißchen, das sie für sich allein hat, kann sie doch nicht recht leben?"

Emmy wiegte den hübsch frisierten Kopf; das Schönheitspflästerchen geriet in die Fältchen, die das Lachen um ihre Augen zog.

„Um die Regine brauchen wir uns, glaube ich, kaum zu kümmern. Sie hat sicher auch schon etwas in Petto —"

„So?! Hat sie dir etwas gesagt?!"

Nun lachte Emmy nicht mehr und sah ein wenig ärgerlich aus.

„Gesagt? Mein Gott, frage doch nicht so töricht! Ihr Männer seid doch in solchen Dingen entsetzlich plump. Wenn sie mir etwas Positives gesagt hätte, wüßtest du es schon längst! Aber sie kommt mir so merkwürdig vor, so wie man ist, wenn man innerlich sehr glücklich ist, es aber nach außen nicht merken lassen darf —"

„Hoffentlich kommt sie mir nicht mit einem unmöglichen Schwager an. Aber wenn sie so eine Partie fände, wie die Dora, da könnte man von Glück sagen, nicht wahr, Emmy?"

Im Frühling war auf Weyarn die Hochzeit. Vom Himmel fiel still und unaufhörlich in plätschernden Strömen der Maienregen, der dem Landwirt so lieb ist und der, nach einem alten Spruch, der Braut Reichtum verheißt. Die Äpfel- und Birnbäume standen schneeweiß mit Blüten beladen, daß sie mächtigen Hochzeitssträußen glichen, die Luft roch nach feuchter Erde und frischem Grün. Es war eine kleine, aber sehr fröhliche Hochzeit und es fiel allgemein auf, daß in der Kirche gar nicht geweint wurde, wie es sich bei einer richtigen Hochzeit doch gehört. Einmal nur ging über die Braut eine große Bewegung: es war, als der Pfarrer von der verstorbenen Mutter der Braut sprach und den Segen des Himmels für die Neuvermählte erflehte, auf daß sie ihrer Mutter gleichen möchte an Reichtum der Kinder und der Seele. Da senkte Dora das verschleierte Haupt tief herab, aber nicht um ihre Tränen, sondern um das stolze Glück zu verbergen, daß Hans Dettmanns Frau ein andres Glück beschieden war, als der armen Toten.

Das Mahl verlief erfreulicherweise ohne lange Reden und ähnliche peinliche Vorkommnisse. Nur Ferdinand hielt eine kleine Ansprache an die Neuvermählten, die mit einem sanften Hinweis auf seine allzeit bewiesene brüderliche Liebe und Fürsorge begann und mit dem alten, lieben „Sela" endete. Hierbei gab es allerdings einen kleinen, schreckhaften Zwischenfall: Emmy fiel in Ohnmacht. Sie kam aber schnell wieder zu sich und da jedermann die Ursache der Ohnmacht wußte, ängstigte man sich nicht, sondern lächelte freundlich und wünschte ihr alles Gute ... Es kamen Telegramme von Dettmanns Eltern, die sich längst mit ihm ausgesöhnt hatten und gerne zur Hochzeit gekommen wären, wenn der Vater nicht an einem schweren Gichtanfall danieder gelegen hätte. Der erzürnte Erbonkel hatte einen mächtigen, silbernen Tafelaufsatz als Hochzeitsgeschenk gespendet und geschrieben, daß er selbstverständlich das Testament gründlich geändert habe.

Eingehüllt in eine Wolke von Glück und Glückwünschen reisten die Neuvermählten ab.

4

Emmy hatte ganz recht gesehen, als sie meinte, daß Regine ein geheimes Glück im Herzen trage. Gleich nach Doras Verlobung hatte es zwischen ihr und Doktor Ott eine Aussprache gegeben, in der endlich gesagt wurde, was sie beide schon lange wußten, was zu sagen also überflüssig schien und dennoch gesagt werden mußte. Es war kein stürmisches Werben und kein jauchzendes Bejahen, es war ein ernstes, fast feierliches Glück, wie von zwei Menschen, die sich bewußt sind, daß sie unlöslich zu einander gehören und Hand in Hand einen schweren Weg gehen müssen.

Der Mann hielt die Hände des Mädchens und sagte: „Ich kann es noch immer nicht glauben! Ich kann mir's nicht denken, daß du dein junges Leben an mein halb zertrümmertes binden willst. Ich kann dir ja nichts bieten, keine Stellung, ja nicht einmal eine gesicherte Existenz!"

„Was liegt mir denn an einer Stellung?! Ich will gar keine andre Stellung, als die, deine Frau zu sein! Und das mit der Existenz, das wollen wir erst abwarten!"

„Ich warte schon sehr lange!"

Sie sagte fröhlich: „Jetzt sind wir zu zweien, da können wir noch viel länger warten!"

Er schüttelte den Kopf.

„Kind, was für eine phantastische Rechnung!"

„Phantastisch oder nicht, wir müssen so rechnen. Wir machen es ganz so, wie du vorhin gesagt hast. Wir sehen noch eine Weile zu, ob du dir hier eine Existenz für uns gründen kannst, und wenn das nicht geht, suchen wir eine Landpraxis oder wir gehen fort, weit fort, nach China oder Japan oder irgend wohin, wo man deutsche Ärzte braucht."

„Und du wirst Geschwister und Heimat hinter dir lassen —"

„Aber natürlich!"

„Um mit mir, einem nervösen, verhetzten Mann ins Ungewisse zu gehen?"

„Aber natürlich!"

Sie umschlang ihn. „Laß mich nur sorgen, daß deine Nervosität und dein Verhetztsein aufhört! Du wirst sehen, wenn wir erst in Ruhe beisammen sind, wenn ich Tag für Tag in jeder Stunde für dich sorgen, dir alles fernhalten kann, was dich quält oder ärgert, dann wirst du ein ganz andrer Mensch werden."

Er küßte ihre Hände.

„Du bist so klug und so gut!"

„Es ist so leicht, gut zu sein, wenn man glücklich ist!"

„Wenn doch erst die Scheidung ausgesprochen wäre!"

„Ja, wenn sie doch erst ausgesprochen wäre!"

Sie sprach es voll Sehnsucht, in ihm aber zerrte die Ungeduld, daß nun wieder Tage, Wochen dahinrollen sollten, die so kostbar waren und in denen ihm doch nichts blieb, als die Hände in den Schoß zu legen und einen Richterspruch abzuwarten. „Ist es nicht schrecklich, daß man so viel Zeit im Leben nur mit Warten und Abwarten verbringen muß?! Solche Tage kommen mir immer vor wie leere Gepäckwagen, die man von einer Station zur andern schickt, und doch hätte man so viel hineinzupacken! Das Leben, das bißchen Jugend ist so schnell vorbei; welche Grausamkeit vom Schicksal, es noch durch Warten zu verkürzen!"

Regine lachte ihn aus.

„Was dir nicht einfällt! Vor uns liegt noch eine lange Jugendzeit, ein langes Leben! Ich habe dich und du mich, — was können uns da die Jahre kümmern, die uns andre nachzählen?! Du und ich — in den zwei Worten liegt die Jugend, das Leben, die Ewigkeit ...“

Wenn sie so sprach, war es ihm, als begönne sein Leben erst jetzt, da er dies tapfere, starke Mädchen hielt und von ihren roten Lippen Mut und Glauben trank ...

Es lag vielleicht nicht nur an der Verschiedenartigkeit ihrer Naturen, sondern auch an ihren augenblicklichen Lebensverhältnissen, daß das Mädchen zuversichtlicher war, als der Mann. Regine hatte gar keine Zeit, ungeduldigen Betrachtungen und Grübeleien nachzuhängen, denn es gab für sie in diesen Monaten viel zu tun. Es mußte die Brautaussteuer besorgt, die Wohnung für das junge Paar eingerichtet und nebenbei noch bedacht werden, wie Regine selbst ihr Dasein und ihre Finanzen in der Zeit einrichten würde, in der sie nicht mehr mit den Schwestern und noch nicht als Frau Doktor Ott Haushalt führen sollte. Es war ein Übergangszustand, der wohl bedacht sein mußte, ehe Dora heiratete und Edith, die in die Schweiz wollte, die Universität bezog. Da Regine vor der ausgesprochenen Scheidung mit niemand über ihre Beziehung zu Doktor Ott sprechen wollte, mußte sie dies alles allein bedenken, denn er war in solchen Fragen unpraktisch wie alle Männer und überließ ihr hier gerne Entschluß und Führung. Es schien ihr am klügsten, alles so zu belassen, wie es gegenwärtig war, bis Doktor Ott sich schlüssig gemacht hatte, ob er hier bleiben oder auswärts eine Existenz suchen wollte.

„Die Wohnung ist ja freilich für mich allein zu groß und zu teuer, aber schließlich kann es sich doch nur um etliche Monate handeln. Dann behalten wir sie entweder gemeinsam oder wir gehen fort und geben sie ganz auf. Aber jetzt noch einmal in eine kleinere umziehen, um dann gleich wieder zu kündigen, scheint mir unzweckmäßig ...“

„Ach ja, es handelt sich ja wirklich bloß um etliche Monate!“

Regine bedachte aber noch andres. Sie war entschlossen, sich irgendeine Arbeit zu suchen, damit auch sie künftighin zum Lebensunterhalt beisteuern und so dem Manne die Existenz etwas erleichtern könne. Sie überprüfte allerlei Möglichkeiten, suchte in ihren kleinen Talenten herum, welches sich wohl nutzbringend ausbilden ließe und hielt es schließlich für richtig, einen Photographierkurs durchzumachen. Sie hatte daheim schon hübsche Liebhaberaufnahmen gemacht, allerdings nur mit einer kleinen Kamera, die schon dem Format nach eine wirklich künstlerische Wirkung ausschloß, aber wenn sie ernsthaft an die Sache gehen und sie berufsmäßig ansehen würde, mußte ihr gelingen, was andern Frauen in photographischen Ateliers ebenfalls gelang. Die technische Ausbildung würde nicht allzulange dauern, vielleicht könnte sie nachher noch ein halbes Jahr oder ein Jahr in einem der ganz großen Ateliers als Volontärin arbeiten, um sich dann selbständig zu machen. Ferdinand würde freilich ärgerlich sein, wenn er ihr etwas herauszahlen mußte, aber schließlich handelte es sich ja nicht um die ganze Summe, sondern nur um einen Bruchteil, und wenn es um ihre Existenz ging, mußte sie eben den brüderlichen Ärger in Kauf nehmen. Wenn es weiter keine Schwierigkeiten gegeben hätte, wäre das Leben so einfach wie ein Kinderspiel — —

Doktor Ott war mit ihrem Plan durchaus nicht einverstanden. Es schien ihm demütigend, daß seine Frau arbeiten sollte, statt von ihm alles zu empfangen. Er sagte: „Nein, nein, die Sache gefällt mir nicht. Es ist mir eine schreckliche Vorstellung, daß du um meinetwillen in die Arbeit gehen sollst wie die Proletarierinnen auf dem Ziegelbau oder in der Fabrik ..."

Sie lachte.

„Ein photographisches Atelier ist doch kein Ziegelbau und keine Fabrik! Das ist ein künstlerischer Beruf, geradeso, als ob ich Malerin oder Schriftstellerin oder Sängerin wäre ... Das wäre dir doch auch nicht unangenehm. Und überhaupt — man freut sich zusammen, man trägt alles zusammen, wenn's not tut, leidet man auch alles zusammen, warum also soll man nicht auch zusammen arbeiten?! Warum sollen meine Hände nicht versuchen, uns die Existenz leichter oder behaglicher zu machen?! Du wirst doch kein Rückschrittler sein, der ein für allemal erklärt: ‚Die Frau gehört ins Haus'!"

„Ein für allemal erkläre ich's nicht, aber dich, meine Frau, möcht' ich doch nur im Hause haben. Versteh' mich recht, ich möchte es nicht aus Kleinlichkeit, oder weil ich dich in irgend etwas beschränken will, sondern nur, weil du mir so arm vorkommst, wenn dich dein Mann nicht einmal ordentlich erhalten kann!"

„Also, wenn wir reich wären, dann dürft' ich arbeiten! O, wundervolle Logik der Männer!"

Sie lachten beide, redeten noch eine Weile über den Gegenstand hin und her, ohne daß eines von ihnen seine Ansicht geändert hätte. Aber sie wollten sich auch gegenseitig gar nicht ändern; jedes nahm den andern wie er eben war und liebte ihn trotz Widerspruch oder Schwächen. Doktor Ott sagte zwar zuweilen: „Später müssen wir so zusammenwachsen, daß wir in allem das gleiche denken, die gleichen Ansichten haben, daß jedes schon weiß, was das andre sagen wird, noch ehe es zu sprechen begonnen hat!"

Regine aber entgegnete lächelnd: „Was du sagen wirst, weiß ich schon jetzt fast jedes Mal. Aber daß unsre Gedanken oder Ansichten späterhin wie zwei Inseparables immerfort auf der gleichen Stange sitzen, hoffe ich nicht. Erstens fände ich es langweilig und dann würde ja jeder nur im andern immer wieder sich selber bespiegeln, sich selber lieben. Ist das überhaupt noch Liebe, selbstlose Liebe, wenn man sich einen andern ganz nach seinem eigenen Ebenbild zurechtgeknetet und ihm jede eigene Meinung ausgeredet hat?! Nein, Liebe ist nur, wenn man einen Menschen nimmt, wie er ist, wenn man alle Fehler an ihm erkennt und ihn samt seinen Fehlern lieber hat, als wenn sie lauter Tugenden wären. Wenn Liebe nicht einmal über Charaktereigenschaften und Meinungsverschiedenheiten hinweg käme, wie sollte sie dann erst den Tod überwinden können!"

„Glaubst du, daß sie nicht nur den Tod, sondern auch das Leben überwindet? Das ist nämlich mitunter weit schwieriger —"

Sie sah in sein zweifelerfülltes, mißmutiges Gesicht, fuhr ihm mit der Hand über das Haar und entgegnete voll fröhlicher Zuversicht: „Ja, sie überwindet auch das Leben, selbst dann, wenn ein Scheidungsprozeß darin vorkommt und ein sehr ungeduldiger Herr denkt, daß er niemals eine richtige Praxis bekommen wird!"

Er sagte mit Selbstironie: „Nun, der Anfang zu einer Riesenpraxis ist ja bereits gemacht. Die Vertretung meines viel beschäftigten Kollegen hat zwar aufgehört, aber e i n e Familie habe ich ihm doch glücklich abspenstig gemacht. Eine ist bei mir geblieben, trotz der Ungnade, die sie sich dadurch zugezogen hat ..."

„Sie haben auch allen Grund, dir dankbar zu sein und nicht mehr von dir zu lassen!"

Sie sprachen von den Eltern des Kindes, zu dem Doktor Ott damals aus der Bar gerufen worden war. Das Kind, ein kleines Mädchen von fünf oder sechs Jahren war an einer jener jähen und heimtückischen Krankheiten erkrankt, die vom Arzt einen raschen, kühnen Entschluß zur Operation und eine sichere Hand verlangen. Doktor Ott hatte nicht gezögert, den Eingriff vorzunehmen, hatte ihn mit Glück ausgeführt und so das bedrohte Leben gerettet, das den jungen Eltern, einem Amtsrichter und seiner Frau, schon verloren schien. Sie hatten nur dies einzige Kind und waren der Verzweiflung nahe gewesen, da sie es röchelnd, schon vom Tode überschattet, vor sich liegen sahen. Nun, da der Arzt es ihnen zurückgab, war ihr Glück, ihre Dankbarkeit groß und es schien ihnen selbstverständlich, daß er nun ihr Hausarzt wurde und die weitere Behandlung des Kindes übernahm. Eine lange, kostspielige Nachkur wurde nötig. Doktor Ott brachte gemeinsam mit den Eltern und einer Pflegerin die Kleine in das Kindersanatorium, in dem sie für Monate verbleiben sollte, erhielt aber immer wieder Bericht über die fortschreitende Genesung und dazu immer wieder die Dankesbezeigungen der beglückten Eltern. Er freute sich als Arzt über seinen Erfolg, als Mensch, daß er den Eltern ein kostbares, zukunftsreiches Leben hatte retten dürfen —

„Aber eine Schwalbe macht noch keinen Sommer! Und mir scheint, das Ehepaar Günther wird meine erste und letzte Schwalbe bleiben!"

„Du große Ungeduld, warte doch erst den Herbst ab, ehe du schon von der letzten Schwalbe sprichst!"

Er seufzte.

„Ach ja, du hast recht, ich bin töricht und ungeduldig, aber glaube mir, alles wird anders werden, ich wenigstens werde anders sein, wenn die Scheidung erst vorbei ist!"

„Wäre sie doch erst vorbei!"

In den letzten Wochen, die zu dem Richterspruch hinführten, wich auch Reginens Fassung einer nervösen Ungeduld. Nie hätte sie geglaubt, daß Tage so schneckenlangsam dahin kriechen und solche Fracht schwerer Gedanken und törichter Befürchtungen mit sich führen konnten. Was fürchtete sie eigentlich? Sie lachte über sich selber, wenn sie sich die Frage stellte, meinte, es sei wohl nur die Angst, die aus übergroßem Glück geboren wird, die Angst vor dem Neid der Götter und ihrer Rache. Alles war ja geordnet, ging seinen glatten Weg. Dora war verheiratet, Edith stand mitten im Abiturium, Regine hatte sich schon für einen photographischen Kurs, der im Herbst beginnen sollte, vorgemerkt, der Rechtsanwalt sagte, daß seit langem schon kein Einwand mehr von der Gegenpartei erhoben wurde, — weshalb also lag es zuweilen über ihr wie eine unbestimmte Angst und ein Druck, für den sie keine vernünftige Erklärung fand?! Es ging auch immer wieder vorüber, machte ihrer Zuversicht und ihrer Hoffnungsfreudigkeit Platz, daß sie singend im Hause umher ging und fand, jeder Tag sei bis an den Rand mit Sonne und Glück gefüllt. Nun trennten nur noch vierzehn Tage sie von dem Richterspruch, in vierzehn Tagen würde alles von ihr und dem geliebten Manne abfallen, was sie jetzt noch bedrängte, in vierzehn Tagen waren sie freie Menschen, durften sich offen zu einander bekennen und nicht mehr voneinander lassen, bis der Tod sie schied. — Wieder verging eine Woche und die letzte der langen Wartezeit brach an. Da läutete es gegen Abend heftiger als sonst an der Haustüre und Doktor Ott trat ein. Er kam sonst nie um diese Stunde, kam überhaupt nie unangemeldet und sie war daher betroffen, als sie ihn erblickte. Da sie in sein Gesicht sah, erschrak sie, denn er sah blaß und verfallen aus, und seine erbleichten Lippen zuckten vor innerer Erregung.

„Um Gottes willen, was gibt's, was ist geschehen?"

Er reichte ihr einen Brief, dem die Kanzleiadresse seines Rechtsanwaltes aufgedruckt war, ließ sich auf einen Stuhl fallen und verbarg das Gesicht in den Händen. Regine entfaltete den Brief, las. Ihre Hände begannen zu zittern, langsam ließ sie das Blatt sinken. „Aber . . . aber. . . das kann doch nicht sein!"

Er hob das Gesicht, das jetzt ganz verzerrt aussah.

„Doch, es kann sein! Alles kann sein, was gegen mich geht! Alles — —"

Der Rechtsanwalt schrieb, daß Frau Doktor Ott gestern durch ihren Vertreter die Scheidungsklage zurückgezogen habe. Sie hätte sich die Sache anders überlegt. Sie hätte sich wohl zur Scheidung bequemt, wenn sie die Überzeugung gewonnen hätte, daß ihr Mann wirklich unmöglich länger mit ihr beisammen bleiben könne. Diese Überzeugung habe sie zuerst gehabt, da sie meinte, daß er ohne äußere Veranlassung, nur aus tiefer Abneigung auf die Scheidung gedrängt hätte. Nun aber wisse sie es besser, denn es sei ihr klar geworden, daß ihr Mann sie um einer anderen willen verlassen habe, wie er ihr ja überhaupt stets untreu gewesen sei. Sie hielte es darum für überflüssig, ja für gewissenlos, sich um einer augenblicklichen Liebschaft willen scheiden zu lassen, denn voraussichtlich würde er eines Tages auch der anderen überdrüssig sein und dann gerne und reuevoll zu seiner Frau zurückkehren. Aber auch wenn es anders sein sollte, willigte sie, Frau Doktor Ott, in die Scheidung nicht ein. „So lange ich lebe, wird es keine andre Frau Doktor Ott geben. Die andre soll bleiben was sie ist, ich mache ihr nicht Platz!"

Sie saßen da und starrten auf den Brief, wie man in das grausame, unbewegliche Gesicht des Schicksals starrt. Es war ja so unbegreiflich, so sinnlos, und so hilflos saßen sie vor ihm, daß sie lange Zeit stumm blieben und keiner dem andern in die Augen sehen mochte. Dann sprach Regine. Ihre Stimme klang zerbrochen. Es war ihr, als träume sie einen Angsttraum, als müsse sie im nächsten Augenblick erwachen und das Zimmer wieder bis zum Rande voll Sonne und Glück finden.

„Wann ... wann ist der Brief gekommen?"

„Heute früh. Ich konnte den Rechtsanwalt erst nachmittags treffen, weil er vormittags bei Gericht war. Ich bin gleich in seine Sprechstunde gegangen und habe lange mit ihm geredet —"

„Und was sagt er?"

Doktor Ott zuckte die Achseln.

„Was kann er viel sagen?! Man kann sie nicht zwingen. Er sagt, man muß versuchen, sie durch Widerstand mürbe zu machen. Vielleicht auch sie zu überreden. Er will versuchen, persönlich mit ihr in Fühlung zu treten ..."

Ein langes Schweigen. Regine hatte die verschränkten Arme auf den Tisch gelegt und verbarg in ihnen ihr Gesicht. Sie weinte nicht, sie war nur trostlos, ganz grau-trostlos. Auch er sagte nichts. Er saß, das Kinn in der aufgestützten linken Hand, trommelte nervös mit den Fingern der Rechten auf seinem Knie, starrte in eine Ecke und lachte zuweilen ein leises, selbstverspottendes Lachen, das beiden weh tat. Dann rafften sie sich auf, begannen zu sprechen, zu überlegen, klammerten sich an Worte in dem Brief oder die der Rechtsanwalt gesprochen hatte, suchten irgend etwas, das sie aufrichten, ihnen einen Ausblick gewähren konnte. Ihre Augen begannen zu glänzen, ihre Gesichter belebten sich, ihre zerbrochenen Stimmen wurden tönender, flackernder. Es überkam sie die armselige, fieberische Entschlossenheit, die verbergen will, daß alles verloren ist, die sich noch einmal aufbäumt und zum letzten Kampfe stellen will, wie das hinsterbende Leben sich noch einmal bäumt und kraftvoll aufflammt, ehe der Tod den Docht verlöscht.

Da gab es nun während vieler Monate Besprechungen mit dem Rechtsanwalt, Besprechungen von diesem mit der Gegenpartei, Briefe, die von einer Kanzlei zur andern gingen, Hoffnungen von heute, die morgen zunichte waren, Befürchtungen der Nacht, die einem freundlichen Tagesgestirn zu weichen schienen. Es gab kein juristisches und kein menschliches Mittel, das nicht versucht worden wäre, um die Scheidung zu erreichen, um die Frau willfährig zu machen, aber alles prallte an ihren stets wiederholten Worten ab:

„Solange ich lebe, wird es keine zweite Frau Doktor Ott geben. Die andre soll bleiben was sie ist."

Doktor Ott sagte zu Regine: „Siehst du, nun erst lernst du sie kennen! Nun läßt sie die Maske völlig fallen und das Gesicht dahinter ist grauenhaft!"

Regine biß die Zähne aufeinander. Sie war in diesen Monaten blaß und still geworden und ihre Zuversicht hatte das Lachen verlernt. Sie sagte leise: „Sie quält uns, wie die Buben die Maikäfer quälen, die ihnen nicht entrinnen können. Die sie an den Faden binden und herumzerren, bis sie tot sind!" Schnell aber reuten sie die eigenen Worte und sie setzte hinzu: „Sie quält uns, aber wir werden nicht daran sterben. Wir werden aushalten, so schwer es auch sein mag!"

„Aushalten bis wann?"

„Bis in die Unendlichkeit! Bis eines von uns dem andern Platz macht. Oder bis wir wirklich gestorben sind!"

Er schloß die Augen. Es tat wohl, dies Mädchen sprechen zu hören, als ob Zeit ein zeitloser Begriff wäre.

Nicht immer war Regine gefaßt und mutig. Zuweilen bäumte sie sich auf, rief verzweifelt: „Ist es denn nicht Wahnsinn, daß zwei Menschen hilflos der Bosheit und der Rachsucht eines Dritten ausgeliefert sind?! Daß sie mit uns schalten und tun darf, wie sie mag?! Ist es nicht widersinnig, daß ein Gesetz zwei Menschen zur Sache eines Dritten macht?!"

Er entgegnete mit höhnischer Wut: „Freilich ist es widersinnig, aber ist denn nicht das ganze Leben widersinnig?"

Dann faßte sie seine Hände, drückte sie an ihr Herz.

„Nein, sage das nicht! Das Leben ist nicht widersinnig! Mein Leben ist es nicht, solange ich dich habe! Solange du da bist, ist alles Licht und Glück, erst wenn du fort wärest, finge der Widersinn an." Er küßte sie, war ergriffen von ihrer Hingebung und zugleich traurig darüber.

Träge krochen die Monate dahin. Die Scheidungs-angelegenheit schien auf einen toten Punkt gekommen zu sein. Frau Doktor Ott wollte keine Klage erheben, Zwang auf sie konnte man nicht ausüben, es blieb also nichts übrig, als ins Blaue hinein auf irgendeine Wandlung, irgendeinen glücklichen Zufall zu hoffen. Mit einem Male kam dann wieder Leben in die scheintote Sache. Eines Tages ließ Frau Doktor Ott durch ihren Rechtsanwalt mitteilen, daß sie nun doch bereit sei, die Scheidungsklage zu stellen, aber nicht auf „böswillige Verlassung", sondern auf „Ehebruch". Wenn der Gegenpartei damit ein Dienst erwiesen werde, sei es ihr recht; jeden andern Vorschlag weise sie von vornherein zurück.

Als Doktor Ott dies von seinem Rechtsanwalt vernahm, war er zuerst verblüfft und dann mußte er lachen. Die Sache war ja, weiß Gott, nicht lächerlich, aber in diesem Augenblick erschien ihm das ganze Betragen seiner Frau so kindisch, daß er eben nur darüber lachen konnte.

Im nächsten Augenblick war er aber schon wieder ernst.

„Wenn meine Frau auf dieser Grundlage klagen will, hat sie ihren Prozeß schon jetzt verloren. Was sie da will, ist absurd, fällt schon beim ersten Termin in nichts zu-sammen ..."

Und da der Rechtsanwalt ihn schweigend und, wie es schien, etwas mißtrauisch ansah, setzte er knapp und scharf hinzu: „Ich möchte nicht, daß hierüber bei irgend jemand der geringste Zweifel besteht. Meine Frau kann nicht auf Ehebruch klagen, weil keiner vorliegt. Es wäre ja für meine Angelegenheit ungleich besser, wenn es anders wäre, denn dann bestünde doch die Aussicht, daß ich endlich von ihr los-komme. Aber wenn sie sich auf diesen Grund versteift, bleibt alles beim alten."

Der Rechtsanwalt besann sich ein wenig.

„Vielleicht doch nicht, vielleicht wäre es doch ganz vorteilhaft, wenn Ihre Frau die Klage auf dieser Grundlage stellte. Wenn sie dann den Prozeß mit Pauken und Trompeten verliert, wenn unwiderleglich bewiesen ist, daß sie in leichtfertigster oder gehässigster Weise den Ruf einer Frau geschädigt hat, dann wäre es vielleicht möglich, ihr daraus einen Strick zu drehen. Man könnte dann vielleicht geltend machen, daß Ihnen nach diesen Vorkommnissen die Fortsetzung der Ehe nicht zugemutet werden kann, könnte vielleicht ...“

Aber Doktor Ott unterbrach ihn.

„Nein, das möchte ich keinesfalls. Wenn dieser Prozeß irgendwie zu vermeiden ist, muß er vermieden werden. Ich brauche Ihnen nicht erst zu sagen, warum. Sie wissen besser als ich, wie peinigend, ja wie entehrend ein solcher Prozeß auch unter den günstigsten Voraussetzungen für eine feine Frau ist. Und die Frau, um die es sich hier handelt, ist noch dazu ein Mädchen aus vornehmer Familie. Sagen Sie selbst, dürfte ich sie in all den Schmutz hineinziehen lassen, den ein solcher Prozeß aufwirft.“

„Es wäre jedenfalls sehr unangenehm für die junge Dame, leider aber sind wir, Sie und ich, in diesem Fall ganz machtlos. Wir können die Gegenpartei nicht hindern, den Prozeß nach Belieben anzufangen und zu begründen, wir können sie nur daran hindern, daß sie ihn gewinnt.“

Und nach einer Weile setzte er hinzu: „Aber genau betrachtet sind zunächst die Verlierenden immer wir. Das ist hart, aber man muß den Mut haben, es sich einzugestehen. Denn, wie Sie vorhin sagten, wenn Ihre Frau den Prozeß verliert, bleibt eben alles beim alten. Man müßte dann eben trachten, wie ich schon bemerkte, die Unmöglichkeit einer ehelichen Gemeinschaft heranzuziehen —“

„Diese Aussicht scheint mir sehr vag. Jedenfalls wiegt sie nicht auf, was bei diesem Prozeß von unsrer Seite riskiert würde. Auf keinen Fall, hören Sie, auf keinen Fall darf die junge Dame, um die es sich handelt, in diese Sache hineingezogen werden. Auf ihren Namen darf kein Schmutzspritzer fallen —“

„So wollen wir also schreiben, daß wir in der Erkenntnis, daß wir Frau Doktor Ott keine Vorschriften machen können, es ihrem Belieben anheimstellen, zu klagen oder nicht zu klagen und den Grund der eventuellen Klage zu wählen, wie sie will?"

„Nein, wir müssen trachten, sie von ihrem Vorhaben abzubringen ..."

Aber der Rechtsanwalt riet hievon ab. Denn wenn die Gegenpartei sah, daß man sie fürchtete oder von etwas abbringen wollte, dann würde sie es doch erst recht tun.

„Wir wollen hundeschnauzig sein und sie herankommen lassen. Und wenn sie ganz dicht heran sind, wollen wir ihnen eins auf den Kopf geben, daß sie das Wiederkommen vergessen. Vielleicht öffnet sich da doch, gerade durch die Bosheit Ihrer Frau, ein Ausweg ... —"

Als Regine von dieser Unterredung erfuhr, begriff sie zunächst Doktor Ott nicht. Sie wurde zwar dunkelrot und schämte sich der ganzen Erörterung, sagte aber dennoch: „Ich finde nicht, daß du recht hast. Laß sie doch klagen, wie sie will und aus welchem Grund sie will! Wenn sich hier irgend eine Möglichkeit eröffnet, wollen wir doch alles tun, damit sie sich nicht wieder schließt!"

Er schüttelte den Kopf.

„Kind, du sprichst von Dingen, die du nicht verstehst, ja nicht einmal ahnst! Du hast ja keine Vorstellung, welche Qual, welche Entehrung ein solcher Prozeß für einen feinfühligen Menschen ist. Ich bin ein paarmal als Sachverständiger vorgeladen gewesen und ich sage dir, eine Ehescheidung, das heißt, ein solcher Scheidungsprozeß ist beinahe demoralisierender, als der Ehebruch selbst. Niemals würde ich dulden, daß du durch solchen Schmutz gehst!"

Sie beharrte: „Warum soll man für ein ganz starkes Gefühl nicht auch durch Schmutz gehen, noch dazu, wenn man weiß, daß man selber nicht schmutzig ist?! Es wäre ja sicher pathetischer, für seine Liebe einen Dornenweg zu gehen, aber es kommt doch nicht auf das Pathos an. Für dich, für die Möglichkeit unsrer Vereinigung tue ich einfach alles, hörst du, alles! Und wenn der Weg mitten durch den Schmutz führt, werde ich ihn auch gehen ..."

Er küßte ihre Hände.

„Liebste, dir gegenüber schäme ich mich, daß ich dies alles auf dich laden muß. Daß ich dich mit hineingezerrt habe in diese unglückselige Lage."

Sie lächelte.

„Du hast mich gar nicht gezerrt! Ich bin schon ganz freiwillig mitgegangen. Und ich gehe auch freiwillig weiter mit, bis ans Ende. Ich bin schon froh, daß sich in dieser Sache einmal wieder etwas gerührt hat. Daß nicht alles bei diesem marternden, bockbeinigen Schweigen geblieben ist. Kampf ist doch wieder Bewegung ... Leben. Wir wollen wieder alle Kraft zusammennehmen und versuchen, den Feind zu schlagen oder wenigstens so sehr zu ermüden, daß er den Kampf aufgibt ..."

Nun kam für Tage wieder eine fieberische Erwartung über sie. Weil sie eben wirklich nicht wußte, was ein solcher Prozeß bedeutet, wünschte sie ihn herbei, denn er konnte ja nicht anders enden, als mit der Abweisung der Klage und bot so, nach der Aussage des Rechtsanwalts, doch vielleicht eine Möglichkeit der Befreiung. Sie wartete aber vergebens auf eine Zustellung der Klage an Doktor Ott. Frau Doktor Ott hatte diesen Plan nur in einem Augenblick gefaßt, da sie hörte, daß ihr, soferne sie den Prozeß gewann, das Recht zustand, einen Strafantrag gegen das schuldige Paar zu stellen und sie beide für etliche Wochen ins Gefängnis zu bringen. Und sie jauchzte auf, als ihr ferner gesagt wurde, daß das Gesetz eine Ehe zwischen dem ehebrecherischen Paar verbiete ... Ihre Freude wurde aber schnell getrübt, als ihr Rechtsanwalt Beweismaterial und Zeugen für ihre Behauptungen verlangte, und erklärte, daß die Vermutungen oder Anschuldigungen, die sie vorbrachte, ganz anders gestützt werden müßten, als sie es konnte. Auch er erwog und machte ihr klar, daß der verlorene Prozeß der Gegenpartei vielleicht eine Handhabe zur Gegenklage biete, und als sie dies vernahm, verging ihr alle Lust. Sie entschloß sich, die Klage vorerst ruhen zu lassen und Material zu sammeln. Bis jetzt besaß sie ja gar kein Material, konnte nichts vorbringen, als die Spaziergänge im englischen Garten, die zuerst von einer Kranzschwester ausgekundschaftet und dann unvermerkt von ihr selbst belauscht worden waren. Wenn sie erst genug Material hatte, konnte sie immer noch den Mann und die andre schädigen, treffen, daß sie zeitlebens daran zu tragen hatten. Ob sie es auf juristischem oder auf privatem Wege machen wollte, war ihr noch nicht klar. Der Rechtsanwalt, der sah, daß er es nicht mit stichhaltigen Gründen, sondern nur mit der Rachsucht einer leidenschaftlichen Frau zu tun hatte, machte sie noch darauf aufmerksam, daß allerdings das Gesetz die Ehe zwischen dem ehebrecherischen Paar verbiete, der Krone aber das Recht zustünde, sie durch einen Gnadenakt dennoch zu gestatten. Als sie dies vernahm, war Frau Doktor Ott entschlossen, von der Klage auf Ehebruch abzusehen und das Material, das sie sammeln wollte, ohne Hilfe der Justiz, nach eigenem Ermessen zu verwenden.

5

In all die wechselnden Aufregungen hinein kam ein Brief, der Regine so sehr erfreute, daß sie über ihn sich und ihr eigenes ungewisses Schicksal völlig vergaß. Edith, die seit einigen Semestern in Zürich studierte, teilte mit, daß sie sich verlobt habe. Der Bräutigam, ein Studien- und Fachgenosse von ihr, war ein Skandinavier, Gustav Jensen, dessen Namen sie schon früher in ihren Briefen erwähnt hatte und mit dem sie schon seit längerer Zeit ein starkes Freundschaftsband zu verbinden schien. Sie schrieb heiter, wenn auch ein wenig trocken, wie es immer in ihrer Art lag, berichtete eigentlich nur Tatsächliches und sprach nicht eben viel von Gefühl oder Träumen. Gustav Jensen, so schrieb sie, und sie paßten ausgezeichnet zusammen. Sie hätten die gleiche Lebensanschauung und seien in den Hauptpunkten fast immer gleicher Meinung. Er sei nicht wie die deutschen

Studenten, die so viel trinken und auf der Mensur stehen und sich mit Kellnerinnen abgeben, verabscheue das Duell und sei, wie so viele seiner Landsleute, Abolitionist. Sie wollten bald heiraten, dann gemeinsam ihre Studien fortsetzen, gemeinsam den Doktor machen und trachten, an irgendeinem wissenschaftlichen Institut eine Anstellung zu finden. „Ich schicke hier sein Bild, aber es ist nicht sehr gut. Er ist nämlich in Wirklichkeit viel hübscher." Und als hätte sie sich gleich dieser kleinen, verliebten Bemerkung geschämt, stand schnell dazu gekritzelt: „Das sagen nämlich alle, die das Bild gesehen haben, ich selber kann es nicht recht beurteilen."

Dora, die auf Reginens freudigen Telephonruf gleich herbeikam, lachte laut, als sie Ediths Brief las: „Die Edith ist und bleibt doch ein kleines Amphibium! So einen Brautbrief liest man, weiß Gott, nicht alle Tage! Ein sechzigjähriger Professor könnte auch nicht anders schreiben ..."

Sie war nun etwa anderthalb Jahre verheiratet, aber die Flitterwochen dauerten immer noch an. Sie hatten zuerst eine sich über Monate erstreckende Hochzeitsreise nach der Schweiz und Italien gemacht und richteten nun immer noch an ihrer Wohnung ein, die nach Reginens Ansicht ihnen doch fix und fertig übergeben worden war. Sie kauften immer noch echte Teppiche und alte Möbel, dazwischen auch Bilder modernster Richtung, und fast alle Tage wurde ein neues Beleuchtungsproblem ausprobiert.

„Jetzt sind wir aber bald wirklich fertig und dann fängt Hans zu arbeiten an. Die Direktoren sind schon recht ungeduldig. Fast alle Tage kommt ein Mahnbrief, was denn mit dem neuen Stück ist. Hans bleibt, Gott sei Dank, solchen Anzapfungen gegenüber ganz kühl! Er arbeitet, wenn es ihn freut, wenn es ihn dazu treibt, und wenn es ihn zwei Jahre lang nicht dazu triebe, dann schriebe er eben zwei Jahre lang nichts!"

Sie war sehr stolz, wenn sie so sprach, sah prangend und schön aus in dem dunkelblauen Seidenkleid und dem großen Hut mit den schwarzen Federn. Immer noch glich sie der jungen Eva und ihre Augen glänzten nicht weniger übermütig, als damals in der „Pension Huckenreuther". Nur ein wenig frauenhafter in den Linien war sie geworden und ein gewisses Selbstbewußtsein lag über ihr, daß sie Hans Dettmanns Frau war.

Sie nahm das Bild, das Edith geschickt hatte, betrachtete es aufmerksam und ein klein wenig spöttisch. „Ein ganz hübscher Junge, wenn er nur nicht gar so schrecklich ethisch wäre! Was ist er doch gleich alles? Abstinent, Abolitionist, mein Gott, mir wird ganz anders, wenn ich solche Worte höre!" Allerlei vergnügte Sekterinnerungen von ihrer Hochzeitsreise fielen ihr ein und sie lachte laut. „Nun, er wird unsre kleine Edith nicht debauchieren. Sie werden ein verflucht vernünftiges Ehepaar sein, meinst du nicht auch?"

Regine nahm Dora den Brief und das Bild aus der Hand. Es zeigte einen noch sehr jungen Mann mit regelmäßig reinen, strengen Gesichtszügen, wie man sie bei Skandinaviern häufig findet. Der spitz geschnittene Bart, der Mund und Kinn deckte, mußte lichtblond sein, ebenso wie das dichte, ganz kurz geschnittene Haar. Die hellen Augen waren groß, scharf blickend und ein Funke von Fanatismus leuchtete aus ihnen. Trotz seines Bartes mußte man beim Anblick dieses schlankschultrigen Menschen an den Begriff „Jüngling" denken. Er sah nicht gerade phantasievoll aus, aber man durfte seinem Gesicht wohl zutrauen, daß er einem Gedanken, einem Entschluß, bis zur Phantasterei anhängen konnte. Regine sagte: „Mir gefällt er, ich glaube, daß Edith gut bei ihm aufgehoben ist."

Dora hatte sich wieder über das Bild gebeugt: „Weißt du, wie er aussieht?! Als ob er den ‚Handschuh' verfaßt hätte oder sonst irgendein asketisches Stück!"

Sie war von ihrem Mann schon ganz literarisch erzogen worden oder vielmehr, sie hatte unbemerkt neben ihm gelernt, was ihr fehlte. Sie hatte gleich begriffen, daß die Frau eines Dichters in der gesamten Literatur ebenso zu Hause sein müsse wie eine Hausfrau in der Küche, und weil sie einen hellen Kopf hatte und ihren Mann liebte, wurde es ihr nicht schwer, sich in diese Welt hineinzufinden, von der sie ehedem nur wenig gewußt und gehört hatte. Das war ja eben so wunderschön in ihrer Ehe, daß sie dem Manne ein und alles sein konnte: Hausfrau, Gefährtin, Geliebte. Sie umgab ihn mit einem Kult, als wäre er der einzige Dichter Deutschlands, belauschte seine kleinsten Gewohnheiten, brachte pikant gewürztes, schwarzes Fleisch auf den Tisch, wenn er einen Plan im Kopf entwarf, und beschauliche, helle Ragouts, wenn er beim Niederschreiben war. Wenn er nach Tisch ruhen wollte, wurden Hausglocke und Telephon abgestellt, sie litt es nicht mehr, daß er Korrekturbogen las, sondern sah sie statt seiner durch, weil sie fand, daß diese mühsame Arbeit nichts für einen schaffenden Geist sei. Wenn er ihr ankündigte, daß er ihr eine kleine Novelle, die er eben geschrieben hatte, vorlesen wollte, war es ein Fest. Man wartete den Abend ab, beleuchtete sein Arbeitszimmer nach irgendeiner der neuen Beleuchtungsmethoden, einmal durch eine kostbare, alte Lampe, dann wieder durch eine an der Decke angebrachte Alabasterschale, durch die das Licht sanft und warm glitt, dann wieder durch einen hohen, siebenarmigen Leuchter, auf dem statt der Kerzen elektrische Birnen aufgesteckt waren. Dora erschien festlich und ein wenig im Schwabinger Stil geschmückt, mit fallenden Gewändern und langherabhängenden bunten Ketten, die sie in Italien gekauft hatten. Sie saß ihrem Mann gegenüber, trank ihm jedes Wort von den Lippen und wenn er zu Ende war, tranken sie statt der Worte Sekt, lachten und jubelten und küßten sich, als wären sie immer noch auf der Hochzeitsreise. Zu einer großen Arbeit war Dettmann noch gar nicht gekommen.

„Aber das macht nichts. Im Gegenteil, es tut gut, einmal gar nichts zu arbeiten und nur zu leben. So muß man es machen. Das ist der rechte Weg zur Kunst. In früheren Jahren habe ich meinen Kampf erlebt und daraus mein Stück gemacht. Jetzt will ich mein Glück erleben und dann mein zweites Stück daraus machen ..."

Dora freute sich auf diese bevorstehende große Arbeit

und empfand einen kleinen, geheimnisvollen Schauder davor. Wenn diese große Arbeit begann, würde das Haus einem Tempel gleichen, in dem sich ein Mysterium vollzog. An der Schwelle des Tempels aber würde sie als die Hüterin stehen, daß kein Mensch, keine Störung, kein Geräusch von draußen das Schaffen des Mannes unterbrach, bis er sie zu sich rief und ihr als der beglückten Ersten vorlas, was er aus seinem glückseligen Erleben mit ihr gedichtet hatte.

Dettmann ließ sich solchen Kult gern gefallen, ohne daß ihm deswegen der Weihrauch, den die junge Frau so reichlich spendete, zu Kopf gestiegen wäre. Um sich in Eitelkeit und Selbstanbetung zu berauschen, dazu war Hans Dettmann viel zu natürlich, viel zu temperamentvoll und lebensfroh. Noch etwas andres hielt ihn davon ab, sich in jeder Hinsicht als ein vollkommenes Exemplar der Gattung zu betrachten: ohne daß sie es merkte, fühlte er sich Dora gegenüber zuweilen unsicher, nicht als Dichter, wohl aber als Mensch, der plötzlich aus einer Sphäre der Gesellschaft in eine andre versetzt wird, in der er nicht zu Hause ist. Vom Tage seiner Verlobung an hatte Dora ihn in den Kreis ihrer Familie, ihrer Bekannten gebracht, lauter Menschen, deren Art ihm völlig fremd war und über deren Ansichten er früher gespottet hatte. Nun, da er sie kannte, fand er sie gar nicht so übel und wenn sie auch zuweilen Anschauungen äußerten, bei denen er am liebsten „au" geschrieen hätte, so wäre es ihm doch leid gewesen, wenn er einen von ihnen unversehens verletzt hätte oder wenn er von ihnen nicht als voll genommen worden wäre. Vielleicht war seine Bräutigamsstimmung an der Wandlung schuld, vielleicht der Riß, den er zwischen sich und der „Pension Huckenreuther" spürte, vielleicht auch war er gar kein richtiger Zigeuner, sondern nur ein verirrter Spießbürger, der aus der Not eine Tugend gemacht hatte und sich freute, als er heimkehren durfte, — wie immer es sein mochte, er sah jetzt nach den Augen, nach dem Tun seiner Frau, ließ sich willig von ihr kleine Unarten abgewöhnen, kleine Bedürfnisse anerziehen, die in der guten Gesellschaft nicht möglich oder unbedingt nötig erschienen.

Doktor Ott sagte da wohl zu Regine: „Man soll es nicht glauben, was die Liebe und eine gute Ehe aus dem Menschen machen! Noch nie habe ich mich mit einem Ausspruch so blamiert, wie mit meinem Urteil über Dettmann. Er denkt nicht mehr daran, ein Zigeuner zu sein. Die hübsche Frau Dora hat ihn trotz aller Anbetung völlig verwandelt und gebändigt."

Regine lachte, sagte aber doch ernsthaft: „Gebändigt, ja, das ist das richtige Wort! Ich kann mir nicht helfen, aber ich habe immer die Empfindung, daß das alles bei ihm nicht tiefer geht, nicht fest sitzt. Er läßt jetzt alles mit sich machen, weil er in Dora verliebt ist, aber wenn ich ihn so artig neben ihr sehe, muß ich doch immer an ein gebändigtes Raubtier denken. Eines Tages wird er der ganzen Dressur müde sein und aus dem guten, wohlerzogenen Ehemann kommt das Raubtier heraus ..."

„Was für eine Idee! Ein Raubtier war er ja nie. Und warum soll diese hübsche Bändigung nicht von Dauer sein?"

„Das kann ich nicht sagen. Es wäre mir ja selbst lieb, wenn ich unrecht hätte. Ich kann es auch gar nicht verstandesmäßig erklären, warum mir das alles so verspielt und darum so unhaltbar vorkommt. Es ist nur ein Gefühl in mir, das mir sagt, daß dies alles nicht anhält. Wie froh wäre ich, wenn mich mein Gefühl belöge!"

Regine schien sich mit ihren Ahnungen ebenso zu täuschen wie ehedem Doktor Ott mit seiner Prophezeiung. Hans Dettmann dachte gar nicht daran, ein Raubtier zu sein oder zu werden, verlangte nach keiner Entfesselung, saß am liebsten mit seiner Frau zu Hause, trieb verliebten Unsinn, arbeitete ein wenig und probierte Beleuchtungseffekte aus. Der Haushalt war behaglich, aber nach keiner Hinsicht luxuriös eingerichtet, denn Dettmann gehörte auch nicht zu den hinaufgekommenen Zigeunern, die sinnlos verschwenden und meinen, sie könnten nur in Pracht und Üppigkeit leben. Er kaufte gerne alte, schöne Sachen, behauptete, daß sein dichterisches Schaffen von einer vollendeten und stimmungsvollen Beleuchtung beeinflußt werde, verlangte, daß Dora immer wunderhübsch und nach der allerletzten Mode gekleidet ginge, ließ aber im allgemeinen ihr, die an einen soliden und behaglichen Haushalt gewöhnt war, in allen praktischen Dingen freie Hand. Sie hatten nicht allzuviel Verkehr, weil sie ihn nicht wollten, besuchten nur die literarischen und künstlerischen Häuser, die sich Dettmann gleich nach seinem Erfolg geöffnet hatten, und daneben einen Teil des Wendelstadtschen Kreises, denn die alten Wendelstadts hatten sich immer freundschaftlich gegen die Schwestern benommen, wenngleich die bescheidenen Verhältnisse der Mädchen nicht recht zu den reichen Großindustriellen passen wollten, mit denen die Wendelstadts verkehrten. Mit all diesen Menschen verkehrten die Dettmanns weniger der Anregung wegen, die sie gar nicht brauchten, als weil ein junges Paar sich doch einen Kreis suchen muß; in ihrem wirklichen Element aber waren sie erst, als der Winter kam. Da fehlten sie auf keinem Künstlerfest, und zu den Bal parés im „Deutschen Theater" mieteten sie für die Dauer des Karnevals eine Loge, in der sie freilich immer nur vorübergehend saßen oder erhitzt ein Glas Sekt hinunterstürzten, denn die Hauptsache war hier für sie zu tanzen. Doras flimmernder pikanter Domino ließ freigebig ihre schönen Schultern sehen, auf dem Kopf trug sie, je nachdem es Mode war, entweder den Redoutenhut aus Tüll oder irgendeine phantastische Riesenblume, Stirn, Augen und Nase waren von der kleinen, schwarzen Samtlarve bedeckt, die sie, wenn es später wurde, abnahm, weil sie zu heiß war und weil ja auch doch jeder wußte, wer der elegante Domino war. Sie ging von Arm zu Arm, hörte bewundernde, schmeichelnde, verliebte Worte, aber sie klangen nur gleich der Musik an ihrem Ohr vorüber und sie ließ jeden Tänzer schlankweg stehen, wenn ihr Mann kam und sie zum Tanz holte. Mit ihm zu tanzen war für sie das allerschönste und wenn es nicht gar zu komisch ausgesehen hätte, wären sie wohl den ganzen Abend nicht voneinander gegangen, hätten sich endlos miteinander im Walzer gewiegt, sich bei der Française umarmt und gejubelt, dann in ihrer Loge in köstlicher Ermüdung ein wenig ausgeruht und Sekt getrunken, um den Rest der

Nacht in Tanz und Übermut zu vertun. Sie wollten aber auch nicht als langweiliges Ehepaar angesehen werden und darum weigerte sich Dora nicht, von Arm zu Arm zu gehen, gerade so wie Dettmann eine Tänzerin nach der andern holte. Das richtige für sie war es aber doch erst, wenn sie beide einander wieder fanden, und es kam ihnen dann immer vor, als wären sie heimlich verlobt und flüsterten sich jetzt die ersten Zärtlichkeitsworte zu ... Einmal besuchten sie auch, aus Dankbarkeit und pietätvoller Erinnerung, wie sie sagten, ein Karnevalsfest in der „Pension Huckenreuther". Es waren noch viele Gesichter von früher da und man begrüßte die Dettmanns mit Freude, aber sie spürten doch deutlich eine gewisse Zurückhaltung, und alles kam Dettmann ganz anders vor als früher. Auf dem Nachhauseweg sagte er nachdenklich: „Ich weiß nicht, was das ist! Sind die Menschen dort so anders geworden oder bin ich's? Früher war es da doch so lustig, so künstlerisch, so prachtvoll übermütig. Heute abend kam mir alles so unecht, so ärmlich, so pofelig vor ..."

Dora, die ihn untergefaßt hatte, drückte seinen Arm zärtlich an sich.

„Es war wahrscheinlich immer so wie heute, nur hast du damals nicht gemerkt, daß du nicht hin gehörst. Dein Platz ist doch nun einmal nicht dort, nicht bei diesen Leuten ..."

Er sagte nichts. Sie mochte wohl recht haben, wie in so vielen Dingen, aber sein Herz war doch ein wenig traurig, daß er nicht mehr zu den Huckenreutherschen passen sollte. Ziemlich unvermittelt sagte er: „Gleich nach dem Fasching fange ich mein neues Stück an. Ich habe jetzt wirklich lange genug gefaulenzt ..."

Um Ediths Verlobung kümmerte er sich kaum. Er hatte das Mädchen nur flüchtig gesehen und gar keinen Eindruck von ihr bewahrt. Als Dora ihm den Inhalt von Ediths Brief mitteilte, erzählte, daß das Brautpaar gemeinsam den Doktor machen wolle, und daß der Bräutigam ebenso strenge Ansichten über die Ehe habe, wie die Braut, lachte er herzlich.

„Donnerwetter, ein so ethisches Brautpaar sollte man

eigentlich für Geld sehen lassen! Wir waren nicht so, gelt Schatz?"

Sie lachten beide, kamen so tief in vergnügliche Erinnerungen hinein, daß sie beinahe vergessen hätten, eine Glückwunschdepesche an Edith zu senden ...

Edith kam auf kurzen Besuch zu ihren Schwestern. Sie sollte bei Dettmanns wohnen, deren Heim geräumig genug für Verwandtenbesuch war, aber Edith blieb lieber bei Regine, obgleich sie dort das Zimmer mit der Schwester teilen mußte. Regine war ja immer noch in ihrer Wohnung geblieben, hatte ein drittes Zimmer an eine Malerin vermietet, so daß ihr für sich selber nur ein Schlafzimmer und ein Wohnzimmer übrig blieben. Für ihr ruhiges Leben und ihre Ansprüche genügte das vollauf und sie war froh, daß die Wohnungsmiete bis auf einen sehr unbedeutenden Rest von der Malerin gedeckt wurde. War vor allem froh, daß sie inmitten der Ungewißheit und steten, inneren Unruhe, die jetzt in ihr war, sich wenigstens nicht mit einem Umzug plagen und an eine neue Umgebung gewöhnen mußte. Es tat gut, in den alten, vertrauten Räumen zu bleiben und alles, was schwer und wirr war, schien ein klein wenig leichter, ein klein wenig klarer, wenn sie in ihr behagliches Zimmer trat, das nun schon mit so viel Erinnerungen angefüllt war. Edith hatte sich äußerlich verändert. Ihr zartes Gesicht, das sonst gar zu porzellanhaft unbewegt ausgesehen hatte, war jetzt wärmer, lebendiger, wie durchstrahlt von einem Erlebnis. Die Augen blickten nicht mehr so starr, sondern hatten zuweilen einen weichen, verträumten Ausdruck, und ihr ganzes Wesen hatte an Herbheit verloren. Doch immer noch kämmte sie ihr schönes, blondes Haar zu einem reizlosen Knoten zusammen, trug immer noch unscheinbare Kleider, die sie wie ein Nönnchen erscheinen ließen.

Dora begriff das nicht.

„Herrje, kleine Edith, warum ziehst du dich immer so abscheulich an? Jetzt bist du doch verlobt, jetzt mußt du doch deinem Bräutigam gefallen —"

Edith erwiderte steif: „Gustav legt keinen Wert auf solche Äußerlichkeiten!"

„Aber dein Haar könntest du doch wenigstens hübscher frisieren. Es ist so schön blond und so lockig ... wenn ein Friseur es in die Hand bekommt, richtet er dich her, daß du dich selber nicht mehr erkennst, so hübsch wirst du aussehen ..."

„Nein, danke. Ich will mich immer selber erkennen, und Gustav bin ich recht, so wie ich bin."

Noch ein paarmal versuchte Dora in heiterer Weise die Schwester zu „entgeistigen", wie sie es nannte, aber alle gutgemeinten Worte prallten an Ediths hochmütigem Eigensinn ab. Da sagte Dora nichts mehr zu ihr, wohl aber zu ihrem Mann: „Verstehst du überhaupt, daß ein Mann sich in ein solches Amphibium verliebt?"

„Ich verstehe es nicht, aber er scheint ja ein ganz ähnliches Amphibium zu sein, und so werden sich die zwei in ihrem Terrarium vielleicht sehr wohl fühlen. Eigentlich gehören sie ja in ihrer Verrücktheit in die ‚Pension Huckenreuther'. Nur sind sie dazu nicht genügend lustig-verrückt!"

Regine hatte ein andres Gespräch mit der Schwester. Am ersten Abend, als sie sich für die Nacht entkleideten und ihre Haare bürsteten, sagte Regine: „Du glaubst gar nicht, wie ich mich über deine Verlobung gefreut habe! Ich habe nämlich immer Angst gehabt, daß du allmählich so eine Art Frauenrechtlerin aus den ‚Fliegenden Blättern' wirst. Nun bin ich glücklich, daß es anders gekommen ist, daß du heiraten willst, wie wir auch —"

Edith hielt einen Augenblick mit dem Bürsten inne, sah Regine an.

„Liest man bei euch die ‚Fliegenden Blätter'! Das habe ich gar nicht gewußt. Ich lese solches Zeug nie. Übrigens, — bist du denn verlobt?"

Regine wurde rot, sagte hastig: „Nein, kein Gedanke daran!"

„Also warum hast du dann gesagt, ‚wie wir auch?'"

Regine mußte lachen.

„Mein Gott, Edith, was bist du für ein kleiner Professor!

Also, wenn ich sagte, ‚wie wir auch‘, so habe ich natürlich die Mädchen im allgemeinen gemeint ..."

„Also schön, ich tue jetzt, oder werde tun, was die Mädchen im allgemeinen tun und was als ihr natürlicher Beruf angepriesen wird. Ich werde es nur ein wenig anders tun ..."

Im Verlaufe dieses Gesprächs, das, durch lange Pausen unterbrochen, sich in die Nacht hinein erstreckte, erfuhr Regine etwas, was sie seltsam berührte. Edith und Gustav Jensen hatten sich nämlich brieflich miteinander verlobt. Sie waren durch mehrere Semester im Kolleg zusammen gewesen, hatten sehr freundschaftlich miteinander verkehrt, ohne daß je von einer näheren Verbindung zwischen ihnen die Rede gewesen wäre. Dann ging Jensen für ein Semester an eine andre Universität und kaum war er fort, da wurde es ihnen klar, daß sie zu einander gehörten. Da hatte er geschrieben, sie hatte geantwortet und alles war brieflich besprochen, im Briefwechsel geordnet worden, so daß er, als er nach Zürich zurückkam, nichts zu tun brauchte, als ihr den Verlobungskuß zu geben.

„Denn das läßt sich doch wohl nicht brieflich machen, obwohl man bei zwei so gescheiten und überlegten Menschen, wie ihr offenbar seid, nichts Gewisses sagen kann ..."

Edith entgegnete nichts. Sie war rot geworden. Sie liebte es nicht, über derlei zu sprechen. Sie sprach jetzt von Gustav Jensen, rühmte seine Begabung, seine Tüchtigkeit, sein Geschick im Skilauf und seine ernsten Anschauungen. Sie gab sich ersichtlich Mühe, recht objektiv zu sein, aber auch in ihren kargen Worten spürte Regine ein tiefes Gefühl, das freilich seltsam verschachtelt und versteckt war. Sie merkte auch aus allem, daß Gustav Jensen ein guter, zuverlässiger Mensch sein mußte und sie dachte wieder bei sich: „Die kleine Edith wird bei ihm gut aufgehoben sein."

Nach einigen Tagen kam auch Gustav Jensen, um sich der Familie seiner Braut vorzustellen. Er sah noch hübscher und jünger aus als sein Bild, und Regine sagte: „Wenn ihr miteinander auf der Hochzeitsreise seid, wird euch kein Mensch für ein richtiges Ehepaar halten. Ihr seht aus wie eine Pensionärin und ein blutjunger Student, die miteinander durchgegangen sind!"

Er lächelte ein wenig, das kleidete sein strenges Gesicht gut.

„Ach nein, wir sind keine Durchgänger. Aber deswegen geht Edith doch mit mir und wir gehen miteinander, wohin das Schicksal uns ruft. So ist es doch, Edith?"

Er streckte ihr die Hand entgegen, zögernd legte sie die ihre hinein. Es war die einzige Zärtlichkeit, die sie sich in Gegenwart dritter gestatteten, und Regine wie Dora mußten zuweilen an Ferdinands Bräutigamszeit denken, da es den ganzen Tag über Küsse regnete und ein Narrenhausidiom gesprochen wurde. Regine und Edith hatten Gustav Jensen von der Bahn abgeholt. Als der Zug einfuhr und der blonde Jünglingskopf im Fenster sichtbar wurde, winkte Edith lebhaft, stand mit strahlendem Gesicht vor dem Verlobten. Sie hing sich an seinen Arm, sagte mit einer Zärtlichkeit, die Regine nicht an ihr gekannt hatte: „Gott sei Dank, daß du da bist, es war scheußlich ohne dich!", tat überstürzt allerlei Fragen an ihn, die er hier, auf dem Bahnsteig und im Augenblick der Ankunft nicht beantworten konnte. Diese zärtliche Weichheit dauerte aber nicht lange. Kaum daß er ein paar Stunden da war, wurde sie schon wieder ernsthaft, verschlossen, und die leise Gereiztheit, die sie Männern gegenüber stets zeigte, kam wieder über sie. Als er dann in sein Hotel gegangen war, um seine Sachen in Ordnung zu bringen, schien ihr Benehmen sie zu reuen, denn nun sprach sie nur von ihm, konnte es nicht erwarten, daß er wieder kam. Doch als er kam, war sie wieder wie zuvor, unzärtlich, spröde, beinahe feindselig. Dies Auf und Ab dauerte während seines ganzen Aufenthalts. Fern von ihm war sie ein verliebtes Mädchen, doch sobald er ins Zimmer trat, war es, als zöge sie ein Unsichtbarer von ihm zurück, befehle ihr, wieder das strenge Nönnchen zu sein, das im Manne den geborenen Widersacher sieht. Einmal sagte er in ihrer Gegenwart von ihr: „Meine Braut", da wurde sie zornig und fuhr ihn an: „Sage doch nicht ‚Braut'! Das ist ein so sentimentales Wort, da muß ich immer an so ein konventionelles Opfer in Schleier und Myrtenkranz denken!"

Er lächelte freundlich und sagte: „Du bist aber doch meine Braut; wie soll ich denn sonst von dir reden?"

„Du kannst sagen ‚Edith' oder ‚meine künftige Frau' oder —"

„Oder ‚das eigensinnige Kind'!", vollendete Regine den Satz. Sie hatte mit Staunen diesem kleinen Hin-und-Her zugehört und begriff Gustav Jensens Nachsicht nicht recht. Aber er war immer so, immer voll Güte, Zärtlichkeit, die sich freilich nur im Ton seiner Stimme äußerte, immer besorgt um Edith, als wäre sie eine kleine Köstlichkeit, die man vor jeder groben Berührung schützen müsse. Regine fragte sich, ob Edith auf diese Weise, neben diesem allzubesorgten, nachgiebigen Mann wohl jemals eine richtige Ehefrau werden würde, und vorsichtig, ganz vorsichtig tastete sich ihre Frage zu ihm hin. Er war aber so eingenommen von seiner Edith, daß es ihm unmöglich erschien, sie irgendwie zu tadeln oder zu erwägen, ob ihr nicht vielleicht eine festere Hand not täte.

Regine sagte: „Ich meine auch nicht eine festere Hand. Edith war immer überzart und ein wenig absonderlich. Es waren ja auch bei uns zu Hause ganz besondre Verhältnisse ... Wir dachten zuerst, es läge in den Entwicklungsjahren, dann habe ich die Schuld auf das einseitige Studium geschoben, jetzt aber, wo sie doch glücklich und richtig ausgefüllt ist oder sein sollte, kommt sie mir absonderlicher denn je vor. Sie ist so unharmonisch, eigentlich so ganz in zwei Personen zerrissen. Wenn Sie da sind, käme ein Fremder schwerlich auf die Idee, daß sie mit Ihnen verlobt ist, aber sobald Sie fort sind, hält sie es nicht ohne Sie aus, läuft wie ein kleiner, ruheloser Geist in den Zimmern umher, spricht von Ihnen, denkt offenbar nur an Sie, bis Sie endlich da sind. Und wenn Sie da sind, wird sie unliebenswürdig, so daß ich oft Ihre Geduld bewundere."

Er verteidigte Edith, versuchte ihr Wesen zu erklären. Sie war eben eine Blume, eine zarte, festverschlossene Blume, deren Erweckung nur ganz langsam, ganz zart geschehen konnte. Gerade diese mädchenhafte Sprödigkeit, diese stachlige Reinheit hatte ihn ja angezogen und er pries sich glücklich, daß er neben ihr nicht stehen mußte wie andre junge Männer neben der Braut standen, daß er ein unberührtes Herz für das ihrige schenken konnte.

„Mir sind diese jungen Männer, die sich heute an diese und morgen an jene wegwerfen, unverständlich und widerlich. Und ich mag die Mädchen nicht, die all diese Dinge wissen und belächeln und als Herrenrecht verzeihen. Ich will eine Frau, die von Anfang an auf mich gewartet hat, wie ich auf sie, und wenn wir erst verheiratet sind, wenn ich immer um Edith bin, dann wird sich ihr Wesen ausgleichen und ihre kleinen Sonderbarkeiten werden sich verlieren. Ich habe sie ja so unendlich gern, da muß es mir doch gelingen, sie ganz zu gewinnen. Und sie hat mich ja auch gern, wenn sie auch zu spröde ist, um es zu zeigen ..."

Das Brautpaar fuhr für einen Tag nach Weyarn, um den Bräutigam vorzustellen, und Edith berichtete, daß der Bruder und die Schwägerin sehr entzückt von ihm seien. Edith war froh, als sie wieder bei Regine saß. Die kleinen Kinder in Weyarn waren ihr ebenso umsympathisch gewesen, wie ehedem die neugeborenen, schnell verstorbenen Geschwister; zudem bekam Emmy schon wieder Ohnmachtsanfälle. Regine fragte: „Wie wird das aber sein, wenn du selbst einmal Kinder hast? Oder gehörst du zu den Frauen, die nur für ihre eigenen Kinder etwas übrig haben und alle andern nicht leiden können?"

Edith wandte den Kopf zur Seite, wurde feuerrot.

„Daran denke ich jetzt nicht. Das überlasse ich einer späteren Zeit ..."

Nach ein paar Tagen reiste Gustav Jensen wieder ab, und nun war Edith wieder ganz Zärtlichkeit und Sehnsucht. Sprach von ihm, schrieb ihm jeden Tag, war voll Ungeduld und Besorgnis, wenn ein Tag ohne Karte oder Brief von ihm verging.

Regine sagte halb im Scherz, halb im Ernst: „Höre, Edith, du liebst doch gar nicht den Gustav Jensen, der mit dir verlobt ist. Du liebst sozusagen nur seinen Astralleib!"

Edith lachte, wurde dann plötzlich ernst. Ihr Gesicht sah jetzt hilflos und zerquält aus. Einen Augenblick war es ihr, als müsse sie sich vor dem verhängnisvollen Rätsel des eigenen Wesens in die Arme der Schwester flüchten, sich ihr offenbaren und Erlösung von sich selber suchen, aber dieser Augenblick ging schnell vorbei. Ihre Züge waren wieder hart und ihre Augen starr, als sie entgegnete: „Jeder liebt eben, wie er kann! Ich glaube nicht, daß es dafür einen allgemein gültigen Kodex gibt!"

Regine merkte nicht, daß der feste Boden der Unantastbarkeit, auf dem sie ihr ganzes Leben lang wie selbstverständlich gestanden hatte, zu schwanken begann, als ob unterirdischer Sumpf seine Dielen benagte. Langsam, kaum wahrnehmbar, aber unheimlich beharrlich fraß sich der Sumpf durch die kleinsten Ritzen, spie Tropfen auf Tropfen seiner Widerlichkeit auf den blanken Boden hin, daß seine Dielen sich schwärzlich färbten und unter dem Fuße morsch werden wollten.

Es begann mit anonymen Briefen, die zuerst an Regine und Doktor Ott, dann an Dettmanns, an Wendelstadts und deren ganzen Kreis gelangten. Jeder Mensch, mit dem Regine sprach, jedes Haus, in dem sie verkehrte, erhielt solche namenlose Briefe. Die an Regine und Doktor Ott gerichteten enthielten Schmähungen grober Art, in den andern war ein weinerlicher und zugleich warnender Ton angeschlagen. Der namenlose Absender erklärte stets, er begriffe nicht, wie man in einem guten Hause ein Mädchen dulden könne, das sich nicht entblöde, eine glückliche Ehe zu zerstören und einer unglücklichen Frau den Mann wegzunehmen. Der Name des Mädchens wurde nie genannt, aber alles so deutlich umschrieben, daß niemand im Zweifel sein konnte, wer gemeint war. Den anonymen Briefen kam ein geschickt angezettelter Dienstboten- und Waschfrauenklatsch zu Hilfe. Wer ihn zuerst erzählt hatte, konnte niemand sagen, aber er trug von Haus zu Haus die Kunde von dem traurigen Schicksal, das ein gewissenloses Mädchen und ein ehebrecherischer Mann einer armen Frau bereiteten. Frau Doktor Ott ging zu all ihren Bekannten, nicht nur zu denen, mit denen sie häufig verkehrte, sondern auch zu jenen, die sie sonst kaum zwei- oder dreimal im Jahr sprach, klagte unter Tränenströmen ihr Leid, legte es jetzt auch unverhüllt und reich ausgeschmückt vor die Kranzschwestern hin, sagte jeder, daß sie kein Geheimnis daraus zu machen brauche, da ja doch schon die Spatzen von den Dächern pfiffen, daß ein Fräulein von Fünfkirchen sich nicht schämte, die Geliebte eines verheirateten Mannes zu sein. Wenn sie schrieb, hieß Regine „die Geliebte", wenn sie aber von ihr sprach, fand sie noch andre, abscheuliche Worte, bei deren Klang den Kranzschwestern ein wohliges Gruseln über den Rücken lief. Gerne hätten sie Einzelheiten erfahren, die zu diesen Worten paßten, aber damit konnte Frau Doktor Ott leider nicht aufwarten. Alles, was sie da sprach oder schrieb oder schreiben ließ, beruhte ja nicht auf Wahrheit, sondern auf Vermutung und Verleumdung, und so sehr sie sich auch mühte, war es ihr doch bis zur Stunde nicht gelungen, einen Beweis für ehebrecherische Beziehungen aufzuspüren. Sie war aber fest entschlossen, ihn mit allen Mitteln zu suchen und zu finden, aber nicht etwa des Scheidungsprozesses wegen, den sie nie zu führen gedachte, denn unerschütterlich fest stand es bei ihr: „Die andre soll bleiben, was sie ist." Nein, niemals würde sie ihr den Gefallen tun und Platz machen, aber rächen wollte sie sich, so weit es in ihrer Macht stand, wollte den Ruf dieses Mädchens zugrunde richten, es vor aller Welt in seiner Verworfenheit nackt hinstellen und auspeitschen, daß kein anständiger Mensch ihm mehr die Hand reichte und es hinaus mußte aus der guten Gesellschaft, zu der es gehörte, und nach der Frau Doktor Ott stets eine brennende unerfüllte Sehnsucht getragen hatte. Da strichen wieder Detektive um Doktor Ott wie um Reginens Haus und wenn sie ausging, schnitt ihr häufig irgendeine ihr unbekannte Frau, eine Kranzschwester, den Weg ab, starrte sie aus der Ferne frech und höhnisch an, wandte, wenn sie an ihr vorüberging, den Kopf ab, als hätte sie etwas Ekelhaftes erblickt. Allmählich taten auch die anonymen Briefe ihre Wirkung. Den ersten, vielleicht auch den zweiten hatten die Leute achtlos ins Feuer geworfen, aber als der namenlose Absender nicht müde wurde, seine Anklagen zu wiederholen, wurden sie aufmerksam, dachten, daß so viel Eifer doch nicht an eine gänzlich unwahre Sache verschwendet werden könnte. Da merkte Regine, daß seltsam forschende Blicke auf ihr ruhten, halbe Worte Fühler ausstreckten, da und dort der Ton einer Stimme fremder, eine Gebärde weniger freundlich wurde. Sie merkte es, biß die Zähne zusammen und schwieg. Was hätte sie auch andres tun können? Sie konnte den Leuten ja doch nicht zuschreien: „Es ist alles nicht wahr!", denn niemand sprach einen Verdacht aus oder zeigte ihr den namenlosen Brief. Und das war gut so, — wenn sie erst mit Worten gegen Worte kämpfen mußte, war es schon zu spät. Dann saß der häßliche Flecken schon auf ihrem weißen Mädchenkleid und alle Worte der Welt konnten ihn nicht mehr wegreden.

Regine litt, Doktor Ott war außer sich. Er ging wieder zu seinem Rechtsanwalt, beriet, ob nicht eine Verleumdungsklage zu erheben sei, aber noch ehe man sich darüber schlüssig geworden, stand Regine schon in dem Kreuzfeuer der gefürchteten Erörterungen. Zuerst kam Dora, erstaunt, bestürzt, fragte ungläubig: „Um Gottes willen, Regine, was sind das für Geschichten, die man überall hört?! Was sind das für Briefe, die man da bekommt?! Kein Mensch glaubt natürlich ein Wort davon, aber das genügt nicht. Man muß dieser Sache auf den Grund gehen, diese anonyme Kanaille vor Gericht stellen. Das heißt," setzte sie zögernd hinzu, „wenn du sie vor Gericht stellen kannst!"

Regine antwortete nicht gleich, sah zu Boden. Am liebsten hätte sie ja zu Dora gesagt, daß diese ganze Sache nur sie und Doktor Ott anginge, aber sie überwand sich und erzählte Dora, wie alles gekommen war und wie es in Wirklichkeit stand. Doras Staunen wuchs. Sie hatte in all der Zeit ihres Eheglücks sich so wenig um andre Menschen gekümmert, daß sie gar nicht gemerkt hatte, was zwischen der Schwester und Doktor Ott aufwuchs. Wenn sie einmal flüchtig hingesehen, hatte sie nur an ein vorübergehendes Interesse oder allenfalls einen kleinen, harmlosen Flirt gedacht. So wenigstens sagte sie. In Wahrheit hatte sie gar nichts gedacht, sondern war immer nur mit sich, ihrem Mann und ihrem Glück beschäftigt gewesen.

Sie hörte aufmerksam Regine zu, die lange und leidenschaftlich sprach. Sie hörte von all den Schwierigkeiten, den inneren Kämpfen, dem zerrenden Auf-und-Ab zwischen Hoffnung und trostloser Enttäuschung. Sie sagte: „Arme Regine, du tust mir so leid! Du siehst ja ganz vergrämt und verquält aus. Wenn wir nur eine Ahnung von alledem gehabt hätten!"

„Ihr hättet auch nichts tun können!"

„Das ist wohl wahr, bei einer so aussichtslosen Sache. Aber nun bitte ich dich, mache ihr ein Ende! Siehst du, du kannst diesen Mann ja doch nie bekommen, was willst du also deine jungen Jahre verwarten und vertrauern, und dich für nichts und wieder nichts kompromittieren?! Wenn nur ein Fünkchen Aussicht wäre, daß ihr je die Scheidung erreicht, würde ich sagen: ‚Warte in Gottes Namen!', so aber — — nein, Regine, wenn du ein wenig nachdenkst, mußt du sagen, daß es Sünde gegen dich selber ist, wenn du nicht ein Ende machst. Die Geschichte ist zu verfahren, zu aussichtslos!"

Regine sagte leise: „Sei mir nicht böse, aber das verstehst du nicht. Ich kann kein Ende machen. Ich bin an diesen Mann gebunden und er ist mein ganzes Glück, gleichviel ob er mich heiraten kann oder nicht. Niemals gebe ich ihn auf! Niemals wird diese Sache für mich ganz aussichtslos sein, wie du sagst, denn ich habe immer die Hoffnung, daß es doch von einem Tag zum andern sich irgendwie ändern kann. Wie, weiß ich nicht, aber ich hoffe und warte. Und alles, was du gegen ihn oder gegen mich oder gegen mein Gefühl sagen magst, geht an meinem Ohr vorüber, als wäre es gar nicht gesprochen!"

Dora redete ihr zu, stellte ihr vor, daß es für sie im Leben doch noch andre Glückschancen gäbe, die sie sich auf diese Weise verscherze, und Regine fragte: „Und wenn man dir nun gesagt hätte, daß du von Hans Dettmann lassen sollst, daß es aus irgendeinem Grund eine aussichtslose Sache sei, hättest du ihn dann gelassen?"

„Ach, das ist doch etwas ganz andres . . ."

Regine sagte bitter: „Ja, da hast du recht. Das Glück der andern ist immer etwas andres. Besonders das Glück der glücklichen Leute!"

Dann kam Emmys Mutter, ganz in schwarz, wie zu einem Trauerbesuch, mütterlich besorgt und schon mit einer Träne im Auge, noch ehe sie ein Wort gefragt oder gesprochen hatte. Sie umarmte Regine, sagte: „Armes Kind," versicherte, daß Regine an ihr und ihrem Mann immerfort einen Halt haben würde, riet ihr gleichfalls dringend, der aussichtslosen Sache ein Ende zu machen. Schließlich kam auch Ferdinand angereist, trat in Reginens Zimmer mit der angenehmen Versicherung, daß auch Emmy mitgekommen, jedoch einstweilen bei ihren Eltern geblieben sei und warte, bis er sie durchs Telephon rufe.

Er trat mit der Miene eines Mannes ein, der zwar bekümmert, aber entschlossen ist, den Grund seiner Kümmernis zu beseitigen. Regine erschrak, als sie ihn sah, erschrak nicht aus Angst vor ihm, sondern vor den Auseinandersetzungen, die sie bald in dieser, bald in jener Form mit Dora, Frau Wendelstadt und noch etlichen andern Fragern gehabt hatte. Als er eintrat, saß sie am Fenster, hatte ein Buch auf den Knieen, in dem sie gelesen hatte, ohne daß es ihm gelungen wäre, ihre Gedanken festzuhalten. Die liefen hinaus, über Buch und Wort weg in eine Zukunft hinein, die so dicht verhangen schien, daß die Leute wohl recht hatten, sie aussichtslos zu nennen. Regine stand auf, streckte dem Bruder die Hand entgegen, bemühte sich, unbefangen zu sein.

„Du hier, Ferdinand! Das ist schön, daß du dich einmal sehen läßt!"

Er nahm ihre Hand, versuchte einen forschenden Blick in die Augen der Schwester zu tun.

„Ja, ich bin hier."

Nach dieser ziemlich überflüssigen Feststellung sagte er unvermittelt: „Regine, was machst du für Sachen, was für unglaubliche Sachen! Deswegen bin ich herein gekommen. Man kann das doch nicht so lassen. Man hat doch Verpflichtungen. Ich als dein Bruder habe doch die Verpflichtung, dich und uns alle vor so etwas zu bewahren."

Regine erwiderte nichts. Er setzte sich neben sie, versuchte einen väterlichen Ton anzuschlagen, als ob er zu einem kleinen Mädchen spräche. Er hatte aber in dieser Rolle wenig Glück. Regine hielt sich die Ohren zu und sagte nervös: „Ich bitte dich, spare dir und mir alle Erörterungen. Es wird nämlich seit Tagen nichts andres mehr getan, als erörtert. Immer dieselbe Geschichte, immer dieselben Worte. Ja, ja, ich weiß, es ist eine aussichtslose Sache und das Gerede ist für euch sehr peinlich —"

Er nickte zustimmend.

„Mir ist es besonders wegen Emmy und ihrer Familie äußerst peinlich. Die Wendelstadts nehmen hier eine große Stellung ein, da mag man doch nicht als Gegenstück einen Skandal präsentieren!"

„Selbstverständlich nicht. Aber der Skandal, wie du es nennst, ist ja meine Sache und nicht die deinige. Emmy braucht sich um mich ja gar nicht zu kümmern, wenn ihr euch durch mich kompromittiert fühlt. Aber wenn du glaubst, daß du bei mir irgend etwas ausrichtest, daß es dir gelingt, mich von diesem Mann abzubringen, dann hast du deine Reise umsonst gemacht. Ich weiß auch schon alles, was du jetzt sagen wirst, von den Chancen, die vielleicht auf mich warten und die ich mir verscherze, von der Unhaltbarkeit meiner Lage und was ich sonst noch in diesen Tagen hundertfünfzigmal gehört habe. Aber ich will es nicht mehr hören, nein, ich will es nicht. Hörst du, ich will es nicht, will es durchaus nicht!"

Er merkte, daß sie durch stets wiederholte Aussprachen und Aufregungen gereizt und schon bis zu jenem Punkt erbittert war, an dem der Mensch vernünftigen Einwänden nicht mehr zugänglich ist, sondern durch sie nur halsstarrig wird. Sie tat ihm leid und er hoffte, sie durch Güte und scheinbares Eingehen auf ihren Gedankengang zu gewinnen.

Er sprach von Gefühlen, die wohl stärker sein können, als jedes geschriebene Recht, von besonderen Verhältnissen, denen man natürlich Rechnung tragen müsse, vom Glauben an eine gute Zukunft, den man nie ganz verlieren dürfe. —

„Aber ein Quentchen Möglichkeit dafür muß doch vorhanden sein. Du kannst dich doch nicht hinsetzen und ins Blaue hinein ein Leben lang warten, bis es der Frau einfällt, ihn frei zu geben oder zu sterben. Ich weiß schon, man meint zuerst, man müsse in solchen Sachen mit dem Kopf durch die Wand, aber glaube mir, die Wände sind immer stärker als der Kopf."

Eine Erinnerung überflog ihn. „Mein Gott, man hat doch auch seine Ideale und seine Träume gehabt und hat gemeint, man sei etwas Besonderes und darum könnte man auch nach einem besonderen Gesetz sein Leben einrichten."

Er seufzte ein wenig. „Ach nein, man muß leben, wie alle andern leben. Es ist nicht immer ganz leicht, wenn es auch bei manchen wunderschön aussieht. Aber weiß man denn, ob man mit dem Ideal und dem Traum besser gefahren wäre?! Kompromisse, liebe Regine, Kompromisse bilden das Leben. Sei gescheit und mache einen Kompromiß, ehe du dir den Kopf an der Wand eingerannt hast."

„Ich mache keinen Kompromiß. Ich bleibe bei dem Mann, zu dem ich gehöre, der zu mir gehört und mit dem ich mein Glück finde, so oder so. Ich begreife schon, daß ein Mensch wie du, aus einer glücklichen Ehe heraus, dem alles gelingt, was er anfängt, das nicht versteht, aber es ist nun einmal so. Ich lasse ihn nicht und wenn ihr alle zusammen jahrelang hier bei mir sitzt und mir zuredet. Ich lasse ihn nicht, es kann kommen was will. Ich lasse ihn nicht, nie, nie, gar nie!"

Aber Ferdinand ließ sich nicht entmutigen. Er sprach weiter, bald bittend, bald zornig, bald mit Verständnis, bald wie ein Dutzendmensch, der sich einbildet, alles nach einem Universalschema regeln zu können. Dann kam auch noch Emmy, umarmte Regine, machte ein teilnehmendes Gesicht, sprach sehr gewandt von der Aussichtslosigkeit dieser Sache, und nun hub innerhalb der Familien Fünfkirchen-Dettmann-Wendelstadt ein Kreislauf von Erörterungen an, der auch gesunde Nerven krank machen konnte. Jeder sagte immerfort dasselbe, Regine entgegnete immerfort dasselbe, stritt sich mit ihnen allen, die gegen sie standen und redeten, daß sie, wenn die Verwandten endlich einmal für eine Stunde gegangen waren, sich aufs Sofa warf und laut hinausweinte vor Abspannung und Zerriebensein. Da lag sie dann mit fiebrisch glänzenden, verweinten Augen, rote Flecken auf den Wangen und kalten Händen. Wickelte sich fest in eine Decke und klagte: „Mich friert, ich kann mich überhaupt nicht mehr erwärmen."

Wenn Ott sie so sah, zog sich ihm das Herz zusammen Welch schreckliche und beschämende Lage für ihn, daß das Mädchen um seinetwillen litt und stritt und er, der Mann, müßig daneben stehen mußte, ihr nicht beistehen, ihr keinen Schutz gewähren konnte.

Er beugte sich zärtlich über sie.

„Du armes Kind, was haben sie aus dir gemacht und was werden sie noch aus dir machen?!"

Da schrie sie auf in Verzweiflung und Zorn.

„Sprich nicht so, ich kann es nicht hören. Sage etwas Starkes, etwas Übermächtiges, was Hoffnung gibt!"

„Ich kann nicht, ich darf nicht."

Er schwieg, weil ihm das, was er jetzt sagen mußte, so schwer wurde, er sagte es aber doch. „Wenn ich ein ehrlicher Mensch sein will, muß ich dir sagen: Deine Familie hat recht. Unsre Liebe ist aussichtslos. Ich kann dir nichts bieten, nichts versprechen. Ich bin kein freier Mensch, ich habe ja einmal in einem gottverlassenen Augenblick meine Freiheit diesem Weib übergeben. Das büße ich jetzt!"

Er schob seinen Arm unter ihren Kopf, preßte seine Wange an die ihrige, flüsterte mit einer Stimme, die leise zitterte von Liebe und Schmerz: „Ich habe dich ja so lieb, wie ich nie einen Menschen gehabt habe. Wenn du von mir fortgehst, bin ich wieder ganz allein. Und doch muß ich dir sagen: höre auf deine Familie und lasse mich. Wenn du bei mir bleibst, ruinierst du dir dein ganzes Leben. Das meinige ist schon halb ruiniert. Wozu willst du ihm das deine noch nachwerfen?"

Sie war viel zu müde, um zu antworten. Schon in jenem Dämmerzustand, der zum Schlaf hinüberleitet, sagte sie mit einer Handbewegung, als wolle sie etwas fortschieben: „Laß doch, das alles ist ja Unsinn!"

Dann schlief sie ein und er ging auf den Zehenspitzen hinaus, um ihr das bißchen Ruhe nicht zu zu stören. — —

Der einzige, der in dieser Zeit zu ihr hielt, war Hans Dettmann. Er begriff den ganzen „Familienauflauf", wie er es nannte, nicht. Insbesondere verstand er seine Frau nicht, daß sie mit bekümmertem Gesicht einherging und tat, als ob der Familie ein Unglück zugestoßen wäre: „Weißt du, Dora, ihr seid allesamt verrückt! Was gehen euch die persönlichen Angelegenheiten von zwei erwachsenen Menschen an?! Was kümmert es euch, wen die Regine gern hat und wen der Doktor Ott?!"

Dora sah ihn erstaunt an.

„Aber, Hans, das geht uns doch natürlich an, wenn Regine sich kompromittiert! Das fällt doch auch auf uns zurück!"

Er lachte.

„O Gott, was für ehrbare Ansichten! Mir scheint, du bist doch eine kleine Spießbürgerin, ganz so wie die Schwägerin Emmy samt ihrem Klüngel. Ich sage dir, wenn zwei Menschen entschlossen sind, durch dick und dünn, gegen Tod und Teufel miteinander zu gehen, so kann ich da nichts Kompromittierendes finden. Im Gegenteil, ich finde dann die zwei so respektabel, daß ich sage: ‚Hut ab!' Und außerdem geht es die andern gar nichts an."

„Aber, Hans, das kann doch nicht deine wirkliche Meinung sein. Du mußt doch einsehen —"

Aber er sah gar nichts ein. Er begriff die ganze bürgerliche Auffassung dieser Angelegenheit nicht; es zeigte sich, daß die Grundsätze der „Pension Huckenreuther" vom Edelrost der guten Gesellschaft noch nicht ganz bezogen waren. Er sagte zu Regine: „Laß dich nur nicht dumm machen! Das Gefühl gilt nun einmal mehr, als das, was sie da herausrabulisiert und herausgetiftelt haben! Laß dich nicht irre machen. Gefühl ist das beste vom Leben; wer es verleugnet, verdient das Leben nicht!"

Sie war ihm dankbar, schämte sich, daß sie ihn einmal als gebändigtes Raubtier betrachtet hatte. Sie merkte jetzt, daß in ihm Güte und Großzügigkeit waren, wenn die letztere auch nicht so sehr aus Überlegenheit des Herzens, als aus seinen krausen Moralbegriffen herkam. — —

Nach tagelangem Hin- und Herstreiten, das alle ermüdete und erbitterte, so daß sie ganz gewohnheitsmäßig ihre Meinungen abschnurren ließen, ohne ihnen mehr rechte Überzeugungskraft zuzutrauen, kam Emmy auf einen Gedanken, der ihr gut schien: Regine sollte mitkommen nach Weyarn. Nicht für immer, Gott bewahre, auch nicht, um sich dauernd von Doktor Ott zu trennen, sondern um für die nächste Zeit aus dem häßlichen Gerede herauszukommen und sich zu erholen. Emmy leckte ein wenig die Lippen, wiegte den Kopf, wie sie immer tat, wenn sie einen klugen Entschluß gefaßt hatte, oder zu fassen meinte, und sagte unter vier Augen zu ihrem Mann: „Mit dem schroffen Zureden macht man sie nur störrisch! Wenn wir sagen ‚nein', sagt sie ‚ja'. Man muß die Sache anders anfassen, nicht so geradezu, sondern diplomatisch. Wir sagen jetzt zu allem ja, und tun als gäben wir nach. Wenn sie erst in Weyarn ist, findet sich alles von selbst. Entfernung macht viel, macht alles. Wir wollen sie auch dort zunächst in Ruhe lassen, sie findet sich dann schon von selber zurecht!"

Ferdinand fand wieder einmal, daß seine Frau gescheit und praktisch sei. Man redete also Regine zu der Reise nach Weyarn zu, betonte immerfort, daß es sich nur um Wochen und um ihre Erholung handle und nebenbei auch ein wenig, um dem Gerede hier ein Ende zu machen.

„Wenn du zurückkommst, ist die Sache schon halb vergessen. Nur jetzt gerade, wo alles voll ist von dem Klatsch, sollst du aus dem Hexenkessel heraus. Nachher tue in Gottes Namen, was du nicht lassen kannst! Aber du mußt doch einsehen, daß wir es gut mit dir meinen!"

Ja, sie sah es ein, aber sie kämpfte gegen diese Reise nach Weyarn wie eine Verzweifelte. Sie spürte, daß sie ihr mit dieser Reise den Boden unter den Füßen wegziehen wollten, daß sie rechneten: „Haben wir sie erst dort, kommt sie nicht mehr heim!"

Wie ein Desperado kämpfte sie um die zwei schuhbreit Boden, auf denen sie jetzt noch stand und von denen sie ins Uferlose gleiten mußte, wenn sie nachgab. — —

Und doch gab sie nach. Sie war so müde, so elend von all diesen Tagen und Streitigkeiten, daß sie zu allem ja sagte, nur um ihre Ruhe zu haben. Sie hatte ihren Koffer gepackt, saß nun in Hut und Mantel da und wartete auf Ferdinand, der sie mit dem Auto abholen sollte. Saß, wartete und hatte gar nicht mehr das Gefühl, als ob sie ein lebendiger Mensch wäre. Wie ein Automat kam sie sich vor, den die andern nach Belieben aufziehen und dirigieren konnten. Ferdinand trat ein.

„So, schon fix und fertig? Das nenne ich pünktlich! Also, Kopf hoch, es wird schon alles schief gehen! Dein Mädchen hilft wohl dem Chauffeur, deinen Koffer hinunter zu tragen?!"

Sie stand auf, ging zur Türe, um dem Mädchen zu klingeln. Mit einem plötzlichen Entschluß, als erwache sie eben aus einem Traum, in dem sie nur ein Automat gewesen, nahm sie den Hut vom Kopf, warf ihn auf einen Stuhl.

„Ich gehe nicht fort, nein, ich gehe nicht. Du kannst machen, was du willst, ich bleibe hier. Ich kralle mich am Fußboden fest, wenn du mich fortbringen willst. Ich habe mich nur von euch übertölpeln lassen. Wenn ich nach Weyarn ginge, käme ich nie mehr zurück. Das weiß ich und darum gehe ich nicht fort!"

Ferdinand war zuerst verblüfft, dann zornig. Teufel auch, man konnte doch jetzt nicht, wo das Auto unten wartete, die Erörterungen und das Zureden von neuem beginnen! Er meinte daher, es mit Gewalt zwingen zu können und sagte jäh: „Nun ist's genug. Du kannst wählen zwischen ihm und mir. Entweder du gibst diesen Mann auf oder wir beide sind geschiedene Leute!"

„Oder — oder!" rief sie und es klang wie ein Jubelruf.

„Dann habe ich hier nichts mehr zu suchen. Hoffentlich reut dich dein Entschluß niemals."

Er verließ sie mit der Gebärde des Père noble aus dem alten, französischen Gesellschaftsstück. Regine aber packte in fliegender Eile ihren Koffer wieder aus. Ging mit leichten

Schritten in der Wohnung hin und her, reckte sich dabei mit geballten Fäusten in die Höhe und die Breite, wie ein Mensch, der eine schwere Last von sich geworfen hat und sich seiner Kraft bewußt wird.

Sie schrieb ein paar schnelle, in der Hast schief gekritzelte Zeilen an Doktor Ott. „Ich bleibe hier, ich erwarte dich, sobald als möglich."

Ein Wiedersehen, durch dessen Jubel noch die Erregung der eben überwundenen Tage zittert ... Zwei Menschen, die voll Sehnsucht und Leidenschaft zu einander flüchten, weil sie ganz allein sind und keine Heimat mehr haben, als die in den Armen des andern ... Ein Rausch der Hingebung, dem keine Ernüchterung, keine Reue folgt, weil sie fest an die Kraft und die Unwandelbarkeit ihrer Liebe glauben ...

„... Siehst du," sagte Hans Dettmann zu seiner Frau, „so weit habt ihr es gebracht! Die Sache ist gerade nach der entgegengesetzten Richtung gegangen. Hättet ihr Ruhe gegeben und euch nicht ewig fort entrüstet, so wäre wenigstens der Bruch zwischen Regine und dem Bruder vermieden worden. Jetzt habt ihr erst recht den Skandal, den ihr so sehr fürchtet."

„Ihr, ihr! Ich weiß nicht, wieso du immer von ‚ihr' sprichst! Du und ich und meine Familie, wir sind doch nicht Partei und Gegenpartei! Ich gehöre doch zu dir!"

Er lachte, küßte sie: „Ja, du gehörst zu mir, aber eine kleine Spießbürgerin bleibst du deshalb doch!"

Es war ein zärtlicher Abschluß der Meinungsverschiedenheiten, aber eine leise, eine ganz leise Verstimmung zwischen dem Ehepaar blieb doch zurück.

6

Im Hause Dettmann wurden die Vorbereitungen zu Ediths Hochzeit getroffen. Man hatte längere Zeit hin und her überlegt, wo sie gefeiert werden sollte, und war zu der Einsicht gekommen, daß bei Dettmanns sozusagen neutraler

Boden war. Eigentlich hätte sie wohl in Weyarn stattfinden sollen, aber dies ging wegen des Zerwürfnisses zwischen Regine und Ferdinand nicht an. Edith, die eine ganz kleine Feier wollte, hätte sie am liebsten bei Regine gehabt, aber in der kleinen Wohnung sprach der Raummangel ein gewichtiges Wort und selbst wenn die beiden Malerinnen für diesen Tag ihre Zimmer zur Verfügung gestellt hätten, wäre doch wieder die Schwierigkeit mit den Geschwistern aus Weyarn gewesen, die ebensowenig zu Regine kommen wollten, wie sie zu ihnen ging. Edith wußte von dem ganzen Zerwürfnis kaum und wenn man ihr davon sprach, hörte sie nicht recht zu. Die ganze Vorgeschichte des Streites zog an ihrem Ohr vorüber, ohne daß sie irgend etwas fragte oder irgendwie Stellung nahm. So ... Doktor Ott ... ein geschiedener Mann ... ach! ... Regine will nicht von ihm lassen ... so ... ja, das muß sie wohl selbst wissen ... Es war, als ob man ihr von einer ganz fernliegenden Sache, die sie nicht verstand, sprach. Sie erklärte nur unumwunden, daß ihr an der Gegenwart der Weyarner gar nichts liege. —

„Wenn es nur auf mich ankommt, lassen wir sie doch ruhig weg! Ich möchte am liebsten von dir, von deiner Wohnung weg heiraten und fortreisen!"

Aber Regine wehrte ab. Man wollte doch nicht gleich vor der neuen Familie die Angelegenheiten und den Unfrieden in der eigenen ausbreiten. Gustav Jensens Eltern wollten zur Hochzeit kommen und jedes der Geschwister Fünfkirchen hatte das Bestreben, bei ihnen einen guten Eindruck zu machen. Darum war es eine glückliche Lösung, daß Dora sagte: „Es ist zwar wirklich ein Opfer, das wir bringen, wenn wir jetzt das Haus auf den Kopf stellen, denn Hans sitzt mitten in der Arbeit an seinem neuen Stück. Aber schließlich heiratet Edith ja nur einmal, und Hans hat noch viele Tage zum Arbeiten vor sich. Ich schlage also vor, daß das Hochzeitsmahl hier bei uns ist! Vielleicht kommt auch hier wieder eine allgemeine Versöhnung zustande."

Regine hatte nicht Lust, abermals ihre eigenen Angelegenheiten zu erörtern. Sie sagte nur: „Ja, das ist sehr schön, wenn die Feier hier bei euch ist. Es ist mir schon wegen Jensens Familie lieber, wenn Edith aus dem Hause der Schwester und des Schwagers wegheiratet, als aus meiner kleinen Wohnung, die schließlich doch etwas Junggesellenmäßiges hat."

Edith sagte zu allem gleichgültig „ja". Sie war wieder merkwürdig sprunghaft in ihrem Wesen, bald ganz verschlossen und vergrübelt, dann wieder von einer nervösen Rastlosigkeit und Zerfahrenheit. Sie war einige Wochen vor der Hochzeit gekommen und wich nun kaum von Regine, so daß diese wohl lachend zu ihr sagte: „Du kommst mir vor wie ein kleines Kind, das unablässig am Rock der Mutter hängt!"

Sie lief ihr auf Schritt und Tritt nach, fragte, wenn Regine ausging, angstvoll, wann sie wieder nach Hause käme, schien von einer unbestimmten rätselhaften Furcht erlöst, wenn die Schwester wieder zur Türe hereintrat und mit ihren ruhigen Gebärden die Lampe auf den Tisch setzte oder das Abendbrot richtete. Dann saß Edith wohl klein und schmächtig in dem großen Lehnstuhl, hatte die Kniee ein wenig in die Höhe gezogen, die verschränkten Hände darum geschlungen und sah mit ihren blauen Augen, die wieder den früheren, starren Blick hatten, in das Licht der Lampe hinein. Wenn Regine fragte: „Edith, was träumst du?", blieb sie regungslos oder schüttelte nur abwehrend den Kopf, und ein schmerzhafter Ausdruck trat in ihr Gesicht, als riefe jemand sie in eine Wirklichkeit zurück, in die sie nicht gehörte ... Ein paarmal stand sie auch ganz unvermittelt vor Regine, öffnete die Lippen, als wolle sie irgend etwas offenbaren, aber jedesmal schloß sie den Mund, ehe ein Wort gesprochen worden war, und unvermittelt, wie sie die Schwester angehalten hatte, ließ sie sie stehen und ging in ihr Zimmer, um sich aufs neue zu vergrübeln.

Regine sagte zu Dora: „Ich bin unruhig wegen Edith. Sie ist ganz absonderlich, zerfahrener als ich sie je gesehen habe. Früher war sie nur stachlig, aber ich hatte doch immer das Gefühl, daß sie innerlich ganz fest war, wenn wir sie auch nicht immer verstanden und meistens unliebenswürdig fanden. Jetzt aber habe ich das Gefühl, daß sie innerlich keinen

Halt mehr hat. Wenn man sie beobachtet, tut sie einem leid und man kann ihr doch nicht helfen, weil sie sich nicht ausspricht und keinen an sich heran läßt. Wie froh wäre ich, wenn ich endlich einen Weg zu ihr finden könnte!"

Dora fand diese Besorgnis grundlos. Sie meinte: „Edith war ja immer ein bissel anders als andre Menschen und wird es vielleicht immer bleiben. Aber was du da von ihr erzählst, ist nichts weiter, als Brautfieber. Es ist höchste Zeit, daß Edith davon etwas spürt, sie war bis jetzt eine geradezu unheimlich verständige Braut!"

„Verständig, ja. Aber weißt du, oft frage ich mich, ob sie ihren Bräutigam auch wirklich liebt!"

Dora lachte.

„Natürlich liebt sie ihn, weshalb würde sie ihn denn sonst heiraten?! Sie ist ja ein gelehrtes Mädchen und hat es also nicht nötig, einen Mann zu nehmen, nur um versorgt zu sein oder etwas vorzustellen in der Welt!"

Was Dora da sprach, klang überzeugt. Sie gab sich übrigens weiter nicht viel Mühe, Reginens Besorgnis zu erörtern oder zu zerstreuen, denn sie hatte wirklich alle Hände voll zu tun. Es war keine Kleinigkeit, auf der einen Seite die Wohnung für eine Hochzeitsfeier zu schmücken, alle möglichen Handwerksleute im Hause zu haben, Beratungen mit Dinerköchinnen und Lohndienern zu pflegen und in all dem festlichen Wirrwarr das Arbeitszimmer des Mannes zu hüten, jeden Lärm, jede Störung von ihm fernzuhalten, die Sorgfalt um ihn zu verdoppeln, damit nichts zu ihm hindrang, was sein Schaffen beeinträchtigen konnte.

Gustav Jensen kam erst zwei Tage vor der Hochzeit. Er hatte früher kommen wollen, war aber durch Verzögerungen, die es mit den notwendigen Papieren gab, aufgehalten worden. Edith holte ihn nicht vom Bahnhof ab. Sie sagte, sie hätte Kopfschmerzen und sah auch wirklich angegriffen und kränklich aus. Als er ins Zimmer trat, blickte sie ihn ohne sich zu regen, starr an, lief dann zu ihm hin, fiel ihm um den Hals und küßte ihn. Es sollte zärtlich sein, war aber drollig anzusehen, denn sie tat es, als ob sie eine vorgeschriebene

Aufgabe löste, oder als wäre sie ein Kind, das mit einem plötzlichen starken Entschluß ins kalte Bad steigt ...

Der Hochzeitsmorgen mit seiner Unruhe war angebrochen. In Reginens Zimmer saß Edith vor dem großen Spiegel und hinter ihr stand der Friseur, brannte das blonde Haar in breite Wellen, steckte es geschickt auf, daß der ganze Reichtum, den Edith sonst in den reizlosen Knoten verwurstelte, voll zur Geltung kam, befestigte den Schleier wie ein Häubchen, das vom Myrtenkranz festgehalten wurde. Neben ihr stand Regine, gleichfalls schön frisiert, in einem hübschen Kleid aus heliotropfarbener Seide und reichte dem Haarkünstler die Haarnadeln hin. Sie sah die bräutliche Schwester an und freute sich, wie Edith mit dem gewellten Haar und dem Schleier schön, wenn auch ganz blaß war. Man zog ihr das weiße Atlaskleid an, reichte ihr den Strauß, den Gustav Jensen geschickt hatte; die Malerinnen und das Dienstmädchen kamen herbei, bewunderten die Braut, die so zart dastand, als ob sie sich in all dem Weiß auflösen wollte. Sie wickelte sich ganz fest in ihren Schleier ein, so fest, daß sie kaum die Hand herausstrecken konnte, als Gustav Jensen kam. Er sah ernst und bewegt aus, aber als er sie ganz verkapselt in Schleiern dastehen sah, mußte er doch lächeln: „Edith, wenn du deinen Schleier nicht ein klein wenig lüftest, kannst du nicht einmal den Goldfinger herausstrecken, damit ich dir in der Kirche den Ring anstecke."

„Doch, das kann ich!"

Vorsichtig, wie ein gehorsames Kind, schob sie aus den Schleiern die rechte Hand heraus, die er faßte, küßte und in seinen Händen behielt. Still und kalt lag die Mädchenhand ein paar Augenblicke zwischen den seinen, zappelte dann ein klein wenig und zog sich leise zurück.

Als der Wagen vorfuhr, der Regine und Edith zu Dettmanns bringen sollte, war es wieder einen Augenblick, als ob Edith der Schwester etwas sagen wollte. Doch sie schwieg, schmiegte sich nur fest an sie an, hüllte sich wieder tief in ihre Schleier, als wäre das feine Gewebe eine Mauer, die sie vor der Welt schützen könne ...

Beim Mahl trug sie dann den Schleier zurückgeschlagen über dem Kranz. Vom Wein, von den Speisen, von den Reden und vom Sekt wurde ihr warm, so daß ihr Gesicht sich rosig färbte, schön und heiter anzusehen war. Ihre Augen verloren den starren Blick, sie sprach und lachte fröhlich, wenn auch ein wenig fiebrisch, — aber welche Braut wäre an ihrem Hochzeitstag gelassen und ohne Fieber?! Zuweilen nur brach sie mitten im Sprechen und Lachen jäh ab, saß für ein paar Minuten still und erschrocken da, als fiele ihr nun wieder ein, was sie vorhin hatte wegsprechen und weglachen wollen. Die Stimmung an der kleinen Tafel war recht gemütlich. Dora hatte die Plätze so gelegt, daß Regine und Ferdinand durch die ganze Tischlänge voneinander getrennt waren und die alten Jensens also kaum oder gar nicht merkten, daß zwischen diesen beiden Geschwistern ein Riß klaffte. Sie beherrschten auch die deutsche Sprache nicht recht und darum verständigte man sich mit ihnen auf die einfachste und angenehmste Weise: man trank ihnen immer wieder zu. Man trank sich gegenseitig zu mit Bordeaux, mit Rheinwein und trockenem Sekt, daß die Köpfe heiß und rot wurden und jeder gerne ausplauderte, was er gerade dachte. Die jungen Ehepaare erinnerten sich ihrer eigenen Hochzeit, ihre Stimmen wurden zärtlich und ein wenig schwermütig. „Weißt du noch, Kind ..." „Erinnerst du dich noch, Schatz ..." Dann ein Lachen und ein verschleierter Blick, der verriet, daß Ungesagtes hinter dem Gesagten stand. Aus den verwelkenden Blumen des Tafelschmucks stiegen kleine, verwegene Liebesgötter und lächelten die jungen Frauen an ...

Gustav Jensen machte zu Edith ein leichtes Zeichen mit dem Kopfe hin. Sie verschwand mit Regine in ein Nebenzimmer, ließ sich Kranz und Schleier abnehmen, schlüpfte in das dunkelblaue Reisekleid, das bereit lag. Regine setzte ihr den kleinen Reisehut auf, befestigte den blauen Schleier, daß er, wie die Mode es vorschrieb, in weitem Bogen über das Gesicht fiel, schlug ihn dann wieder über den Hut zurück, um Edith zum Abschied zu küssen. Da warf sich Edith mit einer ungestümen Bewegung ihr an die Brust: „Laß mich hier, Regine! Ich kann nicht ... Nein, ich gehe nicht mit ihm fort ...!"

Doch ehe Regine sich noch von ihrem staunenden Schreck erholt hatte, war Edith schon wieder ganz ruhig, griff nach den Handschuhen und der Perlentasche, in der sie das Taschentuch und allerlei Kleinigkeiten barg. Sie umarmte die Schwester, küßte sie, versuchte ein Lächeln, zu dem der starre, gequälte Blick ihrer Augen nicht paßte, zog den blauen Schleier über das Gesicht und ging zu Gustav Jensen, der draußen vor der Türe auf sie wartete ...

Regine ging noch für ein paar Augenblicke zu der Festtafel zurück, verabschiedete sich aber bald leise von Gustav Jensens Eltern und stahl sich unbemerkt nach Hause. Sie war erregt und dennoch müde von diesem Tag; die Fremdheit, die zwischen ihr und dem Bruder lag, hatte sie doch mehr geschmerzt, als sie zeigen wollte und als sie geglaubt hatte. Und was sollte sie mit ihrer schweren, aussichtslosen Liebe unter Menschen, die mitten im Glück standen, wie Ferdinand und Emmy oder Dora und Dettmann oder solchen, die es schon fest in der Vergangenheit verriegelt hatten, wie die alten Jensens oder noch andre, zu denen es eben gekommen war, wie Edith und ihr Mann. Sie dachte an Edith. Eine Angst, die ihr selber unerklärlich, ja töricht vorkam, machte ihr das Herz bang. Sie konnte die letzten leidenschaftlichen Worte der Schwester nicht vergessen, dies „ich gehe nicht mit ihm fort" und den starren, gequälten Blick.

Es war inzwischen Abend geworden. Sie legte den hochzeitlichen Staat ab, zog ein Hauskleid an, entzündete die Lampe. Da alles wieder alltäglich und behaglich aussah, wurde sie ruhiger, sagte sich, daß man Worte, die in ungewöhnlichen Situationen gesprochen werden, nicht tragisch nehmen dürfe und daß bei einem so verschlossenen, stacheligen Mädchen wie Edith die Scheu wohl größer sein müsse, als bei andern Bräuten. Aber morgen schon würde dies alles vorüber sein und eine vergnügte Karte des jungen Paares melden, daß sie glücklich miteinander waren und an die Schwester dachten ...

Am nächsten Morgen stand sie zeitig auf, kaum daß es Tag geworden, denn sie mußte um neun Uhr an ihrer Arbeit sein und wollte vorher in der Wohnung noch ordnen, was gestern durcheinander gewirbelt, herausgerissen, hierhin und dorthin gestreut worden war. Als es an der Haustüre klingelte, meinte sie, es wäre der Briefträger und ging, um ihm zu öffnen. Es war aber ein Depeschenbote, der ein Telegramm abgab. Regine erschrak nicht, lächelte vielmehr zufrieden, denn sie meinte nicht anders, als daß Edith und Gustav aus Innsbruck, ihrer ersten Station einen fröhlichen Morgengruß senden wollten. Sie ging ins Zimmer zurück, öffnete das Telegramm, las und war so entsetzt, daß sie zuerst gar nicht begriff, was dastand.

„Edith plötzlich verschieden. Erwarte euch oder Nachricht, wo Beerdigung stattfinden soll. Gustav."

Kaum eine halbe Stunde später war schon Dora bei ihr, die das gleiche Telegramm empfangen hatte, und Ferdinand rief Dettmanns von Weyarn telephonisch an, teilte ihnen den nächsten Zug mit, den sie alle benützen konnten, um nach Innsbruck zu fahren und die Tragödie zu vernehmen, die sich dort abgespielt hatte.

Die drei Geschwister fuhren allein. Für die traurigen Formalitäten, die erledigt werden mußten, genügte es ja, wenn zwei Männer zur Stelle waren, und zum Weinen und Klagen genügten auch zwei Frauen. Da sie zusammen, ohne Emmy in dem halben Abteil saßen, den Ferdinand genommen hatte, vergaßen sie den Zwist, der zwischen ihnen lag, dachten und sprachen nichts andres, als den jähen, unbegreiflichen Tod der jungen Schwester. Wie war es gekommen? Welche Krankheit hatte sie so heftig und tückisch überfallen können, daß —? Oder war es gar keine Krankheit, sondern —? Und wenn es keine Krankheit war, warum? Es war eine entsetzliche Reise. Immer wieder taten sie dieselbe hilflose Frage: „Was ist geschehen?" Und immer wieder blieb die Antwort das schwarze Nichts ...

Sie hatten ihr Kommen telegraphisch gemeldet, Gustav Jensen erwartete sie am Bahnhof. Er trat ihnen mit der gemessenen Haltung entgegen, die sie an ihm kannten, aber er, der gestern noch einem Jüngling geglichen, sah heute wie ein Mann aus, den ein schreckliches Schicksal geschlagen hatte. Mit verstörtem Gesicht blickte er aus dunkel umränderten Augen auf das Unfaßliche, das ihm geschehen war und das auf ihm, dem Schuldlosen, doch wie Schuld lag.

„Wie stehe ich vor euch da?! Mir habt ihr sie anvertraut und nun muß das geschehen!"

Sie waren alle sehr herzlich mit ihm, besonders Ferdinand, der heute Emmy und alles, was zu ihr gehörte, vergessen zu haben schien und wieder ganz so war, wie vor Jahren, beim Tode seiner Mutter. Er drückte Gustav Jensen fest die Hand, machte eine Gebärde und schüttelte den Kopf, als wollte er ihm versichern: „Du trägst keine Schuld!" Sprechen. konnte er nicht, aber seine blonden Schnurrbartspitzen zitterten.

Mit leiser, vom Schrecken der letzten Stunden ermüdeter Stimme, erzählte Gustav Jensen, was geschehen war. Die junge Frau hatte selbst ihrem Leben ein Ende gemacht. Auf der kurzen Fahrt von München nach Innsbruck war sie ganz unbefangen, ganz normal gewesen, nicht eben lustig, aber auch nicht stiller als sonst, nur ein wenig blaß und vergrübelt. Sie hatte kleine Aufmerksamkeiten und Zärtlichkeiten ihres Mannes mit einem blassen Lächeln geduldet, war ihm wie eine ergebene Frau, keineswegs wie eine kleine Widerspenstige, gefolgt. „Aber jetzt, jetzt erinnere ich mich, daß sie mich wie ein armes Opfer angesehen hat, als ich sie in die Arme nahm und sagte: ‚Meine liebe, süße Frau!'" Mit einem Ausdruck des Heroismus, der drollig wirkte, war sie an der Brust des Mannes gelegen —

„Ja, gestern kam mir dieser Heroismus drollig vor, aber wenn ich heute daran denke — — Wenn man geahnt hätte —"

In der Nacht war Gustav Jensen erwacht, weil er hörte, daß neben ihm Edith weinte. Sie weinte krampfhaft, unaufhörlich, war nicht zu beruhigen — — Als er dies erzählte, biß Regine die Zähne fest aufeinander, um nicht laut aufzuschluchzen. Sie kannte dies Weinen Ediths von früher

her ... Endlich aber war es den guten Worten des Mannes doch gelungen, sie zu beruhigen. Er wickelte sie fest in ihre Decke und sie lag da mit heißem, beträntem Gesicht, wie ein müde geweintes, verschlafenes Kind.

„Ich meinte, sie schliefe ... ich Tor merkte nicht, daß sie nur so tat, daß sie mich nur weghaben und einschläfern wollte ..."

Er schlief auch bald wieder ein, hörte nur wie in tiefem Traum, daß sich jemand im Zimmer regte, und es war ihm, als ob die Klinke des Fensters leise knirschte. Er war aber zu schlaftrunken, um ganz aufzuwachen und nachzusehen, fuhr erst auf, als sie heftig an seine Türe pochten und das Unglück meldeten, das geschehen war. Seine junge Frau hatte sich vom Fenster auf die Straße gestürzt und starb wenige Minuten später in seinen Armen, ohne daß sie wieder zu Bewußtsein gekommen wäre. Sie starb an schweren innerlichen Verletzungen; äußerlich entstellt war sie nicht, nur eine breite, rote Wunde schnitt die Stirn entzwei.

Gustav Jensen war zu Ende mit seinem Bericht. Sie schwiegen alle ein trostloses Schweigen. In Zwischenräumen sagte Gustav Jensen mehrmals: „Was für ein Rätsel! Was für ein schreckliches Rätsel der Natur, das uns niemand lösen kann!"

Regine blieb stumm und vergrübelt. Sie gedachte der Mutter ... gedachte der vielen kleinen Särge in der Gruft zu Weyarn und begriff, warum die junge Edith in angstvoller Verwirrung statt des Lebens den Tod gewählt hatte.

Hans Dettmanns Arbeitslust war für einige Zeit zerstört. Zuerst hatten die Hochzeitsvorbereitungen zu viel Unruhe ins Haus getragen und nun erschütterte ihn Ediths Tod tief, wenngleich er ihr stets fern gestanden und ihr absonderliches Wesen nie recht begriffen hatte. Aber die Umstände, unter denen ihr junges Leben geendet hatte, waren zu grausig und zu rätselhaft, als daß er sie schon nach wenigen Tagen hätte vergessen können. Auch Dora, die bislang vergnügt und selbstsüchtig im eigenen Glück geplätschert hatte, blieb durch Wochen verstört, weinte viel, und über jedem Gespräch, das sie führten, schwebte der Schatten der kleinen Toten. Es war selbstverständlich, daß Dettmann früher von dem schrecklichen Eindruck loskam, als seine Frau, und er bemühte sich mit Zartheit, sie wieder von der Erinnerung weg zum lachenden Leben zurückzuführen. Fast täglich brachte er ihr schöne Blumen, legte ihr unversehens Bücher hin, die sie anregen und freundlichen Gedanken zugänglich machen sollten, machte mit ihr weite Spaziergänge, auf denen er von der Arbeit sprach, die er morgen oder übermorgen oder in einer Woche wieder aufnehmen wollte. Dies war der schönste Trost, den er ihr geben konnte. Sobald er von dem neuen Stück zu sprechen begann, brauchte sie sich gar keine Mühe zu geben, um ihr Interesse auf seine Worte zu konzentrieren. Ganz von selbst trat der Schreckenstag von Innsbruck mit all den folgenden in den Hintergrund und nur ihr Mann, ihr Dichter mit seinem neuen Werk blieb ... —

Dann saß Dettmann endlich wieder an seinem Schreibtisch und Dora stand wie ehedem, wenn er mit kleineren Arbeiten beschäftigt gewesen, auf Posten, wehrte allem, was von draußen in die Dichterstube dringen wollte, damit dem Mann die Stunde des Schaffens gesegnet bliebe. Aber seltsam! War es bei den kleineren Arbeiten anders gewesen oder hatte sie es nicht so bemerkt oder war von der Erschütterung der jüngsten Wochen eine gewisse Reizbarkeit bei Dettmann übrig geblieben — wie immer es sein mochte, mußte sich Dora gestehen, daß es für die Umgebung kein leichtes Ding war, neben einem dichtenden Mann zu leben. Allerdings setzte er sich frühmorgens an den Schreibtisch und kam erst zum Mittagmahl wieder zum Vorschein, aber bei diesem Mittagmahl war er jetzt unweigerlich schlecht gelaunt, bekrittelte jede Speise, schob ein übers andre Mal den Teller wütend zurück, weil, wie er behauptete, die Köchin ungenießbare Speisen auf den Tisch bringe, und wenn Dora versuchte zu begütigen oder gar zu widersprechen, schrie er sie an, er wisse schon, daß die Weiberleute immer zusammenhalten, lief in die Küche und machte dort Skandal. Er nörgelte jetzt überhaupt an allem, an der Heizung, an der Beleuchtung, ging, wenn er vom Schreibtisch kam, mißmutig in der Wohnung umher und schien froh zu sein, wenn er irgend etwas zu tadeln fand. Zuweilen hatte er auch andre Stimmungen, war nicht kritisch sondern melancholisch aufgelegt, gab pessimistische Äußerungen über Leben und Dichtung von sich, die Dora bestürzt machten, und wenn sie weinte, wurde er ungeduldig und schlug die Türen krachend hinter sich zu. Des Nachts schlief er unruhig, sprach im Traum, hatte neben seinem Bett Papier und Bleistift liegen, weil ihm in schlaflosen Stunden Gedanken kamen, die er gleich aufschreiben wollte. Da knipste er denn immer wieder das elektrische Licht auf oder geisterte in der Wohnung umher, daß Dora, die noch ihren schönen, tiefen Landschlaf von Weyarn behalten hatte, alle Augenblicke auffuhr und am Morgen unausgeschlafen und müde aufwachte. Wie anders, wie ganz anders als sie sichs gedacht hatte, war doch das geistige Schaffen, das Dichten! Sie hatte gemeint, es müsse wie ein himmlischer Rausch sein, in dem der Dichter, über Menschlichkeiten erhaben, verklärt dahinschreitet und jeden begnadet, der ihn bei seinem Werk belauschen kann. Nun saß statt des trunkenen Dichters ein sehr nüchterner, verdrießlicher, gereizter Mann vor ihr, der für ihre tausendfältige Sorgfalt keinen Blick hatte, sich aber wie ein schwer Mißhandelter geberdete, sobald die kleinste Störung an ihn herantrat. Nein, nie hatte sie gedacht, daß Hans Dettmann so unliebenswürdig, so rücksichtslos, ja, so (nur zögernd gestand sie sichs ein!) flegelhaft sein konnte!

Es kam aber der Tag der Entschädigung, an dem sie alle Nörgeleien und kleinen Kränkungen vergaß. Es war der Tag, an dem Hans Dettmann mit dem freundlichen Gesicht früherer Tage sagte: „Schatz, heute abend lese ich dir mein Stück vor!"

Nun war sie wieder ganz benommen vor Ehrfurcht und Glück.

„Wahrhaftig, du liest es mir vor! Mir allein, ganz allein?!"

„Dir ganz allein. Zu allererst will ich dein Urteil hören. Wenn du zufrieden bist, lese ich es nächste Woche einem kleinen Kreis literarischer Menschen vor."

Sie legte wieder ein hübsches, phantastisches Hausgewand an, ließ alle Beleuchtungseffekte spielen, auf die Dettmann die ganze Zeit über nicht mehr geachtet hatte, saß voll fröhlicher Erwartung dem Mann gegenüber, der holprig, überstürzt und gespannt, wie er auf sich selber wirken würde, zu lesen begann. Das Stück hatte vier Akte, die er fast ohne Pause las, und als er zu Ende gekommen, war Dora überzeugt, daß dies Stück sein Erstlingswerk noch übertreffe. Es hatte freilich einen ganz andern Stoff, als das andre, war nicht aus innerer Not, sondern aus Glück geboren, schmetterte also nicht „In Tyrannos" hinaus, sondern zeichnete ein anmutiges Idyll. Es war selbstverständlich kein Schlüsselstück, zeigte weder Doras noch Dettmanns Bild, noch irgendeine Szene, die sie gemeinsam erlebt hatten, aber dennoch spürte man überall das Persönliche, das Selbsterlebte, wenn auch in einem höheren, verfeinerten Sinn. Entzückt erkannte Dora wie ihr eigenes Glück durch das Stück schimmerte, und ihre schönen Augen glänzten voll Stolz und Zärtlichkeit.

„Weißt du, es ist gar nicht dein Stück allein! Ein Teil davon gehört mir, den lasse ich mir nicht nehmen!"

Er rief übermütig: „Das Ganze gehört dir, denn ohne dich hätte ich es nie schreiben können."

Sie lachte, dehnte sich wohlig in ihrem Lehnsessel.

„Bei den Doktorarbeiten nennt man so etwas doch sub auspiciis—"

„Meiner holdseligen Frau Dora," so soll es auf dem Titelblatt der Buchausgabe stehen. „Ist dir das recht? Nimmst du die Widmung gnädig an?"

Sie war sehr glücklich und konnte es kaum erwarten, bis die Vorlesung im literarischen Kreise stattfand. Auch hier war der Erfolg groß und Dettmann wurde mit Liebenswürdigkeit und Schmeicheleien überschüttet. Das Stück war schon von vornherein am Residenztheater angenommen und die Proben begannen wenige Wochen nachdem es der Intendanz eingereicht worden war.

Proben — da begann das Fegefeuer aufs neue, durch das Dora geschritten war, während der Mann dichtete. Dettmann gehörte ja zu den naiven, jungen Autoren, die nicht einsehen wollen, daß auch ein mittelmäßiger Regisseur oder Schauspieler von Bühnenbild und lebendiger Bühnenwirkung zumeist mehr versteht, als der größte Dichter, und daß besagter Dichter, selbst wenn er es besser verstünde, niemals gegen Schauspieler und Regisseur aufkommen könnte. So saß denn Dettmann im dunkeln Zuschauerraum, gestikulierte heftig, rief alle Augenblicke zur Bühne hinauf: „Nein, so geht das nicht!" sprang dann ungeduldig in eine Seitenkulisse, stürzte auf die Bühne, ratterte aufgeregt herunter, was er zu bemängeln hatte, wollte dem Regisseur unmögliche Ratschläge für die Bühneneinrichtung der Zimmer geben und den Schauspielern vormachen, wie er sich verhaltene Leidenschaft oder müde Verzweiflung dachte. So ergab sich fast täglich das gleiche Bild: ein nervöser, zappeliger Autor, der Dinge fordert, über die alle lächelten, beleidigte Mimen, die erklärten, sie könnten Ibsen und Strindberg spielen und würden also wohl auch mit Herrn Dettmann (das Wort „Herrn" ironisch betont) zu Rande kommen, vermittelnde Regisseure, die allerseits Vernunft empfahlen, wo doch keine vorhanden war, und ab und zu der Intendant, der mit königlicher Geberde in das Chaos hineinschritt und tat, als ob er all diese Herrschaften ernst nähme ... Nach diesen Proben kam Dettmann mit rotem Kopf und schlechter Laune nach Hause, schimpfte das ganze Wörterbuch der Zoologie über die Mimen herunter, schrie, daß es so nicht weitergehen könne, daß man ihm sein ganzes Stück verhunze und daß er es morgen, ganz sicher morgen, zurückziehen werde. Tag für Tag zitterte Dora, daß er seine Drohung ausführen könnte und war wie erlöst, als endlich die Generalprobe mit dem üblichen Wunsch für Hals- und Beinbruch vorüber war, ohne daß es zu Tätlichkeiten oder zu einem Zerwürfnis mit der königlichen Bühne gekommen wäre.

Am Abend der Erstaufführung war das Haus natürlich ausverkauft. Man sah ein durchaus literarisches Publikum, und die Operngläser richteten sich auf eine Loge im ersten Rang, in der die Frau des Dichters saß. Sie trug ein kostbares weißes, mit Silber besticktes Kleid und glich heute nicht mehr der jungen Eva, sondern einer schönen Fürstin, die sich, ihres Erfolges sicher, in der Öffentlichkeit zeigt. Sie dachte zurück an die andre Aufführung im Volkstheater, an die bescheidene, lichte Bluse, die sie damals getragen, an das armselige Mahl, das damals den Erfolg gefeiert hatte, an diesen Erfolg, der ein für allemal Dettmann von der Boheme losgelöst und seinen Namen neben die ersten eingeschrieben hatte. In leiser Rührung senkte sie das Haupt ...

Der erste Akt mit rasch ansteigender Handlung fand vielen Beifall. Aber schon im zweiten ließ die dramatische Spannung nach und die beiden letzten schienen zwar ganz unterhaltend, aber dennoch ziemlich überflüssig. Dennoch gab es mächtiges Klatschen, viele Hervorrufe, und Dettmann erschien mit blassem, vor Aufregung entstelltem Gesicht, verneigte sich genau so ungeschickt wie früher und wies mit einer Geberde, die er für gewandt hielt, auf die Schauspieler hin, den Beifall bescheiden ihnen zuweisend, die er noch gestern „die Mörder" seines Stückes genannt hatte. Es gab noch mehr Hervorrufe, denen er allein folgen mußte, und darum ging es ihm, wie es fast allen Bühnenautoren geht: er gewann durchaus kein richtiges Bild von dem wahren Eindruck, den sein Werk gemacht hatte. Das Festmahl nachher in den „Vier Jahreszeiten" trug erst recht dazu bei, ihn und seine Frau zu verwirren, denn da wurden von allen Seiten Glückwünsche laut und Prophezeiungen für ungezählte Aufführungen. Und doch hatte das Stück in Wirklichkeit nur jenen Erfolg gehabt, den man in der Theatersprache „freundlich" nennt, und der dem entschiedenen Mißerfolg ungefähr so nahe verwandt ist, wie die Ringelnatter der Kreuzotter; es fehlen ihr zwar die Giftzähne, aber eine Schlange bleibt sie deswegen doch ...

Die Vornotizen in den Zeitungen, die nach der Ansicht des Ehepaars Dettmann stürmischen Beifall verzeichnen sollten, sprachen sich vorsichtig über das „liebenswürdige" Stück aus. Setzten es nicht herab, konstatierten die vielen Hervorrufe, aber zwischen den Zeilen konnte man lesen, daß die Kritik weder von einem Riesenerfolg noch von einem Fortschritt sprechen würde. Die Dettmanns lasen, lasen wieder, begriffen nicht gleich, und für Sekunden lag zwischen ihnen ein bängliches Schweigen. Dann brach Hans Dettmann los, nannte die Kritiker Kaffern und Neidhämmel nnd schrie: „Ich pfeife auf sie alle, hörst du, ich pfeife auf sie! Ich brauche die ganze Kritik nicht. Mein Stück ist schon an zweihundert Bühnen angenommen. Was soll ich mich da um jeden Schmock kümmern?! Zweihundert Bühnen und das Publikum, mehr brauche ich nicht! Da sollen sie meinetwegen schreiben, daß ich ein Patzer bin und daß man mich ausgezischt hat!"

Er war kaum zu beruhigen, tobte und höhnte den ganzen Tag über, wollte jeden Kritiker fordern oder ihm einen groben Brief schreiben. Dora versuchte ihm zuzureden, wurde angeschnauzt, weinte und bekam schließlich so große Angst vor den Kritiken, daß sie an künftigen Tagen um jedes Zeitungsblatt in einem großen Bogen herumging. Wie ein Glaubensbekenntnis, von dem sie nicht lassen durfte, wiederholte sie sich und dem Mann immer wieder seine Worte: „Du hast zweihundert Bühnen und das Publikum, mehr brauchst du nicht!"

Er sagte ingrimmig: „Nein, mehr brauche ich wahrhaftig nicht. Übrigens habe ich schon einen Plan für ein neues Stück, da sollst du mal sehen, wie die Kerle Mund und Augen aufsperren. Das wird etwas! Wenn es mir so gelingt, wie ich es im Kopf trage, dann ist alles, was ich bis jetzt geschrieben habe, dagegen nur ein Pappenstiel."

So schienen die unzulänglichen Kritiken verschmerzt, und Hans Dettmann saß alsbald vor neuer Arbeit, die Dora wieder mit der alten Sorgfalt bewachte. Nur eines konnte sie dem Manne nicht fernhalten: die Erkenntnis, daß er sich getäuscht hatte, wenn er meinte, neben den zweihundert Bühnen auch das Publikum für sein Stück zu haben. Schon bei der dritten oder vierten Aufführung war das Haus halb leer und die Tantiemenrapporte der Theateragentur bewiesen, daß dem Stück auch an den zweihundert übrigen Bühnen kein dauernder und ertragkräftiger Erfolg beschieden war.

„Er hat zu viel Glück gehabt! Glück ist kein guter Boden für große Dinge!" sagte Doktor Ott zu Regine, als sie ihm erzählte, daß Dettmanns Stück sie arg enttäuscht habe. Bei seinen Worten zuckten ihre Lippen in heiterem Spott: „Ei, ei, wie schön der Herr Doktor andern Leuten die Enthaltsamkeit vom Glück predigen kann! Wenn es sich aber um ihn selber handelt, dann höre ich immerfort, daß ihm zur Vollbringung großer Dinge das Glück fehlt!"

„Das ist etwas andres. Für uns würde ja ein bißchen Glück die ganze Existenz verändern, in die Höhe bringen. Wir beide könnten wohl ein wenig Glück brauchen!"

„Wir brauchen es nicht, denn wir haben es schon und lassen es nicht mehr los!"

Ein schöner Trotz lag in ihren Worten und zugleich Abwehr eines jeden, der ihr das Glück bestreiten wollte, selbst wenn dieser Streiter Doktor Ott hieß.

Ihr Leben bestand ja jetzt zum größten Teil aus Abwehr. Sie hatte den Verkehr im Wendelstadtschen Hause und mit dessen ganzem Kreis abgebrochen. Wie alle Menschen, die sich in einer schiefen Stellung befinden, war sie überempfindlich geworden, witterte überall Kränkungen, zitterte immerfort vor Taktlosigkeiten. Auch den Geschwistern war sie ferner gerückt, denn wenn auch Ediths Tod sie alle vorübergehend wieder zusammengeführt hatte, so liefen ihre Lebenswege doch auseinander und der Grund der großen Verstimmung zwischen Regine und den beiden andern blieb. Ferdinand und Emmy ließen sie zwar gelegentlich durch Dora grüßen, schickten wohl auch zu Neujahr und Ostern eine Karte, aber Regine erfuhr immer erst nach ihrer Abreise, daß sie in München gewesen waren, und kam nie mehr nach Weyarn. Auch Dora sah sie nicht allzu häufig, denn wenn Dora sich auch nicht mit Worten als Richterin aufwarf, so spürte Regine doch, daß die Schwester in ihrem Herzen auf der Seite der Weyarner stand. Und mit Hans Dettmann konnte Regine jetzt weniger denn je zurecht kommen, wenn er gleich, im Gegensatz zu seiner Frau die Partei der Schwägerin ergriffen hatte. Aber er war durchaus nicht imstande zu begreifen, warum Regine jetzt so überempfindlich und argwöhnisch geworden war, warum sie sich von allem Verkehr zurückzog und peinlich berührt war, wenn er zu ihr von Doktor Ott nie mehr anders sprach, als: „Dein Schatz". Mein Gott, warum machten alle Menschen von dieser Sache ein solches Aufheben?! Solche Beziehungen hatte er doch in der Pension Huckenreuther zu Dutzenden gesehen und kein Hahn hatte danach gekräht! Die beiden Leutchen hatten sich dort unbekümmert als Ehepaar betrachtet, und wenn es ihnen nicht mehr gefiel, hatten sie sich getrennt und eine andre Konstellation gebildet ... Das war doch so einfach, so natürlich! Warum nur hielten seine Schwägerin und sein Freund es nicht ebenso? Warum benahmen sie sich so ernsthaft, als ob sie etwas Besonderes wären? Als er merkte, daß seine Auffassung und Art Regine verletzten, nannte er sie im stillen „eine dumme Gans" und ging ihr sowie Doktor Ott nach Möglichkeit aus dem Wege.

Das Ehepaar Dettmann hatte übrigens jetzt gar nicht viel Zeit, sich um andre Menschen zu kümmern, denn Dora mußte wieder Wachposten stehen vor dem Arbeitszimmer des Mannes, seine Gereiztheit und seine Nörgeleien ertragen, die nun wieder für lange Monate sein Lebensprogramm waren. Sein drittes Stück hatte keinen besseren Erfolg gehabt, als das zweite und nun arbeitete er mit verbissenem Groll und ungesunder Hast an einem vierten, wollte sich erst Ruhe gönnen, bis es ihm gelungen war, seinen Erstlingserfolg wieder zu erreichen und der Welt zu zeigen, daß er immer noch die große Hoffnung der deutschen Bühne sei ... —

Dora war oft in Sorge um ihn, denn er sah schlecht aus, und seine überreizte Heiterkeit, die jäh aufsprang und ebenso jäh abbrach, tat ihr weher als die gallige Verbitterung, in die er für Wochen versank. Am schlimmsten aber schien es ihr, daß sie im Tiefinneren nicht mehr so bedingungslos an ihn glauben konnte, wie in früherer Zeit. Sie versuchte, es vor sich selbst zu verleugnen und mußte sich doch gestehen, daß er mit seinen letzten Arbeiten nicht mehr auf der Höhe war, daß die Stimmen recht hatten, die warnend riefen, Hans Dettmann arbeite in einem zu überhitzten Tempo und zu leichtfertig; er solle sich doch Zeit gönnen und ein Werk reifen lassen, statt es, kaum daß er den Plan gefaßt hatte, zu Papier und auf die Bühne zu bringen. Freilich durfte sie ihm gegenüber nie ein Wort, ja nicht einmal eine Andeutung ihrer Besorgnis wagen, denn immer wieder trumpfte er höhnisch damit auf, daß sich nach wie vor die Bühnenleiter um seine Stücke bemühten und Verträge abschlossen, sobald nur laut wurde, daß er wieder ein Werk begonnen habe. Und so war es in der Tat, denn wenn Bühnenleiter einmal den Aberglauben an einen Autor gefaßt haben, kommen sie nur nach harten Proben wieder davon los, und der Glanz, der von Dettmanns erstem Stück auf ihn gefallen war, erwies sich als so stark, daß er immer noch leuchtete und von einer Reihe halber Erfolge nicht verdunkelt werden konnte. Mochte er sich auch jetzt in den Problemen vergreifen, die Technik nicht besser meistern als in seiner Anfängerzeit, durch brutale Effekte ersetzen, was an wirklicher dramatischer Spannung fehlte, er blieb doch immerfort der Dichter, der einst in zorniger Verzückung sein „In Tyrannos" gejauchzt hatte, und als der Dichter dieses köstlichen Jugendwerkes schien ihm sein Platz in der Literaturgeschichte angewiesen. Er selber wurde freilich ärgerlich, wenn man ihn immer nur als den Dichter dieses Erstlings gelten lassen wollte: „Ein widerliches Pack sind doch die Menschen! Immerfort wollen sie einen auf etwas festlegen, in eine bestimmte Serie einschachteln ... Nur um Gottes willen keine Vielseitigkeit, keine Entwicklung. Habe ich einmal ein Kampfstück geschrieben, so soll ich jetzt mein ganzes Leben lang nichts andres mehr schreiben, damit der Herr Philister, der seinen Platz bezahlt hat, nicht umlernen muß. Aber ich werde ihnen schon zeigen, daß ich nichts nach ihnen frage und so schreibe, wie es mir einfällt, nicht wie sie wollen!"

Dora sagte leise und vorsichtig: „Ach ja, tue das! Denke gar nicht an das Publikum, gar nicht an die Bühne, sondern nur an deine Arbeit und an das, was sie dir ist!"

Da wurde er gleich mißtrauisch und böse.

„Ich danke für gute Ratschläge. Ich weiß, Gott sei Dank, schon selbst, wie ich zu arbeiten habe! Ich habe es auch schon gewußt, ehe ich das Glück genoß, ein Fräulein von Fünfkirchen als Beraterin neben mir zu haben!"

Sie entgegnete nichts. Sie war schon an solch plötzliche, unberechtigte Ausfälle gewöhnt und hielt sie ihm zugute, weil sie wußte, wie schlimm es in seinem Inneren aussah und weil er ihr leid tat. Wenn ihm doch endlich wieder ein großer Erfolg beschieden wäre, nicht um des Erfolges willen, den sie jetzt gar nicht mehr so hoch achtete, aber damit endlich wieder das Glück in ihrem Hause leuchten sollte, das sich jetzt vor der Verbitterung des Mannes scheu in einen Winkel verkroch. Doras Gesicht, das einst so schön und lebensfroh gewesen, sah jetzt oft grau und ernsthaft aus und sie ging ihrer Schwester aus dem Wege. Sie war zu stolz, um über das zu sprechen oder zu klagen, was sie und den Mann betraf, und so blieb sie lieber allein oder verkehrte nur mit freundlich-gleichgültigen Menschen, die nicht mit Reginens Augen sahen, nicht spürten, welche Sorge und Verzagtheit sich hinter dem scheinbaren Glück der jungen Dichtersfrau verbarg. — —

Regine vermißte all die Menschen, die sich von ihr fernhielten, oder von denen sie sich getrennt hatte, nicht. Sie befand sich in einer absonderlichen Lage, in der sie sich erst zurechtfinden mußte, um der Welt gegenüber so fest und selbstsicher aufzutreten, wie sie es schon jetzt in ihrem Inneren war. Sie und der Mann mußten sich damit abfinden, daß es für sie keine Verbindung vor dem Gesetz gab, denn Frau Doktor Ott beharrte unerbittlich auf dem Standpunkt: „Die andre soll bleiben, was sie ist!" Da brauchte Regine Zeit und Ruhe, um die Lage zu meistern, und gerade weil sie stolz war und es immer hatte sein dürfen, zog sie sich von den Menschen zurück, denn sie wollte nicht indiskret beguckt, belächelt und mit gedankenloser Leichtfertigkeit verwechselt werden ... —

Nichts in ihrem Leben war ja leichtfertig oder leicht. Sie arbeitete nun den ganzen Tag über in einem photographischen Atelier, in dem ein Teil ihres Geldes steckte, und die Erholungsstunden, in denen sie mit Doktor Ott zusammen war, blieben wohl immer von Glück erfüllt, keineswegs aber immer von Heiterkeit. Er war zwar nie schlecht gelaunt wie Hans Dettmann, ließ sich nie eine Unmanierlichkeit zuschulden kommen, aber seine Unfreiheit und die aufgezwungene Untätigkeit bedrückten ihn schwer und immer angstvoller blickte er den Tagen nach, die dahinschwanden, ohne daß sie ihm gebracht hätten, wonach seine Schaffenskraft verlangte.

„Nun ist man glücklich auf der Schattenseite der Dreißig angelangt und was hat man gehabt? Ein paar Kassenpatienten, das bleibt mein Lebenswerk!"

Regine, die das Klagelied um die schwindende Jugend zur Genüge kannte, lächelte und sagte, was sie immer sagte: „Aber du bist doch noch jung, du kannst es noch abwarten!"

Er aber wurde ungeduldig, denn schon sah er Kollegen, die viel jünger waren als er, nachdrängen, sah, wie sie vorankamen, Protektion und Glück hatten, indessen ihm die Jugend dahinging, vertrödelt, verpaßt, vertan. — —

„Und nicht einmal das allereinfachste darf ich tun, das, was jeder Maurer tun darf, der sein Mädel wieder ehrlich machen will. Nicht einmal rehabilitieren kann ich dich, von irgendeiner Stellung, die ich dir geben könnte, von einem Abtragen meiner großen Schuld gegen dich ganz zu schweigen. Begreifst du, daß mich das niederdrückt und verzweifelt macht?!"

Ja, sie begriff es und sagte darum, wie sie es dachte: „Um mich sollst du dich nicht bekümmern! Ich tauschte mit keiner Frau, auch nicht, wenn sie den ersten Kliniker oder den berühmtesten Chirurgen zum Manne hätte!"

„Ja du, wenn ich dich nicht hätte . . ."

Sie sagte in komischer Verzweiflung: „Wenn du mich nicht hättest, könntest du auch nicht unzufriedener sein, als du bist. Du hast mich doch und ich habe dich, und ich weiß eigentlich nicht, was dieser ewige Kreislauf soll, der anfängt:

‚Weil ich dich habe, bin ich unzufrieden‘ und endet: ‚Wenn ich dich nicht hätte, wäre ich unzufrieden.‘ Möchtest du nicht einmal versuchen, wie es mit der Zufriedenheit ginge?“

O, er versuchte es ehrlich, aber die Verhältnisse lagen zu schwer auf ihm, als daß er zur inneren Ruhe und Ausgeglichenheit hätte kommen können. Doch eben weil für sie beide das Leben nicht einfach war, hielten sie um so fester zusammen und jeder hätte es dem andern gern leichter gemacht, wenn er nur gekonnt hätte. Aber es gab für den Mann keinen großen Wirkungskreis, für das Mädchen keinen Ring, und so mußten sie schon froh sein, daß wenigstens die anonymen Schmähbriefe aufgehört hatten, die Kranzschwestern nicht mehr Reginens Weg kreuzten, um Doktor Otts Wohnung keine Detektive mehr schlichen. Der Zweck all dieser Unternehmungen — Reginens Bedrängnis — war ja erreicht, nun hieß es, daß Frau Doktor Ott in einen Vorort gezogen sei und ihren Mann wie Fräulein von Fünfkirchen der Vergessenheit anheim gab — —

Allmählich, ganz allmählich füllte sich aber doch Doktor Otts Sprechstunde, wurde er dahin und dorthin zu Erkrankten gerufen. Das hatte er den Empfehlungen des jungen Amtsrichterpaares zu danken, dessen Kind er damals durch einen kühnen und glücklichen Eingriff gerettet hatte. Er hatte mit Freuden sehen können, wie das Kind, das damals dem Tod geweiht schien und lange zart geblieben war, zu einem kräftigen, rotbackigen Schulmädchen heranwuchs; dann wurde der Amtsrichter von München fortversetzt, schrieb noch etliche Male Neujahrs-, Ostern- und Pfingstgrüße, schickte auch noch einmal das Bild des Kindes, dann hörte Doktor Ott nichts mehr von ihnen.

Dritter Teil

I

Es war beinahe Mittagszeit, als Hans Dettmann erwachte. Ein unwilliges, schweres Erwachen war es, so als ob ihm Blei auf den Augendeckeln und in den Gliedern läge, und er reckte sich müde, besann sich im Halbschlaf, ob er wirklich schon aufstehen und sich nicht lieber noch einmal auf die andre Seite legen sollte. Die Mittagsglocken läuteten aber gar zu laut und so entschloß er sich, das Bett zu verlassen. In der scharfen Mittagssonne des Wintertags sah er grau und ein wenig gedunsen aus, wie Menschen, die bis spät in die Nacht hinein in schlechter Luft gesessen sind und viel getrunken haben. Er spürte Stiche in der Schläfe und einen unangenehmen, klebrigen Geschmack im Munde. Er reckte sich wieder, ging in das Badezimmer, stellte sich unter die kalte Brause, da wurde ihm besser. Er kannte das schon, das ging jetzt jeden Tag so: man steht todmüde und verdrießlich auf, als ob die ganze Welt auf einem läge, aber das kalte Wasser peitscht die Nerven auf und verbessert die Laune. Verbessert sie freilich nicht gleich allzusehr, so daß er beim Mittagmahl immer noch einsilbig ist, die Speisen bemängelt, die er mit unziemlicher Hast hinunterschlingt und keine Lust verspürt, wie ehedem in früheren Jahren, mit seiner Frau behaglich beim Kaffee zu sitzen und zu plauschen. Zu derlei hat er jetzt weder Lust noch Zeit, denn er muß ins Café, wo Künstler und Dichter ihn erwarten. Menschen sind da, deren verbrauchte Nerven gleich den seinen die Morgenstunde und die Morgenarbeit hassen, die erst wenn der Tag sinkt, ihr eigentliches Leben beginnen, zwischen Dämmerung und Mitternacht ihre beste Schaffenszeit haben und sich dann in der Kneipe den Rausch holen, der am Morgen wie ein physischer Katzenjammer aussieht, aber am Nachmittag die Intuition gibt. So lebten sie alle, so lebte auch jetzt Hans Dettmann, und da er fröstelnd auf der Straße dahinschritt und von ferne die großen Fensterscheiben des Literaturcafés spiegeln sah, war es ihm nicht, als ob er sich eben von seinem Hause entfernt hätte, sondern vielmehr, als ob er seiner richtigen Heimat zustrebte ... —

Drei, vier Stücke hatte er nach jenem „freundlichen Erfolg" auf die Bühne gebracht, jedes mit derselben Hast geschrieben, mit der gleichen erwartungsvollen Zuversicht der Bühnenleiter angenommen gesehen, jedesmal gemeint, nun müsse es gelingen und jedesmal die gleiche Wirkung erzielt. Immer stellte er einen prachtvollen ersten Akt auf die Bühne, dessen Spannung und dramatische Bewegtheit auch noch in den zweiten hinüberreichte, dann war es zu Ende, und der glänzend begonnene Aufbau zerfiel in den Schlußakten zu Episodenwerk und Gewaltsamkeiten, die über den Mangel dramatischen Lebens nicht wegtäuschen konnten. Aber trotz all der halben oder Viertelserfolge blieb der Aberglauben der Bühnenleiter unerschütterlich, und jedes Stück Dettmanns war, noch ehe es der Bühnenagent in Händen hielt, an so und so vielen Theatern angenommen und wurde alsbald gegeben, während andre Manuskripte Schimmel ansetzten oder vom Moder zerfressen werden konnten. Diese unbeirrbare Treue des Aberglaubens gab auch Hans Dettmann immer wieder neuen Mut, ließ ihn lange nicht zum Zweifel an sich selber kommen, so daß er eine Reihe schwächlicher Erfolge auf die Rechnung der „Kaffern", der „Neidhämmel" setzte, die es nicht gelten lassen wollen, daß einer einen andern Weg geht, als den vorgeschriebenen und sich nicht auf eine bestimmte Richtung festlegen läßt. Als aber ein Stück ums andere nach wenigen Aufführungen vom Spielplan verschwinden mußte, wurde er nachdenklich. Er begann sich selbst zu prüfen, seiner Dichterpsychologie nachzugehen, wollte vernunftmäßig ausspüren, wo eigentlich das Wesensgeheimnis seines großen Erstlingserfolges steckte und unter welchen Daseinsbedingungen er geglückt war. In der „Pension Huckenreuther" hatte er damals geschrieben, bei einer kleinen, unreinlich brennenden Lampe, die zeitweise heftig blakte, so daß sein Manuskript mit schwarzen, übelriechenden kleinen Flocken schwärzlich beschneit war. Ein armseliges Zimmer war es gewesen, in dem er saß, meist schlecht, zuweilen auch gar nicht geheizt, und das Essen, das er damals ebenso hastig wie heute geschlungen hatte, stammte einem ziemlich verbürgten Gerücht nach größtenteils aus einer Pferdemetzgerei. Seine Uhr und sein Winterüberzieher wohnten häufiger im Leihamt, als bei ihm und zur Erstaufführung seines Stückes hatte er sich einen schwarzen Rock borgen müssen, der um ihn schlotterte und dessen Ärmel ihm zu kurz waren. Aber den Erfolg, den großen, jauchzenden, berauschenden Erfolg hatte er damals gehabt, während jetzt, da er in Üppigkeit, Glanz und Glück saß, ihm nichts mehr so recht gelingen wollte. Wie kam das nur? Wie war das nur möglich? Warum hielt seine Reife nicht, was seine Blüte versprochen hatte?

Lange und widerwillig, wie einer, der vor unangenehmen Entdeckungen zurückscheut, hatte er in sich selber hineingespäht, gleich einem untersuchenden Arzt sein Wesen nach allen Seiten hin abgeklopft und gespannt gelauscht, wo ein verdächtiges Geräusch vernehmbar sein könnte. Und eines Tages war ihm, so schien es ihm, klar geworden, was ihm jetzt fehlte und ihm den neuen großen Erfolg vorenthielt. Ein ganz einfacher Grund war es, der seine künstlerische Entwicklung behinderte und ihm weitere Erfolge verriegelte: Hans Dettmann, der Zigeuner, dem ein „In Tyrannos" auf der Stirne geflammt hatte, war ein Spießbürger geworden. Jawohl, ein richtiger Spießbürger! Er aß und trank gut, lebte friedlich mit seiner hübschen Frau, trug feine Kleider, verkehrte in der guten Gesellschaft, hatte einen Erbonkel begraben, wußte nichts mehr vom Sturm und Drang, der immer wieder die neue Generation des dichtenden Deutschlands schüttelte. Es fehlte nur noch, daß er Kinder gehabt hätte und ein närrisch vergaffter Affenvater gewesen wäre! Nun, so weit war es, Gott sei Dank, doch nicht mit ihm gekommen, und weil ihn nur die Arme der Frau, nicht auch Kinderhände in das behagliche Spießbürgerleben hineingezogen hatten, war es leichter, sich wieder daraus herauszuretten und das beengende Kleid des Philistertums wieder mit dem lustigen Zigeunerkittel zu vertauschen. Wahrhaftig, es ging nicht an, daß er länger nach der Melodie:

„Kling, klang Gloribusch,
Wir tanzen um den Rosenbusch"

Arm in Arm mit seiner Frau dahintanzte, wie einst in einer, ach! so fernen, glückseligen Zeit! Es ging nicht länger an, daß er in diesem Warmbad von bürgerlicher Liebe und Betulichkeit sitzen blieb, das ihn wohlig einschläferte, immer mehr einschläferte, bis aller Spiritus beim Teufel und der Künstler in ihm gänzlich zugrunde gegangen war! Was brauchte er Beleuchtungseffekte, feine Kleider, gutes Essen, gute Gesellschaft und eine hübsche Frau, die immer mit der gleichen Anbetung vor ihm stand? Her mit der blakenden Lampe, dem Pferdefleisch, dem geborgten Rock und einem lustigen Ding, das dummes Zeug schwatzt und sich am Morgen nicht mehr erinnert, was es am Abend versprochen hat! Her mit allem, was endlich wieder Freiheit, Ungebundenheit, Erlebnis ist!

Erlebnis, — das wars, das fehlte ihm, das mußte er haben, wenn er wieder der Mann, der Dichter von einst sein sollte. Ein Erlebnis, irgendeines, ein süßes oder ein törichtes oder ein trauriges oder ein fortreißendes, aber nur irgendein Erlebnis! Nur nicht mehr dies Dahinplätschern in alltäglicher Regelmäßigkeit mit der festgesetzten Mittagsstunde, dem gewohnten Gutnachtkuß und all den Verpflichtungen der Bürgerlichkeit, die ihm jetzt so klein, so widerlich erschienen. Es konnte doch gar nicht schwer sein, immer wieder das Erlebnis zu finden, denn er war ja ein Dichter und hatte es früher immer wieder, ganz von selber erlebt. Es brauchte ja nicht immerfort eine Weibergeschichte zu sein, es konnte auch aus dem Rausch eines Männerdisputs aufsteigen, ihm von irgendwoher zugeweht werden, so wie der Wind von weither den Blütenstaub fremder Blumen trägt, die in unsrem Boden Wurzel fassen und rätselhaft aufsprossen. Aber das Erlebnis mußte er haben, mußte wieder durch Tage und Nächte die zitternde Erregung spüren, die es vorbereitet, mußte sich gleichsam wieder dafür trainieren, herauskriechen aus dem bürgerlichen Alltag, in dem alles Programm ist, und man nichts von der köstlichen Zufälligkeit weiß, die zum Erlebnis gehört. Da wurde er ein umgekehrter Tannhäuser, der sich nicht in die brave, harfende Wartburg, sondern in den Hörselberg der Boheme zurücksehnte, dorthin, wo man nur jener Sünden Last bereut, die man versäumt hat — —

Der Rückweg war nicht schwer zu finden. Schnell gelangte er an ein paar abendliche literarische oder schauspielerische Stammtische, an denen mächtig über Kunst und Kunstrichtungen geredet und nicht minder mächtig getrunken wurde. Dann trat er als Mitglied in etliche Vereinigungen der gleichen Elemente ein, die nicht nur einen Stammtisch, sondern eigene, wohlausgestattete Gesellschaftsräume zu ihrer Verfügung hatten und wo man gelegentlich auch eifrig jeute. Dafür aber war Hans Dettmann nicht zu haben. Die Karten langweilten ihn, das Roulette schien seiner ungeduldigen, beweglichen Natur zu langweilig, zu stumpfsinnig. Aber die ganze Atmosphäre, die hier wehte, tat ihm wohl, diese Gespräche über Kunst, Erfolg und Weiber, diese Menschen, die das Geld heute scheffelweise einnahmen und morgen schon keinen Pfennig mehr hatten, für die es keine Fessel, keine Hemmung, kein kleinliches Bedenken gab, sondern immer nur die heitere Forderung des Augenblicks und das Gebot ihrer eigenen Persönlichkeit. Die andern, die andern Grundsätzen huldigten, die Familienväter, die von ihren großen Einnahmen Ersparnisse machten, bei Frau und Kindern saßen, statt Sekt zu schmeißen und zu jeuen, — die sah man hier nicht. Die wurden von ihren Kollegen bedauernd besprochen und wenn einer von ihnen trotz seines philisterhaften Wesens künstlerisch etwas vorstellte, wunderte man sich und sagte: „Es ist spaßig, man sollte es nicht für möglich halten, daß einer ein so fader Kerl sein kann und doch etwas intus haben!"

Nun war Hans Dettmanns Tag schön eingeteilt. Er schlief bis gegen Mittag, stand auf, speiste, stürzte ins Café, saß dort bis zur Dämmerung, begann dann zu arbeiten und schrieb bis in die Nacht hinein. Dann, wenn andre Leute sich schlafen legten, ging es für ihn erst recht an. Dann kamen die ihm gleichgesinnten Literaten vom Schreibtisch, die Schauspieler aus dem Theater und nun saß man trinkend, schwatzend, disputierend und schreiend bei einander, bis die Nacht vorüber war, so daß man zuweilen erst nach Hause ging, wenn die ersten Schneeschaufler oder Straßenkehrer schon zur Arbeit antraten. Auch zu den Festen der „Pension Huckenreuther" kehrte er zurück und war ein wenig gerührt von der Aufnahme, die er nach so langer Zeit dort fand. Die Menschen freilich, die mit ihm jung gewesen, waren fortgezogen. Der eine oder andre war in die Höhe gekommen, etliche hatten sich in die kleine Bürgerlichkeit verkrümelt, noch andre waren verkommen, irrten irgendwo mit ihren unverwirklichten Träumen umher und ersetzten wohl durch Größenwahn, was ihnen an Erfolg fehlte. Nur der Mann, der für seine geschiedene Frau einen zweiten Gatten gesucht hatte, war als einzige Säule entschwundener Pracht übrig geblieben. Er war jetzt zum zweitenmal geschieden, suchte für die zweite Frau eine passende Ehehälfte, war mit den beiden verflossenen Gattinnen sehr befreundet und gab Ratschläge, wie die Kinder aus der zweiten Ehe der ersten Frau zu erziehen seien. Im übrigen hatte sich das Gepräge der „Pension Huckenreuther" nicht äußerlich, aber innerlich ein wenig verändert. Immer noch tanzte man in der ehemaligen Tenne, immer noch hingen die Lampen mit den Blechschirmen da, immer noch schöpfte man die Limonade aus Spüleimern und bekränzte bei Festen die derben Mägde, daß sie heimziehenden Almkühen glichen. Der Geist aber, der hier herrschte, war jetzt ein wenig anders. Immer noch hausten hier die Balkanvölker und die fragwürdigen Künstlerexistenzen, die heute noch nichts sind und doch schon morgen alles sein können, immer noch schwebten dämonische Fräulein mit hurtig bestickten Eigenkleidern durch die Gemächer und sprachen von Nietzsche und vom Recht der Persönlichkeit, aber ganz so unbewußt-holdselig-verrückt wie vor zehn oder zwölf Jahren waren sie alle nicht mehr. Diese neue Zigeunergeneration, die jetzt hier wandelte, war selbstbewußter, posierter, nachdrücklicher als die früheren. Dies dunkelste Schwabing, das ehedem nur ein Hort begabter oder verbummelter Künstlerschaft gewesen, war ja im Laufe der Jahre so viel besprochen, beschrieben, bekrittelt, verdammt und gelobhudelt worden, daß sie alle, die sein Wesen ausmachten, sich wie Erwählte vorkamen und sich ganz ernsthaft als eine besondere Kulturschicht betrachteten. Immer noch waren sie jung, übermütig und verrückt, aber sie wiesen mit Geberden auf ihren Übermut und ihre Verrücktheit hin und waren von dem Wert ihrer Gesamterscheinung überaus durchdrungen. Immerhin aber hatte Dettmann hier eine Art Ehrenbürgerrecht, denn wenn ihn diese Jugend von heute auch insgeheim schon zu den alten Herrn, den „Überwundenen" warf, so war es doch unvergessen, daß sein Ruhm in diesem Hause zur Welt gekommen und kein andrer Name aus der Pension Huckenreuther so weithin bekannt geworden war, wie der seine. Zudem gehörte er ja gar keiner ausgesprochenen Richtung an, so daß man sich nicht bloßstellte, wenn man ihn in dem Kreis der jugendlichen Stürmer und Dränger als seinesgleichen aufnahm. Das Stück, das „In Tyrannos" flammte, stand ja in seinem Leben wie ein eratischer Block, ohne Zusammenhang mit vorher und nachher, ein Werk, das zeitlos war, allen Generationen gehörte, weil eben ein wirklicher Poet es geschrieben hatte. So war er bald wieder ein gern gesehener Gast in der Pension, trank, philosophierte, spintisierte mit den jungen Leuten um die Wette, schwenkte im Tanz Mädchen mit kurzgeschürzten Röcken und eben solchen Ansichten, empfand es wie Sonnenschein, daß man hier jede scharfe Kritik, gegen wen immer sie sein mochte, mit einer verächtlichen Handbewegung abtat und überzeugt war, daß alles, was zum Kreise Huckenreuther gehörte, den Stempel des Genies auf der Stirne trug, wenn auch die Mitwelt zu einfältig war, um ihn zu bemerken. Er suchte seine Gesellschaft aber nicht nur außer Hause, nein, auch bei sich wollte er jetzt die gleichgestimmten Menschen sehen und eine Gastfreundschaft entfalten, wie man sich in der „Pension

Huckenreuther" Gastfreundschaft und Geselligkeit im großen Stil dachte. Nun mußte Dora immer vorbereitet sein, daß plötzlich unangemeldet vier, fünf oder auch mehr Leute zu Mittag oder zu Abend kamen und reichlich bewirtet wurden. Oft auch fiel Hans Dettmann mit einer ganzen sehr heiteren Gesellschaft nach dem Theater oder nach Schluß der Kneipsitzung lachend ins Haus, schleppte mit seinen Freunden selber aus der Speisekammer und dem Weinkeller herbei, was irgend zu finden war, und schalt am nächsten Tag über eine ärmliche Krämerwirtschaft, wenn Dora nicht immer bedacht war, stets eine Vorratskammer zu haben, die nicht nur Nahrung, sondern auch Leckerbissen für ein halbes Dutzend Personen lieferte, auf die zwei Stunden zuvor niemand gerechnet hatte. Und dann gab es Feste, Silvester-, Karnevals- und Bockfeste mit einem bestimmten, zuweilen etwas bedenklichen Grundgedanken, dem sich die Geladenen in Kleidung, Betragen und Sprache anpassen sollten. Anfänglich waren diese Feste insofern interessant, als sich auf ihnen ganz verschiedene Gesellschaftsschichten begegneten: die literarischen und vornehmen Häuser, die sich Dettmanns jungem Ruhm geöffnet hatten, und die Zigeunerei aus der „Pension Huckenreuther", die er nicht mehr missen wollte. Vergeblich versuchte Dora ihm klar zu machen, daß diese grundverschiedenen Kreise nicht zu einander paßten, daß jeder sich vom andern abgestoßen fühle und daher keine richtige Feststimmung aufkommen würde. Er hörte auf solche Einrede nicht, weil er sie gar nicht begriff, weil er nicht verstand, warum gesellschaftliche Kreise die Pension Huckenreuther ablehnten, und weil er beim besten Willen nicht einsehen konnte, weshalb ein Liebespaar nicht unbekümmert von seinem gemeinsamen Haushalt sprechen sollte, wenn doch schon jeder wußte, daß sie in einer Wohnung zusammen lebten ... Da veränderte sich der Charakter dieser Feste schnell; die gute Gesellschaft blieb weg und es war bei Dettmanns nun eigentlich nur noch wie ein reicher, üppiger Ableger der Pension Huckenreuther. Es gab prachtvolle Speisen, Weine und Sekt in Überfluß, eine künstlerisch für das Fest geschmückte Wohnung, eine hübsche

Hausfrau, der man nicht ansah, wie widerwillig sie in all diesem Treiben erschien und ihre Gäste bewillkommte, aber ihretwegen brauchte man sich in keiner Hinsicht Zwang aufzuerlegen. Man tanzte, lärmte, schrie, duzte und küßte wild durcheinander und dachte auch bei Morgengrauen noch nicht ans Heimgehen. Dann kam erst der Kaffee und nach dem Kaffee döselte man oder schlief vielleicht eine halbe Stunde in bequemen Stühlen oder auf Ottomanen oder auch ausgestreckt auf dem Teppich, und wenn man aufwachte, hatte man schon wieder einen Bärenhunger, und Dettmann befahl, als ob es sich von selbst verstünde, ein reichliches, zweites Frühstück, dessen pikante Zusammensetzung den erschöpften Mägen und Nerven Rechnung trug. Dora durfte froh sein, wenn sich die letzten Gäste noch vor der Mittagsmahlzeit entfernten, es kam aber auch vor, daß dieser und jener, bei dem gerade Ebbe war, sich als Dauergast erwies und das festliche Haus erst nach vierundzwanzig Stunden oder noch später verließ.

Selbstverständlich betrog Dettmann seine Frau, betrog sie in einer naiv-schamlosen Weise, daß man eigentlich von Betrug nicht mehr reden konnte. Er machte kaum ein Hehl, daß er heute einer Schauspielerin, morgen einer Traumtänzerin nachlief, vielleicht auch nachreiste, wenn er nicht gerade mit ganz unzweifelhafter Weiblichkeit beschäftigt war. Er begriff nicht, daß Dora sich darüber kränkte, Szenen machte, weinte, von Scheidung sprach. Du lieber Gott, dies alles hatte doch mit seinen Gefühlen für seine Frau gar nichts zu tun! Er hatte sie doch wirklich von Herzen gern und das Haus wäre ihm ohne sie recht öde erschienen, aber deswegen konnte er doch nicht aufhören ein Mann, ein Dichter zu sein. Und ein Dichter braucht immer neue Erregung, immer neue Sensation, immer ein neues Erlebnis ... Wenn Dora das nicht begreifen konnte, tat sie ihm herzlich leid, aber ändern konnte er es nicht. Er mußte wieder ein Erlebnis haben, um jeden Preis mußte er es haben, suchte es in Kneipen, auf den Festen seines Hauses und in geschminkten Armen. Meinte immer wieder, daß er es gefunden hätte, frohlockte, schrieb in atemloser Hast ein

Stück, in dem er, er allein den fiebrischen Pulsschlag des Erlebnisses spürte und merkte am Abend der Erstaufführung immer wieder, daß die Menschen ihn und sein köstliches Erlebnis nicht verstanden, daß sie ihm immer wieder denselben kläglichen „freundlichen Erfolg" bereiteten. Und kaum, daß er sich von der Enttäuschung des Abends erholt hatte, begann die Jagd nach dem Erlebnis aufs neue — —

Zuweilen nur, in seltenen, tiefverschwiegenen Stunden fiel ihn ein Grauen an. Da stieg leise, quälend eine Frage auf, der er so gern die Faust auf den Mund gepreßt hätte, die Frage, ob er nicht am Ende zu jenen unseligen Günstlingen des Schicksals gehöre, denen es nur einen Erstlingserfolg schenkt und nie mehr einen zweiten. Schrecklich war die Vorstellung als sein eigenes Gespenst spuken zu müssen, als der ruhelose Schatten eines andern Dettmann, den er nie mehr erreichen konnte. Der andre Dettmann stand mit seinem „In Tyrannos" schon der Wirklichkeit entrückt, vom Glanze der Unvergänglichkeit umflossen, indessen er, gleich einer armen, leeren Hülse zurückgeblieben war, um sich und der Welt vorzutäuschen, daß sie immer noch köstlichen Inhalt berge. So quälend waren diese Gedanken, daß Dettmann in seinem stillen Arbeitszimmer laut aufstöhnte und die Zähne zusammenbiß, um nicht zu weinen. Und dann stürzte er sich mit dreifacher Hast in die Arbeit, sah den Erfolg kaum auf Armeslänge von sich entfernt, setzte ihm nach, wie man wohl einem nachsetzt, auf dessen Kopf ein phantastisch hoher Preis gesetzt ist, meinte schon ihn an den flatternden Locken zu halten, doch im letzten Augenblick spornte der Verfolgte sein Roß zu rascherem Lauf und in der geballten Faust des Verfolgers blieb statt der kostbaren Locke nur der schmerzhafte Nageldruck der eigenen Finger ... Immer wieder waren es die ersten Akte, die ein großes, reifes Werk zu eröffnen schienen, und immer wieder verdarben die Schlußakte mit ihrem aufgelösten Episodenwerk und ihren peinlichen Brutalitäten die Wirkung, die nach den ersten Aufzügen schon gesichert schien. Immer wieder mußte er lesen, daß ihm der lange Atem des echten Dramatikers fehle und daß die fieberhafte Art seiner

Produktion seine schöne Begabung völlig zugrunde richten werde. Doch immer noch blieb er, wie sich selbst zum Hohn, der Dichter des Stückes mit dem ungeschriebenen Motto „In Tyrannos" und wie er sich auch wehrte und sich vermessen aussprach, daß jedes seiner späteren Werke mehr wert sei, als das von Erfolg und Ruhm gekrönte, — er war und blieb für die Welt der Dichter, der Vater dieses einen, einzigen Stückes und die andern erschienen daneben wie schlechte Brut.

Da fiel ihn oft eine große Müdigkeit an, ein Ekel vor dem eigenen Handwerk, den er kaum bezwingen konnte. Dann dachte er wohl sehnsuchtsvoll: „O, nur einmal noch den großen Erfolg, ein einziges Mal noch. Ein einziges Mal noch das mächtige Rauschen seiner goldstarrenden Fittiche hören, das wie das Klatschen von tausend und abertausend Händen klingt, ein einziges Mal noch von ihnen emporgetragen werden über den Alltag und die Menge, hinauf zu den Göttern, auf daß ich von ihnen erlausche, was die Menschen ergreift und entzückt! Ein einziges Mal noch der sein dürfen, der ich damals war und dann — — nie wieder einen Federstrich tun! Abschließen mit dem großen Erfolg, weiter leben als der Dichter, der zu stolz und zu geizig ist, um sich weiter mitzuteilen, der alles, was er von den Göttern erlauscht hat, für sich behält, um sein eigenes Leben zu bereichern und zu schmücken. Ein einziges Mal noch den großen Erfolg, damit ich nicht der Mann bleiben muß, der sich selber im Wege steht, damit ich freiwillig einer Krone entsagen kann, um die ich verzweifelter kämpfe, als je um eine Königskrone gekämpft worden ist!"

Er schloß die Augen, malte sich aus, wie wundervoll diese große Ruhe, dieses Abgeklärtsein werden müßte, dieses Dasein, das nichts mehr sein sollte, als Genuß der Gegenwart, der Erinnerung und des Bewußtseins, daß sein Name noch in die Zukunft hinüberging. Wie ein Lastträger, der endlich die Zentner zu Boden werfen darf, die ihm die Schultern wunddrücken, würde er sich vorkommen. Und er zitterte vor Ungeduld bei der Vorstellung, daß er seine Last noch lange schleppen müßte. In andern Stunden freilich erbebte ihm das Herz, wenn er sich selber versprach, nach dem Göttergeschenk des zweiten Erfolges für immer zu verstummen. Nein, welch ein Wahnsinn redete da aus ihm, welcher Kobold wollte ihm einflüstern, daß ein Dichter sich selber die Zunge ausschneiden könne! Sich mitteilen, sich offenbaren, auf die Welt wirken, konnte man sich ein Leben denken, in dem dies alles fehlen sollte? Er, Hans Dettmann, konnte sich's nicht denken. Wenn er auf den Fittichen des Erfolgs zu den Göttern auffliegen und von ihnen erlauschen wollte, was die Menschen ergreift und entzückt, dann war es doch nur, weil er zu eben diesen Menschen sprechen, sie in seinen Bann zwingen wollte, daß sie mit ihm dachten und fühlten und lachten und weinten. Wie ein Rausch des Selbstbewußtseins kam es über ihn. Und wenn sie ihm noch hundert Stücke ablehnten und wenn sie ihn mit faulen Eiern bewarfen, — niemals würde er aufhören, Stücke zu schreiben! Und wenn niemand mehr an ihn, den gegenwärtigen Hans Dettmann glaubte, er selber glaubte an sich und wußte bestimmt, o so bestimmt, daß irgendwo in der Ferne der große Erfolg für ihn bereit stand, der aus dem großen Erlebnis herkommt. Man muß nur nicht müde werden, nicht täppisch sein und unverdrossen das große Erlebnis suchen — —

Dora war in diesen Jahren still und ernst geworden. Ihre Augen, die einst so strahlend geglänzt hatten, blickten jetzt oft versonnen und schwermütig drein, und ihr Mund, der früher so lustig gelacht und so keck gespottet hatte, bebte jetzt zuweilen leise, wie der letzte Wellenschlag eines zitternden Herzens. Sie trug schwer an der großen Veränderung, die mit ihrem Mann vorgegangen war. Sie hatte geraume Zeit gemeint, dies alles sei nur ein vorübergehender Zustand, nur eine augenblickliche Wesensänderung, wie man sie Dichtern zugute halten muß, hatte geglaubt, daß es schließlich wie in Romanen oder Dramen zu einer großen, erlösenden Aussprache kommen müsse, die alle Mißverständnisse löst und die Ehegatten in neuer Liebe zu einander führt. Nun wußte sie schon lange, daß alles blieb, wie es war und daß sie sich mit dem Bestehenden abfinden mußte. Wenn sie es genau betrachtete, durfte sie sich nicht einmal allzusehr beklagen, denn ihr Mann vernachlässigte sie nicht eigentlich, war nicht lieblos, nicht roh, kehrte sogar gelegentlich in einem Anfall von Liebe für kurze Zeit gänzlich zu ihr zurück und hätte sich, das wußte sie wohl, das Haus ohne sie nicht denken können. Vielleicht wäre sie auch über seine zahlreichen Untreuen hinweggekommen, hätte sich einreden lassen, daß sie zum Lebensbedürfnis eines Dichters gehören, aber schärfer als all diese „Erlebnisse" trennte sie beide der Gegensatz der verschiedenen Welten, denen sie angehörten. Ein Zigeuner, der eine Dame geheiratet hat, daran ließ sich nichts ändern, nichts bessern, so sehr Dora auch anfänglich versuchte, sich dem Kreis, dem Ton anzupassen, den der Mann jetzt ins Haus führte und anschlug. Sie wollte sich selber einreden, daß es nur Spießbürgerei sei, wenn sie sich mit diesen wild durcheinander duzenden und küssenden Herrschaften nicht verstand, wenn sie in ihrer Mitte plötzlich ein Heimweh empfand, als säße sie von ihrem eigenen Hause meilenweit entfernt, inmitten von Menschen, die eine ihr unverständliche Sprache redeten. Sie mühte sich, den ausgelassenen Ton zu treffen, Zweideutigkeiten zu hören und zu parieren, kurzgeschürzte Lebensansichten wunderschön zu finden und sich zu eigen zu machen, aber all diese gutgemeinten Versuche mißlangen gänzlich. Nach solcher Selbstverleugnung kam sie sich schmutzig vor, daß sie vor sich selber Ekel empfand und ihr Mann winkte ab: „Dorel, laß das, gib dir keine Mühe! Du verstehst es nicht und du kannst es nicht, denn du bist und bleibst ein braves Haushuhn. Schließlich muß es ja auch das geben. Aber das andre, nein, da laß die Finger davon! Dein Übermut hat keinen Schmiß und wenn du ausschweifend sein willst, siehst du aus, als hättest du Zahnschmerzen und man kriegt selber welche. Dir fehlt das richtige Temperament, also bleibe mein braves Haushuhn und versuche nicht, die andern zu kopieren, denn es gelingt dir doch nicht!"

Sie folgte gerne diesem Rat, wenn sie gleich wußte, daß der Mann sich immer weiter von ihr entfernte, je mehr sie das brave Haushuhn blieb. Er gehörte nicht zu denen, die eine Frau durch die Bequemlichkeit des Hauses, der Küche an sich fesseln kann, denn auch in den Jahren seiner Wohlhabenheit hatte er sich keine wirklichen Bedürfnisse angewöhnt, fand noch heute das schlechteste Essen, das unsauberste Bett wundervoll, wenn er nur mit einer „lustigen Bande" speiste oder nach durchzechter Nacht todmüde in die Kissen fiel. Wie einst bedeuteten ihm auch heute alle Äußerlichkeiten blutwenig und er achtete sein eigenes Haus nur, wenn es sich für die Feste, wie er sie liebte, öffnete oder wenn es wohl vorbereitet stand für die jähen Überfälle hungriger Gäste. Nein, mit dem Leitseil behaglicher Gewöhnungen war dieser Mann nicht zu gängeln. Man mußte ihn nehmen, wie er war, oder ihn lassen. Man mußte sich daran gewöhnen, daß er, wenn es ihm einfiel, vor den Augen seiner Frau bitterlich über eine untreue Geliebte weinte oder auch frohlockend mitteilte, daß er endlich das große Erlebnis gefunden habe, dessen er für sein neues Stück bedurfte. Man war machtlos gegen seine Liederlichkeit, die sich nach allen Seiten hin offenbarte und die keineswegs aus Verlotterung herkam, sondern aus einer toten Stelle seines Moralbegriffs, die niemals lebendig gewesen war. Doktor Ott hatte damals mit seinem Urteil über ihn doch wohl recht gehabt und Dora gab im Lauf der Jahre jeden Widerstand auf, verlor nicht die Beherrschung, wenn der Mann von ihr in irgendeiner Liebesgeschichte getröstet sein wollte oder wenn ihr Haus mit seinen Festen immer deutlicher der „Pension Huckenreuther" glich. Ein einziges Mal nur verlor sie äußerlich die Fassung; es war an dem Abend, da Peter Wendelstadt der dringenden Einladung Dettmanns Folge leistete und zu einem großen Karnevalsfest in das Haus kam. Er war erst vor kurzem aus dem Ausland heimgekehrt, denn seinen Vater hatte der Schlag gerührt und der Sohn mußte nun das große Geschäft selbständig leiten. Er war länger, um Jahre länger in der Fremde geblieben, als er zuerst gewollt hatte, aber als er erst draußen war, merkte er, wie gut Freiheit und Selbständigkeit schmecken, die ihm sein eigensinniger, herrschsüchtiger Vater stets nur in bescheidenem Maßstab zugestanden hatte. Da war er denn als Vertreter der Firma im Ausland geblieben, bis ihn die Erkrankung des alten Wendelstadt, der wohl nur noch kurze Zeit zu leben hatte, heimrief. Es gab nun für den neuen Chef des Geschäfts so viel zu tun, daß er zunächst gar keine Zeit fand, um gesellschaftlichen Verpflichtungen nachzugehen, und wenn er bei Dettmanns Besuch machte, so geschah es nur um der alten Kinderfreundschaft mit Dora willen. Die Einladung zu dem Fest lehnte er zuerst ab, aber Dettmann kam persönlich, um ihn zur Zurücknahme der Absage zu bitten, und da konnte er nicht nein sagen und kam. Dora hätte es lieber gesehen, wenn er fern geblieben wäre, aber Dettmann versprach sich großen Spaß davon, diesen ernsthaften, etwas schwerfälligen, nach englischer Mode gekleideten und zugeknöpften Holzhändler in die übermütige, zungenfertige Gesellschaft hineinzustellen, die man geladen hatte. Es ging alles ungefähr so, wie Dettmann es sich gedacht hatte. Peter Wendelstadt blickte aus großen, runden Augen, mit nicht eben geistreichem Gesicht auf diese bunte Schar, die wild durcheinander duzte und küßte und ihn verblüfft ansah, wenn er mit unerschütterlicher Höflichkeit immer wieder sagte: „Meine gnädigste Frau“ ... „Gestatten gnädiges Fräulein“ ... Er schien gar nicht zu bemerken, daß verschiedene der Damen mit sichtlichem Vergnügen seine große, stattliche Gestalt und das regelmäßige Gesicht mit dem braunen Vollbart betrachteten und nicht übel Lust hatten, in jedem Sinne anschmiegend zu werden. Er sprach höflich hierhin und dorthin, saß einmal eine Viertelstunde mit Dora allein, tauschte ein paar Erinnerungen an Weyarn aus und verließ unbemerkt das Fest, lange ehe es auf dem Höhepunkt der Lustigkeit angelangt war. Dora atmete auf, als sie ihn nicht mehr sah. Nie zuvor war ihr das eigene Haus so verlottert erschienen, wie unter den Augen dieses Mannes, der sie noch als Fräulein von Fünfkirchen gekannt hatte und der, abgesehen von flüchtigen Äußerlichkeiten, noch genau so war, wie er vor Jahren gewesen. Als die Damen merkten, daß er gegangen war, erhob sich eine lebhafte Debatte über „den steinernen Gast“ und man wollte sich ausschütten vor Lachen, als einer der

Herren, der Nachahmungstalent besaß, den schweren Gang, die gemessenen Bewegungen, die höflichen Redensarten Peter Wendelstadts nachahmte. Eine der Damen, der er sehr gut gefallen hatte, lachte mit, meinte aber doch: „Aber ein bildhübscher Kerl ist er doch." Und da sie von Beruf Bildhauerin war, setzte sie hinzu: „Er sieht eigentlich aus wie ein jugendlicher Zeus von Otricoli."

„Ja, aber wie ein Zeus von Otricoli, der einen Spießbürger geschluckt und nicht verdaut hat!" rief Hans Dettmann, der sich über Peter Wendelstadts zeitigen Aufbruch ärgerte.

Alle fanden diese Bemerkung ausgezeichnet, Dora aber wurde rot vor Zorn und rief überlaut in das Gelächter und Getümmel hinein: „Lacht nicht so albern! Was versteht ihr denn von einem Menschen wie Wendelstadt?! Ich will nicht, daß ihr über ihn lacht; übrigens ist es ganz geschmacklos, über einen Menschen zu witzeln, der eben noch zu Gast in unsrem Hause war!"

Man war erstaunt, ein wenig betreten, lachte dann wieder und sagte, man hätte es ja gar nicht böse gemeint. Hinter Dettmanns Rücken machte der eine oder andre eine bezeichnende Bewegung nach den beiden Ecken der Stirne, worauf wieder alle lachten, während er selbst etwas verdutzt war über die plötzliche Heftigkeit seiner Frau und nicht recht wußte, wie er sie deuten sollte. Nun, heute abend konnte man nichts mehr sagen, denn sonst verdarb man die Stimmung, die schon einen Augenblick ins Schwanken gekommen war. Aber morgen würde er ihr klipp und klar sagen, daß er sich solche Auftritte verbitte, und daß er so langweilige Menschen wie Peter Wendelstadt nicht mehr bei sich sehen wolle. Am nächsten Morgen hatte er aber die Sache schon vergessen, auch Dora sprach nicht mehr davon und Peter Wendelstadt blieb ganz von selbst weg. Das war Dora gerade recht, wenngleich es ihr wohl getan hätte, zuweilen mit jemand zu sprechen, der ihre Jugend gekannt hatte und der von ihrer Art war. Mitunter dachte sie: „Ein Kind, wenn ich doch ein Kind hätte! Mit einem Kind ließe sich alles leichter ertragen und das Leben läge nicht so einsam und wirr da wie jetzt!" Früher hatte sie nie so gedacht, hatte ihrem Mann recht gegeben, der meinte, ein Künstler dürfe kein Kindergeschrei im Hause haben, war froh gewesen, daß sie nicht Zeit und Schönheit einem neuen Wesen hatte opfern müssen. Auch jetzt schob sie den Gedanken wieder von sich weg. Was sollte ein Kind in einem Hause, das wie das ihre geworden war?! Wohin hätte sie mit einem Kind flüchten sollen, damit es nicht sah und nicht hörte, wie das Leben in diesem Hause ging, wie sein Vater zerfahren war und wie seine Mutter sich grämte? Nein, es war sicher besser, daß sie kein Kind hatte, daß sie ganz allein blieb auf dem trübseligen Weg, den sie gewählt hatte, da er noch von hellem Sonnenschein überstrahlt vor ihr lag...

Das schwerste Stück stand ihr freilich noch bevor. Einmal mußte ja der Tag kommen, an dem Hans Dettmanns fiebrige Arbeitshast erlahmte, an dem der Aberglauben der Theaterleiter verlosch, an dem auch Dettmann begriff, welch ein unseliger Günstling des Schicksals er war und daß ihm nie wieder ein Wurf gelingen würde. Bei dem ersten „freundlichen Erfolg" war Dora wohl ganz der Meinung ihres Mannes gewesen, daß nur Neid und Unverstand ihn bemängelten, aber je mehr die blinde Verliebtheit der ersten Jahre von ihr wich, je mehr sich der Mann von ihr entfernte, um so klarer sah sie ihn, wie er wirklich war, und erkannte mit grausamer Deutlichkeit, daß seine dichterische Sendung lange, schon lange vollendet war. Was würde geschehen, wenn auch ihm endlich diese Erkenntnis kam? Wie würde er weiterleben, wenn es um ihn her und in seinem Inneren still und kalt wurde, wenn das Fieber, das er jetzt künstlich züchtete, samt allen Fieberträumen zu Ende war und nichts blieb, als Nüchternheit und tödliche Schwäche! Sie konnte sich diesen schrecklichen Tag nicht ausmalen, wollte ihn nicht ausdenken, speiste sich selber mit allerlei kümmerlichen Hoffnungen, daß doch noch ein Wunder geschehen könne, wußte, daß er kommen mußte, und mochte doch nicht daran glauben. Wenn aber dieser Tag kam, dann durfte Hans Dettmann nicht allein sein, denn dann war er so arm, daß sie schon jetzt weinte, wenn sie an seine Armut und seine Verzweiflung dachte. Um dieses Tages willen durfte sie ihn nicht verlassen. An diesem Tag mußte sie auf dem Posten sein, um den zerbrochenen Mann in ihren Armen aufzufangen, um ihn in ein neues Leben hinüberzuschmeicheln, das doch für ihn jeden Sinn verloren hatte …

Wenn sie an diesen Tag dachte, fielen ihr immer wieder die Worte ein: „Laß diesen Kelch an mir vorübergehen!" Und sie meinte, es wäre leichter, jetzt, auf der Stelle zu sterben, als ihn zu erleben. Und mit angstzitterndem Herzen ging sie äußerlich ruhig und lächelnd den umdüsterten Weg weiter, an dessen Ende gleich einer finsteren Felswand, sich das drohende Schrecknis dieses Tages erhob.

Niemand von allen, die tagaus, tagein durch ihr Haus zogen, ahnte diese Erkenntnis und diese Ängste. Nur Regine spürte, was in der Schwester vorging, obwohl Dora sich nie aussprach, nur selten kam und auch die Schwester nur hin und wieder zu sich bat. Es war schwer für Dora, nichts zu sagen, nicht zu klagen, wenn sie mit Regine beisammen saß, aber klagen half doch nichts, machte nur klein und schwach. Sie hatte sich einst in jugendlicher Kühnheit ihr Los selber gewählt, ohne auf andre zu hören, nun mußte sie es auch allein tragen, ohne daß andre ihr helfen konnten. Und dann war noch eins, — Regine besaß jetzt all das Glück, das Dora schon nach kurzer Zeit verloren hatte, und wenn Dora auch nicht neidisch war und der Schwester gönnte, was sie hatte, so tat es doch weh, immerfort das eigene Schicksal an einem andern, besseren zu messen. Wohl hieß Regine immer noch Fräulein von Fünfkirchen, denn alle Scheidungsversuche, die im Lauf der Jahre immer wieder gemacht worden, waren an dem Starrsinn der Frau Doktor Ott gescheitert, aber er, Doktor Ott, hatte endlich für sich erreicht, um was er so lange und verzweifelt gekämpft hatte: er gehörte heute zu den gesuchtesten Ärzten der Stadt, war Leiter einer großen Klinik und erst kürzlich Geheimrat geworden. Nun dachte niemand mehr an den Klatsch, der einst ihn und Regine umspann, und wenn jemand sich daran erinnerte, so bedauerte man den gefeierten Arzt und verurteilte die Frau, deren rachsüchtiger Starrsinn ihm die treue Gefährtin vorenthielt, die er so gerne als Gattin in sein schönes Heim geführt hätte. Da lange Zeit vergangen und er ein angesehener Mann geworden war, hätten sich vor Regine jetzt auch Türen geöffnet, die sich ehedem nur zögernd oder gar nicht vor ihr auftun wollten; sie trug aber kein Verlangen nach ihnen. Sie mochte nichts zu tun haben mit Menschen, die früher lieblos über sie geurteilt hatten und jetzt Milde nur üben wollten, weil Doktor Ott eben zu Stellung und Ansehen gekommen war. Mehr noch als ehedem war jetzt Reginens Leben geteilt zwischen der Arbeit und dem geliebten Mann. Das Atelier, dessen Teilhaberin sie war, hatte von Jahr zu Jahr mehr zu tun und nahm sie vollauf in Anspruch, und der vielbeschäftigte Arzt tat es nach seiner Art erst recht, wenn auch oft Tage vergingen, ohne daß sie ihn sah, und er nach solchen Tagen vielleicht nur kam, um schnell eine Tasse Kaffee zu trinken und ein paar Zigaretten zu rauchen. War dann wohl auch müde, in Gedanken schon wieder bei Patienten, die ihn erwarteten, oder bei Neuerungen, die in der Klinik vorgenommen werden sollten, und Regine mußte ihn mit einem halben Wort verstehen, mußte erraten, was er wollte, durfte nicht ungeduldig werden, wenn er sie, da sie vielleicht von ihren eigenen Angelegenheiten sprach, nur zerstreut anhörte und mit einer Frage unterbrach, die bewies, daß er ganz wo anders hindachte. Es wurde ihr aber gar nicht schwer, auf ihn einzugehen, und ihn so zu nehmen, wie er genommen werden mußte, denn wenn sie des harten Weges gedachte, den sie durch Jahre mit ihm gegangen war, erschien ihr die Gegenwart so leicht, so glückselig, daß sie zuweilen Angst bekam vor so viel Glück. Jahr um Jahr war sie ja mit ihm durch Klatsch und Not gegangen, hatte mit ihm gewartet, gehofft, war mit ihm immer aufs neue enttäuscht worden, hatte die Ausbrüche seiner Verbitterung ertragen und seiner unfrohen Natur, die an allem zweifelte, der immer nur Vergangenes oder Niegewesenes begehrenswert erschien. Immer wieder hatte sie ihn mit ihrem starken, klaren Lebensmut aufrichten müssen, hatte seine Hand nicht aus der ihren gelassen, bis sie endlich durch Trübsal und Not Hand in

Hand emporsteigen durften zur Lebenshöhe. Von den drei Schwestern war sie die einzige, die es nicht teuer büßen mußte, daß sie mehr an Glück gefordert hatte, als ein alltägliches Frauenlos. Zu immer sonnigerer Helle schien ihr Weg zu weisen, indes die jüngste Schwester schon in Todesnacht versunken war und der Weg der andern in Dämmerung abwärts führte.

2

Während Regine in die zierlichen, kleinen Tassen den starken Kaffee eingoß, den Geheimrat Ott liebte, entzündete dieser seine zweite Zigarette und fragte: „Erinnerst du dich noch an Günthers?"

Regine sah ihn verständnislos an, wußte nicht, wen er meinte, besann sich und konnte doch nicht darauf kommen, wem der Name gehörte.

Der Geheimrat sagte mit etwas nervösem Ton: „Mein Gott, läßt dich denn dein Gedächtnis ganz im Stich?! Günther, Amtsrichter Günther, dessen Kind mein erster, wirklicher ‚Fall' war! Wenn ich tausend Jahre alt würde, bliebe mir der Name im Gedächtnis, denn eigentlich fing es mir von damals an gut zu gehen."

„So," entgegnete Regine mit trockenem Humor, „das ist mir neu. Vor Tische las man's anders, ganz anders. Damals hieß es ‚eine Schwalbe macht keinen Sommer' und was derlei ermutigende Reden mehr waren, die du stets zu hunderten auf Vorrat hattest. Also das ist sehr interessant, daß heute auf einmal dein Aufstieg von Günthers ausgegangen!"

„Nun ja, wenn man mitten in den Dingen drin steht, sieht man sie nie richtig. Erst die Rückschau gibt die richtige Perspektive."

„Die verklärende!"

Er beharrte eigensinnig: „Nein, die objektive. Man sieht eben dann nur mehr die großen Linien und vergißt die kleinen Widerwärtigkeiten. Übrigens ist es ganz egal, ob die Günthers für mich wirklich einen Wendepunkt bedeutet haben oder nicht. Ich wollte dir nur sagen, daß sie wieder hier sind. Ich las heute früh in der Zeitung, daß er als Ministerialrat ins Ministerium des Innern berufen worden ist. Der kleine Amtsrichter von damals Ministerialrat! So vergeht die Zeit. So wird man alt!"

Regine lachte.

„Wenn du erst anfängst, die Jahre an den Ministerialräten abzuzählen, wird die Sache hoffnungslos!"

„Ich zähle nicht ab, ich konstatiere nur, daß man alt wird!"

„Mein Gott, das weiß man ohnehin, auch ohne die Versetzung von Ministerialräten —"

„Aber es ist immer schmerzlich, durch irgendeine zufällige Äußerlichkeit daran erinnert zu werden."

Sie sagte nichts mehr. Das war seine alte Schwäche und über diesen Punkt ließ sich nicht mit ihm streiten. Von jeher hatte er mit angstvollen Augen seinen dahinrollenden Jahren sehnsüchtig nachgeblickt, während sie nicht verstand, wie man sich krampfhaft an die Jugend anklammern und das Alter fürchten konnte. Wenn man Hand in Hand durch lange Jahre langsam und mühevoll in die Höhe gekommen war, warum sollte es dann nicht schön sein, oben auszuruhen, die überwundenen Schwierigkeiten rückschauend zu betrachten und Hand in Hand langsam den Abstieg einzuschlagen, voll Zartheit und Güte miteinander zu ergrauen, wie man einst miteinander jung gewesen?! Der Geheimrat aber wollte von solchem Idyll nichts hören.

„Danke! Du stellst dir das Alter wie Philemon und Baucis vor, für meine Anschauung aber ist es Arterienverkalkung und Schwachsinn. Das Zukunfsbild lockt mich nicht, auch paarweise gedacht scheint es mir unerquicklich!"

Er war nun nahe an Fünfzig, sah aber durch das glattrasierte Gesicht wesentlich jünger aus. Sauber und gepflegt war er auch in seinen ärmlichen Jahren gewesen, nun aber stand er jeden Morgen frühzeitig auf, um schwedische Gymnastik zu treiben, ließ sich von seinem Diener massieren und mit kölnischem Wasser einreiben, hielt darauf, daß seine feine

Wäsche und seine zahlreichen schwarzen Röcke mit größter Sorgfalt behandelt wurden, beklagte es lebhaft, daß durch die häufigen antiseptischen Waschungen seine Hände hart und rot wurden. Das Haar, das leicht ergraut war, wurde immer wieder mit der Millimetermaschine geschnitten, denn der Geheimrat gab sich der holden Illusion hin, daß diese Restbestände durch ihre Kürze farbig wirkten. Es verdroß ihn auch, daß er gegen Ende der Vierzig fernsichtig geworden war; wenn jemand unversehens zu ihm ins Zimmer trat, riß er schnell die große Hornbrille von den Augen und bemühte sich, obgleich es schlecht ging, in Gegenwart dritter Personen seine Rezepte ohne Benützung eines Glases zu schreiben. Vor seinem fünfzigsten Geburtstag graute ihm wie einer Diva, und er machte aus diesem Grauen auch gar kein Hehl. Diese frauenzimmerliche Schwäche hätte wohl bei einem Durchschnittsmenschen klein und lächerlich gewirkt, doch seiner Ernsthaftigkeit und Bedeutung lieh sie eine menschlich-liebenswürdige Tönung, sah nicht komisch, sondern nur anmutig-verwunderlich aus, machte ihn sympathischer, als wenn er eingehüllt in seine Bedeutung, seinen Ernst und seinen scharfen Spott, scheinbar fehlerlos dahingeschritten wäre.

Einige Wochen nach dem kleinen Gespräch sagte Regine zu ihm: „Heute früh waren Günthers bei mir, das heißt, Frau von Günther mit ihrer Tochter, die photographiert werden sollte.“

Das interessierte ihn natürlich.

„Ob das wohl die Kleine ist, die ich damals behandelt habe? Wie hieß sie doch?“

Er besann sich ein wenig, riet etliche Namen hin und her, aber keiner stimmte. Regine, die seinem Ratespiel nicht recht zugehört hatte, sagte: „Thea heißt sie. Die Mutter hat ein paarmal Thea zu ihr gesagt.“

„Thea! Ja, das mag wohl sein. Genau erinnere ich mich nicht. Übrigens könnte es ja auch eine jüngere Tochter sein. Wer weiß, wie viele Kinder die damaligen Amtsrichters inzwischen bekommen haben!“

„Ich glaube schon, daß sie die älteste ist. Ich taxiere sie so um zwanzig herum."

„Ja, ja, das könnte stimmen. Wie sieht sie denn jetzt aus?"

„Hübsch, bildhübsch sogar. Sehr jung, sehr rosig, sehr blond. Aber gar nicht fad blond und ich glaube auch sonst nicht blond. Sie sieht aus, als ob sie es faustdick hinter den Ohren hätte. Aber hübsch ist sie, das muß ihr der Neid lassen!"

Der Geheimrat wollte ein wenig pikiert sein, daß Günthers noch gar nichts von sich hatten hören lassen.

„Aber natürlich, nach so langer Zeit — — was bleibt von allen Beziehungen, von allen Gefühlen über so viele Jahre hinweg? Nichts, gar nichts ..."

„Doch, einiges bleibt, einiges kann auch von den Jahren nicht zerstört werden."

„Natürlich, ich weiß, ich weiß."

Er sprach zerstreut, lenkte das Gespräch zu etwas anderm.

Als das Negativ entwickelt war, zeigte Regine dem Geheimrat die verschiedenen Aufnahmen, die sie von Thea Günther gemacht hatte. Er hielt ein en face Bild in der Hand, betrachtete es aufmerksam, als suche er in dem Gesicht des Mädchens noch die Züge des Kindes. „Mein Gott, sie sieht noch wie ein Backfisch aus, oder beinahe wie ein Kind."

Es war wirklich ein Kindergesicht mit der abgestumpften Nase, der Oberlippe, die ein wenig über die Unterlippe vorstand, dem weichen, flaumigen Rund von Wangen und Kinn und dem erstaunten Ausdruck der großen, hellen Augen. Dann reichte ihm Regine ein andres Bild, das den Kopf im Profil, wie das Relief einer Münze zeigte.

„Die Aufnahme da habe ich eigentlich nur zu meinem persönlichen Vergnügen gemacht. Im Profil ist das Mädchen nämlich zu putzig. Sie sieht da direkt wie eine sehr hübsche ‚fromme Helene' aus."

Der Geheimrat lachte und mußte Regine recht geben. Dies Profil war nicht weniger jugendlich als das en face Bild, aber so drollig-vorwitzig und verwegen, daß man es wirklich für eine Schwester von Buschs Heldin hätte halten können. Der modisch hochgetürmte Haarbau vermehrte noch die Ähnlichkeit, und der Geheimrat, der das Bild schon weggelegt hatte, um noch andre Aufnahmen zu mustern, griff wieder danach und lachte aufs neue.

„Das Gesichtel sieht wie eine einzige lustige Kaprice aus!"

„Ja, ja. Ich glaube, das Mädchen selbst ist eine einzige lustige Kaprice."

Sie griff an ihm vorbei, um die Bilder wieder zusammen und in den großen Umschlag zu stecken. Da sah er ihr Profil scharf von der Nachmittagssonne beleuchtet. Sah es mit denselben erbarmungslosen Augen, mit denen er einst die Anzeichen des Verfalls an seiner Frau gesehen hatte.

„Erbarme dich, die Nase neigt sich nun übergroß ein wenig herunter und das Kinn geht ein klein wenig in die Höhe. Noch merkt man die Verschiebung kaum, aber in ein paar Jahren — —"

Er dachte den Gedanken nicht zu Ende, war zerstreut, verstimmt und verabschiedete sich bald.

Ministerialrat von Günther hatte den Geheimrat auf der Straße getroffen, ihm mit großer Freude die Hand gedrückt und sich entschuldigt, daß es ihm bis zur Stunde nicht möglich gewesen war, den Herrn Geheimrat aufzusuchen. Aber der Herr Geheimrat wisse ja wohl selbst, wie es geht. Übersiedlung, Versetzung in ein neues Ressort, die Familie, die einen mit all ihrem Krimskrams und ihren Beziehungen in Anspruch nimmt, — nun aber war man eingerichtet und leidlich eingewöhnt, nun hoffte man den Herrn Geheimrat recht bald und recht oft bei sich zu sehen. Der Geheimrat kam, blieb ein wenig überrascht, daß Ministerialrats so ganz anders waren als er Amtsrichters im Gedächtnis behalten hatte. Der Herr Ministerialrat, äußerlich und innerlich untadelig, nach jeder Richtung hochkonservativ, mit einer kleinen, glänzenden Glatze, grauem Schnurrbart und schon etwas schwerhörig, die Frau Ministerialrat sehr stattlich, sehr geschnürt, sehr hohe Stehkragen, ohne ein einziges, weißes

Haar, nur mit sanften Krähenfüßen an den Augenwinkeln und einem Puderhauch über dem ganzen Gesicht, immer noch eine schöne Frau nach den Begriffen von gestern und mit den entsprechenden Prätensionen. Die beiden interessierten den Geheimrat nicht im geringsten und auch drei jüngere, teils weibliche, teils männliche Sprößlinge, waren ihm gleichgültig, aber Thea trat gleich mit einem bezaubernden Ausdruck von kindlicher Freude auf ihn zu, streckte ihm die Hand hin und sagte unbefangen: „Wie freue ich mich, daß ich endlich den Herrn Geheimrat kennen lerne! Auf diesen Augenblick habe ich mich schon so lange gefreut! Keinem Menschen bin ich ja zu so viel Dank verpflichtet, wie Ihnen!"

Er sah sie mit leiser Rührung an. O Gott, wie war sie jung und hübsch! Viel hübscher noch als auf den Bildern, die Regine von ihr gemacht hatte, viel zarter, viel blumenhafter. Wie eine Maiglockenblüte saß der kleine Kopf auf dem langgestengelten, weißen Hals, und wie Maienzauber war es um die schlanke Gestalt mit dem rosigen Kindergesicht, das auch in der Wirklichkeit ein ganz klein wenig der „frommen Helene" glich, ebenso lustig und pikant aussah wie sie, nur viel schöner, viel anmutreicher. Sie sprach sehr lebhaft, mit einer kleinen, etwas flachen Stimme und lispelte ein bißchen, was gut zu dem Kindergesicht paßte. Man konnte sich diesen Mund mit der etwas vorgeschobenen Oberlippe gar nicht ohne das leise Lispeln denken ...

Der Geheimrat hielt das Mädchen immer noch bei der Hand und sah sie an.

„Also so sieht das kranke Kind von damals aus! Solch ein großes, gesundes Mädchen ist daraus geworden!"

Er hatte eigentlich sagen wollen, „solch ein schönes Mädchen", aber das war ihm unpassend vorgekommen und er verschluckte das bewundernde Wort.

Er wurde sehr häufig zu Ministerialrat von Günthers eingeladen, denn sie machten großes Haus, machten es um Theas willen, die man so bald wie möglich und so gut wie möglich verheiraten wollte. Denn der Ministerialrat war nicht von fester Gesundheit und wenn er heute starb, blieb die Witwe mit vier unversorgten Kindern, einer mäßigen Pension und einem nur kleinen Vermögen zurück. Man mußte also trachten, die Töchter so bald wie möglich zu versorgen, den Söhnen reiche Frauen zu geben. Von den vier Kindern war aber Thea das einzig erwachsene und ihre Mutter fand, daß das Geld, das man für Gesellschaften und Bälle ausgab, eben eine Kapitalanlage sei, die riskiert werden müsse und die sich durch eine gute Partie der Tochter glänzend verzinsen würde. Thea hatte auch allerlei Verehrer, mit denen sie tanzte und zum Wintersport fuhr, aber Freier, so wie die Eltern sie wünschten, hatten sich bisher nicht gefunden. Sie war aber auch erst zwanzig und die Frau Ministerialrat betonte, daß man nichts übereilen dürfe, nicht aus vorzeitiger Torschlußpanik irgendeinen kleinen Beamten oder Leutnant nehmen solle, was so viel bedeuten würde, wie Fretterei bis ans Lebensende. Theas verliebte Natur kam den Plänen der Mutter sehr entgegen, obgleich es schien, als ob es anders hätte sein müssen. Aber eben weil die rosige, vergnügte Thea alle vierzehn Tage in einen andern sterblich verliebt war und meinte, sie müßte zugrunde gehen, wenn sie ihn nicht bekäme, war es ziemlich leicht, ihr immer wieder den auszureden, den sie sich gerade einbildete, und sie auf den Zukünftigen zu vertrösten, der so sein sollte, wie er nicht nur den Eltern, sondern auch ihr gefiel. Sie machte hierhin schöne Augen und dorthin schöne Augen, lachte, schmachtete, flirtete, dachte sich bei allem nichts oder sehr wenig, wollte nur immer gefallen und Gefallen finden. Sie hatte es gar nicht faustdick hinter den Ohren, wie Regine meinte, sie gehörte nur zu den Frauen, die latent verliebt sind und die, wenn nicht eine feste Hand sie im Zaume hält, auf die schiefe Bahn geraten, ohne Vorsatz, ohne Hang zur Ausschweifung, nur weil sie keinem Mann nein sagen können.

Der Geheimrat, der in all den Jahren nie Zeit für eine größere Geselligkeit gefunden hatte, lehnte eine Einladung bei Ministerialrat von Günther nur selten ab. Zwischen ihm und Thea entwickelte sich schnell ein hübsches, freundschaftliches Verhältnis mit einem neckenden Unterton, ungefähr so, wie zwischen einem humorvollen Onkel und einer jungen Nichte. Sie nannte ihn auch zuweilen „Onkel Geheimrat", obgleich ihr korrekter Vater dann jedesmal mahnte: „Thea, sei nicht vorwitzig!" Sie lachte, sagte: „Ach, der Geheimrat ist nicht böse, nicht wahr?" Und wenn der Vater gegangen war, sagte sie leise, als gälte es ein Geheimnis: „Wenn der Papa es nicht hört, sag ich doch Onkel Geheimrat. Ich finde das so hübsch ... Sie werden mich nicht verklagen, nicht wahr? So etwas tun Sie gewiß nicht. Ihnen könnte ich alles sagen, was ich dem Papa nicht sage. Ich habe solches Zutrauen zu Ihnen."

Er schnitt eine Grimasse. Es ist nicht eben schmeichelhaft, wenn ein junges Ding einem Mann versichert, daß es so viel Zutrauen zu ihm hat ... Er entgegnete: „Nennen Sie mich nur immer Onkel Geheimrat. Ich finde es hübsch und es paßt für mich. Ich bin ja auch wie ein alter Onkel von Ihnen!"

„Nein, alt sollen Sie nicht sein. Alt sind Sie doch noch nicht!"

„Doch, Fräulein Thea, im Vergleich zu Ihnen bin ich alt. Ich habe Sie ja schon auf den Armen gehalten, als Sie noch ein klein winziges Mädchen waren. Daran können Sie sich freilich nicht mehr erinnern."

Nein, sie konnte sich nicht mehr erinnern, aber Papa und Mama hatten ihr oft erzählt, daß Doktor Ott ihr das Leben gerettet hatte.

„Das war nur meine Pflicht." In Gedanken setzte er hinzu: „Es war wahrhaftig die beste Tat meines Lebens, daß ich der Welt dies entzückende Geschöpf erhalten durfte!"

„Nun ja, vielleicht war es, wie Sie sagen, Ihre Pflicht. Sie hätten sicher jedes arme Gassenkind ebenso behandelt und gerettet wie mich —"

„Selbstverständlich, sofern mir auch da das bißchen Glück beigestanden hätte, das zu jedem Erfolg gehört!"

„Aber es ist eben doch hübsch, daß Sie mich, gerade mich gerettet haben. Das gibt mir Ihnen gegenüber ein besonderes Gefühl. Es ist beinahe so, als ob wir ein bißchen verwandt wären. Wenn man von jemand etwas so Großes wiedergeschenkt bekommt, wie das Leben, ist man doch eigentlich auch mit ihm verwandt!"

Er lachte.

„Das stimmt doch nicht ganz. Sonst wäre ja jeder Raubmörder, der zu lebenslänglichem Zuchthaus begnadigt wird, mit dem König verwandt!"

Sie war einen Augenblick betreten, daß ihre Philosophie, die ihr bedeutend vorgekommen war, ad absurdum geführt wurde, wußte nicht gleich etwas zu entgegnen, meinte schließlich vergnügt: „Pfui, Onkel Geheimrat, wie können Sie mich mit einem Raubmörder vergleichen?! Es ist mir auch ganz egal, wenn Sie mir widersprechen, denn ich finde es nun einmal schade, daß Sie nicht mit mir verwandt sind. Wenn Sie sich Mühe gegeben hätten, könnte ich doch wenigstens Ihr Patenkind sein."

„Auch mit der größten Mühe meinerseits wäre das nicht gegangen. Sie waren doch schon etliche Jahre über die Taufe hinaus, als ich die Ehre hatte, Sie kennen zu lernen. Übrigens wären Sie ja auch als mein Patenkind nicht mit mir verwandt."

Nun triumphierte sie, daß sie ihn eines Irrtums überführen konnte.

„Doch, der Pate und das Patenkind sind miteinander verwandt. Deswegen dürfen sie einander ja auch nicht heiraten!"

„Dann ist es freilich schade, daß ich Sie nicht aus der Taufe gehoben habe!"

„Jetzt muß ich den Papa kopieren: ‚Onkel Geheimrat, seien Sie nicht vorwitzig!' Zweifeln Sie etwa daran, daß ich eine sehr nette Frau sein würde?"

Er entgegnete mit absichtlich übertriebener Höflichkeit: „Ich zweifle nicht daran."

Die hellen Augen sahen ihn mit forschender Koketterie an.

„Und Sie? Wären Sie ein netter Ehemann?"

„Ich zweifle sehr daran!"

„Warum zweifeln Sie daran?"

„Nun muß ich den Herrn Ministerialrat spielen: ‚Fräulein

Thea, seien Sie nicht vorwitzig! Kleine Mädchen dürfen einen alten Onkel nicht zu viel fragen'!"

Er neckte sich gern mit ihr und es belustigte ihn, wenn sie sich mit andern neckte, und es belustigte ihn, wenn sie immer wieder mit einer Neigung fertig wurde, die sie noch vor vier Wochen für unsterblich gehalten hatte. Sie gab sich gar keine Mühe, es zu verbergen, wenn ihr einer gefiel oder auch nicht mehr gefiel, und gelegentlich sprach sie wohl auch mit dem Geheimrat über irgendeine kleine Herzensangelegenheit, denn er war doch nun einmal der Onkel ihrer Wahl, zu dem sie so viel Zutrauen hatte! Er hörte ihr belustigt zu und lächelte spöttisch hinter jedem her, der keine Gnade mehr vor ihr fand. Der Rechte war eben noch immer nicht gekommen, der Rechte, der dies naiv-zärtliche, kleine Herz fest in die Hand nahm und keinem andern mehr ließ. Wie aber, wenn der Rechte heute oder morgen kam? Der Geheimrat sagte sich eindringlich, daß er darüber nicht nachzudenken brauche, weil dies eine Angelegenheit der Familie von Günther war ... —

Im Laufe der Zeit mußte Frau von Günther wegen eines kleinen operativen Eingriffs die Klinik des Geheimrats aufsuchen. Thea kam natürlich jeden Tag, um nach ihrer Mutter zu sehen, und hier, im eigensten Reich des Geheimrats war sie befangen, denn hier schien er ihr ein ganz andrer, als im Hause ihres Vaters. Sie knickte zusammen vor Ehrfurcht, wenn sie ihn im weißen Kittel, gefolgt von seinen weißberockten Assistenten, durch die weiten, blanken Gänge der Klinik gehen und wenn sie die gehorsamen Gesichter der Schwestern sah, in deren Munde das „Herr Geheimrat" so ehrfürchtig klang, als ob sie sagten „Euer Majestät". Sie sah, wie die Menschen sich in seine Sprechstunde drängten, und aus der Art, wie er zu ihrer kranken Mutter war, spürte sie, daß er nicht nur ein tüchtiger, sondern auch ein gütiger Arzt war. Hier, in seiner Klinik, fielen Unfrohheit, Spottsucht und Pessimismus von ihm ab, hier war er nichts, als ein hilfsbereiter Mensch, der sich dankbar der Gnade bewußt ist, die ihm verliehen wurde, und wo er nicht mit seiner geschickten Hand helfen konnte, fand er wenigstens ein zartes Wort, das die dunkle Botschaft, die er künden mußte, verhüllte. Als Thea sich von ihrer Ehrfurcht etwas erholt und den früheren neckenden Ton wieder gefunden hatte, verliebte sie sich in den ersten Assistenten des Geheimrats, einen kleinen, schlanken Menschen, dessen melancholische Augen es schon mehreren weiblichen Patienten der Klinik angetan hatten. Er nahm aber keine Notiz von diesem Gefühl, denn er hatte die unbestimmte Ahnung, daß es dem Geheimrat lieber wäre, wenn sein erster Assistent sich nicht in Fräulein von Günther verliebte, und außerdem war er gerade anderweitig beschäftigt. Thea kränkte sich zehn oder zwölf Tage, dann verließ ihre Mutter die Klinik. Durch die Entfernung verblaßte das Bild des geliebten Assistenten sehr schnell, zudem Fräulein Thea sich jetzt mit einem ganz andern Plane trug. Der Geheimrat veranstaltete alljährlich einen Krankenpflegekurs für junge Damen und Thea wollte jetzt an solch einem Kurs teilnehmen. Die ganze Atmosphäre der Klinik hatte stark auf sie gewirkt; sie dachte es sich wunderschön, im Schwesternhäubchen neben den Kranken zu stehen, gehorsam und ehrfurchtsvoll „Herr Geheimrat" zu flüstern und nebenbei romantische Geschichten zu erleben, wie sie sich immer wieder zwischen hübschen jungen Schwestern und ihren männlichen Pflegebefohlenen abspielen. Nicht etwa, daß sie schon jetzt Berufsschwester werden wollte. O nein, das fiel ihr nicht ein! Aber später, wenn der Tanzsaal und der Wintersport in den Hintergrund traten und sie noch immer nicht verheiratet war, dann konnten sich doch in der Klinik oder einem eleganten Sanatorium allerlei Möglichkeiten bieten! Und selbst wenn man nicht so weit hinausdachte, blieb das Pflegerinnenkleid kleidsam, auch wenn man es nur für etliche Monate trug, gab einen Anschein von Würde und Opferfreudigkeit, der den Reiz eines jungen, hübschen Mädchens nur erhöhen konnte. Ihre Eltern waren mit dem Plan einverstanden. Die Teilnahme an solchem Kurs verpflichete ja zu nichts, und der Ministerialrat, der immerfort über seinen Tod hinaus rechnete, sah es gern, daß Thea sich wenigstens die allererste Vorbildung für einen Beruf aneignete, der zwar anstrengend und mühevoll, aber für die Tochter einer vornehmen Familie standesgemäß ist.

Thea von Günther saß also mit einer großen Anzahl junger Damen im Kurs, war eifrig und nicht ungeschickt, wenngleich sie nicht zu den besten Schülerinnen des Geheimrats gehörte. Es gab hier natürlich keine Bevorzugung; die Nachtwachen durften ihr ebensowenig erspart bleiben, wie die Zimmer der Unheilbaren. Er konnte es aber nicht hindern, daß sein Gesicht heller wurde, wenn er den Blondkopf unter den andern erblickte, konnte es auch nicht hindern, daß Thea ihn ehrfurchtsvoll anhimmelte, als wäre sie eine Schülerin der Oberklasse und er der angebetete Literaturprofessor. Da war es denn nicht zu verwundern, daß die andern jungen Damen zu tuscheln begannen und sich Gedanken über den Geheimrat und den Blondkopf machten, Gedanken, die sie daheim ihren Eltern mitteilten. Und auch noch viele andre Leute machten sich Gedanken und tuschelten, denn allmählich fiel es auf, daß der Geheimrat gar so viel bei Günthers verkehrte und sich gar so lustig mit Fräulein Thea neckte. Man wußte doch, daß Ministerialrats eifrig nach einer guten Partie für die Tochter suchten, man wußte, daß der Geheimrat ein großes, ein sehr großes Einkommen besaß. Freilich lagen an dreißig Jahre Altersunterschied zwischen ihnen, aber so viel man sah, machte das den beiden, die in Frage kamen, nichts aus! Allerdings erinnerte man sich, daß der Geheimrat immer noch verheiratet war und außerdem durch langjährige Beziehungen gebunden sein sollte. Aber ein Mann in seiner Stellung und mit seinen Mitteln fand wohl, wenn er durchaus wollte, einen Weg, der endlich zur gesetzlichen Scheidung führte, und außerdem hieß es, daß die starrsinnige Frau jetzt kränklich sei, so daß man vielleicht mit einer baldigen, friedlichen Lösung der nur mehr dem Buchstaben nach vorhandenen Ehe rechnen konnte. Und was die langjährigen Beziehungen anbetraf, — mein Gott, der Geheimrat wäre nicht der erste und nicht der letzte Mann, der damit untadelhaft zu Ende kommen würde ... So ging das Getuschel weiter, ging von Mund zu Mund, und weil der Mann, um den es raunte, weit über einen einzelnen Kreis hinaus bekannt war, flog es von Kreis zu Kreis, vom Stammtisch zum Kaffeeklatsch, flog über die Grenzen der Stadt hinaus in die stillen und eben darum klatschbegehrlichen Vororte hinein. Schon wußten alle, daß der Geheimrat bis über die Ohren in Thea von Günther verliebt sei, nur er selber wußte es nicht, denn die Betrunkenen sind ja stets bereit, sich und andern eindringlich zu versichern, daß sie vollkommen nüchtern sind. Und selbst wenn ihm ab und zu ein klarer Moment kam, hielt es der Geheimrat nicht für nötig, Revue über seine Gefühle abzuhalten. Wozu auch? Er war doch zweimal gebunden. Einmal durch das Gesetz, ein anderes Mal durch Dankbarkeit, durch Pflicht, durch Gewohnheit, durch Liebe. Wirklich durch Liebe? Auch darüber nachzudenken war ein müßiges Ding. Er war gebunden — damit basta.

Jeden Mittwoch und Samstag zwischen drei bis vier Uhr hatte der Geheimrat Sprechstunde für seine Privatpraxis in seiner Wohnung. Sie sollte eigentlich nur eine Stunde dauern, aber es kamen immer so viele, daß sie sich meist tief in den Nachmittag bis an die Grenze des Abends hinzog. Immer wieder öffnete sich die gepolsterte Doppeltüre, die vom Wartezimmer in das Ordinationszimmer führte, ein weißer Kittel erschien im Türrahmen, „bitte", aus der schwarzen Menge der Wartenden löste sich eine Gestalt, der die andern neidisch nachblickten, verschwand hinter der gepolsterten Doppeltüre und dem weißen Kittel. Die andern saßen, blätterten in alten Zeitschriften, starrten zur Decke, legten ungeduldig bald das linke Knie aufs rechte, dann das rechte aufs linke, fingen vielleicht mit einem Nachbarn ein abgerissenes Gespräch im Flüsterton an. Und immer wieder öffnete sich die gepolsterte Doppeltüre, erschien der weiße Kittel, „bitte", verschwand eine zögernd aufstehende Gestalt. Und, doch schien sich der Raum des Wartezimmers heute nicht zu leeren, weil immer wieder neue Patienten kamen und eingelassen wurden, trotzdem es schon etwas nach vier Uhr war. Es dunkelte eben ein Nachmittag im Spätherbst und darum mochte sich der Diener in der Zeit versehen haben. Jetzt kam er leise herein, knipste das Licht auf, bat Patienten, die am Fenster standen und auf die Straße hinaussahen, ein wenig Platz zu machen, damit er die Rolläden herablassen und die Vorhänge schließen könne. Jeder, der sich bislang ermüdet und dennoch angespannt in eine Fensternische gedrückt hatte, kam der Aufforderung des Dieners gerne nach, trat, das helle Licht wie eine Erlösung empfindend, zu den andern an den großen Tisch, auf dem die alten Zeitschriften lagen. Nur eine ältliche Frau schien sich nicht von der Abgesondertheit, die das Fenster bot, trennen zu können, verschwand unvermerkt wieder hinter den schweren, violetten Vorhängen, die der Diener herabgelassen hatte.

Es war beinahe sechs Uhr, als der Geheimrat endlich zum letzten Male die gepolsterte Doppeltüre öffnen und „bitte" sagen konnte. Er sah sich um. Nein, es war niemand mehr da. Oder doch, ja, da beim Fenster, von den violetten Vorhängen halb verborgen, regte sich noch etwas, trat eine Frau heraus, die den Kopf tief gesenkt hielt, als wolle sie ihr Gesicht nicht sehen lassen.

„Bitte!"

Jetzt hob sie zögernd den Kopf. Der Geheimrat fuhr zurück, traute seinen Augen nicht. Nun legte sie den Kopf in den Nacken, sah den Geheimrat fest an. Sie sprach ein paar Worte, die er in seiner Erregung nicht gleich verstand — —

Es war seine Frau.

3

Nun hatte Hans Dettmann ein Erlebnis gehabt, ein wirkliches Erlebnis, das hinausging über die Mädelgeschichten, die er sonst so genannt und aufgeputzt, vertieft, dramatisiert hatte. Da war in der „Pension Huckenreuther" eine kleine, blutjunge Russin, Vera Stephanoff, die an der Universität irgend etwas studierte und mit ihrem ernsthaften, einsamen Wesen gar nicht in das Getriebe dieser Pension paßte. Sie war wohl auch nur der Billigkeit wegen dorthin verschlagen worden, denn sie bewohnte das schlechteste Zimmer, das eigentlich eine Magdkammer war, ließ nur bei grimmiger Kälte heizen und verzichtete auf das Frühstück, um einen kleineren Pensionspreis zu zahlen. Sie hatte rote, erfrorene Hände, trug im Winter ein armseliges, dünnes Jäckchen und ein schäbiges, kleines Pelzbarett und hielt sich wohl ebensosehr aus Geldmangel wie aus Neigung von den Festen in der Pension fern. Sie schrieb bis tief in die Nacht hinein Briefe, hatte eine große Auslandskorrespondenz und empfing immerfort Streifbandsendungen, die Zeitungen und Broschüren in russischer Sprache enthielten. Selbstverständlich galt sie in der Pension als Nihilistin und schon um dieses Prädikates willen fand man sie interessant. Sie war ein ausgesprochen slawischer Typ mit breiten Backenknochen, schmalen, dicht an der Nase liegenden dunkeln Augen, einem blassen Mund, dessen seltenes Lächeln das ernsthafte Gesicht reizvoll machte. Sie war nicht redselig, sprach nur selten und dann wie widerwillig von russischen Verhältnissen, und ihre süße, etwas melancholische Stimme vibrierte dann in Leidenschaft. Obwohl oder vielleicht gerade weil sie sich von der Gemeinsamkeit der Pension ferne hielt, bemühte sich dieser und jener um ihre Gunst, jedoch ohne jeden Erfolg. Als Hans Dettmann, dem sie gefiel und leid tat, ihr einmal andeutete, daß er ihr gerne aushelfen würde, wenn sie in Not sei, wurde er so schroff zurückgewiesen, wie noch nie ein Geldangebot in diesem Hause zurückgewiesen worden war. Nun reizte ihn die Eroberung erst recht, und weil das stolze, einsame Mädchen wohl Sehnsucht nach ein bißchen Wärme und Güte verspürte, wurde sie ihm schließlich doch, was ihm vor ihr manch andre gewesen, und wurde ihm dennoch mehr, weil sie anders war, als die andern. Trotz ihrer Armseligkeit nahm sie nie etwas von ihm an, imponierte ihm durch ihren Stolz, der sich auch in einem starken Selbstbewußtsein ihrer Weiblichkeit äußerte, imponierte ihm durch ihr Geschick, das er dunkel ahnte, wenn sie auch nie über das sprach, was hinter ihr lag oder was kommen konnte. Eines Tages aber fand er sie aufgelöst in Tränen und Verzweiflung, und an diesem Tage sprach sie ihm auch zum ersten Male von

Persönlichem. Sie hatte von daheim eine Schreckensbotschaft erhalten, Brüder, Vettern, Kameraden waren unvermutet verhaftet, teils nach Sibirien gebracht, teils durch den Strang gerichtet worden. Sie saß in ihrem Kämmerchen, hatte die Hände an die Schläfen gepreßt und starrte vor sich hin: „Sie wollen uns ausrotten, keiner von uns soll mehr atmen! Alles soll tot sein, damit nur sie leben können, sie allein!"

Tagelang blieb sie verstört. Als sie sich allmählich beruhigen wollte und die andern, die ihr in dieser Zeit mit Rücksicht und stillem Respekt begegnet waren, die Sache schon halb vergessen hatten, kam eine neue Schreckensbotschaft: Vera Stephanoff wurde als „lästige Ausländerin" ausgewiesen. Nie in seinem Leben würde Hans Dettmann den Augenblick vergessen, in dem das Mädchen den Ausweisungsbefehl erhielt. Ein paar Minuten sah ihr Gesicht grau und verfallen aus, als wäre sie in diesen paar Minuten um Jahrzehnte gealtert. Aus den schmalen Augen sprach ein Jammer, der ans Herz griff. Sie fuhr ziellos mit den Händen durch die Luft, als suche sie einen Halt. Dann richtete sie sich hoch auf, warf den Kopf zurück, sah mit ekstatischen Augen in eine unsichtbare Ferne.

„Sie holen mich! Ich gehe zu ihnen! Ja, ja, ich komme. Wo ihr seid, will auch ich sein. Es geht um das heilige Rußland, da darf ich nicht fehlen!"

Verklärt, wie eine Mystikerin, die dem Ruf eines fernen Gottes folgt, packte sie ihre paar Habseligkeiten, nahm zerstreut, hastig Abschied, wie jemand, der sich nicht verzögern darf und es kaum erwarten kann, daß der Zug ihn fortbringt, zu einem ersehnten Ziel. Nie zuvor hatte Hans Dettmann eine tiefere Erschütterung gespürt, als diesen Abschied. Nie zuvor hatte er eine Liebe gehabt, deren nächster Nachbar der Tod war. Die andern waren aus seinem Arm eben in einen andern Arm gegangen, dies blutjunge Ding aber ging von ihm weg zu jenen, die seine Art ausrotten wollten, ging von ihm weg in die Schrecknisse Sibiriens, wenn nicht gar in unterirdische Kerker, aus denen man sie nur holte, um sie zum Galgen zu führen. Vera Stephanoff glich sicherlich in keinem Zug dem armen Gretchen und Hans Dettmann nicht dem Doktor Faust, und doch faßte auch ihn der Jammer der ganzen Menschheit an, da er untätig, ohnmächtig daneben stehen mußte, während sich das grausame Geschick dieses Mädchens vollzog. — —

Dies Erlebnis ließ ihn nicht mehr los. Zerwühlte ihn zuerst menschlich, zwang ihn dann zu künstlerischer Gestaltung. O, nicht etwa daß er ein nihilistisches oder auch nur ein russisches Drama schreiben wollte oder überhaupt ein Stück, das irgendeine politische Tendenz verfocht. Nein, er wollte dies Erlebnis destillieren, aller persönlichen Ähnlichkeiten entkleiden, daß nur der seelische Extrakt blieb. Nun, o Erfolg, hebe sacht deine goldstarrenden Flügel, daß du mich hinaufhebest zu den Göttern, die ich belauschen wollte und die mir dies Mädchen mit seinem dunkeln Geschick sandten, auf daß ich endlich aus dem Geiste dieses Geschickes mein Meisterwerk schaffe, den reifen Bruder meines frühlingshaften „In Tyrannos ..."

Er arbeitete mit einer Inbrunst und auch mit einer Hast, wie nie zuvor. Fünf, sechs Stunden saß er am Schreibtisch, schrieb so schnell, daß er die eigene Schrift kaum lesen konnte und war doch immer ungeduldig, weil der Kopf so viel schneller dachte, als die Hand zu folgen vermochte. Und wenn er sich tagsüber müde gearbeitet hatte, saß er die Nächte durch in der Kneipe und zechte. Wenn Dora ihn leise mahnen wollte, daß er auf seinen körperlichen Ruin lossteuere, wies er sie ab. Wies sie aber nicht barsch, sondern lachend ab, als wäre er ein jugendlicher Sieger, den ein ängstliches, altes Weibchen in seinem stürmenden Siegerschritt aufhalten will: „Laß doch, Dorel, das verstehst du nicht! Der Wein, den ich nachts trinke, der schadet mir nicht, sondern er nützt mir. Er fließt am Morgen wie Feuer in dem, was ich niederschreibe. Und wenn es um Leib und Leben ginge, den Rausch, den ich jetzt bei der Arbeit spüre, gäbe ich nicht her."

Sie wehrte ihm nicht mehr. Er war wirklich so berauscht, so überzeugt von sich, daß auch sie wieder zu glauben begann.

Dann las er das vollendete Stück vor. Nicht unter vier

Augen las er es ihr vor (das tat er schon lange nicht mehr), sondern einen bestimmten Kreis aus der Pension Huckenreuther lud er ein, und Mimen, die in seinen früheren Stücken gespielt hatten. Bei dieser Vorlesung erzielte das Stück einen großen Erfolg. Die meisten Zuhörer hatten ja Vera Stephanoff gekannt, spürten ihr Wesen und ihr Geschick in den Vorgängen und in der Psychologie des neuen Dramas, das für sie in höherem Sinn ein Schlüsselstück war. Die Mimen, die von der Vorgeschichte dieses Stückes nur wenig oder nichts wußten, äußerten sich etwas unbestimmt, wie Mimen literarischen Dingen gegenüber häufig tun, schließlich aber wurden auch sie vom Beifall der andern mit fortgerissen. Man teilte schon die Rollen aus, stritt sich über Besetzung und Auffassung und war sich nur darüber einig, daß dieses Stück ein Volltreffer sein mußte. In dieser Meinung wurden sie noch bestärkt, als die königliche Bühne das Stück ablehnte. Hans Dettmann rieb sich vergnügt die Hände, als wäre ihm ein Anerkennungsschreiben zuteil geworden.

„Das ist ein gutes Zeichen, daß das Hoftheater nicht anbeißt! Natürlich, dem ist es zu gefährlich, zu gewalttätig. Das ist kein Zuckerbrei für Komtessen und junge Leute, die Stützen von Thron und Altar werden wollen! Schönen Dank, Euer Exzellenz, daß Sie mich ablehnen. Ich passe nicht zu Ihnen; auf einer andern Bühne werde ich mich weit besser ausnehmen."

Eine der großen Privatbühnen nahm das Stück unverzüglich an, ließ es nicht an eifriger und geschickter Voranpreisung fehlen, setzte die Erstaufführung für Anfang November fest. Die Proben huben im Oktober an, brachten die üblichen Zappeleien, Nervositäten, Verstimmungen, Krisen, drohten wie üblich mit Abbruch aller Beziehungen zwischen Autor und Mimen, aber schließlich kam doch alles zum guten Ende, und an einem stürmischen, naßkalten Novemberabend saß Dora in einem prächtigen, pfauenblauen Samtkleid, gerade in der Mitte des ersten Balkons, wo jeder Blick sie sehen konnte, sehen mußte. Nicht nach ihrem Willen saß sie dort, denn viel lieber hätte sie unbemerkt hinter einer Säule oder im dunkeln Hintergrund einer Loge gesessen, Stück und Beifall auf sich wirken lassen, ohne daß einer sie erkannte, aber Hans Dettmann war sehr ärgerlich geworden, als sie diesen Wunsch äußerte; er fand, daß gerade an diesem Abend seine Frau reich geschmückt vor aller Augen erscheinen müsse. Er selbst wartete blaß und aufgeregt im Hintergrund der Direktionsloge auf die Wirkung seiner Dichtung und die Hervorrufe. Nach dem ersten Akt großes Schweigen. Nicht das beglückende Schweigen, das Beifall ist, der noch ehrfurchtsvoll den Atem anhält, sondern das kalte, höhnische Schweigen, das besagt: „Du gefällst mir nicht", oder „Ich verstehe dich nicht". Nach dem zweiten Akt regten sich etliche Freundeshände, wurden aber schnell niedergezischt, so daß sie in den Schoß sanken, um nicht statt eines Hervorrufs einen Theaterskandal zu veranlassen. Nach dem dritten Akt ein einziger Hervorruf für die Darsteller, und die Unmöglichkeit, ihn auch für den Dichter zu erzwingen ...

In der großen Pause, die nun folgte, wurde die Meinung des Publikums laut und das Schicksal des Stückes entschieden. Das war ja gar kein Stück ... das waren ja langweilige Szenen, zusammenhanglos aneinander gereiht ... Da hatte der gute Dettmann schnell etwas hingesudelt, weil er wieder ein Stück herausbringen wollte und ihm nichts Rechtes einfiel. So, nach einem Erlebnis sollte es gearbeitet sein?! Wohl möglich, aber es fehlte ja jede Gestaltung, jede künstlerische Verdichtung. Es war eben doch, wenn auch im höheren Sinn, ein Schlüsselstück, verständlich nur für jene, die den Schlüssel besaßen, für alle andern unwirklich und uninteressant, wie Schlüsselstücke für die Draußenstehenden immer sind ... Nein, Hans Dettmann war doch wohl ausgepumpt und fertig ... Mein Gott, wenn man sich an sein erstes Stück erinnerte und jetzt, — dieser Abstand ...

Im vierten Akt merkte man an häufigem Räuspern und andern unbestimmbaren Geräuschen, daß das Publikum ungeduldig war, zum Schluß wurden wieder die wenigen, mutigen Freundschaftshände niedergezischt, allerdings nicht gar zu stark, denn das Theater hatte sich schon während des letzten Aktes zur Hälfte geleert.

Dora saß da und dachte immerfort das eine: „Wenn ich nur nicht nach Hause müßte! Wenn ich nur heute nacht hier oder in irgendeinem Winkel bleiben könnte und nicht nach Hause müßte!" Unablässig mußte sie es denken, als trüge sie mitten im lebendigen Gehirn eine Uhr eingefügt, deren Pendel quälend schlug: „Wenn ich — nur nicht — nach Hause müßte!" Sie verzögerte sich so lange es ging, nahm ganz langsam den Pelzmantel um, schlug mit unendlicher Sorgfalt den Schleier um den Kopf, zupfte lange an ihrem Haar herum, als sollte sie heute noch zu einem Fest fahren. Sie redete sich ein, daß sie auf ihren Mann warte, der sie vielleicht hier oben abholen würde, obgleich es selbstverständlich war, daß er sie, wie bei seinen andern Erstaufführungen, in der Loge des Theaterleiters oder hinter den Kulissen oder am Ausgang des Theaters erwartete. Schließlich war sie die Letzte an der Garderobe, mußte sich wohl oder übel entschließen, zu gehen. Nun fiel ihr auch ein, daß der Mann sie doch wohl erwartete, und sie beeilte sich, die Direktionsloge zu erreichen. Sie trat ein, die Loge war ganz leer. Das wunderte sie nicht, denn nach solchem Mißerfolg konnte es wahrhaftig weder für den Dichter noch für den Bühnenleiter ein Vergnügen sein, beisammen zu sitzen und gemeinsam festzustellen, wie das Stück von Akt zu Akt abfiel. Vielleicht stand Hans noch hinter den Kulissen, obgleich auch dies nicht sehr wahrscheinlich war, denn die Mimen würden natürlich von diesem Abend tief beleidigt sein und den Autor das ganze Maß ihrer Verachtung fühlen lassen. Auch hinter den Kulissen war Hans Dettmann nicht und er wartete auch nicht am Ausgang des Theaters auf seine Frau. Dora atmete erleichtert auf. So blieb ihr vielleicht noch eine Viertelstunde, in der sie sich auf dieses peinliche Wiedersehen vorbereiten konnte. Sie kam nach Hause, fragte das Zimmermädchen: „Der gnädige Herr schon zu Hause?"

Nein, der gnädige Herr war nicht zu Hause. Dora stutzte. Noch nicht zu Hause? Wie war das möglich? Sie hatte sich doch mit der Suche nach ihm so lange verzögert, daß er den Weg vom Theater nach der Wohnung zweimal hätte machen können. Sie griff sich an den Kopf, der heiß und wirr war. Hatte man vielleicht irgendeine Verabredung getroffen, an die sie sich nicht mehr erinnern konnte? Wahrscheinlich, ja, sicherlich mußte es so sein, denn eigentlich hatte man nach jeder Erstaufführung in irgendeinem eleganten Restaurant oder einer Bar eine Art Festmahl gehabt. Ihr Gedächtnis war aber wie ausgebrannt und sie konnte sich auf nichts besinnen. Sie telephonierte an drei, vier Restaurants, in denen sie sonst Erstaufführung gefeiert hatten, fragte an, ob Herr Dettmann mit seiner Gesellschaft da wäre, erhielt aber jedesmal den Bescheid, daß die Herren noch nicht gekommen seien. Es wurde elf Uhr, halb zwölf Uhr — er kam nicht. Die verschlafenen Dienstmädchen wurden mit ihr unruhig, liefen auf die Straße, spähten aus, rannten ziellos hierhin und dorthin, — sie fanden Dettmann nicht. Es blieb Dora nichts übrig, als zu warten und ihre immer größer werdende Unruhe damit zu vertrösten, daß Hans ja schon oft eine Nacht irgendwo, in einem ihr unbekannten Lokal verzecht habe und am Morgen wohlbehalten zurückgekehrt sei. Es wurde Mitternacht, halb ein Uhr, ein Uhr, zwei Uhr, — er war nicht gekommen. Sie saß ganz steif, immer noch in ihrem pfauenblauen Samtkleid, und wartete. Eine Apathie war jetzt in ihr, die mehr quälte als Unruhe, lag um sie her, schnürte sie ein wie die Hindernisse eines Angsttraums, in dem man vor einer Gefahr fliehen soll und sich doch nicht von der Stelle rühren kann. Sie begann zu frieren, konnte sich aber nicht entschließen, zu Bett zu gehen. Ab und zu fiel ihr der übermüdete Kopf vornüber, dann fuhr sie schreckhaft auf, als hätte einer aus der Ferne sie gerufen und saß wieder steif, frierend, wartend ...

Draußen fuhr der Novembersturm zornig die Straßen auf und ab, warf Regentropfen und einzelne Schneeflocken an die Fenster. Dora fror jetzt, daß ihr die Zähne aneinanderschlugen und nun schleppte sie sich doch ins Bett, war todmüde, erfroren, konnte aber weder Schlaf noch

Wärme finden. Immerfort horchte sie hinaus, ob nicht endlich die Hausklingel ertönte oder ihr Mann den Schlüssel ins Schlüsselloch steckte.

„Nur eine Viertelstunde Schlaf! Eine einzige, arme Viertelstunde Schlaf, damit ich aus der Kälte und der schrecklichen Wirrnis heraus komme und wieder einen klaren Kopf habe für das, was morgen sein wird!"

Sie fand aber keinen Schlaf. Nur immer wieder das Einnicken der Übermüdung und das schreckhafte Auffahren, als hätte einer aus der Ferne sie gerufen.

Gegen Morgen brachten sie ihn ihr ins Haus. Bewußtlos war er und hatte aus einer tiefen Kopfwunde geblutet; seine Kleider waren mit bräunlichen Blutkrusten bedeckt. Kleine Erdklumpen, dürres Gras und Reisig hingen in dem verwirrten Haar, dem beschmutzten Bart und an den nassen, halbgefrorenen Kleidern. Barhäuptig war er, denn er hatte seinen Hut im Lauf und Sturm dieser Nacht verloren; seine Stiefel waren über und über mit schlammigem Kot bedeckt. So lag Hans Dettmann da, wie ein Vagabund, der unter einem Brückenbogen oder auf freiem Feld genächtigt hat und von der Kälte eines bösen Novembers überwältigt worden ist. Er mußte ziellos, planlos stundenlang in die Nacht hineingelaufen, wie ein Betrunkener umhergetaumelt sein, ohne auf Weg und Sturm zu achten, nur auf der Flucht vor sich selber, vor allem, was hinter ihm und vor ihm lag. Dann war er irgendwo zusammengestürzt, war in Sturm und Frost liegen geblieben, bis sie ihn beim Morgengrauen fanden — —

Die Wunde war lange nicht so gefährlich, als sie aussah, aber Geheimrat Ott machte doch ein sehr ernstes Gesicht, als er den noch immer Bewußtlosen untersuchte. Eine Lungenentzündung kam heran; kein Wunder, wenn einer in dieser Nacht auf freiem Feld geblieben ist! Der Geheimrat sagte zu Regine: „Ich glaube nicht, daß er es durchmacht. Das Herz funktioniert zu schlecht, — das richtige Alkoholikerherz! Und der ganze Mensch ist überhaupt aufgebraucht, als wäre er ein Sechziger, statt eines angehenden Vierzigers!"

Er wollte eine Pflegerin schicken, aber Dora sagte nein. Sie übernahm ganz allein Pflege und Nachtwachen, wich nicht von dem Bett des Mannes, der nun im Fieber, zwischen Bewußtlosigkeit und wirren Phantasien lag. Doch noch in seinen Fieberträumen verriet sich, wie dieser unglückliche Mensch gekämpft und gelitten hatte, denn von nichts andrem waren seine Phantasien erfüllt, als vom Theater, von Schauspielern, von Proben und Erfolg. Während er mit geschlossenen Augen den Kopf unruhig hin und her warf, flüsterte er immer wieder Schauspielernamen, bestimmte Tage für Erstaufführungen, jammerte, daß er zu spät auf die Probe käme, schrie dazwischen wieder, bis sich die Stimme in Fieberröcheln brach: „Sie klatschen nicht, die Hunde, sie klatschen nicht!"

Lag dann wieder eine Weile still, erschöpft, bis das fieberische Flüstern sich abermals erhob und zu dem verzweifelten Kehrreim stieg: „Sie klatschen nicht, die Hunde, sie klatschen nicht!"

Dora saß neben ihm in einem Jammer, der ihre Augen trocken und ihr Gesicht hart machte. Sie stützte die Ellbogen auf die Kniee, legte das Gesicht in die Hände und stöhnte. Wenn immer wieder kam: „Sie klatschen nicht, die Hunde, sie klatschen nicht!", hielt sie sich die Ohren zu, denn sie meinte die Qual nicht länger ertragen zu können.

Helfen können, jetzt wenigstens helfen, da er schon allein, wie ein armseliger Vagabund in Nacht und Not hatte dahingehen müssen! In zorniger Verzweiflung warf sie die geballten Fäuste zum Himmel empor.

„So hilf uns doch! Du hast ihn aufs Blut gepeinigt und mich zur Ohnmacht verdammt, — nun aber ist's genug, nun hilf ihm und mir, daß er mir nicht in diesem Jammer dahingeht!"

Niemand half ihr. Sie saß wieder, das Gesicht in den Händen, neben dem Kranken und mußte immerfort dasselbe denken. Immerfort diese entsetzliche, zornige Novembernacht, in die er mutterseelenallein hineingestürmt war, um sich den Tod zu holen. Und wenn sie ganz eingewühlt war in diesen Jammer des Nachfühlens, dann rissen sie wieder die atemlosen Worte zur Wirklichkeit zurück: „Sie klatschen nicht, die Hunde, sie klatschen nicht!"

Da begann sie in die Hände zu klatschen, so stark sie konnte, sah gespannt auf den Mann, ob er den Ton auch vernehme. Sein Gesicht verriet nichts davon, seine Lippen murmelten wieder irre Worte, als sie aber dicht hinter das Kopfende des Bettes trat, sich über ihn beugte und die klatschenden Hände seinem Ohr näherte, da horchte er auf, versuchte die fieberschweren Augenlider zu heben und ein kleines Lächeln der Befriedigung ging über sein Gesicht. Sie klatschte weiter, rief „Bravo!" und „Dettmann! Dettmann heraus!", klatschte immer heftiger, rief immer lauter „Bravo!", bis sein Gesicht ganz vom Lächeln übersonnt war und sie merkte, wie er angestrengt dem Klatschen und Rufen lauschte, das ihm einen großen Erfolg vortäuschte. Schluchzen würgte ihr die Kehle; ob der jammervollen Groteske, die sie da aufführte, liefen ihr Tränen übers Gesicht, aber sie hörte nicht auf zu klatschen und zu rufen, und das Leid hatte keine Macht mehr über sie, als sie sah, daß der Mann wie verklärt dalag, flüsterte: „Endlich, endlich der große Erfolg! Dorel, hörst du es, sie klatschen, sie rufen mich! Schnell, schnell, laß mich vor den Vorhang, damit sie mich sehen, damit es viele Hervorrufe gibt! Sie klatschen, ach endlich, Dorel, endlich ... sie klatschen!"

Quälende Vorstellungen lösten das beglückende Trugbild des Erfolges ab, doch vor dem Klatschen und Bravorufen der Frau tauchte es siegreich immer wieder empor, bis die fortdrängende Unruhe der Sterbenden über ihn kam. Aber auch dann noch war es der Erfolg, der Jahre lang umworbene, umkämpfte Erfolg, der ihn rief.

„Laß mich, Dorel, laß mich, jetzt kommt der letzte Hervorruf... Sie klatschen schon weniger, hörst du's?! Laß mich hinaus, der Agent, der Hund, zählt ja alle Hervorrufe und notiert sie für die Zeitung! Nachher bleiben wir beisammen und feiern den Abend. Aber jetzt muß ich hinaus zum letzten Hervorruf!"

Dann kam die große Nacht und trug ihn in ihrem schwarzen Schleier fort.

4

Geheimrat Ott und seine Frau standen einander schweigend gegenüber und sahen sich an. Sein Blick war mißtrauisch, der ihrige ruhig und abwartend. Sie sagte noch einmal: „Ich habe mit dir zu sprechen."

Er fragte kurz: „Bist du krank? Brauchst du meine Hilfe?"

„Ich bin wohl krank, aber deswegen komme ich nicht. Ich möchte Persönliches mit dir sprechen."

„Muß das sein?"

„Es muß sein. Ich habe wenigstens das Gefühl, daß es sein muß, und wenn du mich gehört hast, wirst du dasselbe meinen."

„Wenn es sein muß, sprich, ich höre."

Er stand noch immer und bot ihr keinen Stuhl an. Sie griff mit der Hand nach der Lehne eines Sessels, setzte sich. „Du mußt entschuldigen, ich kann nicht lange stehen. Ich bin krank und muß mich schonen."

„Bitte."

Er setzte sich nicht, blieb ihr gegenüber an den Tisch gelehnt stehen. Das stumpfe Licht der elektrischen Birne lag auf zwei gespannten Gesichtern. Er fand, daß Brigitte in diesen Jahren alt, wirklich alt geworden war. In diesem faltigen, kränklich gelben Gesicht mit den dicken Tränensäcken unter den Augen war keine Spur der früheren frischen Schönheit mehr zu entdecken. Spärliches, graues Haar lag straff gekämmt über der gefurchten Stirn, die Gestalt war schlotterig und hielt sich schlecht. Sie war ganz dunkel gekleidet und sah dennoch, wie immer, kleinbürgerlich aus. Diesen langen, reizlosen Tuchmantel, den gewöhnlichen Hut mit dem Federnstutz, die Handschuhe, die an den Fingerspitzen ein wenig abgeschabt waren, den langhaarigen Affenmuff mit den baumelnden Quasten hätte jede Handwerkersfrau, jedes Dienstmädchen tragen können. Auch sie sah ihn an, aber ihr stummes Urteil über ihn fiel wesentlich günstiger aus. Sie unterdrückte einen Seufzer. Ja, ein Mann hält sich lange gesund und jung und die Hand Gottes straft ihn nicht, selbst wenn er sich schwer versündigt hat!

Sie sagte mit einer Stimme, der sie geschickt die Tönung der Sanftmut lieh: „Es hat mir keine Ruhe mehr gelassen. Ich mußte mit dir sprechen. Ich hätte es ja auch durch den Rechtsanwalt machen lassen können, aber es ist doch besser, man bespricht so etwas persönlich. Es liegen große Mißverständnisse zwischen uns; ich möchte sie gern aus der Welt schaffen. Ich bin krank, Ott, sehr krank. Ich möchte nicht sterben, ohne mich mit dir ausgesprochen zu haben."

Ihr weinerlicher Ton verdroß ihn. Er sah nach der Uhr.

„Darf ich dich bitten, dich kurz und sachlich zu fassen! Meine Zeit ist beschränkt."

Sie fuhr unbeirrt fort: „Siehst du, du hast immer geglaubt, daß ich dich hasse."

Er lachte höhnisch auf, entgegnete aber nichts.

„Ich habe mich immer geweigert, mich scheiden zu lassen, und du hast gemeint, das geschähe aus Bosheit, aus Haß."

Er sagte mit kaltem Hohn: „Es geschah natürlich nur aus Liebe?"

„Ja, Ott, es geschah aus Liebe, aus Fürsorge für dich und dein Glück!"

„Wenn du mir nichts andres zu sagen hast, als diese Erklärung, dann brechen wir diese Unterredung ab. Deine vergangenen Gefühle für mich interessieren mich ebensowenig, wie deine gegenwärtigen."

„Hast du wirklich nie darüber nachgedacht, warum ich nicht in die Scheidung willigte?!"

„Du hast mir ja den Grund mehrmals durch den Rechtsanwalt mitteilen lassen. Fruchtlose Grübeleien und Rückblicke halte ich für überflüssig."

„Ich wiederhole dir, es geschah aus Liebe, aus Fürsorge für dein Glück, das ich besser erkannt habe, als du. Ich habe dich ja von jeher so gut gekannt ..."

„Ich sagte dir eben, daß ich fruchtlose Rückblicke für überflüssig halte und wiederhole dir, daß meine Zeit beschränkt ist. Also komm, bitte, zur Sache."

Sie spielte ein wenig mit den Quasten ihres Muffs.

„Ich bin schon bei der Sache. Ich habe mich nicht scheiden lassen, weil ich sah, daß du auf einem Irrweg gingst, daß du dich an eine binden wolltest, die —"

Er schlug mit der flachen Hand auf den Tisch, als wäre es ihr Gesicht. Schrie sie an: „Nenne den Namen nicht! Unterstehe dich nicht, ihn zu nennen oder d a v o n zu sprechen! Wenn du d a v o n sprichst, jage ich dich zur Türe hinaus!"

Sie sah ihn kopfschüttelnd, mit einem kleinen listigen Lächeln an.

„Immer noch der alte Jähzorn. Immer noch das Mißtrauen und die Ungerechtigkeit gegen mich, die ich doch nur dein Bestes will —"

„Für mein Bestes sorge ich schon selbst; dich geht es nichts an!"

„Ich sorge doch dafür, auch wenn du es nicht willst. Höre mich an, Ott, und sage dann noch, daß ich dich hasse. Fünfzehn Jahre lang habe ich mich geweigert, mich scheiden zu lassen, jetzt bin ich dazu bereit. Wenn du willst, reiche ich morgen die Scheidungsklage ein!"

Er starrte sie an, wußte nicht, wo sie hinaus wollte, und begriff doch, daß trotz der sanften Stimme nicht Güte ihren Entschluß bestimmt hatte. Es blieb eine Weile stumm. Dann fragte sie ein wenig erstaunt: „Du frägst gar nicht, aus welchem Grund ich jetzt in die Scheidung willige, die ich durch lange Jahre verweigert habe?"

Er sah sie fest an.

„Es wird wohl irgendeine Teufelei dahinter sein. Ich gebe mir keine Mühe, sie zu erraten, denn sie wird sich schon von selber offenbaren."

Sie sprach jetzt so sanft, daß ihre Stimme dahinschmolz: „Nein, es steckt keine Teufelei dahinter. Deinem Glück zuliebe habe ich dich früher nicht gelassen, deinem Glück zuliebe gebe ich dich jetzt frei."

Frei! — er wunderte sich selber, daß das Wort gar keinen Eindruck auf ihn machte. Früher hatte es ihm geklungen wie die Glocken eines ersehnten, fernen Landes, das er niemals erreichen durfte. Heute fiel es ohne Klang und Bedeutung in sein Ohr. Er hatte verlernt, seine Unfreiheit drückend zu empfinden. — —

Seine Frau fuhr fort: „Ich gebe dich frei, damit du jetzt das neue Glück finden kannst, das für dich das richtige ist."

Sie machte eine Pause, sah ihn erwartungsvoll an, ob er nicht eine Frage täte, ob über sein Gesicht nicht eine Bewegung ginge. Er sagte nur: „Ich verstehe dich nicht."

Sie holte ihr Taschentuch aus dem Muff, fuhr sich über das Gesicht, um ihr listiges Lächeln der Befriedigung zu verbergen. Wie schlecht er sich verstellte! Wie gut er sie verstand!

„Siehst du, Ott, ich habe nie aufgehört, dir gut zu sein und mich um dich und dein Schicksal zu bekümmern. Ich weiß alles, was dich betrifft, alles — —"

„Du bezahlst also noch immer Detektive! Ich halte das für verschwenderisch!"

„Höhne mich nur, das macht mir nichts; ich brauche auch gar keine Detektive. Ich weiß, daß du jetzt ein junges, schönes, unschuldiges Mädchen liebst, ein Mädchen, das zu dir paßt und dich glücklich machen wird —"

„Närrin, schweig!"

Wieder verbarg sie ihr befriedigtes Lächeln hinter dem Taschentuch. Er sagte wohl „schweig", aber seine Meinung war: „Sprich weiter!"

„Damit du dies Mädchen heiraten kannst, lasse ich mich scheiden."

Er schrie überlaut: „Närrin, armselige Närrin, schweig still, ich verstehe dich nicht, ich weiß nicht, was du meinst und was du willst!"

Sie sagte mit gelassenem Triumph: „Du verstehst mich ganz gut und ich verstehe dich auch. Du wirst das schöne, junge, unschuldige Mädchen heiraten und mit ihr glücklich sein. Und ich werde die paar Tage, die mir noch bleiben, dazu benutzen, um für dich und dein Glück zu beten!"

„Spare deine Fürbitte; ich bin bis jetzt ohne sie zurecht gekommen."

„Wie bist du hart, wie bist du unversöhnlich! Nach allem was ich jetzt für dich tun will, nicht ein einziges gutes Wort! Nicht ein einziger Ton der Versöhnung! Ott, ich habe doch so viel durch dich gelitten. Wollen wir uns nicht jetzt versöhnen?"

Sie streckte ihm die Hand hin. Er ergriff sie nicht, entgegnete schroff: „Ich versöhne mich nicht mit einem Menschen, der mir die besten Jahre meines Lebens verbittert hat!"

Sie schüttelte verneinend den Kopf.

„Nicht ich habe sie dir verbittert, sondern du selber hast es getan mit deinem unseligen Temperament, mit deiner Unzufriedenheit, deinem Mißtrauen gegen mich!"

„Verschone mich mit meiner Psychologie! Davon hast du nie etwas verstanden und verstehst auch jetzt nichts!"

Sie verstand das Wort „Psychologie" nicht, sah ihn unsicher fragend an.

„Du sagst mir für meinen Entschluß kein Wort des Dankes?"

„Ich habe dich nicht darum gebeten und darum danke ich dir nicht dafür."

„Ott, soll ich morgen die Scheidungsklage einreichen oder nicht?"

Eine Minute, nein, nur der Bruchteil einer Minute voll Spannung. Sie wartete auf ein „ja", auf ein Kopfnicken. Er würgte das „ja" hinunter, hielt den Kopf steif im Nacken.

„Tue oder lasse was du willst, ich bitte dich um nichts und beeinflusse deine Entscheidung nicht."

„Dann reiche ich also unverzüglich die Scheidungsklage ein?"

Er regte sich nicht, sagte kein Wort.

Eine Pause.

Sie erhob sich.

„Laß uns doch in Frieden, ohne Groll voneinander gehen! Siehst du, ich will mich ja nicht nur aus Liebe zu dir scheiden lassen —"

„Das ist das erste wahre Wort, das du heute sprichst!"

„Es ist anders wahr, als du meinst. Ich will mich auch

scheiden lassen, weil ich meinen Frieden mit der Welt machen möchte. Ich sagte dir ja schon, daß ich schwer krank bin. Ich weiß, daß ich nicht mehr viel Zeit habe und wenn ich vor meinen Herrgott gerufen werde, möchte ich ihm sagen können, daß ich allen, die mir Leids getan haben, verziehen habe und daß auch sie mir verziehen haben. Kannst du mir nicht verzeihen, Ott?"

Wieder streckte sie ihm die Hand hin, die er zum zweitenmal übersah. Er spürte die Verlogenheit ihres ganzen Wesens und sagte kühl: „Du bist unlogisch. Wenn du immer nur für mein Glück gesorgt und gedacht hast, dann habe ich dir doch nichts zu verzeihen, dann bin ich doch dein Schuldner!"

„Mit dir ist nicht zu reden. Du bist, wie du immer warst!"

Sie wandte sich zum Gehen. Er sagte sich, daß sie trotz allem eine Schwerkranke sei und suchte nach einem freundlicheren Wort. Sein Widerwille war jedoch stärker als die gute Absicht.

„Leb wohl, Ott!"

„Leb wohl!"

Sie war fort. Er stand da, wußte nicht, was ihm geschehen war. Ein kleiner Schauder lief ihm über den Rücken. War da ein Gespenst aus alter Zeit umgegangen? Kroch da irgendwo hinter Schränken und Stühlen mit widerlichem Rascheln ein Reptil, das er hörte, aber nicht sehen und nicht greifen konnte? Er läutete dem Diener, befahl ihm, nach dem Auto zu telephonieren.

„Es soll sofort kommen, ich muß noch in die Klinik!"

„Zu Befehl, Herr Geheimrat!"

Es war sonst nicht die Gewohnheit des Geheimrats, noch in abendlicher Stunde einen Rundgang durch die Klinik zu machen, aber er hätte jetzt nicht mit seinen Gedanken und seinen aufgewühlten Erinnerungen allein in seiner Wohnung bleiben können.

Als Brigitte Ott diese Unterredung mit ihrem Mann suchte, dachte sie wohl an ihren Tod, dessen Nähe sie fühlte, aber sie dachte anders daran, als sie dem Geheimrat erzählt hatte. In all den Jahren hatte sie, wenngleich sie entfernt und verstummt schien, ihren Mann nicht aus den Augen verloren, hatte in ohnmächtiger Wut vernommen, wie er nicht von Regine ließ, wie die beiden Menschen über alle Widrigkeiten hinweg zusammen hielten und Verhältnissen Trotz boten, die stärker schienen als sie. Immerfort hatte Brigitte gemeint und gehofft, diese Leidenschaft würde verlodern und der zähe Widerstand, der sich ihr entgegenstellte, würde den Mann endlich zur Abkehr von dem Mädchen bringen, das dann in jeder Hinsicht vernichtet zurückbleiben mußte. Immerfort hatte Brigitte gierig hierhin und dorthin gelauscht, ob nicht ein neuer, jüngerer Reiz den Mann anlocke, aber niemals war ihrem Hoffen Erfüllung geworden, wenngleich der Geheimrat, gleich allen Chefärzten in Kliniken und Sanatorien, von Patientinnen angeschwärmt wurde und vielleicht auch selber hier oder dort eine Eintagsneigung empfand. Doch niemals in all den Jahren war von einer neuen Liebe geredet worden, vielmehr erschien es als unumstößliche Tatsache, daß der Geheimrat sich gebunden fühlte, als wäre er verheiratet, und vermutlich wartete er nur auf den Augenblick, wo Brigittens Tod ihm die Freiheit des Handelns zurückgab. Wenn Brigitte in schlaflosen Nachtstunden dies bedachte, überkam sie Verzweiflung, und ihre Gedanken sprengten wild hierhin und dorthin, um ein neues Hindernis zu finden, das sie den beiden noch über den Tod hinaus in den Weg werfen könne. Oder richtiger, sie suchte ein Hindernis, das sie Regine in den Weg wälzen könnte, denn ihr Rachegedanke galt weit weniger dem Manne, als der Frau, an die sie ihn verloren hatte. Wenn Brigitte sich vorstellte, wie ihr Tod eine Erlösung für den Mann und die Rehabilitierung für das Mädchen sein würde, hätte sie aufschreien mögen vor Schmerz und Zorn, und es war ihr, als dürfe sie, als könne sie nicht sterben, so lange diese Möglichkeit bestand. Darum jauchzte ihr Herz, als sie vernahm, wie man wieder und immer wieder den Geheimrat und Thea von Günther zusammen nannte; wie eine lindernde Arznei schlürfte sie den Klatsch ein, den die Kranzschwestern ihr eifrig zutrugen. Je deutlicher sie zu merken glaubte, daß der Mann sich von Regine langsam abwandte, um so mehr schwand der Groll gegen ihn und beinahe liebte sie Thea, ohne sie zu kennen, nur weil sie die Rivalin „der andern" war. Nicht leicht und nicht voreilig hatte sie den Entschluß gefaßt, nun doch in die Scheidung zu willigen, aber sie spürte von Monat zu Monat, wie ein unheilbares, inneres Leiden an ihrer Lebenskraft zehrte, und wenn diese ausgebrannt war, ehe Regine der Weg zur Ehe verrammelt war, dann würde wenige Wochen nach Brigittens Begräbnis „die andre" den Ring und den Namen empfangen, um den sie fünfzehn Jahre lang gedient hatte. Brigitte Ott mußte sich also entschließen, von zwei Übeln das kleinere zu wählen, und so kam sie zu ihrem Mann, um ihm die Scheidung anzubieten. Die Unterredung hatte sie nicht so völlig befriedigt, wie sie es erwartet hatte. Sie hatte gemeint, der Geheimrat müsse erleichtert aufatmen, müsse ihr überschwänglich danken für die hochherzige Gabe, müsse verraten, daß er nun nichts Eiligeres zu tun habe, als seine Freiheit an Thea von Günther zu verschenken. Einen Augenblick war Brigitte Ott sogar von einer großen Angst befallen, daß sie ihre Rechnung falsch gestellt, daß der Klatsch der Kranzschwestern sie irre geführt habe, so daß sie selber „der andern" den Weg öffnete, den sie ihr doch noch über den Tod hinaus verschließen wollte. Mit ihrem Instinkt, der sich von jeher auf Männer verstanden, hatte sie aber schnell gemerkt, wie es um den Geheimrat stand, wenn er gleich eine unbewegliche Miene aufsetzte und auf den Tisch schlug, als träfe seine Hand Brigittens Gesicht. So verließ sie ihn zwar ein wenig empört, daß er kein einziges Wort des Dankes oder der Güte gefunden hatte, aber doch mit der Überzeugung, daß ihre Worte die Wirkung nicht verfehlen würden. — —

Sie wirkten weiter. Nach dem unvermittelten und zwecklosen abendlichen Rundgang durch die Klinik kam der Geheimrat in Gedanken versunken und einsilbig nach Hause. Sonst ging er wohl um diese Zeit für eine Stunde zu Regine, aber Regine war schon seit einigen Wochen mit Dora, der völlig

Gebrochenen, im Süden und wollte erst zurückkommen, wenn die Schwester sich ein wenig gefaßt hatte. So setzte sich der Geheimrat zur Abendmahlzeit, die seine sorgsame Wirtschafterin in Anbetracht der ungebührlich verlängerten Sprechstunde besonders erlesen zubereitet hatte, aber obwohl er sonst hohe Kochkunst gerne lobte, aß er nur wenig und schob bald den Teller beiseite, um in sein Arbeitszimmer zu gehen. Die Wirtschafterin war gekränkt und der Diener schüttelte den Kopf, als er merkte, daß der Geheimrat sich nicht wie sonst an seinen Schreibtisch setzte um zu arbeiten, sondern sich nachlässig in einen Klubsessel fallen ließ, eine Zigarette anzündete und den feinen Rauchkringeln nachsah. Vorher hatte er allerdings versucht, an Regine zu schreiben und ihr die große Neuigkeit mitzuteilen, hatte ungefähr geschrieben:

„Liebste Regine! Etwas völlig Unerwartetes ist heute geschehen, das unserem Glück die Krönung geben wird." Weiter war er nicht gekommen, denn er begriff gar nicht, wie ihm diese Worte aus der Feder geflossen waren. Das war ja barer Unsinn, was er da schrieb! So schrieb vielleicht ein junger Liebhaber, der im Begriff steht, die bekannte „kleinste Hütte" zu erbauen, aber er, Geheimrat Ott, war doch kein junger Liebhaber mehr! Er nahm einen andern Bogen und begann:

„Liebste Regine! Etwas völlig Unerwartetes ist heute geschehen. Meine Frau war bei mir und teilte mir mit, daß sie sich endlich scheiden lassen wolle, weil —" ja, warum weil? Er konnte doch nicht schreiben: „sie will sich scheiden lassen, weil sie annimmt, daß ich eine andre liebe ..." Er konnte heute abend überhaupt nicht schreiben, weil er viel zu wirr im Kopfe war. Das war nach der Aufregung dieser Unterredung, nach all den Erinnerungen, die sie aufgewühlt hatte, auch wirklich kein Wunder. Warum also sich heute mit einem Brief quälen, der einem morgen ganz von selbst aus der Feder floß?! Ja, vielleicht war man sogar schon in einer Stunde fähig, die Gedanken zu ordnen und sinngemäß zu Papier zu bringen! Aber eine Stunde Ruhe mußte man haben, Ruhe, den Klubsessel und eine Zigarette ...

Es war sehr behaglich in dem großen, mit schweren Mahagonimöbeln eingerichteten Zimmer. Am Fenster stand der mächtige Schreibtisch, auf dem die Studierlampe mit freundlichem Schein wartete, während das übrige Zimmer im Halbdunkel lag. Der Geheimrat saß neben dem runden Tisch, der ganz mit Broschüren und Fachzeitschriften bedeckt war, legte den Kopf fest in die sanft gerundete braune Lederlehne zurück und sah den feinen Rauchringeln der Zigarette nach. Sie wanden sich um einen blonden Mädchenkopf, der gleich der Blüte eines Maiglöckchens auf schlank gestengeltem Halse saß. Die Oberlippe war wie bei einem Kind ein wenig vorgeschoben, und kindlich flach die kleine Stimme, die jetzt mit unterdrücktem Lachen sprach: „Onkel Geheimrat, müssen Sie jetzt wirklich heiraten?!"

„Ja, kleine Thea, die du das ‚S' so süß lispelst und so vorwitzig frägst, — ich muß jetzt heiraten. Oder nein, ich will jetzt heiraten. Ich will der Frau, die mir fünfzehn Jahre lang die Treue gewahrt hat, geben, was ihr gehört und auf was sie fünfzehn Jahre lang gewartet hat. Ich wäre ein Hundsfott, wenn ich anders täte ... Leb wohl, kleine Thea, du blühst für einen andern! Für mich bist du zu spät geboren. Die ganze Signatur meines Lebens heißt ja ‚zu spät'. Zu spät habe ich Brigitte erkannt, zu spät Regine gefunden, zu spät dich selber. — — Ich habe mich wohl vor meiner Geburt um eine Viertelstunde zu lang im Leibe meiner Mutter verzögert, — das hole ich mein Lebtag nicht mehr ein!"

Die Zeit ging hin, ohne daß er ihrer achtete. Es schlug Mitternacht und der Brief an Regine lag noch immer unfertig da. Der Geheimrat schloß ihn jetzt weg. Morgen würde er schreiben, ganz bestimmt morgen. Aber auch am nächsten Tag schrieb er nicht, denn nun war ihm die Idee gekommen, die große Neuigkeit überhaupt nicht schriftlich, sondern mündlich mitzuteilen, wenn Regine heimkehrte. Es sollte eine Überraschung für sie sein, eine wunderschöne Überraschung. Wozu sollte man sie mit Briefen aufregen, da Briefe doch immer nur ein Notbehelf sind?! Der Geheimrat konnte viele Gründe dafür anführen, daß er nicht schrieb.

So viele, daß sie eigentlich wie lauter Rechtfertigungsversuche aussahen. Konnte man denn wissen, ob Brigitte es diesmal mit der Scheidung ernst nahm? Man erinnere sich bloß an vergangene Jahre, wo die Scheidungsgeschichte ein ewiges Katze- und Mausspiel war, bei dem sie immer wieder die Scheidungsklage lockend hinhielt, um im letzten Augenblick zu sagen: „Nein, ich tue es nicht." Vielleicht plante sie, dies elende Spiel aufs neue zu beginnen, und da war es doch besser, man bewahrte Regine vor Hoffnungen, denen nur Enttäuschung folgen konnte. Außerdem war es wirklich ein hübscher Gedanke, sie, die nichts Ahnende, bei der Heimkehr mit der Freudenbotschaft zu überraschen. Außerdem war es für jeden Fall vernünftig, ihr die Aufregung fernzuhalten, die sie beim Empfang eines solchen Briefes überfallen mußte. Eine sehr schädliche, nervenzerreibende Aufregung, denn es gab da doch tausend Dinge zu besprechen und zu ordnen, die ihre Gegenwart erforderten. Und nun saß sie da im Süden neben der trauervollen Schwester, möchte heim, konnte doch Dora gerade jetzt nicht verlassen, mußte alles schreiben, immerfort schreiben, was sich doch so leicht und glatt mit ein paar gesprochenen Worten erledigen ließ. Wirklich, es war besser, ihre Heimkehr abzuwarten, — bis dahin stand vielleicht schon die Scheidung vor dem unmittelbaren Abschluß und man heiratete, kaum daß Regine den Fuß wieder auf heimischen Boden gesetzt hatte. Ja, so war es richtig, und der Geheimrat freute sich, daß er nicht dem ersten Impuls nachgegeben, sondern wohl bedacht hatte, wie Regine die große Wandlung in ihrem Leben am besten erführe ...

Regine schrieb zwei- oder dreimal in der Woche. Der Geheimrat las die Briefe oberflächlich, fand, daß nichts Besonderes darin stünde und legte sie beiseite. Es stand auch nichts Besonderes darin, nur zwischen den Zeilen flackerte Unruhe. Es war ja die erste, längere Trennung zwischen den beiden und Regine konnte sich nicht darein finden, daß sie nicht an jedem Tag und zu jeder Stunde wußte, wo der Geheimrat war und was er tat. Und etwas wie Eifersucht strich über diese Besorgtheit hin, wenn gleich Regine ihr Herz fest in die Hände nahm und ihm verbieten wollte, Eifersucht zu kennen. In all den Jahren hatte sie es so gehalten, denn wenn sie, die Rechtlose, erst anfing eifersüchtig zu sein, dann war sie ja verloren. Sie hatte wohl gewußt, daß der Geheimrat gewohnheitsmäßig angeschwärmt wurde, hatte auch bei dieser oder jener vermutet, daß die Schwärmerei für einen Augenblick Gegenschwärmerei entfacht hatte, aber als Grund zur Eifersucht war ihr solch verliebte Spielerei nicht erschienen. Auch mit Thea von Günther, deren Namen wieder und immer wieder von allen Seiten her an ihr Ohr schlug, würde es, so meinte sie, nicht anders gehen. Mochte er sich anschmachten lassen und tändeln und den kleinen Närrinnen Worte sagen, an die er selber nicht glaubte, — das beste in ihm gehörte doch ihr, die er zur Lebensgefährtin gewählt und die Jahr um Jahr mit ihm den schweren Weg des Anstiegs gemacht hatte. So sagte sie sich's immer wieder vor, redete sich ein, daß sie es glaubte, aber ohne daß sie es wußte, stand zwischen den Zeilen ihrer Briefe die angstvolle Unruhe über das, was geschehen konnte, während sie ferne war ...

Wenige Wochen nach der Unterredung zwischen Brigitte und dem Geheimrat fuhr Regine aus dem Süden heim und erfuhr, was sich inzwischen zugetragen hatte. Sie stand fassungslos vor Glück, konnte es nicht glauben, ließ sich immer wieder Wort für Wort wiederholen, wie alles gekommen war, und an der Blässe ihres erregten und doch verklärten Gesichts, an ihrer Stimme, die jetzt beständig zwischen Lachen und Weinen schwankte, merkte der Geheimrat erst, wie schwer sie an all den verflossenen Jahren getragen hatte. Er war aufrichtig gerührt und sagte sich wieder, daß er ein Hundsfott wäre, wenn er ihr nicht das bißchen Recht gäbe, nach dem sie so lange geschmachtet hatte ...

Jahre hindurch hatte das Schicksal Schwierigkeit auf Schwierigkeit getürmt, um die Vereinigung der beiden zu vereiteln, nun aber schien es ihnen zu lächeln und alles wegräumen zu wollen, was es herbeigeschleppt hatte. Kaum daß die Scheidungsklage eingereicht war, starb Brigitte Ott und nun konnte die stille Hochzeit noch früher stattfinden, als ursprünglich geplant war. Da gab es natürlich vielerlei zu bedenken, zu besprechen. Man mußte überlegen, ob man die Wohnung des Geheimrats behalten oder eine größere mieten wollte, allerlei Bestellungen mußten gemacht, Maße von Wänden und Möbeln genommen werden. Die Beschaffung der nötigen Papiere erledigte sich glatt und rasch. Vielleicht noch drei oder vier Wochen, dann war es mit der Freiheit zu Ende.

Der Geheimrat lächelte bitter bei dem Wort. Frei? War er denn je frei gewesen? O ja, früher einmal, vor unendlich langer Zeit, als blutjunger Student. War er damals wirklich frei gewesen? Ach nein, er hatte sich nur eingebildet, frei zu sein. Freiheit, richtige Männerfreiheit hatte er wahrhaftig nie gekannt. Er war eigentlich immer wie eine höhere Tochter ohne eigenen Willen genommen und geheiratet worden. Immer hatten die Frauen, seine Frauen, sein Leben bestimmt, nicht er. Zuerst war es Brigitte, jetzt Regine. Nie blieb ihm die eigne, freie Wahl ...

Eine böse Lust stieg in ihm auf. Diesmal könnte er noch frei sein. Diesmal blieb ihm noch die Wahl. Es gehörte nur ein bißchen robuster Willen dazu und Nerven. Regine war nicht Brigitte, ein halbes Wort würde genügen ... Es brauchte nicht einmal ein halbes Wort. Ein Wink würde genügen, ein Zucken der Augenbrauen, ein Schweigen.

„Hundsfott! Hundsfott!"

Warum schämte er sich?! Er dachte doch gar nicht daran. Er saß doch an einem hellen Schneenachmittag an seinem Schreibtisch, hatte den Plan einer Wohnung vor sich liegen und erwartete Regine.

Sie kam mit dem fröhlichen Gesicht, das sie jetzt immer hatte, legte Hut und Mantel auf einen Stuhl, nahm aus ihrem Handtäschchen ein Zentimetermaß, Bleistift und Papier und wollte eben einige Zahlen vorlesen, als der Geheimrat sagte: „Laß doch diese ewige Ausmesserei; vielleicht nehmen wir doch eine andre Wohnung. Ich habe hier den Plan zu einer, die mir sehr gefällt; sieh ihn dir an, ob du einverstanden bist."

Sie trat hinter ihn, schlang die Arme um seinen Hals, legte ihre Wange an die seine.

„Gleich werde ich ihn ansehen. Jetzt aber laß mich einen Augenblick so; ich habe ja das Gefühl, als ob in einemfort Weihnachten wäre. Geht es dir nicht auch so? Hätten wir das nach allem, was hinter uns liegt, je erhofft?"

„Ja, ja, das Leben ist sonderbar!"

Er meinte freundlich zu sein, aber sein Gesicht war verdrießlich, seine Stimme müde, und er saß ganz steif in Reginens Umarmung, ließ sie über sich ergehen, ohne sie mit dem kleinsten Zeichen der Zärtlichkeit zu erwidern.

Regine fragte: „Was ist dir?"

„Mir? O nichts, nichts!"

„Doch, du bist verstimmt, irgend etwas beschäftigt dich ... Du willst es mir wohl nicht sagen und da dränge ich nicht weiter, aber du mußt nicht sagen ‚nichts'. Ich kenne dich und dein Gesicht zu gut!"

Es verdroß ihn, daß sie genau so wie damals Brigitte behauptete, ihn so gut zu kennen. Es war wirklich abgeschmackt, daß die beiden Frauen ihm nicht nur den Willen banden, sondern auch in ihm lesen wollten, als wäre er ein Band aus der Leihbibliothek. Er sagte unvermittelt schroff: „Du kennst mich gar nicht. Wie kann ein Mensch überhaupt sagen, daß er den andern kennt?! Man kennt sich ja nicht einmal selber —"

Sie war betroffen von dem abweisenden Ton. Frage und Antwort, Antwort und Frage gingen noch ein paarmal hin und her, scheinbar zärtlich besorgt, scheinbar unpersönlich betrachtend und drängten doch unvermutet, gefährlich nahe zur Entscheidung hin. Wie ein Augenblick des Hellsehens kam es dann über Regine.

„Es reut dich? Die Heirat reut dich."

Er wehrte mit matten Worten ab. In ihm schrie es: „Hundsfott! Hundsfott!" Er gebot dem Schreier zu schweigen. Man mußte jetzt nur ein wenig robusten Willen haben und Nerven.

In zitternder Angst kroch eine Frage über ein paar erblaßte Lippen: „Du liebst eine andre?"

Wieder erhob der Schreier seine Stimme und wieder gebot ihm der Geheimrat zu schweigen. Nur jetzt den robusten Willen nicht verlieren und die Nerven behalten ...

Ein paar starr aufgerissene Frauenaugen ... ein Männermund, der nichts sagte und von dem die Frau doch einen Namen ablesen konnte, einen Namen, den sie gar nicht abzulesen brauchte, denn sie kennt ihn schon lange. Die Kniee zittern ihr so heftig, daß sie sich setzen muß. Sie stöhnt ein wenig, aber nicht viel. Sie macht keine Szene, hat keine Gebärde der Verzweiflung. Sie blutet nach innen.

Sie reden noch eine Weile Worte, deren Sinnlosigkeit ihnen klar ist, und reden doch weiter, weil ihnen vor dem Augenblick graut, da es zwischen ihnen stumm wird — —

Regine erhebt sich, nadelt den Hut fest, nimmt den Mantel um, schiebt das Zentimetermaß, Papier und Bleistift in ihr Handtäschchen. Die Hände zittern ein klein wenig und ihre Stimme klingt zerbrochen. „Ich will gehen. Ich habe hier nichts mehr zu suchen."

Sie meint, er müsse aufspringen, rufen „nein, nein", sie in seine Arme nehmen, sagen, daß alles nur ein böser Spuk war, nur ein Angsttraum, der sie beide überfiel ...

Er sitzt da, den Kopf ein wenig gesenkt, die Augen zu Boden geschlagen, die Lippen fest aufeinandergepreßt. „Hundsfott, Hundsfott!" Aber der Geheimrat ist ein starker Mann und wird nicht im letzten Augenblick den robusten Willen und die Nerven verlieren . . . .

Es sind nur drei Schritte vom Schreibtisch zur Türe. Wenn Regine diese drei Schritte macht, geht sie fort von dem Mann, den sie geliebt hat, fort von Jahren des Kampfes, der Mißachtung, des Aufstiegs, fort von ihrer Jugend, von der besseren Hälfte ihres Lebens. Voll Haltung tut sie den ersten Schritt, meint immer noch, der Mann müsse sie zurückhalten. Tut den zweiten, horcht, schon abgewandt und das Gesicht der Türe zugekehrt, daß eine Stimme ihr zurufe: „Bleib!" Beim dritten Schritt schwankt sie ein wenig, wie leicht Betrunkene, die nicht imstande sind, ihren Weg schnurgerade zu verfolgen. Aber sie hält sich, sie fällt nicht, strauchelt nicht einmal ... Jetzt liegt ihre Hand auf der Klinke, drückt sie herab, die Türe geht auf ... eine Frauengestalt verschwindet und zieht die Türe hinter sich zu ... —

Der Geheimrat sitzt wie vorher, nur hat er den Kopf noch ein bißchen tiefer gesenkt. Er weiß, daß er zeitlebens über diese Stunde schamrot werden wird, auch wenn er ganz allein, auch wenn um ihn tiefe Nacht ist. Aber sein robuster Wille und seine Nerven haben standgehalten. Gott sei Dank! Nun ist alles vorbei ... —

Zwei Monate später hielt er mit Thea von Günther Hochzeit. Als er, kaum daß das Flitterjahr zu Ende war, von einer längeren Berufsreise heimkehrte, sah er sich genötigt, seinen ersten Assistenten jählings zu entlassen, und seine Ehe wurde aus Verschulden der Frau geschieden.

5

Auf Weyarn ein Spätsommertag voll Reife und Süße, als hielte man im August. Doch die Hand, die schnitt und pflückte, erhaschte da und dort einen weißen Faden, der still durch die blaue Luft gesegelt kam, und mit ihm breitete sich über Reife und Süße die sanfte Schwermut des nahenden Herbstes. — —

Seit vielen Jahren waren die drei Geschwister zum ersten Male wieder auf Weyarn beisammen. Ferdinand hatte dringend gewünscht, daß seine Schwestern kämen, damit seine Frau in ihrer schweren Stunde nicht allein sei. Seine älteste Tochter war in ihrer Halbwüchsigkeit noch zu jung, um der Mutter und fünf Geschwistern eine Stütze zu sein. Die Mama Wendelstadt aber fühlte sich zu alt, um auch nur für kurze Zeit einem so großen Haushalt vorzustehen und meinte, hier müßten jüngere Kräfte eingreifen.

Es war ein hübsches Beisammensein in dem alten Heimathaus. Die großen Kämpfe, die großen Mißverständnisse waren vorbei. Keiner von ihnen war mehr so jung und verwegen, daß er sich angemaßt hätte, die Vorsehung des andern spielen zu wollen, und jeder von ihnen hatte genug mit seinen eigenen Angelegenheiten zu tun.

Ferdinand glich im Gesicht immer noch einem alten Korpsstudenten, sagte immer noch bei jedem dritten Wort „nicht wahr, Emmy?“ und am Schluß einer längeren Rede „Sela!“, aber sein Haar hatte sich schon in Hofratsecken zurückgezogen und das beginnende Bäuchlein überwand siegreich Jagdrock wie Frack. Er verdiente übrigens nicht nur als Familienbegründer sondern auch als Gutsherr alles Lob, denn sein Besitz hielt mit der wachsenden Kinderzahl tapfer Schritt, hatte sich in all den Jahren mächtig vermehrt, und die Landwirtschaft stand sich wahrhaftig nicht schlecht ...

Regine war kaum anders, als sie immer gewesen, nur vielleicht ein wenig blasser, ein wenig stiller. Sie klagte nicht, war nicht verbittert geworden, hatte nicht von ausgleichender Gerechtigkeit gesprochen, als sie vernahm, wie Geheimrat Otts junge Ehe schnell zusammengebrochen war. Sie hatte überwunden, wie Menschen überwinden, die wissen, daß das Leben entweder ertragen oder verlassen werden muß ...

Dora hatte über das Trauerjahr hinaus ihr schwarzes Kleid getragen, aber seit sie auf Weyarn war, hatte sie an Hals und Ärmeln weiße Streifen eingenäht, war heiterer, als sie es seit Dettmanns Tod gewesen, und ihre Augen, die so lange schwermütig geblickt hatten, begannen wieder zu glänzen. Seit sie in Weyarn war, schrieb Peter Wendelstadt auffallend oft an seine Schwester, versäumte nie, besondere Grüße für Dora anzufügen, und etliche Male waren auch direkt an sie Postkarten und Briefe gekommen. Auch heute hatte der Briefbote Post für sie abgegeben, aber sie konnte sie nicht selber in Empfang nehmen, denn sie war tags vorher in Emmys Auftrag mit einem langen Besorgungszettel nach der Stadt gefahren. Sie wollte mit dem letzten Abendzug zurückkehren, doch an ihrer Stelle traf ein Telegramm ein: „Zug versäumt, komme morgen früh.“

Sie kam auch wirklich mit dem ersten Frühzug des folgenden Tages, war umgeben von Schachteln und Paketen, so daß der Diener und Emmys Jungfer mit hochbepackten Armen vom Wagen, der Dora gebracht hatte, ins Haus zurückkehrten. Dora sah, trotzdem sie sehr zeitig hatte aufstehen müssen, blühend und heiter aus und machte, da sie zu Regine „guten Tag" sagte, ein verschmitztes Gesicht, wie jemand, dem es schwer wird, eine Neuigkeit bei sich zu behalten. Sie behielt sie aber doch vorerst tapfer bei sich, denn tagsüber oder gar am Vormittag fand man hier wenig Muße zu ernsthaften und vertraulichen Gesprächen. Man wartete besser den stilleren Nachmittag ab, zudem Emmy und Ferdinand mit ihren Kindern heute einen größeren Spaziergang unternehmen wollten. Dann waren die Schwestern allein und Dora konnte Regine mitteilen, was ihr schon jetzt auf der Zunge brannte ...

Regine merkte wohl, daß Dora irgend etwas auf dem Herzen hatte, aber es lüstete sie nicht gar so sehr, es zu erfahren. Hier in Weyarn war sie überhaupt lieber mit ihren Gedanken beisammen, als mit Menschen, denn so lange war sie der Heimat fern geblieben, daß jede Erinnerung, der sie begegnete, sie erschütterte wie das Wiedersehen mit einem lang Verschollenen. Da war der kleine Teich, an dem der Vater Tag für Tag gestanden hatte ... Immer noch glitten weiße Schwäne darauf hin und her, aber es war wohl eine junge Brut. Und da stand die Linde, unter der die kleine Edith oft so rätselhaft und bitterlich geschluchzt hatte ... Der Baum war ein gut Stück größer geworden, breitete jetzt sein Blätterdach mächtig aus, nur nicht mehr über die kleine Edith ... Und da oben waren die Fenster vom Zimmer ihrer Mutter, zu denen sie so oft in Liebe und Angst emporgeblickt hatten ... und da war die Bank, auf der Dora Hans Dettmann erwartet hatte, und rundum war alles erfüllt von dem Gedenken junger Tage, da die drei Fräulein von Fünfkirchen gemeint hatten, sie brauchten nur die Hand auszustrecken, um die Welt mit all ihren Seligkeiten an sich zu reißen. Wie viel, wie unendlich viel war seitdem gestorben, — Menschen, Wünsche, Hoffnungen ... —

Als am Nachmittag die Sonne noch hoch stand und man doch schon spürte, daß ihr die Dämmerung auf den Fersen war, sagte Dora mit heiterem Gesicht zu Regine: „Komm, laß die Liegestühle hinausbringen zu unserm Lieblingsplatz, wo wir früher immer gesessen sind. Da wollen wir wieder sitzen und uns einbilden, wir seien gar nie fort gewesen."

Regine lächelte ein wenig.

„Kann man sich das auf Wunsch oder Befehl einbilden?"

„Wir wollen es versuchen. Wir wollen uns einbilden, daß wir noch ganz jung sind und nichts erlebt haben und uns darum über die Emmy mokieren, die nichts erleben wollte, als ihren Ferdinand!"

Da saßen sie denn unter den alten Bäumen, dicht neben einander und in ihren Gedanken doch weit voneinander entfernt. Sahen hinaus über die Wiesen, wo zwischen letzten Margeriten und Dotterblumen ein schmaler, weißer Pfad in den ruhevollen Reichtum des Landes hineinlief. Sahen in den Himmel hinein, der sich zuerst rosig, dann zart grünlich färbte und der sinkenden Sonne keck eine kleine, silberige Mondsichel entgegenhielt. Sie sprachen nichts. Trotz Doras Vorsatz fühlten sie sich nicht gar so jung und dachten nicht an die Schwägerin.

Mit einem Male fragte Dora: „Weißt du eigentlich, warum ich gestern abend nicht gekommen bin?"

Regine sah sie erstaunt an.

„Ich denke, du hast den Zug versäumt!"

„Sehr richtig. Und warum habe ich den Zug versäumt?"

„Vermutlich weil du zu spät gekommen bist."

„Und warum bin ich zu spät gekommen?"

Regine verstand den Sinn dieses Frage- und Antwortspiels nicht und fand es einfältig.

„Jedenfalls hatte dir Emmy so viele Besorgungen aufgepackt, daß du nicht rechtzeitig damit fertig geworden bist!"

Aber nun lachte Dora hell auf.

„Nein, du gründliche Seele! Nicht Dinge haben mich zurückgehalten, sondern ein Mensch. Ein wahrhaftiger, leibhaftiger Mensch. —"

„Und noch ehe sie den Mund zur Frage öffnen konnte, sagte Dora schon ungeduldig: „Du frägst gar nicht, wer mich zurückgehalten hat? Ich will es dir sagen, denn du errätst es von selber doch nicht. Der Geheimrat war es —"

Regine regte sich nicht, sah geradeaus. Sie preßte die flachen Hände fest gegeneinander und schwieg.

Und Dora begann ungefragt zu erzählen, lebhaft, fröhlich, als führte sie eine verfahrene Sache doch noch zu glücklichem Ende.

Mitten im Wirbelsturm ihrer Besorgungen war das Auto des Geheimrats an ihr vorbeigefahren. Er hatte sie gleich erkannt, ließ halten, stieg aus, trat auf sie zu mit den Worten: „Gnädige Frau, es ist ihr gutes Recht, mich hier stehen zu lassen, aber ich bitte Sie, machen Sie von Ihrem Recht keinen Gebrauch und schenken Sie mir eine halbe Stunde, in der ich unter vier Augen mit Ihnen sprechen kann!" Sein Ton war so bittend, seine ganze Haltung so unsicher gewesen, daß Dora es nicht übers Herz gebracht hatte, ihn wirklich stehen zu lassen, sondern mit ihm nach seiner Wohnung gefahren war.

„Er hat sich sehr verändert. Er macht einen ganz gedrückten Eindruck und ist recht alt geworden. Gar nicht mehr so selbstbewußt ... gar nicht mehr der Mann, der keinen Widerspruch duldet und der sich alles erlauben kann. Nun, du kannst dir wohl ungefähr denken, was wir miteinander besprochen haben. Es war schon der Mühe wert, deswegen den Zug zu versäumen. Er sagte, er wollte schon lange einmal an dich schreiben, aber er fand nicht den Mut. Nun hat er mich um meine Fürsprache gebeten. Ich soll dir sagen, daß er fühlt, wie schwer er sich an dir vergangen hat und daß er gut machen will. Die Scheidung ist längst ausgesprochen, er kann zu jeder Stunde heiraten. Du brauchst nur ein Wort zu sagen und ich schreibe ihm, daß er kommen soll ..."

Sie wartete auf einen Gefühlsausbruch, einen Freudenschrei der Schwester, aber Regine saß unbeweglich, hatte nur den Kopf ein wenig tiefer gesenkt. Das Erlebnis dieser Stunde traf sie nicht unvorbereitet. Im Herzen hatte sie immer gewußt, daß es früher oder später kommen würde.

Dora, die dies Schweigen mißverstand, fragte triumphierend: „Ist das eine Neuigkeit?! Was sagst du nun? Und was soll ich ihm schreiben?"

Regine hob jetzt den Kopf, sah die Schwester groß an und

entgegnete leise: „Schreibe ihm was du willst, aber kommen soll er nicht. Ich will alte Schmerzen nicht wieder auferstehen sehen."

„Alte Schmerzen — wer redet jetzt von ihnen! Jetzt handelt es sich doch um ein neues Glück!"

Regine schüttelte den Kopf. „Es wäre nur ein geflicktes Glück, das mag ich nicht."

„Geflicktes Glück, wie kannst du nur so etwas sagen?! Der Mann kommt reuevoll zu dir zurück, bietet dir alles, was sich eine Frau nur wünschen kann, seinen Namen, seine Stellung, sein Heim. Denk doch, Regine, du wirst alles haben, was dir früher unerreichbar schien. Ihr seid ja noch nicht alt, ihr könnt euer Leben noch lange genießen, vielleicht noch Kinder haben, eine glückliche Familie sein ..."

„Ach ja, vor Jahren hätte ich mir nach alledem die Füße wund gelaufen, wenn man das Glück errennen könnte. Aber heute geht das alles nicht mehr."

Dora wurde ungeduldig.

„Warum soll es nicht gehen? Was fünfzehn Jahre lang dein alles gewesen wäre, kann doch heute nicht wertlos geworden sein."

„Doch, es ist wertlos geworden. Es liegt zu viel zwischen heute und damals. Siehst du, ich hatte an diesen Mann geglaubt, wie an einen Herrgott. Heute glaube ich nicht mehr an ihn, das ist der Unterschied. Darum kann ich nicht mehr zu ihm zurück. Das begreifst du doch, nicht wahr?"

Aber Dora begriff es durchaus nicht. Sie meinte, es käme jetzt gar nicht so sehr auf den Glauben an den Menschen an, als auf den Willen zum Glück. Sie sagte, man müsse im Leben immer Konzessionen machen. Alle machten Konzessionen, auch der Geheimrat hätte gesagt, man müsse Konzessionen machen und Ferdinand und Emmy würden es auch sagen ... Sie redete eindringlich auf die Schwester ein, bestürmte sie, daß sie doch das große, letzte Glück, das sich ihr jetzt bot, nicht abweisen sollte und war ärgerlich, als nach langen Reden hin und her Regine dennoch bestimmt sagte: „Laß doch, Dora, es geht wirklich nicht. Ich kann nicht die große Passion meines Lebens mit einer Vernunftehe beschließen!"

Dora lachte gezwungen.

„Vernunftehe—wie sich das anhört! Als ob ich etwas andres wollte, als was du selber fünfzehn Jahre lang gewollt hast!"

Regine lächelte melancholisch.

„Es wäre dennoch eine Vernunftehe. Denn nur zu einer Vernunftehe redet man so lange zu, wie du es jetzt tust!" Und da Dora nicht abließ: „Dora, erinnere dich doch, daß ihr mir vor fünfzehn Jahren genau so zugeredet habt, daß ich von dem Manne lassen soll, wie du mir jetzt zuredest, daß ich wieder zu ihm zurück soll!"

Dora bekam einen roten Kopf.

„Du hast sehr recht, daß du mich daran erinnerst. Es ist eben immer so gewesen, immer hat man dir zu deinem Glück zureden müssen, leider damals ohne Erfolg! Sage selber, wäre es nicht besser gewesen, du hättest uns damals gefolgt?"

Da rief Regine leidenschaftlich: „Nein, nein, trotz allem, es wäre nicht besser gewesen. Ich gäbe die Jahre nicht her! Nicht das Glück und nicht das Leid, denn ich habe gehabt, was ich mir in meiner Jugend wünschte. Weil ich es gehabt habe, darf ich nicht klagen und nicht tun, was du willst."

Dora sagte nichts mehr. Sie war ärgerlich und hielt es auch für richtig, das Gespräch jetzt fallen zu lassen, um es bei andrer Gelegenheit noch eindringlicher aufzunehmen. Sie wollte auch Ferdinand und Emmy zu diesem Zweck „mobil machen", damit sie ihr beistehen und die eigensinnige Schwester zum Glücke zwingen sollten.

Unter den Bäumen war es nun schon ganz dämmerig, beinahe düster, die Wiesen aber lagen noch in Licht und Glanz. Nun kehrten auch Ferdinand und Emmy mit den Kindern heim, deutlich konnte man sie auf dem kleinen weißen Pfad unterscheiden, als sie noch ganz ferne waren. Einen Schritt vor den andern voraus ging Emmy. Sie war immer noch hübsch genug anzusehen mit ihrer weißen Haut und den rötlichen Haaren, deren Fülle und Farbe jetzt freilich durch ein wenig Kunst unterstützt wurden. Das Schönheitspflästerchen aber war schon seit langem verschwunden und wenn man sie in der Nähe betrachtete, merkte man, daß ihr Gesicht einen herrischen Zug trug. Ihre erregte und Ferdinands hilflose Miene verriet, daß das Ehepaar miteinander gestritten hatte. Das kam oft vor, ohne daß die häusliche Harmonie dabei Schaden litt, und wenn Mama Wendelstadt ihre Kinder jetzt gesehen hätte, würde sie sicherlich wieder gesagt haben: „Ein Bild des Glücks", denn wie sie über die lichtbeglänzten Wiesen daherkamen, wirkten sie als Familiengruppe schön und heiter. Der stattliche Mann — die gesegnete Frau — um sie her, wie Orgelpfeifen, die rotbäckigen Blondköpfe der Kinder, denen man ansah, daß keines von ihnen ein unheilvolles Erbteil mit auf den Weg bekommen hatte. Kerngesund sahen sie alle aus, auch die halbwüchsige Martha, obgleich sie hochaufgeschossen war und mit ihrem eckigen Gesicht, einem echten Fünfkirchen-Gesicht, ihrem dunkeln Haar und den großen, dunkeln Augen wie ein Fremdling unter den hellen Geschwistern schritt. Alle Kinder glichen teils Ferdinand, teils Emmy, nur Martha zeigte eine merkwürdige Ähnlichkeit mit Regine.

Dora legte die Arme flach auf die Kniee und beugte sich weit darüber vor, als wolle sie den Anblick der heimkehrenden Familie mit den Augen trinken. Wie eine mahnende Fortsetzung des früheren Gespräches sagte sie jäh zu Regine, indem sie mit dem Kopf nach den Heimkehrenden wies: „Das da, siehst du, das ist Glück, das wirkliche Glück! Wie waren wir töricht, daß wir das nicht gewollt haben. Warum hat uns niemand fest bei der Hand genommen und zu ihm hingeführt!"

„Dora, hättest du dich bei der Hand nehmen und führen lassen oder hätte ich es getan? Wir wollten doch unsern eigenen Weg gehen und das Glück haben, wie wir es verstanden. Nun dürfen wir uns nicht beklagen, wenn der Weg anders gegangen ist, als wir meinten!"

Dora sagte heftiger noch als vorher: „Wie war man doch dumm und überhebend! Wie habe ich dem Pfarrer gezürnt, wenn er die Mutter immer wieder mit der Erde verglich! Als ob es für eine Frau nicht das Schönste wäre, der Erde zu gleichen! Heute zürne ich ihm nicht mehr, denn ich finde, daß unsre Mutter kein beklagenswertes Los gehabt hat. —"

„Sage das nicht. Ich kann es nicht hören. Unsre Mutter war eine Märtyrerin; nie wird sie anders vor meinem Gedächtnis stehen!"

Dora, etwas eingeschüchtert durch den strengen Ton der Schwester, meinte: „Nun ja ... unser Vater ... aber sie hat doch die Kinder gehabt, uns, die sie liebte und die wir an ihr hingen. Das allein ist doch schon Glück! Was haben wir denn gehabt! Sage doch, was haben wir gehabt?"

Regine entgegnete leise: „Wir hatten die große Sehnsucht. Wir wollten über die Erde hinaus. Auch das ist Glück."

Dora lachte bitter.

„Die große Sehnsucht, das ist was Rechtes! Das war der große Irrwisch, der uns vom rechten Wege fortgelockt hat. Die arme Edith ist zugrunde gegangen, ich und du — nun, wir sitzen hier im Dunkel und sehen zu, wie andre Leute ihr Glück in der Sonne spazieren führen!"

Reginens Augen hingen an dem verblassenden Himmel, während ihr Mund lächelnd fragte: „Ist für dich wirklich schon alles zu Ende? Glaubst du, daß es für dich kein neues Glück mehr gibt?"

Doras Hand tastete unversehens nach einem kleinen Täschchen, das sie am Gürtel festgenadelt trug und das den Brief barg, der heute früh gekommen war. Herausfordernd, als müsse sie Widerspruch entkräften: „Ja, ich hoffe noch auf ein andres Glück. Ich will nicht mit ganz leeren Händen aus dem Leben gehen. Ich will die Hetze und den Jammer, die hinter mir liegen, vergessen und glücklich sein, wie die da draußen! Und wenn du noch ein bißchen Vernunft hast, Regine, dann folgst du mir und nimmst, was sich dir bietet. Kein Mensch rundum, ja, auf der ganzen Welt wird dich jemals begreifen, wenn du es nicht tust!"

Sie stand auf, um ins Haus zu gehen. Sie gedachte Ferdinand und Emmy so bald wie möglich „mobil zu machen". Außerdem wollte sie noch heute den Brief Peter Wendelstadts beantworten ... —

Regine blieb allein zurück. Es schmerzte sie, daß die Schwester alles verleugnete und höhnte, was einst ihre Herzen heiß und stürmisch bewegt hatte, und sie fühlte sich todeinsam, weil keiner sie verstand oder je verstehen würde. Und doch hatten alle um sie her einmal, wenn auch nur für eine kurze Zeitspanne, gedacht und empfunden wie sie, hatten die große Sehnsucht gespürt, das letzte, göttliche Erbteil, das der Mensch mitnahm, als er aus dem Paradies gestoßen wurde, um der Erde zu gehören. Die andern hatten früher oder später ihr göttliches Erbteil vertan, hatten es eingetauscht gegen das Glück, das die Erde ihnen versprach. Nur Regine hütete voll Treue das göttliche Vermächtnis — darum saß sie jetzt auch verlassen, in schattendem Dunkel, während die Kinder der Erde fröhlich gesellt über sonnbeglänzte Wiesen schritten ...

Es war spät geworden und die Nachtluft, die schweren Tau auf die Wiesen legte, wehte kalt. Regine erhob sich, ging langsam, nachdenklich dem Hause zu, erschrak, als sie an die alte Linde kam, unter der Edith so oft gestanden und geschluchzt hatte. Denn wie damals lehnte heute ein schlankes, junges Ding an dem grauen Stamm, hatte die Hände auf dem Rücken verschränkt, den Kopf ein wenig emporgehoben, ganz so wie Edith getan hatte. Aber das junge Ding weinte nicht das schreckliche, krampfhafte Weinen, das Regine niemals vergessen konnte, sah auch nicht starr ins Leere, sondern schaute aus großen, sehnsuchtsvollen Augen zu den Sternen hinauf. Im weißen Licht des Mondes glich das eckige Mädchengesicht Reginen so sehr, daß diese bestürzt vor Martha stand, wie vor einer Doppelgängerin. Da erkannte Regine, daß keine Sehnsucht jemals verloren geht, daß jede unablässig Wiedergeburt und Wiederkunft feiert ... Eine zärtliche Angst überfiel Regine. Sie hätte die Arme um dies Kind breiten und es schützen mögen vor dem Schicksal, das seine Augen ihm weissagten. Denn dies Kind glich ihr, als wäre es von ihr geboren, glich ihr im Gesicht und in der Art, die es nicht vom Vater, noch von der Mutter geerbt hatte, sondern nur von ihr. Auch die junge Martha würde unverstanden unter ihren fröhlichen, erdenseligen Geschwistern stehen, würde das große Vermächtnis hüten, das die andern lachend vertauschten, würde die Wünsche über die Erde weg, zum Himmel empor schicken. Da wußte Regine, daß sie niemals ganz einsam sein würde, ja, daß sie und dies Kind nimmermehr ganz einsam sein konnten. Denn unerkannt wandeln unter den Glückseligen, die der Erde gehören, die andern, die in Einsamkeit das göttliche Feuer der großen Sehnsucht hüten, auf daß es niemals verlösche. Denn was wäre die Menschheit, wenn sie keine andre Flamme mehr kennte, als die des häuslichen Herdes, wenn sie keinen Weg mehr suchte, der über den beschaulichen Kreislauf des Alltags hinausführt! Unerkannt wandeln die Hüter des heiligen Feuers unter den Kindern der Erde, feiern mit ihnen deren Feste, beweinen mit ihnen ihre Schmerzen, sind ihnen verwandt und doch ewig fremd. Sie tragen kein sichtbares Abzeichen ihres Bekenntnisses, aber wo sich solch große Sehnsuchtsaugen begegnen, grüßen sie einander heimlich und spüren entzückt die Nähe und die Wärme einer stillen Gemeinschaft.

Regine trat zu dem Mädchen hin, strich ihr leise über das Haar: „Du sollst nicht hier herumstehen, Martha! Es ist spät und kalt. Geh schlafen oder setze dich wenigstens hinein zur Lampe."

Das Mädchen schüttelte verneinend den Kopf, sah unverwandt in die Sterne hinein.

Regine wollte sie nochmals mahnen, aber im Hause entstand plötzlich Unruhe und Geschäftigkeit. In Emmys Zimmer, das bis jetzt dunkel geblieben, flammten Lichter auf, wurden Vorhänge zugezogen. Ein paar Dienstmädchen kamen hastig, mit roten Gesichtern herausgestürzt. Von drinnen rief Dora nach Regine, die Bonne nach Martha. Ferdinand kam eilig und aufgeregt, rief nach dem Auto, das sogleich den Arzt holen sollte. Überall Erregung, Getriebe und frohe Zuversicht. — —

Im Gutshaus zu Weyarn sollte ein Kind geboren werden ... —

www.ingramcontent.com/pod-product-compliance
Lightning Source LLC
Chambersburg PA
CBHW060807310726
48980CB00002B/266

* 9 7 8 3 8 4 6 0 7 7 3 2 0 *